硝烟飘过盐河

王双华 著

图书在版编目（CIP）数据

硝烟飘过盐河 / 王双华著. —南京：江苏凤凰文艺出版社，2022.6

ISBN 978－7－5594－6800－0

Ⅰ. ①硝… Ⅱ. ①王… Ⅲ. ①长篇小说—中国—当代 Ⅳ. ①I247.5

中国版本图书馆 CIP 数据核字(2022)第 079598 号

硝烟飘过盐河

王双华 著

出 版 人 张在健
责任编辑 李 黎
特约编辑 郭 幸
装帧设计 有品堂_施惠
责任印制 刘 巍
出版发行 江苏凤凰文艺出版社
南京市中央路 165 号，邮编：210009
网 址 http://www.jswenyi.com
印 刷 苏州彩易达包装制品有限公司
开 本 880 毫米×1230 毫米 1/32
印 张 11.625
字 数 268 千字
版 次 2022 年 6 月第 1 版
印 次 2022 年 6 月第 1 次印刷
书 号 ISBN 978－7－5594－6800－0
定 价 68.00 元

目录

第一章　河岸边的集市

时码街轶事

这是一个设在河湾的岸边集市，河西的人过河上岸就进入集市，街北边的东西向河上还有一个渡口，以方便赶集人的过渡。站在街上，抬眼可见街北边挺立一棵粗壮、高大的银杏树，繁茂的枝干淡定而从容地历经季节的更替，岁月的轮回，览阅人间风云变幻。

1937 年“卢沟桥事变”，全国抗战爆发，地处苏北盐河岸边的一个名不见经传的小集市——时码街，也是风雨欲来风满楼。国难当头，社会动荡，街面很不宁静。富庶人家招惹盗贼的惦记，不时有递纸条索要财物、威胁家人生命的传闻，街上的经商户很是闹心。

时码街的集主是本街首屈一指的大户徐淑阳，在时码街说话一言九鼎，但在这社会混乱之际，如何维护时码街的经营秩序？他也发怵了，政府当局面对局势都恐慌得没了主张，一向狂横的徐淑阳也不敢把火球往怀里搂，他召集街上大户协商讨论，取得共识，为保证集市经营的正常运行，雇请有本领的人“包方”。

“包方”的人需要有本领，如同旧时护送商品财物的镖局，不仅要身手不凡，背后还要有帮会势力作靠山，以镇住周围跃跃欲试的贼匪，保护一方平安，那么，从哪里请来“包方”的能人？

时码位于涟水县城北三十里处，从西南奔泻而来的盐河，经过这里似乎格外留情，拐了个Z形弯，如扭起腰身在展示它的优美、娇娆，后又转身北去。河水环抱的河湾即是时码，大约在清中期，有时姓人在此码头摆渡，故称时码头、时码。

涟水于汉武帝元狩六年（前117年）置县，因濒临海边，古时为产盐和囤盐之地，唐代为全国四大盐场之一。武则天时期开凿新漕渠，从北部的海州至涟水入淮河，以便利盐运，称盐河，后称为古盐河。

宋熙宁十年（1078年）黄河从河南澶渊决口改道，占淮河水道入海。它专力夺淮入海，是从明弘治八年（1496年）开始，几乎每二三年就有一次河决，致使尾闾之地尽淹，河道湮塞，古盐河也渐渐淤堵。为防黄河堤决和治理水患，清康熙二十六年（1687年）在其左岸开掘遥堤，以分泄黄涨，兼利盐运。苏北的海盐通过河运，销售到大江南北，遥堤故名运盐河、盐河。

清朝末期，官府曾在时码头设稽查关卡，检察和征收盐税。船家及商贾在此停靠检查，上岸吃住歇脚，这里很快形成集市。街面上茶馆、饭馆、油坊、糟坊等商户林立，除了商贾和船家、纤夫，还吸引犯夫走卒、三教九流等各色各样的人在此汇聚，说书的、算命打卦的、卖狗皮膏药的、表演魔术和武术功夫的，形成典型的河运文化。

进入民国后，中国社会没有因推翻了封建帝制而有所改变，明显的是男人剪去了头上的辫子，女人逐渐地放弃了缠足的陋习，维持社会的经济基础和社会宗法制度依然如故，手握兵权的军阀为争霸一方，不断挑起战端，低下的生产力、自然灾难和地主官僚的压迫剥削，致使广大人民依然食不果腹，衣不遮体，无奈地生活在人生边上。

时码集市五天两头逢，吸引着附近乡民和远处的商贩前来交易农产品和购买生活用品，街头上人头攒动，人来人往，十分繁华。特别是民国后，这里的集市更为繁荣，人称这里是“小南京”。

集市上，重情谊的人故交相逢，邀三两好友，到小饭馆炒两个小菜，下一碗水饺，图个一醉方休；长年陷于家务的主妇会在集后顺道去姊妹家串亲，或就近回一次娘家，以维系贫穷岁月里的一缕亲情；有爱听说书雅兴的人会到集市一隅的书场，坐听拨动弦琴的说书艺人口吐莲花，舌生风云，将古代的公子落难，小姐私订终身的故事讲得让人柔肠百转，泪眼婆娑，《岳飞传》《杨家将》等古代英雄精忠报国、视死如归的故事唱得慷慨激昂，也让听众热血贲张，如痴如醉。

说书艺人是农耕社会大众文化的传播人，《三国演义》中的乱世争霸，桃园结义；《水浒演义》梁山好汉替天行道，着意渲染大碗喝酒、大筷吃肉的快意人生，潜移默化地规化着乡村百姓的安身立命，影响着他们的思想和为人处事方式，现实依然如水泊梁山话本，他们祈祷能出现圣明的皇帝和清官，出现除暴安良的侠盗、杀富济贫的绿林，以泄他们心中的不平。

时码街集主徐淑阳，家有土地三十多顷，是县内数得上的大地主，他在街上开油坊、曲坊，还有销售农副产品的商行。徐家在街东头，筑有一个大圩子，圩子大得里面能跑马，圩里的地基面很高，四周有水沟，圩边栽满了树丛。圩里除了住有徐家老小，还住有几十户佃户、长工，这是一个自给自足的地主庄园。

民国以后，徐淑阳在场面上很风光，他曾担任团董（相当于乡长），据说，徐淑阳与清江浦的淮扬镇守使马玉仁将军、海州镇守使卜宝山将军结为拜把兄弟。镇守使在乡村老百姓眼里是高不可攀的大人物了，有一年一位新县长上任，特到徐淑阳的圩上拜访。可见，徐淑阳在这小小的时码街是要横着走的，放个屁要当枪扛着。有人想到时码街经商，谋取落脚之地，必经徐淑阳点头同意，他画一张小纸条，就可以在街上建门面了。他规定，街坊之间的房屋山头必须一家搭另一家，不得另行砌墙，这是什么道理呢？说不清楚，总之，徐淑阳吐出的唾味就是钉。

徐家发家在时码街人心中是一个迷，说他父亲早年在时码河口摆渡，有一天，有一人牵一马过渡，船到河中心出现神奇一刻，那人那马，霎时变成金人银马。还有人说是其父到废黄河东的白沙街上贩货，路上得仙人指点，掘一坟墓得棺里金银财宝，总之徐家是一夜暴富，且富得令人感到跷蹊，马无夜草不肥，人无横财不发。人们怀疑其财产来路不正，闪烁其词的传说当是掩饰谋财害命，做了见不得人的盗贼之事。

这也就理解徐淑阳为什么为富不仁，恃强凌弱，他自称“大爷”，规定所有佃户遇见他必须喊“大爷”。他对待佃户很毒辣，叫你向东你就不能向西，稍不如意，就骂狗日的，田给我丢下来，房子拆掉，滚你妈的蛋！骂你还是小事，脾气上来就打你。他打人除了扁担和马鞭子外，还发明了几样打人的东西：“蛇须棒”，是藤条子，头上是蛇须；“独龙过面棒”，是较粗藤子，上面有五彩色龙麟；六角五彩马棒，六角是木头刻的；特别是“驴鸟”，徐家的驴死了，用刀将驴生殖器割下来，灌入水，作为刑具，打人时旁边放一个水盆，打一下，湿一下，这是对佃户最大的侮辱。

有一次，佃户胡万一坐在一家小店，未发现“大爷”到店里，没起来叫他。他回到家就派“租头（租头就是从地主手里拿地再租给佃户，从中谋取差额的人）”到胡家，要他家立即退回租地，搬家到别处去住。后来，胡万一自己送来给“大爷”毒打一顿才了事。

剃头匠石六有一年夏天在外乘凉，穿了白小褂裤，捧着水烟袋在吸烟。“大爷”看了很不顺眼，石六是近视眼，“大爷”走到他跟前还没看见，当时就被“大爷”打了两个嘴巴，责问你也吃水烟，大爷吃什么呢？还不算，又喊到“大爷”家里跪下，受“驴鸟”的刑罚。

“大爷”打人是没有道理可说的。有一年夏天收麦时，杭凤桂、孙学仁等拉了一牛车大麦，由圩门口经过，因为路不平，车歪到圩沟里去了，恰巧，徐家的一个少爷、一个小姐正在圩门口玩，被麦把扎一下子，这下子把拉车的人吓死了，连忙扶起少爷、小姐，看看他们并没有什么伤，但还不放心，一人抱一个到“大爷”家请罪。可是没等杭凤桂把话说完，“大爷”就把驴鸟拿出来了，在他们的头上任意乱打。

“大爷”心眼很小，有一个伙计被大奶奶叫到西屋里去拿东西，碰巧少奶奶在里边洗澡，他猜疑伙计与少奶奶有鬼，便诬赖伙计偷东西，绑在马桩上毒打一顿之后，又送进监狱。他和官府是有勾结的，那个伙计因为没有饭吃，便活活饿死了。

霸道的“大爷”也会遇到犟人，河西岸有一人叫杭子仪，人称杭二爹，家有土地百亩，他还在时码街开一杂货店，逢年过节，杭家杂货店门前的柳筐盛满了地方特产的阜宁大糕、麻花大油果等，引得赶集的孩子垂涎欲滴。杭二爹有三个儿子，大儿子已成人娶上媳妇，在家协助他操持田地和家务；二儿子是师范生，在乡村小学教书；三儿子正在县城中学上学。这读书是一个花钱的事，杭家每年打下的粮食一牛车一牛车地拖到街上卖了供儿子上学花销。

可见，杭二爹是有见识的，他为人正派，脾气倔，看到不顺眼的事就要说，他对嚣张跋扈的徐淑阳欺负佃户深为不屑，他对徐家佃户说，你们种地干活也很辛苦，都是人，都是爹娘养的，凭什么被徐家骂？佃户说，杭二爹，我们不敢，指望徐家给地种呢！他说：徐家再打骂你，你不要怕，他家不给地，我给！

这话传到徐“大爷”的耳朵里，他是又恨又怕，恨杭二爹挑动佃户与他作对，怕的是传言杭家二儿子是共产党，暗地时宣传鼓吹革命，组织穷人斗地主分土地，另外，一个农户子弟拚命读书是想干什么？杭子仪不惜钱财供儿子念书，这是要爬到人头上去作人上人啊！

杭家的地边长着一棵老榆树，年代很久已呈枯萎状了，另外，树荫也遮挡农作物的生长，因此杭二爹决定把树卖了。不料，徐“大爷”发话了，说这树是他家的，不许卖！

这年地方上的共产党活动被国民党县政府残酷镇压，杭家二儿子被抓到县里坐了监狱。徐淑阳的邪火藏在“大爷”的袖笼里，在等着机会呢，这一年因杭家卖树终迸发出火星。

杭家这块地与徐家的地边搭地边，徐“大爷”便称大榆树是他家的。买树的贩子不敢得罪徐“大爷”，为避开矛盾，便要杭二爹自家将树锯了，再上门拖。杭二爹心有不甘，可胳膊扭不过大腿，父子俩二人伐树，段成一节节木段。树贩子装了一牛车，车轮毂要转动时，徐家的家丁挡住了牛车去路，称这树是徐家的，要树贩子把树钱给徐家，才能放行。

徐家人欺人太甚！杭二爹顿时怒火中烧，血脉贲张，与大儿子从家中扛着十多斤重的大铡刀，赤膊上阵，誓与徐家拼个你死我活！在地头，杭二爹怒不可遏地对拦道的家丁说，谁拦车就将谁的狗头铡掉在这里，有官司，老子去打，坐牢，老子去！

家丁被杭二爹凛然气势吓住了，他们也是来混饭吃的，犯不上为一棵树而丢腿掉胳膊，他们胆怯地退后了，眼睁睁地望着车子走远。

徐家见家丁软了，也就驴下坡，息事宁人，但两家的仇是结深了。有一次，徐家又打骂佃户，佃户果真挺起腰杆子，反唇相讥。徐家侄儿二跛子很凶，他跳了起来，这不反天了？立即跑回家将盒枪拿出来，要打死这个佃户。杭二爹听到后立即前去，为佃户撑腰：这人命关天，你徐家人不能无法无天！徐家威胁他说，我是教训我家佃户，你管什么闲事？

杭四爹理直气壮地说：路不平有人踩，这事我定要管！难道没有王法了，你不是孬种就往二爹头上打！

徐家见杭二爹领头，再加上百姓群情激愤，怕引起众怒，不得不收手。事后，杭二爹将自家的地租给那个佃户。

势焰熏天的徐淑阳对即将到来的战火，恐慌和畏惧让这个过去“大爷一声吼，街上抖三抖”的大财主没了主张，他敏锐地感觉到过去的秩序已成为过去，这天下要乱了。

徐淑阳和大户们反复商讨，对请外地的师傅不了解，不放心，最后，看好在本街的一个私塾先生，他有些功夫，也有帮会势力，足可镇住地方上不安分的刁民和贼匪，以保街面的平安。

这个人叫潘乔楼，原是北边钦工村人，因父亲与当地与人作下了仇，搬到时码街东边落户。他与本街大户潘姓攀上宗亲，在这里站住了脚。潘乔楼早年习得花拳绣腿的功夫，在这个僻壤之乡算是不凡之辈。他加入“安清帮”，与当地的地痞二流高桂成等人结为拜把兄弟。潘乔楼虽然有人给他撑腰，但他自身腰杆硬不起来，他天生有点驼背，人送他一外号：潘小龟腰。

潘乔楼在街上一私塾馆找一教书先生职业谋生，他有口结，讲课不利索。人说“家有过夜粮，不当孩子王”，不知是潘乔楼在背后的运作，还是集主徐淑阳等人看好他，听说请他出面“包方”，立即扔了教书的课本，充当起时码街的保护人。

时码街的显要人物除了徐淑阳，其次就数卢耀堂，他是现任时码乡长。卢家世代行医，仁术济世，在地方颇得人缘，左右逢源。卢耀堂作为地方当权人物，还被选为县参议员。

面临外敌入侵，国民党县当局要求基层各区乡成立自卫队。正规的庄稼人不愿参加自卫队，招集的多为游手好闲的二混子和小贼匪，这队长的人选很难选，于是，请“包方”的潘乔楼兼任乡自卫队长。

卢乡长按照上峰指示，成立乡抗日自卫队，首先将家里看护家院的几根长枪奉献出来，然后动员各家各户出枪出钱，召集附近的年轻人来扛枪训练，成立乡自卫队，队部设在街上朱家多余的空屋子里。

初开始乡自卫队队员二十来人，这些平时不安分的人集中在一起，三人成精，五人成龙，白天人五人六地出操训练，晚上外出偷鸡摸狗。时间不长，街上人很有意见，大伙儿筹集粮饷供养他们，他们却监守自盗，这不是招贼上门？

更不让人待见的是队长潘乔楼，有了点权，便不知天高地厚，暴露了他志大量小的品性，平时飞扬跋扈，颐指气使，说话大过天。按说端人饭碗服人管，拿人钱财替人消灾，可他自认为自己是个人物了，夏天里肩上褡个汗衫，胸前吊着盒枪，站在街当心，今天骂张三，明天要杀李四。

潘乔楼“包方”才一年多时间，街上人对他的看法就变了，先是对自卫队不满，后不由地集中转移到潘乔楼的身上，有人愤愤不平地向卢乡长进言，我们出钱养狗看家，怎么养一条咬人的疯狗？

卢乡长对潘乔楼也不满，但要想撸掉他颇感为难。他私下找到一向黑白通吃的集主徐淑阳商议，徐淑阳在这兵荒马乱之际也不像以前好使了。他二人都觉得潘小龟腰尾大不掉，本街的潘家不说，潘乔楼还有一帮如狼似虎的把兄弟，现在是请神容易送神难了。

时码街对岸的徐老庄有一郎中徐慎业，在家开诊所，任本地保长，他还以“安清帮”师傅收徒。“七七事变”后，驻时码街的税警队被整编调走，趁着政权空白和时局混乱，徐慎业在拜把兄弟、刚上任的国民党三区区长蔡茂如撑腰和指使下，和本家叔辈、集主徐淑阳等联手，以盐河水势枯竭为由，将盐河的河道拦腰截断，打坝蓄水，致使来往的货船到此卸货，上下转运，以此盘剥商户和船只。

南来北往的商贾盐船到此搁浅，耽误时间，还要无辜地多掏出转运的银两，船家和商人无不咒骂时码街人心太坏。其实，当地百姓凭苦力，人抬肩扛，赚点转运费，挣点汗水钱，而大部分钱财都流进徐淑阳和徐慎业等人的口袋了，当然，蔡区长的腰包也有份，他安排两个区丁供徐慎业使用和调遣。

徐慎业坐家行医，坐收渔利，码头上自有喽啰为他张罗。对河东时码街上的动静，徐慎业是格外关注，街上人对潘小龟腰不满，他了如指掌，他不甘袖手旁观，想借机在时码街的人事变局中插足，可能平时潘乔楼对徐慎业也不待见，得罪了他，故他对除掉潘乔楼一事态度积极。

徐慎业请卢乡长到家里小酌，做几个菜，斟上酒，推杯换盏，几杯酒下肚便推心置腹，点破卢乡长的心思。卢乡长一边奉承徐慎业是个高人，一边请教有何良策？

徐慎业做一下手势，卢乡长懂得的，砍！如此干脆利索。沉默半晌，这年头，人活着越是不易，也就越不值钱，杀人如杀鸡狗，除此也没有更好的方法了，可是杀潘小龟腰非同小可，谁又能承担这个事呢？

徐慎业说，我有一人选。卢乡长问是谁？他停晌片刻，不紧不慢地说："我的徒弟小马皮。"

小马皮，名王培坤，徐家雇佣的伙计，是浅南乡王庄人，此时正挂名在时码乡自卫队。卢乡长知道徐慎业纵容手下徒弟和伙计在外做坏事，他睁一只眼闭一只眼，也是一个奸诈之人，但除掉潘小龟腰不是容易的事，只能借助徐慎业这个恶势力了，至于小马皮能不能解决这事？卢乡长心里没底，可不能打蛇不死反被咬啊？

徐慎业见卢乡长有怀疑，说："我的徒弟我是清楚的，只要你一句话，如果要帮手，还有一人，街东徐庄的徐慎远，他也是潘的冤家对头。"

卢乡长问："徐慎远？谁去说这事？"

徐慎业说："徐慎远的事你先不着急，先定下小马皮。徐三与街上林永珍是把兄弟，这事由他去说就行了"。

林永珍是时码街上的公子哥，他是乡自卫队副队长，负责筹集钱财，也是极力反对潘乔楼的人之一。

偶尔露峥嵘

王培坤，1913年生，县城北二十里外的王庄人，他上边一个哥哥，生病夭折，所以他出生后倍受父母溺爱，取名小留罐。地方起名有习俗，将娇惯的孩子冠此名，意为珍贵之意。王家有草房三间，几亩薄地，收成不够糊口，但穷子富养，小时的王培坤十分顽皮，下河逮鱼摸虾，上树掏窝抓鸟，庄上人给他取个外号：小马皮。

大约在王培坤十来岁时，他父亲为争一份差事而惹上官司，以致一命呜呼。清末，本庄有一族人刻苦读书，十年寒窗，考取了秀才，迎娶县境西北秦姓大地主家千金，女方嫁妆是三百亩良田，这是文凭改变命运的成功范例。穷小子鲤鱼翻身，人生逆转。秀才将新家安在陪嫁的西北嫁妆地上，以方便管理田地。他饮水思源，为感谢祖坟头上冒青烟，祈祷保佑家业兴旺，荫护后人，回老家重修祖坟，置十多亩地，栽上松树，天久日长，形成一个大松林子，离北边的浅集街有十里，人称十里松。

王培坤父亲被雇佣看护坟墓，坟旁的田地种植收成作为其酬金，这个差事惹得庄邻眼红。待看守坟墓的差事重新发包时，被庄人王月仁和孙庭玉争去。王父愤恨不已，恨邻里暗中作祟抢了他的好差事。为泄恨，在一个夜晚，他将正生长的高粱穗头砍了一片。他以为神不知鬼不觉，东家接到报案，将他告到县衙门。王父怒气没泄，又招致厄运，陷入囹圄，性急暴躁想不开，屈死狱中。

年少的王培坤愤恨夺取父亲差事的庄邻，可是自己势单力薄，无能为力，只能将愤恨藏在心底。

王培坤成人后娶刘氏为妻，生一子，依然过着饱一顿饥一顿的日子。收成时还好，青黄不接时靠东挪西借。他平时外出打工当伙计，但因自小娇生惯养，不是吃苦做活的料，只能打短工，因此，今天这家明天那家，经常变换主家，也攒不了什么钱。

家穷百事哀，媳妇在家偷人，王培坤明知戴“绿帽子”，也只得睁一只眼闭一只眼，人穷脾气无，谁叫自己没能耐？他清楚如果吵闹起来，名声难听不说，媳妇气跑了，他就成了一个光棍汉了。贫困如一把无情而又锋利的剔骨刀，将穷汉子的自尊剔得支离破碎。

王培坤嗜赌，兜里有一点零钱，就跑到南边几里路远的朱舍庄，那是他的外公家，挤上麻将场，他盼望能碰上好手气，赢个腰缠万贯，可惜，好运气如天上的云彩，落不到他的头上。夜半赌场散了，他到舅家院前的驴车上，直挺挺地躺下闭一下眼，天亮后没精打采地走了，人们知道：小马皮又输光了。

囊中羞涩的王培坤想找本钱将输了的钱捞回来，可是，钱从何来？谁会借给他这个穷鬼？家里女人孩子还等他买粮度日，绝望的王培坤想跑到东边盐河一头栽下去，以了结这尘世的痛苦。不过，身强力壮，欲望多多的王培坤不舍这人间，所谓好死不如赖活。

时常到时码赶集和游玩的王培坤，十分羡慕徐淑阳的“大爷”派头，家有万贯财产，出有车轿，吃有鱼肉，颐指气使，为所欲为，真不枉在人世走一趟。是自己的生辰八字不好？为什么自己不出生在穿金戴银之家？何时能有出头之日？在一次次时乖运蹇时，不识字的王培坤也会发出这样的天问，他虽然看不到自己富贵的路在何方，但阻挡不住他心头冒出的贪婪之火。

为在社会上立足，他投靠富人和有势力的人，认干爹拜师傅，以期得到提携，如浅集街的集主金宗大、时码河西的徐慎业等。按帮会常规，拜“安清帮”师傅只能是一个，其他人只能称老师，可王培坤的师傅具体是哪一个？别人是说不清楚的，他是多个人脉多条路，有奶便是娘，不按规矩，这与他后来投靠日寇，认贼作父是一个理。

王培坤在徐慎业家做伙计，他白天做杂工，夜里当户丁。这时的王培坤看清楚了，指望做伙计打短工过日子，连嘴也糊不上，过上富足的日子是白日做梦，世有致富千条路，在他面前只有一条路，说好听点当梁山好汉，说白了做贼匪。夜深人静，看守家院的他扛着徐家的枪支偷偷地外出，联络气味相投的人，干抢劫钱财的勾当。

徐慎业对这个徒弟的盗匪行为心知肚明。徐慎业世故，心术不正，他需要这种偷吃扒拿的人，刚好为他做坏事、谋取不义之财所利用，因此是放任，冷眼观察。

贼匪拦路抢劫是要有家伙的，这对身无分文的王培坤来说，的确算个难事。王培坤在徐慎业家当伙计，是用徐家的枪。时间不长，王培坤有了自己的枪，这枪的来处有两种说法。

一说是他因与南边庄上的李小龙交好。李小龙从国军队伍上开小差跑回家，带回一支长枪。他与王培坤相约外出拦路抢劫，钱财平分，但李小龙的长枪也算一股。几次外出行动后，王培坤拿小份，再是要依附他人的枪，心里就有了想法。有一次，在李小龙家，王培坤帮擦枪，长枪拿在手里，无意中枪口对着李小龙，他急忙告诫：“小培坤，枪口不能对准人。”

不说也罢，这话拨动了王培坤埋藏的心机。李小龙话没说完，子弹出膛，从他嘴里穿进，从脑后穿出，当即倒地身亡。

李小龙死了，来看热闹人很多，特别是附近的光棍汉闻风而至。从前地方上有抢寡妇的风俗，即男人死了，寡妇是谁抢到手就属于谁。因此，李小龙家茅屋前挤满了想女人想痴了的老少光棍汉。

儿子猝然被杀，李母悲愤万分，她还没从哀号中清醒，就见蜂拥而来的光棍汉堵在门前，她愤怒地持着铁叉横在门口，一媪当关，企图阻拦光棍汉进门。哪里拦得住如狼似虎的鳏夫，只一个回合，就被撂到一旁去了。经一阵疯狂的争夺和拼死的厮杀，儿媳妇终被一沈姓秃子抢去。

按理说杀人是要偿命的，可是国难当头，社会动荡，人心惶惶，当局自顾不暇，李小龙家的血案也就无人顶真追究了。

王培坤的枪，还有一说法，是他杀死表兄弟颜振刚获得的。表兄弟对其母不孝，他为姑母讨要说法，表兄弟还在床上，言谈间发生争执，被他杀死，遂得枪一支。这说法似乎有点不靠谱，姑妄记之。

总之，王培坤得了枪，如虎添翼，有了正式为匪的条件，他没有忘记报复陷父亲走上绝路的仇人，第一时间将庄上仇人孙庭玉杀了，另一人王月仁得知情况后，立即逃向县境西北，向主家报信，那里离王庄有六十余里，初出茅庐的王培坤是没有这个胆量追去的，但他的凶狠迅即传开了。

徐慎业与卢乡长商谈后的一天，他叫来王培坤。小伙计走进主人内屋，受宠若惊，知道有要事吩咐。

徐慎业觉得王培坤是一个拼命的主，但遇到硬茬子是否会尿呢？因此，需要激将和敲打一下。他劈头就问：“小培坤，你是不是孬种？”

王培坤被问得发蒙，是丈二和尚——摸不着头脑，半晌才说:“我不是孬种。”

“好，师傅就要你这句话!”

徐慎业指着书桌上一堆银元说:“这钱你拿去!”

阴暗的内室书桌上，一堆白花花的银元显得格外炫目。王培坤当然巴不得据为己有，可行有行规，贼有贼道，他知道这钱不好拿。徐慎业见王培坤不动，厉声说道:“不是孬种就拿去!”

他只是没弄清楚是什么钱，师傅既然发话，不收是不行的，就不多想了，大不了“死了屌朝上，不死翻过来”。王培坤装出不敢忤逆师傅的样子，脱下外褂，将桌上银元一兜，麻利地扎包起来，说:“师傅，请吩咐!”

徐慎业这才说:“你敢不敢杀人?”

人命关天，难怪师傅肯割肉下血本，他自踏入这条道就不知道有个怕，他说:“敢！师傅请吩咐!”

王培坤听说是杀潘小龟腰，倒抽了一口气，说:“师傅，你知不知道潘队长的狠?”

什么狠？原来潘乔楼有时码街的潘家作后台，潘家有势力，潘家有一个叫潘寿海，在国军里当团长，一般人哪敢与之作对?狂人有狂人的道理，因此，潘乔楼在时码头才敢如此放肆。

“潘家的人，师傅自有考虑，你只管杀死潘小龟腰，别的你不用问!”

王培坤不作声，过一会说:“师傅，我办事不太方便!”

徐慎业没说话，起身打开身后的橱柜，拿出一包裹，打开一层油纸，里面是一把簇新的盒子枪。

望着油光可鉴的枪面，王培坤两眼发光，问:“师傅，什么日子动手?”

“不急，等搞定好潘家后告诉你。”徐慎业不动声色地说。

潘乔楼“包方”后，尾巴就翘了起来，不仅附近受过他打压的贼匪恨他，街上大佬也得罪不少，潘乔楼心中也有数，自己树了不少对立面。有一次他被街南边的人家请去吃喝，酒足饭饱后回家，他出庄奔北，到庄后不远立即转向东，从徐圩南直插回家。那天，恰好有仇家暗地里安排杀手，伏在他回来的路沟里。可见，侥幸躲过一劫的潘乔楼不是没有警觉，恐被人暗算，故行踪不定。

1938年初夏，时码乡自卫队逮到一案犯，押送至区里。时国民党七区区公所驻在东南的废黄河北岸下营。保长何景元带几人，雇两辆黄包车，押着犯人前往。不料途中遭国军三十三师部队拦截，这伙兵痞也不同你讲什么道理，就把枪支给没收了，幸好人没遭罪。

自卫队的枪都是费了好大的劲，从下户人家筹钱买的，但也没能满足自卫队员人手一支。卢乡长听说后气愤，心疼花钱购买来的枪支，更气国军这些兵痞蛮横不讲理，大水冲了龙王庙，不问青红皂白就将乡自卫队的枪支没收了。

卢乡长心痛之余，生出一计，他一边安排队长潘小龟腰去区公所汇报，要求区县向三十三师交涉要回枪支，另一边通知徐慎业可以动手了。

随潘队长同行的有王培坤、徐慎远等几人。时码街到区公所路程有四十多里，他们吃过中饭上路，赶到下营村时，天色已暗下来，他们找一家客栈歇脚。

一路长途劳顿，肚子早饿了，他们招呼老板安排晚餐。店家点起马灯，朦胧的灯光，他们几个围着八仙桌依次落座，潘小龟腰毫不客气地一屁股坐在脸朝门外的上席。王培坤和徐慎远二人就座时，像是客套似的相互礼让。见此，潘乔楼以队长的身份发话：“不要酸文拐醋了，都是自家兄弟，随便坐吧！”

话还没说完，紧挨在他身旁的王培坤掏出盒子枪，指向正襟危坐的潘小龟腰，他慌忙喝道：“小培坤！这枪不能闹着玩！”

王培坤没搭理他的话，说时迟那时快，枪响了。潘小龟腰一闪，一枪打在他的肩膀上，人当即跌滑到桌肚下，王培坤不依不饶地紧跟着跨前一步，对准他的太阳穴又是一枪，潘小龟腰当即毙命。

王培坤杀死潘乔楼后，恐潘姓人报复，携枪逃到涟水西北乡一带，正式入伙为匪。他的新盒子枪被人看好，有人向他借枪用，可是枪借去后却迟迟不愿归还。人生地不熟，势单力薄，在远离家乡的地方，王培坤不敢得罪当地的匪痞，他看出苗头了，这里不是他久留之地。

这时鬼子来了，社会更加动荡。大约徐慎业出面摆平了时码街的潘姓人家，没人追究他杀潘小龟腰的罪过了，王培坤这才敢回来。

淮河大队的俘虏

1940 年 4 月的一天，天欲黑。八路军淮河大队队部和地工队（中共苏皖第三地委工作队的简称）悄悄地进驻涟水县城北部的樊卜庄。

晚上，盐河边柴市村的游击小组组长王观涛，一个精干而英俊的小伙子，匆匆地来到大队部，向大队长吴觉和政委万众一报告：有一小股时码土匪窜到涟水西南，在与淮阴交界处的新渡口抢劫百姓的布匹、首饰等财物，建议伏击抓捕这伙深夜回归的贼匪。

淮河大队在成立半年多时间里，多次受到国民党顽军的围剿，在没有政权和根据地的情况下，他们的处境和生存十分艰难。淮涟抗日武装为揭穿国民党当局诬蔑“游而不击”，这年春节前夕，在张河的洪码伏击了下乡“扫荡”的县城日军，官兵浴血奋战，终夺得被敌人抢劫的物资交还群众。这一仗赢得涟水人民交口称赞，让更多群众认识到共产党是抗日的队伍，但战斗中牺牲官兵二十多人。3月，他们计划西移，靠近中共苏皖抗日根据地，在行进到沭阳钱集附近时，遭到国民党保安七旅王光夏部的包围袭击，经激烈奋战，分散突围回到涟西地区，五百人的部队减员过半。

国民党保安部队尾追而来，地方顽政府大肆抓捕参加抗日队伍的人。是插枪解散部队？还是坚持斗争？新上任的地委女书记杨纯提议，将部队改称淮河大队，部队进行精减，化整为零，分散人员，以缩小目标，应付恶劣环境。淮河大队仅留下百十人，分为四五个精干小队，大部分同志安排回乡开展地方工作。

王观涛与同学颜振普等人离队回乡，很快，动员周围的青年人，拉起一支精干的游击小队，活跃在县城北的盐河两岸，还建立城郊区的情报网络。大队领导对他获得这个情报很感兴趣，经过钱集突围战后，队伍上枪支弹药奇缺，空瘪的子弹袋用高粱秆粒撑着。“运输队长”送上门的好事，岂有不收之理？立即布置部队设伏。

王培坤重回到时码，因杀死潘小龟腰成了他出人头地的资本，立即在顽乡自卫队成了一个人物，他作为一个有经验的惯偷小匪，私下经常带人外出抢劫，暗地分赃。这次到西南的新渡乡抢劫回来，经过花园庄时，被设伏的淮河大队如囊中探物，束手就擒，除财物外，收缴长枪两支，盒子枪一支、子弹二百粒。

在处理时，大队政委万众一说，这伙人不是政治土匪，是经济匪徒，但放人是有条件的，限期筹集一批长枪和子弹来赎人。万政委指示传话其家人，还放两个小匪回去帮助筹集枪械。后交来二十响盒子枪六支，长枪三支。

1940年初夏，涟水地下党组织在县城北召开一次重要的会议，会场设在柴市村渡口边的一棵粗大的核桃树下，主持人是县委负责人胡茄。参会人坐着听取县委委员、民运部长徐坚作大会报告。

负责会议材料印刷的联伍乡支书芮长松，匆忙地将材料赶送到会场。天气很热，他擦着浑身的汗水，突然被右前方一行人吸引，只见盐河里一排搏浪泅渡的勇士，个个赤膊，短裤、头顶衣裤，手握短枪。他正在观赏眼前的一幕，这时，县社会部长王小楼走过来，对芮长松说:“走在队伍前边的那个美男子就是王观涛，由他找个地方，你去好好休息一下吧!”

芮长松握住走过来的王观涛的手，敬佩地说:“在敌人的眼皮底下开这么多人的会，是靠你们枪杆子啊!”

王观涛自信而诚恳地说:“你们是文的，我们是武的，保证会议成功缺一不可啊!”

初次相识，但久已耳闻，他们见面一点也不陌生。王观涛说:“日寇在盐河的南边，我们淮河大队就活动在盐河北边。大队长吴觉就住在我的家里。王凤山（吴觉夫人）来探亲，食宿也是我为他们准备的呢。”

王观涛越说越来劲，他热情，奔放，一下子拉近了两个年轻人之间的感情。王观涛游击小组警戒放哨，确保了这次会议的安全。这次柴市会议布置了地方党建工作，还传达了八路军主力即将到苏北的好消息。这个振奋人心的信息让坚持地下艰苦斗争的同志们欢欣鼓舞！

淮河大队是西撤，还是坚守淮涟敌后？一个月前，中共三地委派人到苏皖区党委请求指示，新上任的苏皖党委书记金明让来人到泗洪的青阳镇去见一个人，这人就是正从淮南根据地抵达皖东北视察工作的刘少奇同志，他听说淮涟地区有一支打着八路军旗号的民众武装，心中大喜，正在落实发展华中战略构想的少奇同志，立即将淮河大队作为他经营苏北的一颗重要棋子。他问淮河大队能否再坚持三个月？回答说，不用说三个月，就是半年一年也能坚持。刘少奇满意地说："只要你们坚持三个月，主力就来了。"

世事难料，万众一政委认为王培坤仅是经济土匪，不是政治土匪。不想王培坤后来竟然成了盐河两岸最大的政治土匪、大汉奸，还有一个让人想不到的是，王培坤当了八路。

王培坤这时在时码还是一个小角色，他被抓获，顽乡自卫队不愿为他出钱赎人，王培坤想保命，只能动用自己平时抢劫积攒的钱财。淮河大队放他走时，他可能没本钱回去混了，当然也有王培坤想另找一条出路，他参加了淮河大队。

在人们的心目中，作恶多端的王培坤当八路真是玷污了人民子弟兵的声名，不要说老百姓不相信，就是当年的淮河大队战士也难以相信。

7月的一天，淮河大队战士汪海泉到大队部执勤，意外地碰到王培坤，他亲热地打招呼："小表弟，你也当八路啊！"

“皖南事变”后，苏北的八路军主力部队改编为新四军第三师，但盐河两岸的老百姓还是习惯称他们为八路。

汪海泉母亲与王培坤是一个庄上。小时候，汪海泉去外婆家，常见到比他大几岁的王培坤。汪海泉的庄上栽枣子和梨树的人家多，每到水果成熟时节，王培坤会到北边采购，贩卖到废黄河南的益林镇。他嘴甜，喊汪海泉的母亲为四姑，有时天色晚了，就会在汪家借宿住一晚，第二天早晨才走。

汪海泉知道王培坤做贼匪的底细，不屑与他亲近，对他被抓来的情况是清楚的。那天夜里，几个土匪就关在汪海泉住的屋子里，因天黑，汪海泉看见了也没吱声，只是闷头睡觉。他没想到在大队部又相遇，便佯装不知情的样子，问:“你什么时候来的?”

王培坤说:“来两三月了。”

汪海泉这才知道，他留下当八路了，因不在一个连队，对他后来的去留情况不太清楚。

王培坤当八路时间不长，还混一职务。因他岁数大点，在社会上混了几年，心眼灵活，说话乖巧，善于出面处理事务，被任命为司务长。

曾任淮河大队军需股长的张景文回忆说，王培坤“曾参加我淮河大队特务连当战士，1940 年秋久假不归，当了伪军”。

特务连连长张胜武是张景文堂弟，特务连的兵多是他兄弟俩在家乡动员来的梁河乡和王集乡附近人。

杭景萍是时码对岸潘码人，他的父亲就是倔强有名的杭二爹杭子仪，因鬼子占领地方，他失学回家，与本乡十几个同学和朋友结拜把兄弟，誓与入侵的日寇血战到底。在父亲和地下党的支持下，杭景萍动员家乡年轻人二十余人，十余支枪，于 1939 年 9 月参加了南支八团（淮河大队）特务连，他担任排长。杭景萍与王培坤在队伍上有交集，王培坤曾向他透露有离队当逃兵的想法。那时，吃饭都是到百姓家吃派饭，王培坤是专门安排派饭的人，这个事务长不好做，也让他看到队伍生存的困境，八路穿自家衣，吃百家饭，无一分军饷，吃派饭不说芦面玉米稀粥难吃，有时还吃不上，这对一心想发横财的王培坤来说，淮河大队实在不对他的胃口。

早期的抗日游击队，早上来晚上走的现象屡见不鲜，经不住艰苦生活考验而开小差的事时常发生。杭景萍知道他的想法后，知道留住人留不住心，抗日队伍不需要这号人，但缺枪支，便劝他："小培坤，你人走枪可一定要留下。"

8 月，为迎接八路军主力南下苏北，上级党委要求淮河大队扩为一个旅的编制。王培坤自告奋勇地向领导请求去扩兵，并信誓旦旦地保证：我笃定能扩到兵！战争时代，扩军是一项艰巨又困难的工作，大队领导相信了他，封他为盐河大队大队长，发关防条戳，让他去扩兵。

王培坤回去后，通过各种渠道招了二十余人，没料到，他带着人和枪，投到时码头伪据点了。

1942 年中秋节前，新四军独立旅三团二营青年干事汪海泉正在营部开会，被哨兵喊出来，说："汪干事，你的父亲来了。"

淮河大队于 1941 年春上升到新四军独立旅（原八路军教导五旅），第二年夏天，部队开赴泗阳、宿迁地区一带。从家乡赶到驻地，有二三百里路，汪海泉很吃惊，父亲一定有什么急事匆匆赶来？

汪海泉出来后，只见父亲满脸是汗，这时已是下午二时，还没吃饭。他将父亲带到厨房，炊事员端来馒头，父亲是边吃边淌眼泪，说:“汉奸王培坤无恶不作，听说你们兄弟俩当八路，带人到我家抓我三次，绑到据点，把我吊在马桩上让太阳暴晒、抽打，要我限期把当八路的儿子找回来，不然饶不了我。还叫保长作保，限期要我将你们兄弟俩找回家去。”

看到父亲老泪纵横，汪海泉心如刀绞。父亲还告诉他：表兄嵇典荣任乡指导员，王培坤四处捉拿。舅舅嵇宝初躲到废黄河南的小六堡给人教私塾馆，王匪闻讯后赶去将他抓起来活埋了。

听到这个情况，汪海泉的肺都气炸了，恨不得一步跨到家，将这个心狠手辣、没有人性的家伙碎尸万段，他问父亲:“我能不能回去?”

父亲说:“你千万不能回去，死活由我们老两口，被杀被剐都不能回。我来就是告诉你这话的。你们在外当八路，我们死了有人报仇，千万不能回去当土匪!”

父亲为儿子受了如此大的苦，还冒着酷暑，跑这么远的路，来勉励儿子在部队好好地干。听了父亲的话，汪海泉的眼泪忍不住地流下来。

第二章　野火春风

野火烧不尽

1937 年 12 月 13 日，日军攻陷民国政府首都南京。浅集小学举行升旗仪式时，站在主席台上的校长张仰山沉痛地演讲:“中国的首都被日本人攻占了，首都沦陷了。”

有如山崩地裂，全校师生都哭了，一片呜咽。

日寇侵略中国的铁蹄，碾碎了六年级学生韩品正的求学梦。课本中岳飞的《满江红》、文天祥《正气歌》，足以唤起 17 岁少年的报国情怀。他关心时事，在学校寻找到同自己有共同心愿的老师和同学。

体育教师嵇孝纯是一个坚定的抗日爱国者，他在学生中宣传抗日救国的道理，受嵇老师的影响，韩品正树立不当亡国奴，誓死保家卫国的思想，他在作文中写道:“日本鬼子灭我民族，杀我同胞，我们要全国抗战，有热血的年轻人就要抗日……”

张仰山校长是国民党员，县国民党七分部委员，他虽然沉痛而无奈地宣告“首都沦陷了”，但他还是按上峰指示，为维护国民党专制独裁统治，在“攘外必先安内”的政策下，防共甚于防日，严密地监视师生，严厉压制师生的抗日思想，不准参加和宣传抗日，提防被共产党赤化。他担任六年级的国文老师，在读到韩品正这一段文字时很紧张，认定是受共产党的影响，立即删去。

作文本发下来，韩品正看到发自内心的文字被删，很郁闷、气愤，爱国还有罪吗？他产生反抗的冲动，无视老师的批改，在本子上又抄一遍。

在下一堂课上，张仰山拿着作文本训斥他："你站起来！作文是谁写的？"

"我写的，还能叫谁写？"

"你怎么写这样的内容？抗日是国家的事，你们青年学生主要任务就是读书，不要问其他事。"他问："我将你作文改了，你为什么还要这么写？"

"全民抗日，反对投降卖国，才能取得抗战胜利，我认同这样的观点。"

张校长十分恼怒，说："你不受教，我教不了你，管不了你，你背起你的书包走吧！"

就这样，韩品正被学校开除了。

韩品正是涟水县中部金城乡韩大庄人，这是一个有三十多户同族集中居住的大村。韩品正祖父有地两百亩，因好酒和赌博，将土地典卖精光。他有三个儿子五个女儿均年幼，贫困不堪，四处靠乞讨度日。1920 年春祖父去世，三个儿子长大后，在祖母带领下吃苦耐劳，才逐步赎回一部分典卖的土地，韩家逐渐恢复中农的生活水平。韩品正的父亲没有读过书，但聪明好学，自学中医，为人除病减痛，他为人开明，乐善好施，对穷苦人无偿医病，在地方颇有名声。

韩品正 1921 年出生，童年时就听大人们说什么"赤匪"，

"全身是红的，绿眉毛，红眼睛，青面獠牙会吃人。"他人小不懂事，回家问父亲，父亲告诉他，赤匪是地主富人对共产党的说法，共产党是帮穷人的，穷人和农民是不这样说的。韩家因贫困不堪，曾经向大地主薛四牯牛借过债，许多年被债务利息压得透不过气，在韩品正幼小的心里，埋下对为富不仁地主的仇恨。在青黄不接时，幼年的韩品正曾随奶奶外出讨饭，路上，听奶奶讲共产党人与大地主薛四牯牛斗争和在金城庵举行的"八一暴动"，他很喜欢听共产党闹革命的斗争故事。

韩大庄东边的金城庵，历史久远，为千年古庙。传说古时的金城庵黄昏，万道霞光映照，古庵庙宇辉煌壮观，绚烂至极，人皆惊为奇观。明清时作为涟水的八景之一"金城晚照"，文人墨客为此写下许多赞美与怀古思幽的诗篇。

金城庵信徒众多，香火很旺，民国以后开始破落。其庵有东西两套各三进的瓦房子百间，均系条石作基，砖木瓦结构，正室有四大石墩，墩上大圆木柱，墩抵圆柱顶上梁。东三进为和尚们生活用房，西三进（后两进为二层楼）放置菩萨近千尊。

金城庵门前有大广场，西南侧两株老银杏树，粗得要四五个小孩子合抱才能合拢。每年秋季，果熟繁多，无风也落地；树旁置三只和尚雕，汉白玉刻制而成，高约二米八，它与老银杏树形成一景。还有一龙书案，是用黄白红夹黑斑纹花岗玉石制成，四龙射珠拱朝晖，其雕物与花纹分布吻合，生动臻美。

1928年年底，农民缺吃少穿，生活无着，许多人为过年难、难过年而发愁，可是国民党当局不顾百姓死活，又增加许多苛捐杂税，逼得人们走投无路，怨声载道。

在春节前一天，金城庵附近的人涌到东北三里地的浅集街，一次声势浩大的千人大游行示威在这里开始了。浅集西头的民众教育馆墙上贴着“穷人团结起来，抗租、抗债、抗粮、抗捐、抗税”“打倒薛四牯牛”等标语，有人在发表演讲，整个集市街头巷尾议论纷纷，穷人拍手称快。骑驴坐车赶集上市的地主富人吓得胆战心惊，乖乖地下驴下车，迅速地溜走。平时神气活现的不法地主听到这个消息，一个个龟缩在家里，不敢出门。

这是金城庵王庄的王伯谦领头的中共地下党组织发动农民反抗国民党政府和地富催租逼债的游行示威活动，也是涟水最早掀起的一次农民运动。

王伯谦 1927 年秋在县中读书时，参加国民党涟水县党部举办的农民运动培练班。中共江苏省委领导人何孟雄、黎明和中共淮安特别支部书记陈治平等人，通过国民党左派、涟水县党部筹委会常务委员张际高关系来到涟水，以国民党县党部名义，开办国民党农民运动培练班，实际上传播马克思主义理论及如何开展农民运动，成立共产党组织。学员多是来自县中的学生和县区国民党干部等三十余人，在为期二十天的培训学习中，发展了地方第一批中共党员。培练班结束后，学员被分派到涟水各地组织农民协会，动员农民起来反抗封建地主，开展农民运动。

这时国共分裂和上海“四一二”反革命政变虽已半年了，但还没有波及到苏北偏僻的涟水，培练班的举办催生了中共涟水县特别支部的成立。王伯谦在第二年夏天加入党组织，成为金城庵第一个党员。他回乡后，组织穷人会（又称农协会），广泛宣传共产党为穷苦人当家作主的思想，积极发展党员，壮大党的队伍。

事后，大地主薛四牯牛和街北的地主金宗大等人密谋决定，派人上告县府。第二天县保安队派一个骑兵排以催粮草的名义扑向后王庄，敌军中有一个同情共产党的人叫倪鲁生，在途中遇到后王庄的熟人，偷偷地告知他不是催粮是逮捕共产党的。王伯谦父子和刘国祥等两个党员得信后，立即离家躲藏起来。第二天来了二百多骑兵，在王、刘两个村挨户搜索，最后抓几个人充数带到县城。

国民党县政府一方面对王伯谦和刘国祥下令通缉，另一方面恫吓群众，阻止群众向往革命。因那几人不是地富控告的主要对象，花钱后得到释放。

金城乡穷苦百姓第一次踏上政治斗争的道路，党在群众中的影响扩大了，为这一地区的革命斗争奠定了群众基础。

金城庵的大和尚称得上是大地主了，庵产有地十几顷，周围的老百姓都租种和尚的田地，租地的农户不仅要交租粮，还要当庵工，打白差。1927 年 9 月国民党县政府成立，提倡兴教办学，借庵上的空闲房子做校舍，开智启蒙。金城庵住持法缘和尚对办学校是抵触的，不愿意，可又不敢拒绝，气愤不过，他投了民间势力很大的红会（即小刀会，因每个人头上扎红巾，故又称红会），借口要铺设刀会的会堂，以赶散学生，激起群众的不满和愤怒。

涟水的红会发展很快，让红会头领头脑发热起来，于 1928 年 1 月率众攻打县城，三天后失败，遭到国民党当局在县境内血腥镇压。参加攻城的法缘和尚畏罪潜逃，找一个老道人看门。

周边群众发现和尚跑了，有靠近的王家、林家人到庵里将其家私搬走，一个看一个，先拿精细的物件，后来就拿大件，桌椅条台都拿走了。庵内和尚的财产相当可观，海参都论小斗装，有人在桌椅条台下面，用扫帚扫铜板都扫出一大把。一夜之间，庵内物件被抢之一空。刘姓人离庵较远，待他们得知消息赶到时，已没有什么可拿了，就把老母猪给赶走了。

庵附近的人都去了，参加的妇女比男子汉多，群众大胆自发地前去抢东西，与当时大革命运动有关系。北伐军到涟水，赶跑军阀孙传芳部队，建立国民政府，倡导国民革命，随即在农村开展农会运动，特别是年底，农协会发动几百个农户在庵前开会，提出打倒土豪劣绅，教唱妇女解放等革命歌曲，形成相当大的革命声势。金城庵靠香火和田地积累大量的庵产，在这动荡之时，个别人的偶发行为势必引起群发行动。委托看门的老道人因金城庵庵产被抢个精光，难以向大和尚交待，吓得自尽而死。

事后，法缘和尚诉讼到县府，他因参加刀会组织，心虚，腰杆不硬，怕官府清查他的问题，故联合大地主薛四牯牛相助，聘请地方大讼师朱翠夫，两股势力合力状告刘、王二姓，说是王子兰、刘石波率领“穷人会”抢掠庵产，逼死人命。

当时林姓人也得好处，但朱、薛只告刘、王二姓，为什么不告林姓？这是薛四牯牛的计策。薛四牯牛是金城一带的大地主，他没有忘记共产党发动上千人在浅集街游行示威，高呼口号，在演讲中揭发薛四牯牛敲诈勒索贫苦农民，称他为恶霸地主，让薛四牯牛对共产党既恨又怕。现在法缘想借靠薛四牯牛的地方势力，正中薛四牯牛想报复共产党的心意，因刘、王二姓有许多人参加“穷人会”，状告刘、王就能牵涉到共产党，因为只有牵涉到共产党，国民党政府才能当大事。

刘、王两姓人也不示弱，有钱出钱，有力出力，合心到县城打官司，说薛四牯牛好吃贪赃，得钱受贿。薛四牯牛问我贪什么赃？对方举出事实，说:“金城庵百十棵树不是你拉去的吗?”

成立不久的国民党县政府官员多思想激进，对土豪劣绅也没有好感，再说法不治众，最后判薛、朱官司输了。

金城庵群众革命热情高涨，基础好。1930 年上半年中共江苏省委决定举行苏北涟水、淮阴、淮安、泗阳四县声势浩大的“八一暴动”，成立红军师。涟水作为暴动的重点县，全县设十多个暴动点，总暴动点和结合部设在金城庵。

暴动的总指挥部和县委设在王伯谦家，王父是金城庵小学老师，利用教书的身份，服务和掩护暴动活动。王伯谦此时因太红，成为当局抓捕和注意的目标，被党组织调到淮阴从事革命，支部书记由刘国祥担任。

暴动的这一天，庵前竖起红旗。暴动队伍收缴了地主富农家的各种枪支几十根，逮捕了拒不交出枪支的富农冯中尧等三人，吊在金城庵门前的大白果树上，召开上千人的公审大会。

在准备继续进行收缴和逮捕地主薛四牯牛时，地富分子以金宗大为主组织联庄会近二百人从北边攻过来。暴动武装在王广志、王天曙等率领下，利用庵北边的乱坟坑地进行顽强抵抗，战斗至晌午时敌人退却了。

战斗虽然取得阶段性的胜利，但暴动队伍撤退回去后，也立即分散了。因缺乏组织武装的经验，战斗人员如同上街赶集一般，没有经过集训的队伍，撤退后各奔东西，一去不返。

党的“左倾”冒险主义路线，不能客观地认清敌强我弱的形势，当时暴动起义的时机条件还不成熟，地方党组织缺乏武装斗争经验等多方面原因，暴动的第四天，国民党县当局和地主武装庄联会前来残酷镇压，队伍却集中不起来了，暴动失败了。

时任中共淮阴县县委书记的王伯谦，在“八一暴动”中领导了淮阴大兴庄暴动，起义军有百十条枪，当天开局顺利，下午国民党县常备队下乡围剿，起义队伍因没有经验和训练，在敌军前来镇压时，起义队伍当即跑散了。但王伯谦在暴动之前作了大量卓有成效的工作，他成功地策划了西坝缉私营一个连的士兵起义，他们开着小汽轮到下游的涟水县时码头，以配合离河西十里外金城庵中心点暴动，可惜，他们没有及时联系上，在得到暴动失败的消息后，这一连人又开回西坝。另外，王伯谦还对驻淮安的国军陈调元部进行兵变活动，因整个暴动失败没有发挥应有的作用。

涟水濒临海边，一马平川。数百年前黄河夺淮河水道入海，导致水患频发，百姓贫困不堪，连连的水患和贫瘠的盐碱滩，恶劣的环境，孕育了淳朴敦厚的民风和勤俭、倔强的精神，百姓简陋的茅屋中堂上悬挂着对联："守祖宗清白二字，教子孙耕读两行。"涟水人自古就以穷读书，讨饭上学校闻名周边地区。重教兴学，为地处偏僻、贫穷落后的涟水人打开广阔的世界，让涟水学子沾风气之先，走进风云激荡的大时代。辛亥革命时期，涟水人张大卓、贾伯谊投身共和，与孙中山、黄兴接触，追随孙中山参加推翻清朝帝制的革命，联系党人计划在苏北淮阴实行暴动，不慎事情泄露，先后牺牲，辛亥革命后二人被授予民国烈士。

在20世纪20年代北伐战争和大革命洪流中，涟水许多知识青年南下报考新成立的黄埔军校，大黄埔岛上兴办的军校前五期中，入学的涟水人有十多人。1927年秋天中共涟水特支成立，一批青年知识分子和学生接受共产主义思想，他们深入农村，发动农民运动，在这片古老的土地上掀起红色的风暴。

"八一暴动"失败后，王伯谦被任命为中共淮盐特委书记。1932年中秋节，他又领导组织了淮阴县渔沟暴动，历经艰辛，坚持一个星期时间，最后还是失败了。这年冬天，党中央和省委机关在上海遭到破坏，导致特委与省委长时间地失去联系，王伯谦决定于1933年春到上海寻找党组织。

王伯谦刚到上海，即被原省委巡视员、叛徒陈伯扬指认，被捕。在监狱里，他没有屈服于敌人严刑拷打，有一天监狱里来了一个人，是他崇敬的领导、淮涟地区党的开创者，曾任省委常委、农运委书记、河南省委书记的陈治平，在叛徒陈治平巧言令色的劝说下，王伯谦自首叛变，他被任命为淮阴专区特务室专员。

混迹于这个腐败的体制内，充当鹰犬，他备感耻辱，痛苦。国民党政府官员之间尔虞我诈，钩心斗角，很快让王伯谦后悔不及，苦闷，彷徨，他怀念过去艰苦卓绝的斗争，向往那充满理想和激情的生活，他苦恋着自己追求的信仰。痛定思痛，他暗地里千方百计地寻找过去的同志，终与新推选出的淮盐特委书记赵心权取得联系，他配合特委工作，传递信息，隐瞒和放走共产党人，向党组织资助经费。

1934年后国民党政府采取“自首政策”，在敌人软硬兼施的手段下，白区的党组织遭到极大的破坏。他通共的事情被泄露，这年夏天在镇江再次被捕。

1937年8月16日，日本飞机轰炸苏州，狱警忙于躲逃飞机轰炸，王伯谦和同乡狱友林士钧等人推倒牢狱大门，奔回家乡。在民族危难之际，王伯谦没有沉沦、消极，他振作精神，勇敢地站出来，联系当年的同志，义无反顾地投入抗日救亡运动的洪流。

1938年1月中旬的一个夜晚，两盏汽油灯高高地挂在金城庵前银杏树的枝丫下，灯光如利剑驱逐着无际的黑暗。广场上举行抗日训练班结束文艺会演，听到消息的周边乡村沸腾了，上千群众聚集过来观看，流行的抗日剧《放下你的鞭子》，歌曲《我的家在东北松花江上》《大刀向鬼子们的头上砍去》等节目，控诉日寇侵略中国犯下的滔天罪行，号召人民团结起来，万众一心向着敌人的炮火前进！

充满激情的演说和歌曲，极大地感染了乡村里的庄稼人，唤起他们的爱国之心和抗争精神。精彩的节目犹如一支火把，驱散了群众心里的疑虑和阴霾，全国人民只要齐心合力拧成一股绳，终将会把日本鬼子驱赶出国土！

苏北抗日同盟会是原苏北地区的地下党组织领导的一个抗日群众团体，涟水地下党老同志在李干成、万金培、陈书同等发起下，于1937年年底成立涟水抗日同盟会。苏北抗日同盟会会同涟水抗日同盟会，经选择决定在金城庵举办第一期抗日训练班，学员来自淮阴、淮安、泗阳、阜宁等周边县三四十名青年，还有附近前来听课的约有百余人，时间两周，讲师是由延安抗大和陕北公学回来的同志，讲授抗日民众运动；抗日民族统一战线和抗日游击战等，以及共产党的路线方针和政策，为淮海区的抗日运动播下革命的种子，参加活动的学员后来多数成为抗日的中坚力量。

苏北抗日同盟会开办培训班，苦于无合适地点，更有国民党当局的禁止和反对，王伯谦勇敢地承担这个活动任务，利用金城庵的空房和地方群众基础好的优势，负责学员的吃住、安全保卫等，保证了训练班的成功举办。正在浅集小学上学的韩品正等学生，在学校老师嵇孝纯的带领下，观看了这场激动人心的演出。嵇老师还列席参加这次培训班，他将抗日同盟会的宣传资料暗暗地借给学生阅读，在同学之间传阅。

训练班结束后，王伯谦动员三十多名金城附近的青年学生，成立一支抗日流动宣传队，自任队长，宣传队走遍涟水西部的各个集镇，还到县城与东北部驻军联合演出，一时影响很大，国民党县党部很惊慌，为防止他们宣传共产党的抗日主张，安排一个姓戴的秃头特务找到他们，要将宣传队收归县党部，给他们发薪水等，遭到他们一致拒绝，他们当即离开县城，继续到乡下进行活动。

王伯谦等几名同志在大程集的万金培家讨论时，一致认为，搞抗日救亡运动不能没有共产党的领导！可是如何找到党？王伯谦提出，在苏州监狱中认识“七君子”同案的罗青。大家要求他去上海找罗青，通过他找到党组织。1938 年初，他在上海找到罗青，见到了上海地下党领导钱俊瑞同志，汇报了淮盐地下党的情况。钱俊瑞介绍了上海救亡运动情况，要求王伯谦先回家乡搞抗日救亡运动。

月亮在暗夜的云朵中飘移，如大海中一叶孤舟，坚定无畏地向着它寻找的方向。在城北一个叫朱舍的村庄，王伯谦、林士钧等四五人聚在青年学生、抗日积极分子朱寿乾家门前的打谷场上，讨论研究成立“涟水民众抗日救国会”有关问题，林士钧执笔起草了章程，在讨论该会是否向国民党县政府备案时，陈书同说:“不用备案了，鬼子一来，他们跑还来不及呢!”

新成立的“涟水民众抗日救国会”推举王伯谦任会长。他们一致认为，抗日是人民自己的事，是独立的群众性抗日救亡组织，不需要政府批准。1938 年 10 月，国民党省政府下令取缔苏北抗日同盟会，其会员全部转而加入“涟水民救会”，一直到八路军南下苏北，地方成立抗日政府，区乡成立农民抗日救国会，

“民救会”会员转变成“抗救会”会员，“涟水民救会”才结束历史使命。

这一时期，王伯谦成为地方抗日的领旗人，爱国青年的引路人，引起国民党县当局的注意，1940年春，他第三次被国民党政府抓捕入狱。当年秋天，八路军主力来到苏北，成立中共涟水抗日民主政府，八路军主力一部在抗日政府保安大队配合下，一举击溃驻佃湖乡的国民党县政府，伪县长逃跑了，王伯谦得以解救出狱。因他在地方抗战中突出的表现，中共党组织旋即任命他为中共涟灌阜办事处主任，不久办事处改为滨海县委，他转任滨海县县长，1943年王伯谦重新加入党组织。

中国共产党以海纳百川的胸怀，建立广泛的爱国统一战线，调动一切可以利用的力量，推动抗日事业蓬勃发展。王伯谦在风起云涌的伟大的抗日救亡运动中，卸掉背负的沉重十字架，如千回百转的涓溪，终又汇入奔向大海的洪流。

春风吹又生

韩品正上了两年私塾后，被送到金城庵小学读书，庵里有百余间房屋，除学校和和尚使用外，其余都是空洞洞的。那年，金城庵和尚因打官司卖掉不少庵地，自感威风扫地，夹着尾巴，不再兴风作浪。学校继续在庵里办，和尚无奈地把东、西半边房子都让了，房子虽多，但都有菩萨，学生仍没处蹲，仅东、西两廊房可蹲人。

韩品正初小毕业后升入浅集完小学习，他被浅集小学开除后，明白事理的父亲并没有过多地责备他，爱子心切的父亲为了儿子的前途着想，托人找关系，将他送到西南的王集街小学插班读书。

秋天，新的学期开学了。山河破碎，满目疮痍，少年哪里有心思读书？为准备与即将来犯的日寇作斗争，韩品正注意团结和联系同学。不久，鬼子侵占涟水县城，离城很近的王集学校关门了。同学们分手时三五成群相拥着，痛哭流涕，亡国之悲让他们对未来充满茫然和恐慌，还有对当局的不满。韩品正与许多有血性的少年慷慨激昂，相约抗倭。关心时政的老师指点他们说："西南的朱南荡有真正抗日的人，你们要抗日就去找他们！"

朱南荡的朱家世代大地主，有子女在省城大学中学读书，思想激进，因抗战爆发返乡，积极宣传抗日，鼓动抗日救亡，联系一帮热血青年结拜为抗日兄弟团，在地方上影响很大。

韩品正 18 岁了，父亲叫他跟着自己学医，找出几本医书，让他自学。韩品正想学医也好，目前抗日无门，总不能坐在家里无所事事，行医正好可以结识周边有抗日之心的年轻人。他通过走访亲友和在金城、浅集和王集三校熟悉的同学家，传播鼓动抗日救国，用桃园结义的形式，与义气相投的青年人"换帖"拜把兄弟，这是易于被年轻人接受，也可以躲过当局的阻拦，在短时间里，他结拜五十多人。

县城沦陷后，国民党县政府不组织全县民众进行抗日，只顾自己逃亡，躲到七十里外的东北乡佃湖。

日寇占城三天后，王伯谦在军田乡召开"涟水民众救国会"紧急会议，提出"抗日防匪"的口号，决定筹建武装抗日，原抗盟抗日宣传队队员多数人参加了抗日队伍。靠县城盐河边的张景文和张胜武兄弟、朱寿乾、王观涛、陆亚东，联络北边林大庄的林士钧、王雨络等共二三十人，在林大庄成立地方第一支抗日队伍。在讨论队伍的名称时，林士钧提出东北军驻地方时，计划在涟水招兵成立一个独立营，因日寇很快占领县城没能实施，他建议以此番号，称为“涟水民众抗日独立营”，他的建议得到大伙的认同，并推他为营长。

林士钧是1928年县城中学读书时参加中共党组织，回乡后当小学教师，从事地下工作。1929年秋任中共地下金岔（金城乡和岔庙乡）区委书记、县委委员，后被捕关押在苏州军人监狱。上海“八一三”事件后，日本飞机轰炸苏州，狱警吓得躲避起来，他和狱友王伯谦借此机会鼓动狱友，冲出监狱，跑回故乡。他曾被苏北抗日同盟会委派驻李宗仁将军负责的徐州作驻会代表，后又被派到东北军五十七军某团任参谋，学习军事。日寇占领地方后，他离开部队回乡。

独立营打探到东北军五十七军有一批面粉和枪支等军用物资埋藏在盐河边凌庄，他们组织人员，由林士钧装扮成东北军军官，找到掩埋的地点，取出这批物资，运到西边二区的朱南荡朱启勋家，为成立的抗日游击队解决一时之需的物资。

独立营在朱南荡进行军事射击技能训练，朱启勋父亲朱三爹是有名的射击手，在他的指导下，这支由学生组成的队伍多数人很快练成了神枪手。

独立营成立后干了一件大快人心的锄奸活动。日寇在地方烧杀奸掠，遭到涟水人民同仇敌忾，坚持民族气节，不为鬼子做事，但有个别败类竟以为得到出人头地的机会，北门街有一地痞邵小喜跑到日寇据点毛遂自荐，充当伪警察队长，他拉拢城内外的地痞二流子替日军做事，为虎作伥，敲诈勒索百姓，四处搜集抗日情报。民众抗日独立营张胜武通过关系人警告他，但邵小喜口是心非，依然我行我素，他们决定处决邵小喜，以儆效尤。

敌人在县城门处布下几道岗，邵小喜枪不离身，平时身边带着几名随从护卫。自从被独立营警告后，行动更是谨慎诡秘，轻易不出城外一步。有一天，独立营终得到内线情报，探得邵小喜某日到北门外的姘妇家为其母过寿，这天正是县城逢集，正是下手的好机会。独立营决定安排张胜武、朱慕萍、朱寿乾等七个勇士执行这个任务。他们将枪藏在油桶底层，或藏在柴担里等方法，分别装扮成赶集的人，躲过敌人的搜查，来到北门外的闹市，隐藏在联络人林家粮行。那一天，邵小喜迟迟不露面，他们焦急而又沉着地等待，直到天要晌午，才得到林老板的暗示，只见邵小喜小心翼翼地出现在城门，他警惕地四处张望，见没有异样才哼着小调走出来。

七勇士按计划分散行动，迅速接近了邵小喜。在邵小喜离开城门岗哨有二百米远时，说时迟那时快，混在人群中的张胜武和朱慕萍突然冲出，猛虎擒羊一般将他按倒在地，缴了他的榔头手枪，另外几名勇士将他的两个随从也击倒并下了枪。邵小喜看到是朱慕萍和张胜武，顿时吓得浑身颤抖，一边不住求饶，一边还想拼死反抗。张胜武大喝：你这个日本走狗、汉奸，今天岂能饶你！朱慕萍举枪扣动板机，枪响了，邵小喜应声倒下，随即一张布告覆盖在他的死尸上。张胜武对着天空打了几枪，满街炸集，七勇士趁着集上大乱，顺利地撤出了北门街。镇压邵小喜的行动对全县震动很大，在好长时间无人帮日军做事。

在同一时间，李干成和陈亚昌等人在县城北部的龙兴寺也组建了抗日义勇队。4 月初，接到李干成信函，约他们到涟水中部的龙兴寺会合。李干成是 1929 年在上海建设大学读书时加入共产党，曾任共青团上海闸北区宣传部长、江苏省委巡视员、中共宿迁县委书记、共青团河南省委书记等职，1934 年任共青团江苏省委巡视员时，在上海被捕入狱。抗战爆发后，实行国共合作，他被释回乡。因他担任过党的省级领导职务，经历丰富，因此，在家乡抗日救亡运动中众望所归，被推为涟水抗日同盟会会长。

凋敝而落寞的乡村小路上，有一支散漫的二十余人的小队伍，前边一个举着一面旗子。他们经过村庄时，为消除老百姓的怀疑和顾虑，边走边喊话：我们是抗日的队伍，是救国爱民的，不要怕。

他们穿着农家的衣裳，有长袍，有破棉袄，旗子是出发到成集街头，一卖布商人听说是抗日的队伍，热心地捐献一块红布，作这支队伍的旗帜，如果不加说明，群众真以为是土匪出来示威的。初成立的民众独立营是一个并不严密的军事组织，有人参加，有人来了又走了，并没有严格的纪律。在计划去与李干成会合时，朱启勋考虑到独立营来朱南荡时曾受到尤荡的民枪阻击。他从朱南荡的枪手中挑选了五六人，随军前往，充实部队的战斗力，并建议从抗日活动开展好的线路走，即从薛园到岔河头，林大庄，颜下庄去龙兴寺。

队伍过了张河，到了林大庄，在独立营营长林士钧的家住下，歇一夜，第二天又行军，到了三区的盐河西岸龙兴寺，与李干成，陈沟的陈凤州、陈亚昌等人会合，这支队伍增至到七十多人，合编为“涟水抗日义勇队”。

这年初，在日军侵占县城之前，共产党悄悄地来到涟水的西乡，成立了中共淮属临时工作委员会（不久改为淮属中心县委），从朱南荡到龙兴寺，这支游击队里活跃着一个操着外地口音的，他就是临时工委派出的负责建党的戴曦同志，在老同志李干成和朱慕萍等人的介绍下，经过一个月的了解和接触，王雨络、朱寿乾、张胜武、王国干等原抗盟抗日宣传队队员成为抗战第一批加入中共党组织的人。

队伍暂时在龙兴寺安营扎寨，休整练兵。4 月 5 日的早晨，排长王国干带人渡河到河东的鲁渡侦察，发现一个班日军押着许多民工修理涟水至新安镇的公路，他当即指挥小分队开枪，骚扰日军。民工听到枪声立即惊散，日军吓得慌忙东撤，躲避在一个小庄上。王国干他们回来向李干成汇报情况，李干成立即带大队人马过河，向日军发起进攻。

听到抗日义勇队打鬼子，周边百姓群情激奋，民众纷纷涌过来，一下子集中有五六百人，对日军实施围攻的阵势，第二天早晨县城日军得讯，前来营救，多远就有炮弹打过来，见此，我抗日军民迅速撤出。鲁渡战斗，义勇军打响了涟水抗日第一枪。

6 月，苏皖区党委决定撤销淮属中心县委，派万众一同志前来，成立第三地委，并指示扩大共产党和八路军的影响，将涟水、淮阴和淮安等地几支抗日义勇队合并，打出八路军的旗号，成立“八路军陇海南进支队第八团”，人员约三百人，团长吴觉，政委万众一，副团长陈书同。年底为扩大武装，抵抗国民党军队的围剿，他们到盐河东，与受共产党控制的国民党涟水县七区常备独立中队和六区政治中队合编，成立八路军苏皖纵队南进支队第三梯队，辖八团、九团，此时人员有五百余人。

朱南荡成立一支共产党领导的抗日武装的消息，韩品正很快从民救会会长王伯谦处得知，欣喜万分，立即串联本村的几个同族兄弟，在当月前去参加。韩品正在队伍里抗日坚决，要求进步，受到团政治部负责宣传的宋振鼎注意，宋振鼎安排他做抗日宣传员，当年 8 月，介绍他加入党组织，一个月后安排他回乡开展地下工作。

韩品正回家后，通过到亲友家走亲戚，找到浅集、王集学校的同学和结拜兄弟，宣传抗日救国的道理和共产党抗日主张，经常在一个地方一待就是一天或几天，夜以继日地奔波。他首先将抗日坚决、敢于斗争的同学和把兄弟介绍入党，通过他们发展更多的人参加青年抗日救国会、农民抗日救国会、妇女抗日救国会等，发展成员二百余人，从中选择抗日意志坚定，有阶级觉悟和革命思想的人发展到党内，很快发展党员三十余人，当年冬天成立中心党支部，下设金城、岔庙、鲍营三个分支部，他任支部书记。

中共涟水县抗日政府成立后，乡区基层组织也很快成立，韩品正担任三区区委组织委员等职，1942 年 8 月三区区划调整，改任岔庙区治安委员。

涟水中部地区的金城、浅集、曙东等乡早期的抗日形势红红火火，不料，因王培坤投靠日军，在时码据点纠结一批地方上的地痞土匪，疯狂地向周围扩大伪化，兵匪为一体的时码伪军凶残而贪婪，导致涟中地区的抗日大好形势受到破坏，斗争进入艰难时期。

抗凶初记

浅集小学东边不远的谢庄群众听小学生回到庄上宣讲，民国首都沦陷了，大伙听说后都有天塌地陷之感。

谢庄有二十多户人家，均是自耕农，经济较为富裕。20 世纪 30 年代初，谢庄有人与时码支部的党员王干卿、朱广法等结拜为兄弟，他们经常来宣传共产党的主张。抗战爆发后，国共两党第二次合作，从监狱里放回来的王干卿在浅集小学教书，宣讲抗日救国，号召百姓在民族危难之时，保持民族气节，不当亡国奴。抗日政府成立后，中共地下党员颜景理、朱广法等经常在浅集一带鼓动村民组织联庄会，购武器，自制弹药，挖战壕，进行抗日保家的斗争。

谢庄的青壮年人闲时爱好打猎，因此多数人练了一手好枪法，他们响应共产党号召，自发地成立庄联会，背上土钢枪，参加护村保家活动。群众自发购买枪支，全庄有步枪十四支，土枪三十几支，土炮一个，以及手榴弹若干。邻近几个村庄如遇有土匪抢劫，谢庄人闻讯，一呼百应，主动前往救援。

群众组织的庄联会是利用过去“小刀会”的形式，庄与庄，村与村相互联络，相互支持，抗击日伪下乡“扫荡”和骚扰抢掠。

“小刀会”在20世纪20年代后期在县境内非常活跃，原叫“神拳会”，因头扎红布，又称“红会”，“小刀会”。他们提出“抗捐防匪”的口号深得百姓拥护，人们纷纷加入，一些中小地主因不堪官府的欺压，想借小刀会力量保全自己，也相继加入。“小刀会”开始比较神秘，后来人多势众，逐渐公开化，先是在盐河以西一带发展，后发展到盐河东，至1927年，几乎遍及全县各个乡镇。县城和大的集镇参会者较少。

“小刀会”设会长、段长和堂长，各级长官由选举产生，比较大的村子设一个会堂，小村是几个村合设会堂，选举产生堂长；大的堂还分组，设组长；几个堂组成一个段，没有具体规定。会长为最高行政官，还设开化师，负责传道，类似于军师，开化师掌握着“小刀会”的实权。

小刀会的武器是大刀，枪支很少。1927年孙传芳的联军过境，小刀会购买和缴获了部分枪支。小刀会会员作战勇敢，不怕死，打仗时牛角号一吹，个个奋勇向前。他们同国民党地方武装、土匪头子、恶霸势力多次交锋，都取得了胜利，因此，“小刀会”名声大了起来。

涟水“小刀会”发展快，声势大，县长刘天祥坐立不安，一面请求上司派兵守城，一面请小刀会头目进城谈判，谈判未果。县长的下驾谈判，促进了小刀会头目的野心膨胀，他们决定攻打县城。于1928年元月8日，“小刀会”调集数万名小刀会会员（含沭阳、宿迁小刀会）围攻涟城，高喊“打进涟城不完粮，杀死县长刘天祥”的口号，历时三天。

县城警备连守军开始害怕小刀会的“刀枪不入”，后见攻城的会员被一枪打死，胆子大了，对着冲上来的人群猛地开枪，小刀会死伤惨重，见神符不灵，人被打死，会员掉头狼狈逃跑，一哄而散。当局对小刀会进行大搜捕，疯狂镇压，会长王志祥潜逃，开化师朱温被抓，在县城能仁寺北边被斩首示众。

王培坤手下的小头目多为浅集、金城这一带的地痞二流子，他视这一片地区为自己的地盘，为不断蚕食西边抗日根据地，王培坤决意在时码西边十里的浅集街建立据点。

谢庄处于时码与浅集的中间，是时码到浅集的必经之地。谢庄的庄联会坚决勇敢地阻挠王匪西犯。从1940年底起，时码伪匪先后六次向谢庄侵扰，每次来侵之敌有几十至百十人，皆被庄联会击退，因此，周围群众赞誉其是“铁打的谢庄”。

谢庄的庄联会成了王培坤的“眼中钉”，王匪发誓要摧垮谢庄这个抗日堡垒，双方进入剑拔弩张的状态。庄民们晚上打更，白天放哨，严防敌人的进攻。

谢庄的谢兰成利用卖豆腐走村串户之便，成为一名业余的情报员，常将时码敌人的情况带回来。1941年2月6日，谢兰成在时码附近被伪匪抓获，说是谢庄的探子，被杀害。

庄联会决心为谢兰成报仇。两天后，得到时码敌人来犯的消息，会员四十多人分成四个战斗小组，拂晓进入阵地，以村为中心，在村东北、东南、西北、西南四角布阵迎敌。

敌人惧怕谢庄庄联会的“活线手”，又因村东北、西南、东南地形复杂，易守难攻，不敢贸然进攻，敌人迂回到西北的太和庄，沿壕沟向谢庄后侧进攻。十时左右，伪军百余人沿战壕向南冲来。庄联会没有料到敌人会迂回进攻，在庄西北的守卫较薄弱，只有六人。在北边作前哨的二人，见敌人来势汹汹地突然冲上来，产生恐慌，一枪未放就退了回来。

这一退，敌人乘势追来，情况很危急，谢保洪、刘树青等人匆忙开枪阻击，刘树青不幸中弹牺牲。敌人源源不断地拥至，他们阻挡不住，被迫向西南退却。敌军突破防线后窜进庄里，致使其他三处阵地的人立即回村，合击敌人。

在村里的激战中，谢兰友、营纯如壮烈牺牲。敌军人多势众，庄联会人员寡不敌众，被迫退出村外。

神枪手谢保仁夫妇及儿媳颜井兰没有及时撤出，就退到自家屋里，关起门来，以两支步枪和手榴弹同敌人进行战斗，敌人把他家团团围住，用手榴弹在前檐瓦屋顶上炸了一个洞。谢保仁随之利用这个洞口，用木板担在屋梁上，站在上边，婆媳二人在下边传递弹药，他居高临下向敌人猛烈射击，敌人吓得不敢靠近。这时，敌人已纵火烧掉他家前边过道口，谢保仁毫不屈服，他击中前门一个姓王的敌人后，又听见敌人在屋后挖墙洞，他用手榴弹从屋顶向屋后甩去，又炸伤了一个敌人，敌人吓得再不敢接近房屋，相持到傍晚，敌人无可奈何慌忙撤走。

敌人进庄后，实行“三光”政策，全庄一片火海，二十多户房屋除两家落下外，其余全被烧光。谢宝成家的地下室有妇女、小孩、老人几十人隐藏在这里，上面用树棍搭起来布上伪装，其时有小孩哭闹，大人连忙捂住，生怕上面的敌人发现，直到傍晚，日伪军撤走后才出来。

谢庄在敌人走后，无家可归的乡亲只得逃往他乡，寄住在亲朋好友家，只有少数老人故土难舍，在家搭临时小棚看家。就这样，时码的伪军还不放过谢庄，扬言还要抓人报复。

端午时到了，要收麦子。庄上的老人无奈之下，请北边陈沟的帮会大师父陈凤楼出面说话，将麦季收获的四万多斤粮食交了归化费，才暂时了结这场深重的灾难。

但是，谢庄人仍以多种方式坚持斗争。1943 年，谢玉春、谢新春设法雇人将本庄伪匪谢常山杀掉，谢兰翠、谢兰生兄弟二人又亲手将谢常山之妻拉到南乱坑枪毙。日伪在浅集街筑炮台，到谢庄去锯树，几个伪军到谢文春家强行锯树，谢文春十分气愤，拿起扁担向伪军劈去，立即遭到如狼似虎的敌人用枪、棍打得死去活来，带至浅集炮台关押十多天，家里花了两千多斤粮食才被赎回。

第三章　晨雾血战

大雾起时

那天早晨突然而起的大雾，长久地萦绕在韩品正的记忆里。

韩品正病愈，得到医生同意出院后，第二天一清早就走出六塘河畔的后方医院。七月的原野，青枝绿叶，苍翠欲滴。杂草长满了坎坷不平的小道，一人高的玉米摇曳着长长的秀叶，似乎要拉着行人。韩品正大步流星，恨不得两肋生翅一下子飞回区委，然而，老天爷好像有意为难他似的，才走不到一个时辰，雾，从天空飘落下来，越下越大，很快，天地间白茫茫一片。

韩品正不得不放慢脚步。今年的雾多，如同上半年的坏消息一样多。刚进入1941年，传来“皖南事变”的噩耗，江南新四军北撤途中，遭到国民党第三战区部队的包围袭击，经过七昼夜的激战，除部分人员突围出来，大部分官兵伤亡和被俘，来之不易的抗日统一战线突然降至寒冷的临界线。

上半年地方也接连发生两次令人痛心的事件。4月中旬，涟水县城的日寇趁着拂晓的大雾，偷袭盐河北岸军田乡黄家炮楼。炮楼里十三名民兵自卫队员凭借炮楼，英勇顽强地抵抗二百余日伪一天一夜，固守待援。可惜因外部无强有力的援军，夜晚，炮楼被攻陷，民兵除一人突围外，其余均牺牲，加上被杀害的群众共达三十多人。这月下旬，又传来我主力部队一个连在废黄河南岸的大胡庄，遭遇四百余日伪军偷袭，经半天的顽强战斗，最后全连官兵全部殉难。

“皖南事变”的连锁效应很快波及地方，国民党顽固分子策划、鼓动地富分子，煽动不明群众，暗杀共产党人，破坏抗日民主政权。6月中旬，县境南部的一区有十六个乡发生哗变，倒向国民党政权。这一连串事件发生，如黑云压城，极大影响了人民群众紧跟共产党坚持抗战的信心。在正需要共产党员奋发作为的时刻，自己却患急性关节炎住进了医院，韩品正深感自己病的不是时候，住院一个月时间，他感到比一年还漫长。

雾带给百姓不安和恐慌，盗匪和日伪会利用雾天隐藏行踪，袭击我抗日根据地。韩品正边走边想，在雾中摸索两个多时辰，找到位于公兴河西岸的区委驻地小秦庄，刚好是开饭时间，他的肚子也饿得咕咕叫了。

区委书记刘镜清见韩品正回来，高兴地喊他一同到伙食房。刘书记是去年年底从山东抗日根据地南下的干部，在韩品正住院期间，县委对三区区委领导班子进行了调整，刘镜清由区委副书记调任区委书记。

韩品正盛了一碗稀饭，抓一个馒头，同刘书记坐到磨盘架上一边拉呱，一边嚼着馒头，吹着滚烫的稀粥。忽然，远处传来枪声，很快，又响起一阵炒豆似的枪声。

枪声就是敌情！韩品正丢下碗，跑出院子，倾听枪响的方向。三年来，韩品正为发展和壮大党的抗日力量，无论是白天还是黑夜，不知跑了多少路，对家乡的沟沟坎坎了如指掌。他判定，枪声来自南边五六里外的前老庄，一定是前老庄民兵联防队与来犯之敌接火了。

韩品正清楚前老庄联防队队长桑长珍的脾气，有敌人来犯，他一定会勇敢地与敌人作殊死搏斗。他担心，新成立的联防队能否阻挡得住强敌的进攻？他们肯定盼望增援！韩品正转身向刘镜清建议:“刘书记，是前老庄与敌人接火了，我们要赶紧去增援!”

正常情况下，不打无准备的战斗。刘书记听到枪声后，正考虑是否立即转移？此时，区委区署十来人，加上驻在附近的区队共百十号人，便说:“先派人侦察一下情况。”

韩品正建议说:“刘书记，现在有大雾，又有青纱帐，不管什么情况，都是打仗的好机会!”

见韩品正对战情判断如此肯定，态度坚决，何况南边村庄已与敌接火了。刘书记接受了韩品正的建议，下令全体区干立即出发。韩品正拔出盒子枪，一马当先，带头向南冲去，保卫干事蔡述礼等人紧跟着跑出院子。

刘镜清书记一边安排人通知区队赶过来，一边带增援人员沿着小秦庄东侧一条南北向小河堆，在漫天大雾的掩护下向南急奔。

增援人员穿过高粱地，很快到达前老庄的东北角。庄后墓地的小松林处，有伪军躲藏在坟墓后边的哨兵，见人影忙喝问口令？蔡述礼机智地回答，是自己人。放哨伪军半信半疑，试探着上前辨认。蔡述礼一个箭步上前，击倒伪军，经审问，俘虏叫嵇孝伦，交代了敌伪的状况。

他们摸清情况后继续向庄上靠近。这时大约九时许，庄东小河边伪军哨兵见有人过来，问口令，回答的是一阵枪声，伪军急忙倒身在地，滚进玉米地，负伤逃进庄里。

刘书记见敌哨兵逃了，忙大声喊叫:“二连上!”

地方人对北方话称为侉腔，八路军南下苏北，其官兵多为北方人，群众听到侉腔就会高兴地说，老八路来了！敌人听到侉腔就会恐慌，认为是八路主力部队。刘书记利用他的山东话蒙蔽敌人，以掩饰我方援兵的不足，造成敌伪的惊慌。韩品正也借势助威，大声地叫喊："二排上，迅速包围，不要给敌人逃跑了！"

增援人员连续几阵排枪，射向庄内的敌人，以造成声势。

组建民兵联防队

1940 年秋八路军南下，苏北抗日形势焕然一新。中共涟水县抗日民主政府在三区朱集村成立，区乡政权也随之成立。韩品正任新成立的抗日政府三区西南片党支部书记，12 月，任区委锄奸、组织委员。第二年春天，他在淮海区党委保安处学习两个月后，改任保卫委员，分工到三区的东北部边区和新安镇，负责情报工作兼四个乡的面上指导。

6 月 11 日，韩品正回区委会驻地朱集村，由于跑了很远的路，夜里觉睡得很沉。拂晓，被屋外面吵吵嚷嚷的声音吵醒，同屋的人慌慌张张跑回屋告诉他，住地被土顽分子煽动上千名群众包围了。韩品正大吃一惊，没想到离开才两个多月，群众基础很好的中心区形势会如此恶化。

策划暴动的人借口防匪、防伪军抢粮，宣扬赶走共产党，日本人就不会来杀人放火的舆论，煽动群众跟着他们起哄。这是全县土顽有计划有步骤的统一行动，问题严重的是，中共县区党组织在事发前还一无所知。

面对突如其来的土顽暴动，中共三区委区署一时手足无措。

区委领导在没有预案的情况下匆忙商量，有人说东移，有人说西转，莫衷一是。更令人着急的是，通知驻在东边向庄小学的区中队速来，久久不见赶来，只听人声鼎沸，暴动的人群越来越近。情况紧急，区委最后决定：向西转移，靠近县委和淮海区党委。

早晨，金圩乡乡绅黄绍白等人带领上千人，向住在朱集村的区署涌来。住在向庄小学的区中队首先与暴动的人群遭遇，面对众人，区中队束手无策，开枪怕伤着群众，只得后退。因连续作战，疲倦过度，还有十七名队员睡得过沉，一时喊不醒被抓去，当天，八个班排干部在大金圩的乱坑处，被暴动的土顽杀害。

面对危急的形势，区委副书记周林到协和乡和瓦墟庵乡调集民兵，但他们以与时码伪匪打了几天仗，过度疲劳为由，不听调动。

关键时刻，兵调不动了。这时的各乡民兵组织多是村民为抗日防匪而自发组合的，其领头者多数是地方大户，主要是保护村庄，组织内没有建立党组织，也缺乏战斗力。

这天夜里，东南的金城乡和光华乡民兵干部桑长珍、周发高、王恒山等五人摸到区委报告，我民众武装与时码的王培坤伪匪连续战斗数天，队伍已打散了，三区东南的浅集等三乡已被伪化。他们还报告土顽分子要暴动，要求跟随区委会一道行动。

转移中，韩品正与金城乡支书桑长珍走在前边，他是韩品正介绍加入党组织的，今年春天金城乡支部书记不幸病故，桑长珍接任乡支部书记。韩品正为眼前的局势感到痛心，想到区委周林副书记调不动民兵的事，说：“长珍，你回去后，要立即组织武装，把枪抓在自己手里，有力量了，反动势力才不敢兴风作浪。”

区委女书记卢成、副书记周林和刘境清是外地来的干部，时间不长，人生地不熟，走在后边。几十人分成几股，稀稀拉拉地拖有几里路。前两天，卢成书记陪县委书记罗清渠到本区王圩乡检阅民兵工作，因批评民兵纪律散漫，不料恼怒民兵头目、地主吴七、吴八兄弟，竟劫持他们几人，关押在该庄一家地主炮台里，后这家主人怕得罪共产党武装的攻打，与吴氏兄弟协商将人放走。历险一天一夜的卢书记回到区里，又发生大规模的土顽暴动。

行至张河边时，有人拦截，韩品正鸣枪示警，哪知这伙人非但没惊散，反而仗着人多势众，追了上来团团围住他们，将他们拘禁在瓦墟乡。

区长孙礼谋是原国民党区长，民主人士，在“土顽暴动”之前，国民党地下负责人陆耀武利用同村和同学的关系，策反孙区长，孙区长立场坚定，及时地向党组织作了汇报。可惜，没引起高度重视和警觉，以致酿成现在不可收拾的局面。

面对围堵的场面，孙区长站出来讲话、说情，这伙人算是给老区长面子，将区委几位领导交由北边张圩的士绅、“安清帮”师父周八带走，区委领导脱了险。

韩品正等人被关在路口乡的一户人家。晌午，许多老百姓前来围观看热闹，这地方的保长认识桑长珍，说:“这不是三兄弟吗?”

桑长珍很机智，他趁有熟人在场，立即扬开嗓子责问捆绑他的顽匪说:“我们是抗日乡政府的人，是被时码王培坤伪军挤逼到区署，现在你们要干什么？我们的敌人是日本鬼子!”

他义正词严的话，顿时引起群众的共鸣。大家纷纷气愤地说，这是什么世道？鬼子欺侮我们，你们怎么抓抗日的人？该庄的士绅纪焕成，年纪大，性耿直，明白这事原委，立即火冒三丈，上前责问:“你们怎么干这种缺德的事，国家快要亡了，还帮日本人抓抗日的人?”

纪焕成说着就上来拉他们去吃午饭。围观的群众见此也纷纷表示不满，该庄的暴乱头目纪五、纪八看到这阵势怕引起众怒，只得听任他们到群众家里吃饭。

下午，在群众的掩护下，韩品正几人脱险，他们一口气跑了30里路，找到县委县政府，汇报土顽暴动的情况。

中共淮海区党委书记金明得知情况，意识到问题严重，非常重视，亲自布置，迅即协调驻防在淮海区的新四军独立旅平暴。在涟水县大队配合下，以骑兵排为前驱，东渡张河，对暴动的土顽实施镇压。

在主力部队的横扫之下，乌合之众很快土崩瓦解，暴乱头目纪五、纪八等人被当场镇压。几天后，县大队配合主力部队，将聚集在张河东岸孔小圩的二百多土顽武装一举击溃。

“土顽暴动”是国民党地下人员鼓动对共产党不满的地主富农，在群众中宣扬赶走共产党，日伪就不会来扫荡的谣言，企图将抗日民主政权扼杀于摇篮之中。再一个原因是东部盐河边时码据点王培坤部疯狂推行伪化，扬言要摧垮共产党的抗日民主政府，致使人心浮动。

关于这场暴动具体是怎么爆发的?可惜，后来没有人专门去调查研究和探讨。

韩品正找到县政府时，坐下歇口气，不久就感到膝盖骨钻锥般的痛楚。到县卫生科检查，确诊是突发急性关节炎，要求他立即住院。他认为可能是跑得过急，自己注意一点，过两天就会好的，就开了点药，第二天，他坚持随镇压土顽的主力部队赶回区里，处理善后工作。

中共涟水县委、区委吸取了这次“土顽暴动”教训，认识到民兵武装必须牢牢地掌握在自己手里，决定把散落在群众手中的枪支尽快集中起来，在乡一级建立可控制和调动的抗日保家联防队。

岔庙乡东南的两个保与金城乡北部三个保，组成两乡五保民兵联防队，是“土顽暴动”后组建最早、最快的一支民兵联防队。

岔庙乡民主政权于1940年秋成立，原乡长吴石华是地主，他支持抗日活动，仍留任乡长；支部书记是前老庄的李庆余，对外是乡农救会会长，全乡有党员四十多人，其中前老庄的党员有十六名。

前老庄全名叫吴前老庄，位于岔庙街东南两里地，全庄近四十户，二百多人。自共产党来到地方后，全庄除老幼外，几乎都参加了农、妇、青、儿等抗日群团组织，这是一个无人不进步，无人不参加抗日活动的村庄。庄上有几位铜匠，日夜忙于造枪。庄上四户吴姓地主，都是开明进步人家，子女都参加了民兵武装。

前老庄南边桑陈庄和东边的南桑庄、冯庄属于金城乡，有三四十户人家，群众也多参加抗日群团组织。桑长珍是南桑庄人，这年21岁，公开职务是保长。他1938年参加涟水抗日同盟会、民救会，1939年8月加入党组织。他性格耿直，抗日意志坚定，对敌斗争勇敢。今年初，他在参加浅集战斗中，取得毙敌获枪的战绩。“土顽暴动”发生后，他当向导，带着主力全歼孔小圩的顽匪。

桑长珍与李庆余二人联手，雷厉风行地组建完成五保联防队。桑长珍任联防队队长，队员现有三十多人，人手一枪。他们采取半脱产与全脱产相结合的群众联防形式，每天白天和夜晚排班放哨。

前老庄的房舍前后三排，夹于两条交通要道的三岔路口之中。面南路边是地主吴宝鉴大院子，前院有大小枪楼两座，岔庙乡公所和民兵联防队队部就设在这里。吴家大院坚固，院西南角有枪楼，东北角还有一小枪楼。许多庄民为防备伪匪的突然袭击，每到晚上都驻进枪楼里过夜。

民兵联防队的神枪手，首数桑玉珍，他原在国民党涟水县警备队干事，鬼子占领县城后，他跑回家里。韩品正找他参加民兵组织时，他爽快地说："我是中国人，坚决抗日，反对汉奸卖国，厌恶那些在国家有难时，还在欺压人民，发不义之财的人。相信我，就跟你们和长珍弟在一起干。"

桑玉珍在反击敌伪的几次小型战斗中，勇敢顽强，枪法准，打得敌人狼狈逃窜，被人称为"活线手"，

"活线手"，是比喻枪法准的人连针眼小的线孔都能打穿过去，群众的语言形象、生动。有名的神枪手还有李怀珍、施习珍，巧合的是三人的名字里都有"珍"，人们将他们称为"三根针（珍）"。

自从时码据点伪军冲垮了东边几乡的抗日政权，这里便成为涟水县抗日根据地东南的前沿。前老庄民兵联防队在组建一个月内，就与疯狂推进伪化、前来抢劫的时码伪匪打了七八仗，顶住了时码伪匪的猖狂进攻，制止了伪军向西部推进伪化的势头。

紧张的组建工作，让韩品正暂时忘记了自己的病情。几天后，钻心的疼痛让他无法站立，他不得不去后方医院就医。在去医院的路上，遇到桑陈庄的陈必贵、陈必显两兄弟，他俩相差不大，十八九岁。韩品正从过去接触的情况看，觉得他俩是一对可以培养的好苗子，就动员他俩参加民兵联防队，血气方刚的两兄

弟欣然同意。

韩品正当即写张条子，让他们带给桑长珍，介绍他俩参加联防队，并在信中叮嘱桑长珍：若他兄弟俩参加联防队后，表现好可立即发展入党。

悲壮的阻击战

7 月 24 日拂晓，太阳冒出地平线，不久，起雾了，初醒的万物随即朦胧起来。

在前老庄南圩的芦苇丛里，两名民兵联防队员正警惕地观察着寂静而苍茫的远方。大约七时许，哨兵突然听到不远处传来哒哒作响的脚步声，前边有影影绰绰的大队人马由东南向西北蠕动，他俩判断，是东南时码的王培坤伪匪来偷袭了，立即跑回去报警。

炮楼里的民兵联防队队长桑长珍和李庆余听到报告，判断敌人向西北方向运动，肯定是想偷袭我区委机关，抢劫群众财产，决定立即进行阻击。

这时，联防队员有的回家过夜，有的一大早回家吃饭去了，吴家大院内有二十人。他们当即分工，由支书李庆余率领部分队员登上前院西南角的大枪楼阻击敌人，其中有桑玉珍、李怀珍两个“活线手”。队长桑长珍率领“活线手”施习珍和部分队员守卫后面的大庄子，同时动员群众火速撤离。

时码据点伪军大队长王培坤率领所属保安队，纠合伪区乡行政机构人员共四百余人，兵分南北两路向西出发，沿途抢劫群众财物，计划于岔庙街会合。南路由伪区长戚二侉子领队；北路由伪保安小队长张洪如、朱小八子二人领队。在大雾的掩护下，伪军的两队先头人员分别到达前老庄和桑庄的南边。

在前老庄东不远的一条小河边，联防队员吴培信背一支钢枪正在放哨，在他发现南面不远处的敌伪时，已跑脱不了，他机智地把长枪沉入小河里。不料，他的这一动作，被背后的北面伪军小队长朱小八看见了，朱小八躬身沿着小河向南疾行，想来得枪。

南边伪军见有人沿河边弯腰急速地奔来，以为是前来进攻的民兵，急忙射击，“叭”的一声，子弹穿越弥漫的大雾，折断几棵芦苇，惊起一群野鸟，随着枪声，朱小八子应声倒地。

枪楼里的民兵联防队这时已发现南路伪军，听到枪声，以为是向他们发动进攻，便开枪反击。

南路前队的伪军已行至庄西边的西大洼，听庄上响起枪声，即停止西进，南北两地伪军皆向庄上集中合围，枪楼成为敌人攻击的目标。

前老庄东南的桑陈庄，桑长珍父亲早已醒来，因儿子在外跑抗日的事，他时刻警觉着，听到庄外有声音，立即出门观看，见大批伪军向西北进发，他立即携小儿子不顾危险，趁着浓雾作掩护，混过伪军横队，向联防队送情报，当走到前老庄的前园大门东南角十余米的草堆旁时，被伪军发现，立即遭乱枪射击，父子二人中弹倒地，老父亲还拼出最后的余力，大声叫喊：时码二皇过来了！联防队员在枪楼里听得真真切切。

桑庄的桑居林媳妇才 17 岁，她见大批伪军从家门前向西北移动，很担心联防队员的安危，迅即拉着婆婆小大奶，向前老庄联防队送情报，刚走过小河上的石桥，被伪军发现，婆媳二人均被伪军打死。

敌我双方接火了，桑玉珍和李怀珍两个“活线手”依据枪楼制高点的有利地形，打得敌人不敢露头。敌人的几次进攻皆被击退，在前边指挥进攻的伪军小队长张洪如很猖狂，叫骂着挥枪逼迫伪军往前冲，被桑玉珍一枪击中，陈尸楼前。

张洪如是王培坤的亲信之一，见张洪如被打死，王培坤发疯一般下令伪匪一次次地进攻，均遭到联防队员的迎头痛击，在准确射击下，敌人无可奈何地败退下来。王培坤没有料到联防队如此顽强，见硬攻伤亡大，便打起鬼主意，叫来伪匪朱学周，他与桑玉珍曾同在国民党县常备队共过事，利用这层关系向桑玉珍喊话。朱学周上前谎称：此次别无他意，只要把藏在这里的两箱手榴弹拿走就行了！

桑玉珍没有上当。一计不成又生一计，朱学周第二次向桑玉珍进行劝降：“我们是好朋友，只要你交出枪，我保证你们的安全！”

桑玉珍和联防队没有理睬。气恼的敌伪进一步相威胁，你们孤守这座枪楼，也无外援，再坚持下去，没有好下场！

敌人的喊话遭到桑玉珍、李怀珍、李庆余等人子弹的回击。一个多小时过去了，敌人看软硬办法都无济于事，便采用伪匪的拿手好戏——火攻，枪楼和房子被烧着了。

枪楼上的联防队员一面对冲上来的敌人射击，一面等待着援兵，时间一分一分地流逝，炮楼里的民兵弹药有限，他们期望着枪声能引来区队和其他乡民兵的增援。

很快，枪楼里的民兵子弹打光了，再加上被烟熏烤得受不了，于是他们决定突围。队员吴宝君和支书李庆余两人首先从楼窗跳下，跑进高粱地里，得以脱险。

当桑清风从楼窗跳下时，被伪军发现，立即围上来，开枪打死了桑清风，敌人堵住了民兵突围的路。

王培坤的伪军多是贼匪出身，擅长挖地窖盗财，他们在火力掩护下，挖通了东北角小枪楼处的墙脚，钻洞爬进院里，打开院子大门，院外的伪军蜂拥而入。

队员王鹤银、戎长富、戎长兴、周明亮等人英勇地从枪楼里冲出来还击，可哪里抵挡住伪匪的人多枪多，他们在搏斗中英勇牺牲。

伪军从院子的厨房里抓住为联防队烧饭的一名妇女和她的三个孩子。伪匪有人认出，她是神枪手桑玉珍的妻子，他们将桑妻和孩子作为人质，押到西南角的大枪楼处，大喊："桑玉珍，你的妻子孩子都被我们抓在这里，你若再不缴枪投降，就杀死他们！"

枪楼上的桑玉珍没有回话。过了一袋烟工夫，急不可耐的伪军就逼着桑妻吴氏劝夫投降。

桑吴氏愤怒地看着面前的伪匪，就是不说话。伪军恼怒了，用脚踢她，用枪托捣她，再三逼她开口。她被打急了，开口只说了一句话："我说话不中用！"

伪军还是硬逼着她，否则就要杀她。桑吴氏对朱学周说："你和玉珍同事多年，曾发誓抗日到底保家卫国，你现在好端端的中国人不做，投降日本鬼子，当汉奸来打中国人，是你对国家不忠，现在你逼杀玉珍的妻儿，是你对同事的不仁不义，你对家乡人又是抢又是烧，杀死多少乡亲老人，是你不孝，你丧尽天良，不会有好下场。"

她的大儿子说："妈妈，他是汉奸卖国贼，他不是好人！"

朱学周听得暴跳，拿起枪就把桑玉珍的大儿子打死。过一会，伪匪见枪楼上的桑玉珍还没有被逼出来拼命，就残忍地将桑吴氏和另一个孩子也枪杀了。

枪楼里的李怀珍看到这一幕惨状，忍不住满腔的怒火，冲下楼来与敌人拼搏，刚到楼下，就被敌人一枪击中。李怀珍跌坐在楼梯的第三级台阶上，挣扎着倚靠栏杆，端着枪瞄准门外的敌人，射出最后一发子弹，击毙一个敌人。

伪军惊恐不堪，便以乱枪向李怀珍射击。李怀珍身中数枪，壮烈牺牲，但他还紧紧地握着一支空枪，保持着对敌射击的姿势。

桑玉珍看到自己的妻子和孩子遭到敌人的杀害，大门东南不远处，堂叔、桑长珍的父亲与其子被伪军打死的惨景，再也抑制不住心中的怒火，决心以死相拼。他一步跨出楼窗，跳上墙头，飞身跃出大门外，冲进敌人阵内，拔出腰中仅有的一枚从县常备队带回的手榴弹，拉开火线，与敌人同归于尽，当场炸死伪军王秉衡，炸伤伪军数人。

守卫在后面大庄的桑长珍，带领一部分联防队员分别守在庄上几户农家院内，利用墙头作为掩体，打击来犯之敌。后庄虽然队员多，但火力没有前园枪楼上的强，只有施习珍和桑长珍几个“活线手”，他们稳扎稳打，打得伪军胆战心惊。子弹很快打光了，因没有坚固的堡垒，很快就与冲过来的敌人混战在一起，联防队员勇敢地与敌人肉搏。

部分没转移的群众与联防队员一道用棍棒、砖块、柴刀、碗碟等作为武器，与敌人搏斗，打伤不少伪军。

“活线手”施习珍在与敌伪拼搏中，身受多处重伤，枪被敌人夺去，就用棍棒跟伪军搏斗，因背部中枪而牺牲，然而他仍支撑着身体，倚靠着木柱，没有倒下。

桑长珍冲到院外，同敌人搏斗时，胸部被伪军用刺刀捅破，肠子被挑出肚外。伪军闻知我方援兵赶来，慌急逃跑。桑长珍站不起来与敌人搏斗，他不顾一切地用淌出身体外的肠衣，扯倒敌人，又和伪军滚打了一段路，直至肠断，血竭而死。

陈必显兄弟俩在战斗中也光荣牺牲。后面大庄的几名妇救会员都不肯撤走，协助联防队阻击敌人，做好撤离群众的工作，也一同殉难。

经过三个小时的激战，终因寡不敌众，联防队员无一畏惧，除二人突围外，先后全部牺牲。

那天，韩品正和刘镜清书记为减少联防队和乡村干群的生命和财产损失，多次组织力量，攻击敌人，以摧毁敌人的防线。十时多，庄内的枪声更乱，突然响起一阵机枪声，显然是伪军撤离时在疯狂地屠杀群众。

逃回庄里的哨兵惊慌失措地向伪匪首王培坤报告，八路援兵来了！伪匪开始惊慌。王培坤没料到在小小的前老庄攻打了半天，死伤多名伪军，因此十分暴躁，兽性大发，在撤退前，下令将被俘的庄上老人和儿童赶到东小园的场地上，命全部跪在地上，然后用机枪扫射。

随着枪声，手无寸铁的群众发出惨烈的叫喊后，像风摧折成熟的麦穗，颤抖着倒下一片。联防队员吴培信的妻子吴葛氏怀里抱着九个月的男婴，当敌人用机枪扫射之前，她将乳头塞进孩子的嘴里，不让婴儿哭出声来，用身体压住孩子小小的生命，自己倒在血泊中。

血腥屠杀后，王培坤这才急忙下令撤退。敌伪叫喊着，相互搀、背、担，架着死伤的同伙向东南方向逃跑，一路上血迹斑斑。

韩品正带领一组人员奋不顾身地冲进前老庄。刘镜清书记带领另一组，从小河浜涉水过河，进入东南方向的大桑庄，拦腰追击敌人，若伪军敢于打回马枪时，又可作外援。他们对着小河的南端约一百米远的逃敌狠狠地射击。

上午11时半战斗结束。刘镜清、韩品正等区委区干进入庄子，他们首先看到，庄西南角圩外的路旁大树下，被伪军刺死的一个妇女怀中紧紧地抱着婴儿，躬身伏在菜园边。

他们向庄西走，只见桑长珍半仰卧在一家门外的东边，左手抓住自己被敌人挑出肚外的肠子，右手仍握一把碎土块，干皴的嘴唇尚在蠕动，好像是在要说些什么。

韩品正快步上前，抱住倒在血泊里的桑长珍，把他扶坐起来，摸着他的胸口，大声地叫唤他。可是，桑长珍再也听不到了，心脏已停止了跳动。韩品正心如刀绞，万分难受，他轻轻地放下桑长珍已变凉了的身躯。

民兵联防队员施习珍骑在院墙角上，倚靠在木柱旁边，还没有倒下。队员徐天成、赵广德、赵广成、陈必显与其弟弟等都死于庄子后两排院内。在他们的周围，都有与敌人拼搏留下的血迹。

向前园走去，首先看到枪楼东南方向不远处的一大草堆边，桑长珍的父亲与小儿子两人并排躺着，桑父的左手仍牵着十来岁儿子的手，右手还紧握着一根带着烟包的长旱烟袋。

神枪手桑玉珍死在枪楼东边的大门外，被乱枪和刺刀刺死，全身被血染成一个大红人，他的周围有好几处血渍。

进入大院，枪楼门外躺着桑玉珍的妻子及三个孩子，桑吴氏仍睁着两只大眼睛，好像还在怒视着敌人。

枪楼内，李怀珍怀中还抱着一支空枪，倚靠在楼梯上。大院内的东北角小枪楼内外，牺牲的王鹤银、戎长富、戎长兴等几位联防队员躺在地上。

在村妇救会主任戎二娘家宅东侧前，有七八名老年妇女、儿童被敌人乱枪和刺刀杀死于一处，血流成河。东小园的门前场地上，有十五六个老年妇女和儿童，一顺头朝东南方向死于一处，遍地血水，这是王匪在逃跑前用机枪扫射而死的。

整个前老庄的房屋绝大多数被烧毁，家里的财物、牲畜被抢劫一空，没来得及撤走的老弱妇幼无一活口。

这天增援的还有两路人马：一路是由区委副书记周林、县联防大队负责人徐大杰率领的西北濒河乡的武装人员，还有一路是区中队长张益明带领的数十名队员。

第四章　野渡无人

时码街的伪化

1939年3月1日晚，日军二十一联队一百多人乘坐七辆汽车，从北边的新安镇直奔涟水城。号称铁打的古城如纸糊一般，没有发生想象中的战斗，国民党军队没放一枪，一直高喊抗日的国民党县府没有组织抵抗，在县保安大队护卫下闻风而逃，撤往乡间，让日寇轻易地占据了县城。得到鬼子即将占城的消息，县城居民惶恐至极，拖家带眷，慌慌张张地跑反。夜晚，进城的日军在四周城门楼上，用机枪向着黑夜里跑反的百姓扫射。

在地方志中关于汉奸王培坤的条目介绍：民国二十八年（1939年）三月日军侵占涟城后，王培坤投靠日军，先后充当日伪“清乡队长”“推进主任”、伪涟水保安总队第二大队大队长等职。

如从史实角度准确地说，王培坤不是直接投靠县城日军，也不是当年投靠的，而是一年以后时码街伪化，他才投奔时码当了汉奸。

1940年4月的一个深夜，时码税警队渡河西来，突然袭击，将金城乡的涟水县民众救国会会长王伯谦，光华乡地下党支部书记颜景理抓捕，同时，还到南边的朱舍庄逮捕和悬赏捉拿中共涟西（县）工委书记朱寿乾和地下党员朱士亮。

国民党税警队在朱舍设伏，没有抓到朱寿乾和朱士亮，但抓捕了庄上的另一名党员王锦石。后亲友通过各方面关系施压，王锦石给放了回来。后调查得悉，这事是朱舍庄北边花庄人刘某和他儿子在时码税警队当兵，被派回家乡作探子提供的情报。淮河大队利剑出鞘，立即命令朱慕萍连长和特务排排长张胜武带人前去，他们潜入西花庄，将刘氏父子俩在其家里当场处决，贴布告公布其罪行。

这一事件证明，时码这时还为国民党政府统治，国民党当局是舍不得放弃这个有丰厚税费的集市码头，省税警队又进驻了时码。

日寇侵占涟水、淮阴后，为攫取中国的资源，开辟盐河水上航道，看到了时码地理位置的重要性，约一年后，出动小飞机到时码的盐河上扔下两颗炸弹，将阻碍航行的拦河坝炸了，疏通了盐河堵塞的航道。

这年夏季，日寇进攻时码，国民党税警九人和乡政权不战而溃，日寇在这里建立据点。原以抗日名义成立的乡自卫队就此易帜，沦为汉奸队伍。

王培坤这年秋天再次重返时码，有了人和枪的实力，再因他有杀人的凶名，立即被伪区所看好，推荐他充当时码区伪“归化区”推进主任。人们躲之不及要拒绝的伪职，正合想不劳而获、一夜暴富的王培坤心意，他不在乎汉奸的骂名，乐颠颠地走马上任。

此时，时码伪自卫队队长是韩二，大名韩宝贤，时码街东边杂姓庄人。他的声名鹊起是有一年一运盐船过时码堰坝时，货物在下湾被土匪劫了，一时不能破案。队长潘小龟腰迫于内外压力，恐不好向时码街人交差，有失保乡安民之责，他将下湾的齐小三牛捉来当替死鬼，对外宣布抓到作案犯了，公开示众杀了，执行人就是韩二，他因当刽子手，名气一下子大了。

徐淑阳的儿子徐慎维在外上大学，日寇侵略致学校关闭回乡。徐家平时养有一小队练勇家丁，用于收租征税、镇压佃户。儿子说服父亲成立抗日自卫武装，徐家的家丁与乡自卫队合并，经扩充，成立有百十人的抗战中队，徐慎维任队长，驻扎在徐家大圩里。在这个以杀人为能者的乱世，因韩二有杀人的胆量，徐慎维挑选他当贴身卫兵。

徐慎维的抗战中队在时码街东边的南北公路，即与盐河平行的涟水至新浦的道路上埋地雷，或挖深沟，袭击从新浦开往涟水城的日军汽车。有一次，日军汽车突然遇到深坑，来不及刹车，一下子栽入深坑里，车厢里几名日本兵猛地被甩出几丈远，有一个当场摔死。日军打探到是徐慎维的抗战中队干的，立即出城前来，掷弹筒对准徐家大圩子，连轰数炮，炸得徐家大圩子墙倒屋塌，大圩子里死伤三十多口，最后，日军放了一把火，将徐家大圩子烧了。

徐家人如惊弓之鸟逃过了这一劫。徐家所以得到逃脱，传说是圩里预先出现异象，狐狸大白天成群结队地逃离圩子，徐家人算卦，测得有大祸殃及，这有聊斋的怪异色彩，可能是徐家在城里有耳目，徐家装神弄鬼，编得鬼神相助的玄幻之言。

徐淑阳在跑反中流落他乡，后致病而死。解放战争时期，徐慎维曾一度还乡，向过去的佃户收租要地，他的堂弟徐二麻子很凶，以还乡团身份回乡疯狂报复分了徐家田地的佃户，打人杀人。时间不长，随着涟水从国民党统治中获得解放，财富和邪恶随着徐家人的四处逃散，一去不复返。

徐慎维在大圩子遭到日军炮击后，吓得跑到大后方去了，保镖韩二没有跟去，韩二被推为时码乡自卫队队长。半年后，日本人占领时码，乡自卫队投降了日军，韩二当了伪队长。

1940 年 10 月初，江南新四军北渡东进，在苏中打响了著名的“黄桥战役”，在这次战斗中，陈毅、粟裕二位将军运筹帷幄，神机妙算，用兵如神，以少胜多，将前去进攻的国民党八十九军打得狼狈不堪，军长李守维在撤退时，不慎掉入河水中淹死。这一仗与远在时码街的伪据点本是风马牛不相及，但“蝴蝶效应”所产生的影响，改变了时码据点的人事，让一个时刻觊觎上位的痞匪王培坤得到一个机会。

国民党八十九军是第三战区副司令长官、涟水人顾祝同的嫡系部队，他的部队中接纳了很多苏北籍的黄埔军校生，其中有一团长刘立卓，是时码北边的刘码人。覆巢之下，岂有完卵？在黄桥战斗中，刘团损兵折将，元气大伤，他率部退回家乡，补充兵员。时码的伪自卫队是刘团扩军的目标，派人前来游说韩二，宣讲为国效忠的道理，许诺官职。在名与利面前，韩二带领十多人加入刘立卓部，他空下的缺位刚好由“推广主任”王培坤递补。

韩二加入刘部后，驻扎在八十华里外盐河上游新渡口，时间不长，他倍感后悔，心理落差很大，哪有在时码当“草头王”威风，宁当鸡头不当凤尾。韩二想逃回时码，贼性作怪，所谓“贼走不空手”，逃跑时，他们将掌控的一挺机关枪带走，还想将营长家的钱财来个大卷包。然而，韩二的举动早被刘立卓掌握，将作案的韩二抓个正着，包括同伙共十一人，用一根绳子串起来，一一勒死，扔进石灰塘里。

日寇占领时码的那年，徐淑阳在圩子里刚建好一栋楼房，还没有搬进去享受，日伪在街北筑炮楼时，需要建筑材料，将徐家的新楼一拆而光。

北边炮楼住一个班的日军，另外还有两个炮楼住着县城来的一个小队伪军。日军偶尔会到街上转悠，会从口兜里掏出水果糖撒在地上，引诱小孩子抢糖，以此取乐。日军里有伪满和韩国人，他们打仗时冲在前边充当炮灰，但军饷和待遇则很差，他们到街上看到好东西伸手就抢，凶狠地虐待手无寸铁的百姓。

住在这里的伪军小队头目叫殷麻子，伪军多是县城附近的地痞二流子，平时敲诈和欺压百姓，到街上胡作非为，讹吃卡拿，街上人对伪军也是十分气愤，敢怒不敢言。

当了伪区自卫队头目的王培坤野心勃勃，想大显身手，首先在时码街树威，扩充地盘。王培坤对霸王法则是无师自通，一山不容二虎，日军他不敢碰，伪军便成了他的眼中钉，盘中的菜，也是他树威的靶子，他打定主意拣这软柿子捏。

王培坤叫人将前去买菜的殷麻子的司务长张小呆拦在街上，不问青红皂白地揍了一顿。张小呆跑回去向殷麻子告状，听到有人竟敢欺负部下，如同打了自己的脸，殷麻子立即跳了起来，也没细究，不过，伪自卫队也没放在他的眼下，当即带十多人就到街上报复。

他们赶到街口，一架机关枪架在街头，王培坤正带人等着呢。殷麻子一见对方严阵以待，好汉不吃眼前亏，只得乖乖地退了。后几次想下手，可王培坤不仅防备很紧，还步步紧逼。丢了面子的殷麻子无计可施，感到没脸在这码头混了，溜回涟水城。

日军又派郭士贵来当伪队长。王培坤的部下多为当地人，所谓“强龙斗不过地头蛇”。郭的行动处处受到挟制，伪军的生活来源多靠抢劫百姓和缴纳的捐费，郭士贵只得龟缩在据点里，度日如年。

县城日军几次前来协调，王培坤阳奉阴违。半年后，日军遂决定将街北炮楼的伪军撤到别处，炮楼交由王培坤接管，自此，王培坤在这块土地上说一不二，只手遮天。

雾锁古渡

王培坤当上伪匪首后，开始走上他疯狂而短暂的人生巅峰，他如同从魔瓶里放出来的魔鬼，时码街成为令人谈虎色变的魔窟。

时码渡口是周边百姓两岸交通的要道，日伪设岗盘查过往行人，严密封锁来自抗日根据地的民众。西北孙庄姓单的少年，因家贫被介绍到大地主徐淑阳家放猪，徐淑阳跑反了，其地产由侄子看管。孩子的父亲每个把月来接孩子回家探亲。王培坤当权后，因单家在抗日根据地，不准许在时码当伙计，否则威胁要扔下盐河，单姓少年不得不丢了这活计。

渡口成了王培坤把守的地狱之门，凡看到不顺眼的、可疑的，便随心所欲地杀掉。有两个外地人路过时码，王匪认为可疑，当即被处死。有一个新四军伤病员在时码渡河时，王匪强迫他当匪兵，这个战士正气凛然地说，我不当你这贼兵！当即被推下盐河淹死。1944 年，岔庙乡前孙桥村的孙贵珍在东南的阜宁县益林镇做中共地下税务人员，一次回家经过时码渡口，被王匪侦捕，竟残忍地用刀劈死。

王培坤在据点制造了骇人听闻的屠杀，如将活人开膛剖肚，将其心肝挖出来炒吃，以训练伪匪的胆量，诱发众伪匪的兽性。在前老庄战斗中，时码伪匪损失惨重，朱八和张洪如两名小队长被打死，伤亡十多名匪徒，致士气不振，内部众口非议，情绪沮丧、低落。丧心病狂的王培坤不仅将被抓的前老庄联防队员吴培信的尸首垫在张匪棺木之下，还残忍地挖出吴培信的心肝，借街上人家的大锅爆炒，让伪匪当下酒菜。

王培坤杀人方法、花样之多，手段之残忍令人发指，除了枪决，刀砍，棍打外，还将人身上坠石扔下盐河，残忍地起了名称，叫“下汤圆”；用铁丝将抓来的人腿膝头串起来，一个一个地推下河去，叫“放青蛙”。

1942 年 9 月的一个夜里，王培坤率队到北边五港乡去“推大摊”，共抢二十八户。有一户人家被伪匪砸门，这家大闺女拼命抵门，哪里扛得住？挤开门后，伪匪凶恶地用乱枪打死这家女儿和 4 岁的男孩，母亲打在肚子上，肚里还怀有一个。

1944 年 7 月，朱码炮台小队长朱从善从陶码村抓捕六人，说他们通八路，是中共王集区区委书记陶硕夫的学生（共产党县区领导以“安清帮”师父名义收徒弟和学生）。夜里，伪匪班长孙瑞儒将三人带到时码，船到河心停下，伪匪残忍地将三个捆绑的人刺杀，推入河里。事后孙匪交代并威胁船夫徐贞奎将船上血迹擦掉，如擦不干净要他的命。第二天一早来检查，孙匪发现中舱下有碗大的一摊血，凶狠地问船主搞什么鬼，怎么弄不干净？徐贞奎吓得赶紧把昨夜没擦净的清除干净。第二天，伪匪“罗没鼻子”跑到三个死者家里要杀人的刀工钱，每户小麦一石二斗钱，由伪保长筹集送到时码，不交刀工费就碎尸万段。死尸拿钱赎，有时候赎尸首的钱交了，尸骨已没有了。

时码河西徐老庄上的胡彬楼当时十多岁，寒夜尿急，起身到茅房，忽听有动静，他扒开芦柴笆，望见朦胧的前方，伪匪在活埋一个年轻女人，已埋至半截，只见女人在绝望地哀求：哪个好心人积德，救救我啊！我愿当牛当马侍候他一辈子！没女人做女人，有女人我做小。

然而，伪匪只是填土，毫不顾及女人绝望而瘆人的哀求。不知这女人何故遭难？胡彬楼怕被发现，离开茅房回屋睡觉，可又放不下眼前悲惨的一幕，又悄然起身到锅屋，透过小窗瞭望。泥土已埋到女人的脖颈，女人喊不出声音了，只见伪匪上前，用刺刀在那女人头上一挑，微曦中，压至头部的鲜血如喷泉一般，冲有一丈多高。

人做坏事是有犯罪感的，但做多了坏事就会麻木，上瘾。据点伪军视人命如蚁，屠杀当作了竞赛的项目，谁做坏事多谁就有能耐，杀人成为他们的嗜好和炫耀的本钱，时码据点成为一个野蛮的泯灭人性的杀人部落。

王培坤中等个头，留着和尚头，当了头目后，他爱扮作斯文，手背身后，昂首在街上踱步。三十年河东，三十年河西，想起昔日的时码“大爷”徐淑阳也不过如此吧？他现在也是时码街的主人了，不由得踌躇满志，只要自己跺一脚，时码街也要抖三抖。

有一伪匪小队长在时码街趁一户男人不在家，进屋调戏、强奸一妇女。过后，这家人向王培坤告状，强奸妇女在伪匪中司空见惯，大队长也是色中饿鬼，小队长不以为然，供认不讳，王培坤听后哈哈大笑，掌握生杀大权的王培坤养成一怪癖，如大笑就是要杀人，随后，小队长被拖出去毙了。时码人有句话：不怕王培坤跳，就怕王培坤笑。

大概王培坤对这个小队长早看不惯，生出清除之心了，他算是撞上了王培坤的枪口，作为他标榜自己“从严治军”树威的替死鬼。当匪首说一不二、一言九鼎的感觉，让王培坤很受用，虽然他没有文化，但不代表没心计，他首先整肃部下定规矩，以达令行禁止，一呼百应，防止出现过去潘乔楼在自卫队当家时各自为阵的混乱现象，这些地痞二流子组成的乌合之众，给一点染色就会开染坊。

王培坤自称是时码街看门人，宣扬谁欺负时码人，我王培坤就不让谁！他宣布严禁敲诈本街主户。他对伪军定了三不准：一是伪归化地里不许偷、抢、抬“财神”；二是买东西要付钱，凡犯事的严惩不贷；三是买东西不许欠账，一经发现，要惩罚打扁担。

时码街前后左右有百十户人家，形成正方形的回形街，是周围乡村中数得上的大集市。王培坤规定在时码街不许偷，不许抢，保证了时码街正常的农产品交易，周边农户和商人前来做生意，集市繁荣，有助于伪匪集团的经费筹集和搜刮民财。

实质上，王培坤的规矩和军纪不过是个幌子，只是为便于征收费用，聚敛财富，至于其执行力的情况，是按照他的心情而定，他是游戏规则的制定者。

因据点不断扩充人马，购买枪支、弹药和机枪等武器需要大笔的钱，在将周围的大户抓来，罚钱，罚布匹外，所收款额仍然不够，便着令乡保长到街上商户借款，承诺秋天收成时还。商户抱着无奈的想法，谁当权都要交苛捐杂税，不过，谁又敢拒交呢？鸡蛋往石头上碰？无法无天的王培坤杀 人如踩死 只蚂蚁，人们只求能在这乱世中苟且偷生。

街上人以为做顺民，就会平安无事。也不尽然，1941 年年底的一天，伪匪章月干、徐小黑子等三人到靠渡口的梁家商铺，对着屋顶上空放三枪，然后进店，向掌柜要子弹费，款额是五千至一万。光天化日下敲竹杠，梁中岐老板吓得跌坐在地上，半天爬不起来。

梁家的生意是时码街最大的，有人说，梁家商铺比县城的日伪兴涟公司生意还兴旺。去年，城里鬼子下乡扫荡，将梁家商铺的货物一抢而光，铜钿和洋钱装了一麻袋，食盐、食物和小商品等装了两大卡车，运进城里。梁家商铺的元气还没恢复，又遭伪匪来敲，梁老板愁死了，怎么办？

一时也拿不出这么多钱啊！梁老板连夜去南滩给徐小老爹、东边姜圩的姜大爹、驻街上的周八爹等“安清帮”师父磕头求情，他们在帮里辈分高，在王培坤跟前说得上话。经交涉，将敲竹杠数目打个折头，梁家借一大笔钱，才了事消灾。

事后，王培坤说不知此事，在公众之下将三伪匪剋了一顿，并宣布，伪军不许在街上敲竹杠。这事明眼人都看出，如果没有王培坤的授意，谁敢在街上敲诈？他是得了钱又立牌坊。大概梁家店铺的生意兴隆，让王培坤产生仇富之心，他是乐于看到富商打翻在地的凄惨、狼狈的样子。昔日的贫穷，让他难免产生阴暗的嫉妒心理。

王培坤的规矩并不能保证时码街人的生命安全。1943 年 2 月 8 日傍晚，开烟馆的方士标刚点上油灯，伪匪韩树成、章月干、刘永成三人进门。章月干坐在方家门西边，脚跷在小板凳上，悠闲地说要吃烟，方士标递上烟后，三人点上，一副无事人的样子。

王培坤规定不许吃大烟，伪匪中不少人是大烟鬼，如中队长王夕九、戚二侉等人，他们不敢当着王的面抽。来的这三人不吃烟，但不知为何要烟抽？一刻钟后，来一伪匪对方士标说，大队长请你去。方士标媳妇不放心要跟着去，方士标安慰媳妇说你在家，没事的。

走后，媳妇还是不放心，就追了前去，赶到河口，人已带过河了。见撵不上，只好回家再想主意，还没到家门就听远处一声枪响，女人心里一突，预感不好，她忙请邻居、铁匠铺师傅的女人前去打探。一会儿，铁匠师傅女人回来告诉她，她男人被带到北边河湾处打死了。

方士标媳妇请人将丈夫抬回来，人死了也不敢哭。枪是打在嘴上，眼打坏了一只，方士标时年 39 岁。

至于为什么事被杀？有人说方士标是徐慎业的徒弟，坚持开烟馆，违反了王培坤的规矩；还有人说大烟卖给了徐慎业，徐慎业以王培坤师父自居，倚老卖老，不理睬他不准抽大烟的规定。王培坤不便问罪师父，便处置方士标，以警示师父，王培坤不是昨天的“小培坤”了。

徐慎业大约是 1944 年死的。王培坤前去吊丧，哭得很悲伤。有人说，徐慎业是王培坤暗地里指使人害死的，他是猫哭老鼠——假慈悲。

抬“财神”

时码据点疯狂地攫取百姓的财产，为维持庞大的开支，满足挥霍和享受，采取过去土匪抬“财神”的那一套方式，他们不时窜到抗日根据地抢劫，抓人勒索钱财。有许多人被绑去吊打，关在地窖里折磨，许多人家无法只好卖地卖牛，筹集钱财赎回去，年岁大的人往往经此磨难，再加下惊吓，不久一命呜呼。最为卑鄙的是伪匪以小孩子为目标，不怕家人不穷家当产想办法掏钱赎孩子。

普庵乡有一个孩子庄月恒才 4 岁，是家里的长子长孙，抱在手里怕吓着，含在嘴里怕化了。有一天他在院外玩耍时，被伪匪突袭抢走。孩子丢失致全家上下慌作一团，不惜一切代价，东借西凑，又卖掉一头黄牛，才将他赎回。庄月恒这时有记忆了，他在时码伪军炮楼里蹲了几天，难以忘记伪匪凶恶的嘴脸，他们对日军低头哈腰，不管日军说什么都是说“嗨依”印象极深，当时还很小的他百思不得其解，后长大了些才知道，这是伪匪当奴才的本性。

民间艺人将王培坤伪匪抢劫敲诈百姓的罪行编成工鼓锣词演唱，形象地反映了人民生活的悲惨景象：

想起几年头，日子没过头，
王培坤住在时码头，
来到村里头，抢去牛驴二三头，
来到锅屋头，抢去铜勺锅铲头，
来到堂屋头，进屋抢人头，
要想赎回头，要你钞票几斤头。

在盐河西三十里远的军田乡，是日伪与西边抗日根据地的结合部，人称两合水地区。王培坤伪匪和南边张汉武匪徒经常交替光顾，再加上小股土匪来抢劫，有时一天数惊，老百姓天天忙跑反。

军田乡花桥庄的花如生 10 岁时患疟疾，久治不愈，奄奄一息，看着骨瘦如柴的孩子，父母暗自流泪，恐孩子活不长。这天下午天气很热，时码伪军又过来“推大摊”，父母看孩子羸弱不堪，难以带着跑反，就将他托付庄头上一个讨饭的外地侉子，藏在稖秆簇里，留点粮食给侉子，只要有口气，做点稀饭给他吃。

伪匪过来后，侉子住的破草棚没放过，棚前的稖秆簇也仔细搜索，没找到值钱的东西，发现一个病弱的孩子。讨饭侉子说，这小孩生病了，快要死了。伪军则说能喘气就行。

同他一起被掳走的还有一名妇女和一老头。伪军让老头找小车推着孩子走。走一会儿天暗下来了。这时，从东边又来土匪，问：你哪里的？对面答：王夕金。问对方，说是刘国泰中队。对方问：你们得几张票子？答：三张票。又问，有多少黑炭子？说的都是土匪黑话。

天黑了，到金城庵庄上住下来，那个妇女被伪匪带到后边庄上糟蹋了，留下看守的一个伪匪也不闲着，将老人绑压在长板凳上刑，所谓的“老虎凳”，逼问他家里有多少钱？是不是共产党？不回答，就加一块砖头，再问，再不回答，就再加一块。只听老头的腿骨被压得“咯崩咯崩”响，痛得大声喊叫。

老人是需要敬重和照顾的，现在竟成了伪匪榨取钱物的“财神”，怜悯和同情心在伪匪身上荡然无存。只到喊吃饭了，这伪匪才停止折磨，跑去吃饭了，老少二人没有饭吃。

深夜，花如生被带到时码据点大队部。大队部在盐河东岸，坐北朝南的四合院，堂屋住人，西边是做饭的伙夫房，东边是大队部，前边是过道，用作关押人的地方。

花如生被关在过道里，据点里每天早上出操，到街上跑步，里外有伪匪三百来人。晚上还聚众开会，各队向王培坤汇报，说某人通八路，即将此人带到后河堆杀了，扔进河里；有人告状说某人在伪化区里糟蹋妇女，某人进人家屋里抢东西，王匪下令处罚或打板子。在匪窝的几天里，时常听到屋外枪声响起，让花如生胆战心惊。

父亲花士年跑反后回家，得知儿子被伪匪抬到时码据点，急得到处找人说情，最后找到东北朱圩村一个朋友，是伪乡长，请他一起到据点协商，伪匪张口就要一千大洋。

花士年在这里碰到熟人，叫丁小黑子，原是个剃头匠，过去经常在军田、花庄一带剃头理发，他的师傅也在这里，师徒俩志同道合，一同当伪匪。丁小黑是人黑心也黑，指证说花家有钱。花士年说：哪里来的钱？原先一大家有几十亩地，先是老父亲被匪抬了，花了很多的钱才赎回；后是婶子被抬，牛被牵，粮食被抢，经此几下，家里早被折腾一空了。

伪匪嫌出价太低，说王大队长不同意。花士年无奈，又到街上买二条烟，百般乞求，讨价还价，时天色已晚，最后经伪乡长周旋，答应付六十块大洋，算是把足了面子，定下第二天来赎人，一手交钱一手交人。

当天夜晚，涟东县的抗日武装夜袭时码。惊慌失措的伪匪逃到河西，花如生被裹挟着带到西边浅集街。他们住的这家有空屋三间，主人跑反了，二十多个伪匪们挤睡在麦秆铺垫的地上，刚有喘息的机会，就将抢来的妇女，各自毫不避嫌地干起苟且之事。

花如生被押在屋门前的匪哨兵身边。五更时，哨兵突然惊叫起来，惊醒了花如生，只见哨兵在屋门口，手张开成“八”子形，大喊:“快起来，八子来了!”

惊醒的伪匪一边慌里慌张地起身，一边拍打女人的屁股，叫她们快穿衣服跟着跑，众匪跑得比兔子还快。看守他的伪匪逃命时，还不忘“小财神”，对他说：“你不要走，等一会儿来带你。”

此时，外面的枪声如春节的爆竹响个不停。花如生没有理睬伪匪的鬼话，拔腿离开了院子，从圩西门出来，只见圩外的水塘边，许多背着被包的八路军端着枪，追击着四处逃散的伪匪。花如生坐在路边一石磙磙子上，看八路军将那些企图抵抗的伪匪打翻在地，他的心里乐开了花。

早晨的战斗很快结束，花如生向家摸去。这时天上下起了雾，越来越大，他不知道家的方向，现在雾中更茫然了，正走着就听到远处有人问口令，吓了他一跳。对方见是孩子，持枪走上来，原来是八路军的哨兵，这个哨兵将他带到部队首长跟前，首长说，将小鬼留下来一起吃早饭。

多少天来他终于吃了一顿饱饭。首长问他家住哪里？他说出村名后，首长高兴地说；“我认得你的父亲，昨天我们还住在你家里，你知道回家怎么走吗？”

花如生摇头。首长见他人小，身体又虚弱，怕有闪失，便说我们正好要路过你家，送你回家吧！就将花如生抱上他的马。不料走到五六里路的朱梨园时，又接到县城日军下乡扫荡的情报，行程路线改变，部队就地找一个讨饭的侉子，付三块大洋雇佣他将孩子送回家。

再说花如生父亲好不容易凑足钱，正准备出门去赎儿子，突然儿子平安归来，非常高兴。这时，听说日伪下乡扫荡了，他们一家赶紧向北跑反到马圩。

巧合的是在这里遇上了早晨的八路军，部队首长说，老花，你家的孩子，是我们早晨救下的。花如生父亲非常感激，部队首长听说老花又付三块大洋，说那个讨饭的人真不地道，我们已付给他三块大洋了。父亲听后说算了，孩子平安回家就感激不尽了，他感谢八路军的照顾，要偿还三块大洋。部队首长是不管如何说也不肯收。

不是所有被绑架的人都有花如生这样的幸运。金城乡皇码保的何希平 7 岁那年，遭到时码伪匪抬“财神”以致家道中落。其父何凤成 34 岁，是何庄的甲长，这是一个精力充沛、精打细算过日子的能干人，家有二十多亩良田，平时和南边胡庄的丁学思一起拉大车搞运输，挣钱贴补家用。何家日子过得红火，不免惹来个别庄邻的嫉妒。

1941 年深秋的一个夜里，何家院里的狗狂吠，奶奶趴窗户上一瞧，只见一人已骑在院子东边的墙头上，她大喊：“不得了！有土匪爬我们家墙头上。”

何凤成住在后屋，通过墙洞的月光，认出是邻庄的贼匪厉小柱子，正准备翻到院子里，他端起汉阳造钢枪，对准厉小柱子的腿开了一枪，厉小柱子“啊”的一声掉落到墙外。

伪匪见何家有枪，不敢往里冲，便丧心病狂地将他家的前屋三间、锅屋二间、后屋三间全点着了火。所幸的是何家后屋顶上是用泥巴抹了一层土，火烧不透，所以其他两屋烧个精光，全家人躲在后屋，幸免于难。

庄东头的何希如听到枪声，提着三八大盖枪跑出屋，向西一望，见堂叔何凤成家已一片火海，忙喊他的兄弟说：“凤成叔家有难了，快找朱国景来帮忙！”

朱国景是本乡抗日自卫队长，听到有情况，就提着盒子枪说，快走！你在前面带路。他们跑到何家的屋后，朱国景举枪向天空“砰”的放了一枪。伪军听到枪响，知道有人来救援，六个伪军匆忙逃跑。

这一次伪军"抬人"没有成功，这是与何家田地接壤的孔圩和木村的几家人向时码伪匪把底，说何家是"肉头户"，家有200块大洋。领头的厉小柱子被打伤后，躲在孔圩的一个窑里，附近徐老庄有个郎中会治枪伤。

何凤成叫上侄儿何希如等人找到窑洞，责问厉小柱子为什么要带伪军来"抬人"？厉小柱子不但没有做贼心虚，拒不承认这事，反而和何凤成对骂。

做坏事还理直气壮！这年头是好人怕坏人，你不知道坏人有多坏？过后，何凤成思前虑后，不怕贼偷就怕贼惦记。为息事宁人，决定花钱买平安，他托人给了厉小柱一些钱。

见对方示弱，伪匪不但没收手，反而变本加厉。一个多月后的晚上十点来钟，何凤成在庄东头人家打麻将，伪保长朱国成找到他，说："回去把你儿子带来。"

面对这股恶势力，势单力薄的何凤成老老实实地回到家，对母亲和媳妇说："有六七个'二皇'来抬人了，咋办？"

媳妇是个没有主见的人，只是拿眼望着婆婆，家中的大小事全由她做主。

"唉"！奶奶也胆怯怕事，她长叹一口气说："上次把房子都点着烧了，全家人差点被烧死，看来这次躲不过去了。"

媳妇一边抹着泪一边说："不然，人先给他带去，问一问贼头子要多少钱，再把希平赎回来，唉！"过一会又小声地问："能不能用希华代替？"

女儿3岁，已初懂人事，听到大人说要把她送给贼匪，吓得哇哇大哭。哥哥把妹妹紧紧地搂在怀里，大气不敢出。

何凤成说："我也跟他们说了，我们家三代单传，现在就这么个男孩子，能不能把我家闺女给你们带去，他们不同意，说闺女不值钱。”

无奈之下，只得交出儿子当“财神”。当晚，孩子被五六个伪军夹在中间，还押着他家的一头肚子上有白毛的牛，走到十几里外的时码。当晚，关在盐河西一户姓徐的人家，这户只有老夫妻俩。老奶奶对小孩子说，你不要跑，跑他们就会打死你。孩子老实地说，我不敢跑。他蜷缩在床的一角，一动也不敢动。

老奶奶时年六十多岁，身上生疥疮，很是瘆人，孩子离她远远的，但还是被她传染上了，回来很长时间才医治好。

第二天，伪军又将他挪到一姓时的人家，他已读二年的私塾，认得许多字了，这家的堂屋挂着时姓中堂，所以知道他家姓时，男主人是个瞎子。

儿子被绑票后，何凤成急得像热锅上的蚂蚁——团团转。奶奶说，去拿些钱给何希献，请他送给六舅张六，请他儿子张汉武帮忙，他和时码贼人肯定有联系。

张汉武是地方惯匪，现为国民党的涟灌支队队长，他和何希献家是表亲关系。张汉武得了钱，叫来伪保长朱国成，得知来“抬人”的伪匪头目叫朱奎五，王培坤手下的一个小队长。经张汉武出面协商，赎人条件是，由何家出一条牛和家圩西边一行树，赎孩子回来。

何家的牛早已被他们拉去了，将卖树的钱交给伪匪后，在第五天下午，何凤成把儿子从时码街接回来。

人被赎回了，但原本殷实的家庭陷入困顿。从那以后，一家人整天在惶惶不可终日中度过。每天太阳未落山就吃晚饭，父子俩不敢在家睡觉，跑到东边朱刘庄一姓朱人家，在锅屋门口的草堆跟睡觉。

何凤成从此不思发家，意志消沉，麻木，失去了生活的勇气，既恨又怕，成天是打麻将混日子。不久，撒手西去，终年 36 岁，留下孤儿寡母艰难度日。

乱世枭雄

时码据点在王培坤的经营下，鼎盛时期人数近千人，成为涟水乃至淮海与盐阜区最大的伪军集团。

时码据点势力迅速坐大，一方面与时码的地理位置有关，交通便利，财阜物丰；另一方面与王培坤有控制能力和一些手段。

由地痞二流子组成的伪匪大肆抢劫，其内部分配多寡经常引起矛盾，这是盗匪闹内讧的共性。王培坤将抢来的钱财在扣除自己的所得外，剩余部分能大体公平地分配给手下匪徒，这是他做事高于潘乔楼、韩二之处，也是他将时码据点做大的原因之一。

小队长马洪春出去"推大摊"，抢钱物会独吞和多占，匪徒沙金山向王培坤告状，王培坤以"归化地不许抢，抢来东西要平分"的规矩，或以"千把人要开支，任何人不许多得，一切入公"为由，强行没收下面的物资以平分，因此，王培坤在伪匪中树立了权威。

时码据点的匪名很快在地方大了起来，引得周围的土匪、地痞二流子如苍蝇逐臭，趋之若鹜，纷纷前来入伙投靠，从当初的百十人，一年后达四五百人，一时啸吒风云。

王培坤广收门徒外，还网罗他处的惯匪，招纳亲信死党。时码南边十多里外的小李集，是丁亮的伪军第二大队据点，丁亮手下有一小队长叫丁建伍，收藏许多布匹，被丁亮发现后认定是存异心，怀疑是预备另立山头做军装的，加个罪名将丁建伍送到县城日军监牢。丁亮弟弟丁三还将丁建伍老婆、一个唱戏的女人抓起来活埋了。丁建伍在牢里受尽折磨，拒不承认罪名，大骂丁亮诬陷他。王培坤得知情况，认为丁建伍是条汉子，在日本人跟前说好话，极力将他保出来，收罗到自己手下，丁建伍便死心塌地的为他卖命。

王培坤手段毒辣，顺我者昌逆我者亡。就是日军跟前的人，只要说了他的坏话也决不放过。县城有一伪翻译官在日军面前说他坏话，翻译官的媳妇是时码街人。王培坤在他到时码探亲的途中，安排人设伏打死了翻译官，对外宣称是八路所为。

王培坤训练部下是用封建帮会那一套“刀枪不入”的邪招，欺骗众匪，成为赴汤蹈火在所不辞的亡命之徒。王培坤还有独创的秘招，每人分发一条大红裤衩，无论是夏天还是冬天，要求伪匪上阵冲锋时一律脱得精光光，赤条条，只穿一条大红裤衩，嗷嗷地叫着向前冲，威慑对方，如果区乡武装队伍和民枪武器差，弹药不充足，面对伪匪的赤膊上阵之势，不免会犯怵，为其汹势吓住。但如遇到强手，县独立团和主力部队，枪多火力强，迎头痛击。这帮家伙会立马掉头作鸟兽散，拾起地上的衣服，逃得如惊飞的苍蝇。

穷困的王培坤通过投靠日本人，终于实现他成为“人上人”的梦想，螺壳里爬出大螃蟹，不免嘚瑟起来，“天上老大，地下老二”，除了主子日军不敢硬碰，其他人都不放在眼下，只要看不顺眼，便杀他个人仰马翻。王培坤与鬼子船上的“水路队”拼杀，曾一时闹得动静很大。

盐河是新浦到涟水、淮阴的水上运输交通线，被日寇严密控制，河面上来往的新浦“华北贸易公司”船队，简称“华北船”，船上有专门保护和押运的武装人员，人称“水路队”，队员由海州、灌云城的地痞二流子组成，自恃兵精枪好，还有些拳脚功夫，便在盐河沿途很是放肆，骚扰抢掠，沿岸群众深恶痛绝。

有一次，空船返回的“水路队”行至朱码炮台附近，见河滩上散放着羊群，这伙人靠岸顺手牵了两只。炮台伪军看到后吓坏了，急忙跑到时码报信。

羊的主人是炮台小队长傅锦生，他是县境南边废黄河边人，地方人认为“南蛮北侉”，故称他为“傅小蛮子”，他是王培坤的亲信红人，一个踢人咬人的恶匪，他的羊就是散放在时码街上，也无人敢碰一根毫毛。傅锦生听说动了他的羊，火冒三丈！不过，他对“水路队”也没辙，急忙向大队长王培坤告状。

“水路队”对时码伪军从没拿正眼瞧，言行中不免有冒犯。王培坤对“水路队”趾高气扬早就看不顺眼了，听到傅锦生告状，肿在王培坤心里的毒发作了，他要让“水路队”知道马王爷是几只眼，立即下令人马全部出动。

“水路队”剽悍、骄横，在这日伪控制的河流上天马行空，他们正想着晚上如何煨肥羊，大快朵颐，大碗畅饮的美事，突然，一根绳索横在河面上，拦截了行驶的货船，“水路队”跑上船头一看，真是拉屎把胆子屙掉了，对着岸上立即破口大骂起来。

回答叫骂的是一阵脆促的枪声，船头的几人立即如风摧秋叶，一下栽倒两三个。霎时，双方开打起来，火力很猛。激烈的枪战，有半个多小时，“水路队”困在船上，无法施展身手，多亏凭借武器精良，火力凶猛，才狼狈不堪地得以逃脱。

这次战斗双方损失都不小，王培坤的卫兵韩小来成和范小坠子的腿被打伤了，“水路队”死伤八个，还被抓了四个送到涟城。

这次只能说打个平手，不过瘾，王培坤还想着第二次再干一家伙。第二次打就有点不尽兴了。王培坤准备得充分，人多势众，还占着地利，计划把“水路队”打得伤筋动骨，跪下叫爷。可是还没打多久，后边船上，竹竿挑着一白褂摇着喊，有皇军在船上。

王培坤不敢放肆了，下令停下，果然见有一日本人，鼻子下留有一撮毛，嘴里叽里咕噜地摆手，意思是不要打了。这鬼子下了船，跑到河西的钱庄据点，据点日军小队长出面协调，王培坤只得罢手。

王培坤与“水路队”的交火，不是为保护两岸百姓利益，完全是伪匪汉奸之间的斗气逞强，充分暴露出一个流氓无产者的本性，也正如淮河大队政委万众一所言，王培坤不像是政治土匪。他的无知与狂妄，让他为攫取财富不择手段，如野马一样放荡不羁，如与县城伪军的争斗，充分说明这一点，就是对日军，如一时不高兴了，也会作出任性和不驯服的一面，令日军对他生出猜忌。

有一次，县城伪警备大队指导官金本率日伪下乡扫荡，到了时码街。只见金本腰挎东洋刀，高傲地站在街上，与王培坤说话，不知说什么事，话不投机，金本突然拔出东洋刀，指向王培坤，剑拔弩张的阵势，把畏惧地躲在屋内从门缝看的居民吓得心惊胆跳。

面对寒气逼人的东洋刀，王培坤没有惊慌，在自己的地盘上，身后有愿为他挡枪子的卫兵。在金本抽刀的瞬间，王培坤身后的卫兵拔出快慢机，金本不敢撒野了，识相地收起了东洋刀。

王培坤偶尔的一次撒野，并不能改变他奴才的地位，因为他还指望利用日军势力，实现自己土皇帝的梦。

王培坤敢于同日本指导官耍态度，与“水路队”大打出手，让时码街一些人对王培坤产生敬佩，说他有胆量，认为王培坤能保护他们苟且偷生的日子，是个大英雄。在愚昧落后的年代，老百姓的认知和见识有限，在长期封建专制统治的压迫和统治下，只是从个人眼前的利益得失出发，能为他们保平安就是大好人。

时码街上有一姚姓人，有一次到县境西北做生意，途中遭遇土匪，他很恐慌，为逃脱险境，冒充是王培坤的人。这帮土匪也是“小绺子”，听说是时码据点人，怕得罪大匪王培坤，吃不了兜着走，就放了他。这人侥幸地平安归来，就不住地说王培坤本事大，威名远扬。事隔几十年后，大队开会批判王匪罪恶，他在台下面还在嘀咕，说王培坤有坏的一面，也有好的一面，家人吓得忙打断他的胡言乱语。

时码北边的鲁渡有一个教书先生叫嵇培珍，家庭富裕，人长得儒雅，写得一笔好字，因此，家庭好的孩子都愿意送到他那里求学。他是国民党员，在教学之余向学生灌输一些“曲线救国”之类的谬论，赞扬王培坤是一个大英雄，将王认贼作父，出卖祖国，说成是“人在曹营心在汉”，学生回家跟父母学讲，有的家长没有文化，不辨是非，也相信了嵇培珍的奇谈怪论，致使人们的思想产生混乱。

糊涂思想存在少数不明事理的人身上也罢了，如多数人形成共识和集体意识，坠入不辨是非的迷雾，就非常危险了，无意中成为伪匪的帮凶。

王匪每次下去“推大摊”，除了调集各据点人马外，还利用一些爱讨便宜和贪财的人弱点，鼓动街上人跟随下去抢劫，以壮声势。这些人从严格意义上说，与伪匪无异。抗日根据地的群众对这种“二土匪”深恶痛绝，气愤地说：时码街人都是土匪！

这是一棍子打翻一船人。街上人随王培坤匪帮下乡抢劫的是极个别人，多数是外乡住在街上的伪职人员家属。跟王匪下乡去的虽是极少数人，但毁坏了时码街的名声。

涟东县边区的民兵游击队为抗击王培坤伪匪的扫荡，不时组织小分队到时码街据点袭击，以报复时码的伪匪下乡抢劫。他们在夜里将站岗的伪军击毙，然后纵火，收缴敌人的物资，不免也会损害时码居民的财物，民兵的政策水平是有限的，街上有人跟在伪匪后面骂“土八路”杀人放火。

有一次，河东的胡集区民兵队长嵇伍伦等两人到时码侦察，被人认出后向据点告密。伪军前来抓捕时，嵇伍伦他们见势不好，迅速转身撤出街圩，分开突围。伪匪紧追不放，嵇伍伦一口气跑到七八里，跑到大朱庄朱洪杰家。朱洪杰媳妇急中生智，一把将他拉进卧屋，推到床上，拉起被子盖上。不一会儿，十多伪匪追过来，问见没见到一人跑过来？回答说没有。伪匪不相信，到屋里搜找，见有人躺在床上。女人回答说:“我家男人得了伤寒，正在出汗，会传染人的。”

“真是你家男人?”伪匪不相信地问。

嵇伍伦躺在床上，被子里的手握紧盒子枪，他想如敌人到床前来搜索，他就与敌人拼了。

“你这位老总不是骂人吗？男人还能是假的?”女人装着蒙羞而气恼的样子说。

伪匪见没问出破绽，也害怕传染，急忙掉头跑出去。

第五章　对垒

河西筑炮楼

时码据点位于街西的河岸上，是居民房子改造的一个四合院子，作为乡村集市的土圩子，不具备防守的功能，易攻难守，曾受到盐河东的抗日武装多次袭击。

王培坤曾两三次遇到袭击，有一次涟东独立团的小分队突然深夜潜入，在街上卢大先生门前的一棵槐树下相遇，双方进行激烈的交火，如不是几个卫兵以死相拼，他差一点被逮去。还有一次，王培坤在后街东头的二姨太刘二小姐处过夜。我方一支小分队直扑刘二小姐住处，翻院墙时惊动了卫兵，立即开起火来。枪声惊醒王培坤，在几个卫兵的拼死抵挡下，他起身飞快地从院子后门逃走，凭着熟悉街道小巷路径，逃回据点。

1942 年春，涟水城日军成立涟水伪保安总队，下设五个大队，时码中队扩编为伪涟水县保安第二大队，下辖三个中队，王培坤为大队长，刘国泰、相士高、周义高等为中队长。日军为提高伪军的军事素质和战斗力，轮流地将各大队伪军拉到县城轮训，以担当清乡和驻防任务，培养死心塌地的汉奸。

伪军的正规化训练，和时码伪军不断增多，致驻地拥挤。时码据点为此决定在河西建筑新的据点，改善住房条件，同时保证两岸相互策应。

这个据点建筑包括有碉堡、训练场所、仓库和牢房等配套设施。在这个物资十分匮乏的年代，筹建一个这么大的工程谈何容易？这需要很多物资材料和人力，可这事难不倒王培坤，他下令将周边村庄上跑反人家的房屋院子拆个精光，将木料和砖瓦拖过来，还将附近有钱的肉头户一个个“请”来，捐资献金。征用附近的百姓出工，不断地下乡“绑票”和抓抗日军属前来作苦力。

中共涟水县委县政府对在建的河西据点，组织人马前来阻挠和破坏。这样就出现一个现象，白天，伪匪督促民工加班加点地修建炮楼。深夜，共产党的区乡武装队伍乘黑夜前来，将白天所建的建筑物拆光。

涟水县独立团也曾前来执行破坏和拆毁行动。该团是1942年春，由涟水县游击大队扩编为县独立团，团长为原淮河大队八团团长陈书同，副团长是原县大队长朱慕萍。有一天晚上，副团长朱慕萍率部前来，部队急行军是寻常事，可是随队前来的三区区长颜景理吃不消了，他人胖，跟不上行军速度，走得气喘吁吁，满头大汗。朱慕萍见此，将自己的马让给颜区长骑，自己则步行，颜区长过意不去，二人互相推让，谁也不肯骑。团组织股长颜振甫不知前边发生了什么事，从后面赶到前面，看到这种情况很感动，便上前说服朱慕萍骑自己的马，可朱慕萍也不同意，颜振甫故作生气地说:“副团长跟不上队，我们怎么能完成任务呢?”

朱慕萍这才骑上马前行。敌人得知朱慕萍带独立团来了，吓得全部撤逃。部队很快地捣毁了河西的建筑。

中共区乡民兵联防队和县独立团轮流前来破坏和拆毁河西炮

楼。王培坤面对夜夜来拆、无法辨认哪一方向冒出来的抗日武装，很是挠头。狡诈的王培坤心生一计，他请师父、浅集街集主金宗大出面向抗日政府递话，谎称建炮楼是用来巩固自己的实力，建好后投诚共产党，一道联手抗日。

中共淮海区党委和三师敌工部、涟水县政府一直重视争取王培坤部的工作，看到王培坤有胆量，敢跟日伪叫板，故认为有争取反正的可能。同时日军对桀骜不驯的王培坤持怀疑、不信任态度，日伪之间存在矛盾。特别是这年春天，淮海专署朱一苇秘书长争取了朱码盐河的张汉武惯匪，改编为涟西保安团，极大地鼓舞了对时码土匪王培坤的争取信心，如果能争取他投向我方，将是对日寇的重大打击，等于斩断日寇在盐河上的一只臂膀，消除盐西地区和盐河封锁线的大患。

张汉武是朱码西北小张庄人，朱楼中学初中部毕业，子承父业，接任梁河乡乡长。张氏父子轮流当乡长，利用手中的权力谋取私利，长期欺压在百姓头上作威作福，激起民愤。1937 年夏，新任的淮阴专员王德溥着力治理久剿不绝的匪患，动真碰硬，让百姓看到希望。乡民联名举报张汉武父子欺压百姓，且有通匪的劣迹。王专员收到材料后，核准确凿事实，着令将张氏父子收容到淮阴反省院。

全面抗战爆发，远在南洋的涟水人郑枢俊放弃优裕生活，从海外回乡抗日，从国民党省府争取一个抗战支队的番号，在家乡招兵买马。张氏父子被关半年后释放回来，灰头土脸的张汉武为求出路，动员几十个乡邻参加抗战支队，被任命为中队长，开往苏中的海门地区驻扎。一年后张汉武跑了回来，据他说是因国民党军队腐败，他不愿同流合污。知情人则爆料，他在当地敲诈勒索，抢劫做坏事，被海门民众向当局状告，张汉武吓得畏罪潜逃回来。

1941年初，共产党员张承孝从主力回到地方，联系族兄张汉武，以“苏北大队”的番号拉队伍，张罗两个月，张汉武见此没有多大成效。掉头又找驻新渡口的国民党县长朱剑青，企图谋求一官半职，因无兵无枪支，县长没予理会。他又跑到国民党省政府所在地曹甸，在国军营长、族兄张建盘引见下，拜访省保安处长、顾祝同的堂弟顾锡久，此时正处于国民党反共高潮，省府欲在苏北敌后组织一支游击队，用于牵制日军，更主要的是占据地盘，与共产党政权抗衡搞摩擦。顾锡久听了张建盘的介绍，感到张汉武正是可用之才。终讨得一个番号和一张官衔委任状，封他为国民党涟灌支队总队长。

张汉武回来后收拢几支小伙土匪，拉起一支二三百余人的队伍，流窜在县城的盐河一带，大肆抢劫钱财，迫害百姓，不时袭击我共产党的区乡政权和抗日军民。

淮河大队领导在涟水县政府的请求下，派团特务连前来剿匪，在张胜武连长率领下，凭着对家乡地形和情况了如指掌，在区乡武装的配合下，仅经半年时间，将张汉武的涟灌支队打得七零八落。秋天，张汉武部仅剩几十人龟缩在陈师庵据点的东边，走投无路的张汉武想投降日军，又怕被骂是汉奸；不降又怕张胜武对他要赶尽杀绝，他在犹豫、观望。

朱一苇是涟水王集街东人，时年三十而立，风华正茂，意气风发。刚从新四军军部宣传科长调任淮海专署秘书长，临行前，陈毅代军长找他谈话，这一时期因“皖南事变”的影响，日伪军与国民党、土匪等相互勾结，共同进攻深入苏北敌后的共产党领导下的新四军，当前生存环境十分严峻。陈代军长要求他发挥本地人的优势，致力于促成和扩大地方统一战线。

朱一苇回乡后，听说张汉武有三百余人在家乡盐河一带兴风作浪，想起陈毅军长的叮嘱，决定争取张汉武浪子回头，将危害地方的顽匪转化为抗战的有生力量，为地方百姓和抗日事业做了一件好事。

朱一苇父亲朱际云曾任晚清咨议员，民国省参议员，在地方颇具势力和名望。涟水位于黄泛区，因灾荒频发和贫穷，土匪蜂起，危害百姓生命财产。朱际云自民国后任县府警察所长、县保安团团总，1923 年担任淮安、淮阴、涟水、泗阳四县联防事务所所长等职，率地方武装全力剿匪，保护地方秩序安定取得很好的成效，为地方人称赞。

张汉武的父亲张鲁瞻是朱际云过去负责地方剿匪时的得力助手，张鲁瞻利用结交的三教九流，黑白皆通，及时搜集到匪情，故为朱际云所倚重。

张鲁瞻见到登门拜访的朱一苇秘书长，受宠若惊，闲居家里的张鲁瞻十分留意外面动静，儿子的顽匪武装受到共产党县区武装和主力部队的打击，溃不成军，他为儿子的处境担忧、着急。朱一苇提出动员张汉武弃暗投明，争取改编为共产党部队，真是瞌睡送来枕头。共产党在抗日运动中已成气候，暂时归顺不失为一步好棋，至于以后，也只能是骑驴看唱本——走着瞧了。他当即表示一定做好儿子工作。

这年年底，县城伪警备大队长李树春带领伪军下乡“讨伐”。中午，在离城西三十里的陈师庵据点吃中饭，午后北风呼啸，寒风凛冽。李大队长为讨好日军指导官横山，劝横山留在据点里休息，自己带队继续下乡扫荡。

据点伪军中队长衣某是李树春从东北老家带来的把兄弟，不敢怠慢主子的主子，他竭尽全力安排吃喝外，还请人陪横山娱乐，打麻将。衣队长与张汉武结识后，气味相投，很快结为酒肉朋友，他还劝说张汉武投靠日本人。

据点伪军殷勤地接待主子横山，为让鬼子高兴，衣队长第一个想到的就是请好朋友张汉武来陪同横山。打麻将。

一直想着打鬼子立功的张汉武，敏感地感觉到这是一个好机会，为报答中共淮海专署和朱一苇的厚爱，张汉武想干一件轰轰烈烈的大事，让共产党看到张汉武不是浪得虚名，他设想假降日军进驻县城，寻机与新四军主力联系 ，携手里应外合攻取县城，震惊苏北。他的想法如现代版的抗日神剧，为此，他通过陈师据点伪军搭捎话后，带着秘书，还有作为发言人嵇春景共四人，到县城大成殿的日军队部谈判，日军答应接收他的人马改编为一个中队，但不同意进驻城里，杀鬼子立奇功的方案没能如愿上演。上次进城谈判没达到目的，大单子接不了，小生意就不能再错过，否则过了这个村便没有这个店了。他临时决定智取据点的方案，安排嵇春景等九人，从东边的村庄买了一只羊和几只鸡子进了陈师庵据点。

如过节一样大块吃肉，大碗喝酒。晚饭后，在炮楼二层上，衣队长，张汉武与嵇春景陪横山打麻将。夜深了，几人玩得都昏昏沉沉了，在兑现赌资时，张汉武突然掏出盒枪，不由分说，一枪击毙日军指导官横山。在桌子前观战的伪自卫团团长王立山见情形不好，想掏枪顽抗，被嵇春景一枪打死。

楼下七人与伪小队长等人在推牌九，听到枪响，立即将据点的枪支一下子收缴了，一同赌钱的伪小队长和在梦里的伪军还没弄清怎么回事，就全部当了俘虏。第二天一清早，他们押着八十多名伪军俘虏，和缴获的枪支弹药等送到六塘河西的淮海军分区。

这场漂亮的袭击战，受到军分区司令员刘震将军的嘉奖。淮海区军分区颁发命令，成立中共涟西保安团和保安司令部，张汉武任团长兼司令。

成功收编悍匪张汉武为涟西保安团，缓解了城郊盐河西的紧张局势，解决了地方匪患，扩大了盐河抗日队伍。也鼓舞了涟水县政府和上级党委对争取王培坤工作的信心。与反动乡绅出身的张汉武相比，王培坤是深受压迫和剥削的穷人，按革命的理论，应更容易地接受我党主张。

王培坤主动提出要向我方投诚，我方也就停止对河西建炮楼的破坏。负责出面策反王培坤工作的联络人，是时码北边的李三村人李干成。1941 年初被任命为中共淮海行署粮食处长。

李干成是通过本家的族兄李五和浅集集主金宗大，与王培坤保持联系。为争取王培坤，中共地方党委许诺将时码西边的浅集、浅南、曙东三乡划为他活动的范围，作为他军饷筹集地，期待王培坤能以民族大义为重，弃暗投明。

威震敌胆的王观涛

王观涛出生在盐河边的柴市村，小时候在家前的盐河里翻江倒海，练就了一身水上功夫。他机灵、聪明，完小毕业后考上县立中学。因日军侵占县城，学校关门，他对日寇鲸吞中国的虎狼之心痛恨不已，对国民党统治当局消极抗日政策深恶痛绝。

金城乡的同学朱士泉动员他参加民众救国会，正中心意，有一次在王观涛家的小楼上正商谈时，突然，国民党一区区公所来了七八个区丁，持枪敲门，要抓捕抗日分子。一个青年人悄悄地进庄，立即被布下的耳目上报，引起区公所闻风而动，可见国民党当局对抗日防共的控制是多么严密。王观涛没有畏惧，他推开楼窗，对下面人大喊道："你们让开，不然我开枪把你们打死！"

门前的人一吓闪开去。他没有冲下楼，而是和朱士泉两人用绳索从窗口系下来，扑进他家门前的盐河，向河南岸游去。朱士泉不会水，他架着踩水的王观涛一只胳膊，游到了南岸，逃过敌人的搜捕。

有一次他与朱寿乾二人接受淮河大队的指示，去涟城捉敌探。他俩顺利地在城郊抓住敌探，不料回来时船行中途，敌探乘其不备，突然跳下水去想逃跑，熟谙水性的王观涛哪里饶过他，纵身跃入水中，敌探挣扎着在水中与王观涛搏斗，被王观涛按入水中，竟呛水淹死了。事后，地委书记杨纯惋惜地说："在未取得情报之前就处死这个坏蛋，太可惜了。"

1940 年 7 月早晨，王观涛在柴市渡口警戒时，发现有三条鬼子的"华北洋行"货船由北向南驶来，他立即找队员周崇高，通知颜振普等游击小组人来。上午十时，他们 20 余人持枪在老堆头，拦截货船，拉纤人不敢前行，押船的汉奸在船板上叫嚣："这是皇军的船，谁敢拦？"

"不老实就打死你！"王观涛端枪对准他。几个家伙吓得不敢言语，窜上南岸跑进城里报信去了。他们动员群众肩扛担挑，将船上的物资一扫而光。

当天中午，县城日军一个小队和伪军七十多人气势汹汹地来赶到河边，三只船空荡荡的漂浮在水面上。恼羞成怒的日寇在汉奸引导下，窜到不远处的王观涛家，纵火烧毁了王家瓦房小楼。

敌人的暴行没有吓倒王观涛，更激发了他的斗志。王观涛打日本货船的消息传开后，老百姓都佩服他的勇敢，青年人纷纷报名参加抗日游击小组，队伍发展到七八十人。

1941 年 5 月，盘踞在一区南部新渡口的国民党顽军刘立卓部煽动、策划淮涟地区的土顽武装暴动。为对付敌人，王观涛率一区区队到西南小张集一带开展工作，因群众受顽匪控制，三四十人至晌午还未吃早饭，这时顽匪突然袭击，我区队且战且退，因体力不支，有三个队员被抓去。有的队员泄气地说:“那地方是土匪窝，工作没法开展。连饭都吃不上，还不如回家去干。”

面对战斗失利、队员思想波动，王观涛劝说队员，革命斗争哪能一帆风顺，要经得起挫折。不久，得知月荡乡顽匪头目袁小团子新婚，大摆酒席，他决心火中取栗，打击顽匪的嚣张气焰。

在袁匪新婚之日，区队战士八人混进袁家，贺喜人来自四面八方，相互多不熟悉，来后在袁家打麻将、推牌九等。王观涛带人分散到四处，观察动静。他隐蔽在附近掌握情况，现场指挥。下午要到黄昏时，酒席才陆续吃喝完毕，这时新娘花轿到了，随着鞭炮、喇叭的吹打声，区队也接近了袁宅，有人报告说:“北边来了八路。”袁匪不以为然地说:“没事，外边有人看着。”

花轿刚进大门，有人惊叫“八路来了”，袁匪顾不得新娘，忙往外跑看动静，刚到大门口，被早候在门口的周崇高等二人从两边死死掐住，区队战士迅速控制了袁宅，缴获了两支盒子枪，王观涛将吃酒未散的袁的亲属和一些顽匪召集起来开会、训话，警告他们不要与抗日政府为敌，为敌没有好下场。

王观涛剿匪捉敌，震慑了一区南部十数乡的大小顽匪，大长了共产党政府的抗日声势。

王观涛骁勇善战，神出鬼没地打击日伪、保护民众，名声很快传遍县境，受到抗日干群的追捧。

有一次区里召开各乡支部书记会议，区书记兼区长潘子明做报告，正讲在兴头上，区队队长王观涛率队执行任务回来了，大家的注意力一下集中到他和队员的身上。王观涛入座后，可是下面开会人叽叽喳喳，要求王观涛表演枪法。

潘区长停止讲话，靠近王观涛耳边低语，要他满足大家的期望。王观涛不动声色地起身，举起驳壳枪，对着前方几十米处的一棵梧桐树的有茶杯口粗的枝丫，“砰”的一枪，不偏不倚，击中离地一米多高的梧桐枝丫正中。随着潘区长一声“好”，下面响起一片热烈的掌声。

“皖南事变”后，国民党韩德勤部不断进占抗日根据地，日寇也借机对我抗日根据地扫荡，淮海区形势骤然紧张，淮阴和淮安两县区域大部被日伪和国民党军队占领。1941 年 7 月，中共淮海区党委决定，淮阴县与涟水县合并成立淮涟办事处，新上任的主任肖松浦为加强办事处的警卫力量，点名调王观涛任办事处警卫连连长。

1942 年冬，日军对苏北“大扫荡”，涟水日军在全县各集镇和交通路口筑据点，分割、封锁我抗日根据地。斗争形势十分严峻，县委为加强领导和斗争，成立县武工队，王观涛任指导员，费允恭任队长，负责北至新安镇，南到县城大关，东至盐河，西至张河的除奸和突击任务，队员都使用短枪，人们称之为“短枪连”。

武工队是涟水县抗日政府手中的一把利剑，哪里有危险，就派到哪里。县境北部地区处于日伪武装的包围之下，人心不稳。县领导派王观涛率数十人到灰墩东部开展活动，地方上一些蠢蠢欲动的坏人一听王观涛来了，吓得不敢轻举妄动。

王观涛有一匹代步的骡马，骡马到哪里，哪里的群众就能安心地睡觉了。有一次他因生病，休养一段时间，时码伪匪造谣说，王观涛被打死了，引起群众担忧，伪匪一时也猖狂起来。王观涛听到传闻后，叫警卫员骑上他的骡子，在盐河岸边跑了一圈，谣言立即不攻自破，伪匪的嚣张气焰立即收敛了。

这年夏季，河西的据点建成了。里面的炮楼建筑坚固，墙壁四周有较多枪眼，以便对外射击。炮楼底下有水壕，可以取水饮用，不必到外面取水。

据点附近是徐老庄和时庄，人们清楚地记得当时王培坤很得意，他略施小计便达到目的，他还为献媚日军，高调地举行庆祝活动，竟然大搞纪念“华北事件”（日本人称谓，即“卢沟桥事变”）五周年活动。借祝贺为名，将周围的大户带来逼其捐资献金，送粮送布，以充实据点的物资贮存。

王培坤在新建成的炮楼前搭一个大戏台，从河东请来淮剧戏班子，从县北境找来玩龙船和工锣鼓艺人，搞了一台节目，吆喝附近的老百姓前来观看，咿咿呀呀地演唱耍闹了两天。

日军大约在这年的下半年，也将据点从东边搬迁至河西岸北边的钱庄，据点用泥墙围成一个圩子，圩外有壕沟，在东、西、南圩角各有一个炮楼。日军据点与王培坤的两岸据点形成勾股三角形，作相互呼应，难攻易守。

中共涟水县政府针对王培坤出尔反尔的行为，特派县武工队指导员王观涛前来劝说，晓以大义。王培坤对智勇双全的王观涛也畏惧三分，二王对垒，是在河西的钱承喜家堂屋，外边岗哨一个对一个。庄上有爱看热闹的大胆人，跑到钱家外面如看西洋景，里面两人时而和谈，时而拍桌子，谈得惊心动魄，最终没有谈出成果。

王培坤的狡猾伎俩，也暴露了他顽固的反动面目。争取王培坤失败的根本原因，主要是对王培坤本人及其背景认识不足所致。王培坤是一个赌徒、地痞，他有肚量，有决断，凶狠、狡诈。他的顽固来自他的自私和目光短浅，他只贪图钱财和现时的享受，认定依靠日本人的势力，才能实现自己出人头地，哪里顾及民族大义和国家危亡？更不愿跟着共产党吃辛受苦。他知道当汉奸没有好下场，暗地又投靠国民党当局，拜原国民党县党部书记长陆耀武为高参，将国民党县长朱孟杰接纳在时码据点，接受省府允诺的国军团长一职，他认为自己是脚踏两只船，稳妥得万无一失。

狡猾的王培坤对中共的诚意虚与委蛇，不拒绝，也不说同意，与上层保持若即若离的联系，一方面把时码河西的三个乡经营成针插不进、水泼不进的独立王国；另一方面在反共气氛的熏染下，不断进攻共产党的中心区和在中心区安据点，杀害中共地下工作人员和军属。

为惩罚王匪，一天深夜，王观涛率武工队在时码炮楼门前，枪杀了伪小队长严二侉，缴获驳壳枪一支。严二侉还兼任伪乡长，是王培坤的亲信，王培坤恨得咬牙切齿，扬言谁能打死王观涛赏一千块大洋。

王观涛有一次回家，被敌人探知。深夜，日伪将他家包围，破门而入。惊醒后的王观涛当即翻身藏匿在床肚下，背紧贴在床架上。伪匪见床上无人，用刺刀在床肚里乱戳，并打了几枪。王观涛屏住气不动声色，待敌人转身出屋时，他突然发力，奋力将整个床架掀起砸向敌人，敌人被砸蒙之际，他以迅雷不及掩耳之势，冲出屋室，对院内的敌人左右开弓，一梭梭子弹射出，等敌人清醒过来，他已如一股旋风突出重围。

浅集街集主

浅集街集主金宗大曾做过顽乡长，是“安清帮”师父，他上勾结官府，下结交土匪，在地方上强取豪夺。金宗大作为地方有名的豪绅，中共涟水抗日民主政府建立后，出于统战工作需要，推选他为中共淮海区和县民主政府的参议员，他曾发挥过一些作用，为统战工作做过有益的事。

1942年11月，淮海区行署（这年3月，淮海专署撤销，成立淮海行政公署）将区域区划作新的调整，涟水县抗日民主政府原老一区南部划归淮阴县，西边划为跨河区，东部划为王集区。

新成立的王集区形势较特殊，区域范围内外有三股武装力量：一是由本地顽匪张汉武改编的涟西保安团，属于中共淮海军分区管辖的灰色部队，二是东北部的时码王培坤伪军，还有就是新成立的中共王集区区队，三方势力中，中共王集区武装力量最弱。

涟西保安团成立后，淮海行署发四百人的军饷。有了地盘和适宜的环境，保安团发展很快。青壮年人都愿意在家附近当兵，照顾家庭，正规部队的士兵开小差，跑回来也投入其部，故张团很快兵力达近千人。

张汉武与敌斗争有创意，会主动对散落在乡村的日伪小据点发起袭击，零打碎敲，以取得战绩，如扮作娶媳妇，或与伪军结拜兄弟，买通据点内的伪军作内应等方法智取敌据点，更有借打据点为名实施抢劫，如“八月十五抢大关”，抢劫集市上百姓物资，这在地方百姓中留下恶劣的印象。张汉武部驻地在王集，与前来抢劫的时码王培坤部不时发生战斗。

新成立的王集区队队长对张汉武部心存大意，认为都是共产党领导的武装，对其两面性缺乏警惕。有一次，把当晚宿营地和口令告诉对方。晚上，王集区队在宿营地吃晚饭时，时码的王培坤部大摇大摆地包围了区队，缴了区队的枪械。

王集区区长张景文得知区队的枪被缴，非常生气，这是他和区委书记陶硕夫费了不少心思才建立的新队伍，他立即怀疑是张汉武将王集区队的宿营地透露给时码伪军，他对张汉武没有成功改编到独立旅去，而改为涟西保安团是有看法的。他是张汉武本家侄儿，两家相邻，从长辈就斗争多少年，因此，他看透了张汉武的反动本质，不相信张汉武会老老实实地跟着共产党走。为此，他严厉批评区队队长麻痹大意，当即将其免职，一边立即采取措施，去信给浅集街的金宗大。

金宗大是王培坤的“安清帮”师父，请他责令王培坤，将掳掠的王集区队枪支弹药如数送还；同时指出，他是争取王培坤的联络人，他对王培坤越出划定的三乡而袭击和收缴王集区队枪支的行为负有责任。

张景文讨还枪支是基于这样的考虑：一是王培坤被淮河大队逮捕过，他是害怕淮河大队的；二是王培坤知道淮河大队和县独立团是会以武力支持这个新成立的边缘区；三是当时日寇还未十分重视和信任他，因此，王培坤怕与我方交战，如我军打时码据点，他是不会得到日寇解救的。

正如张景文所估计，张汉武与王培坤之间有针锋相对的斗争，但也有利益的勾结。时码据点特务队的盛开平在七十年后坦言，他曾担任过联络这个角色，王集街东有一女人叫王胖子，黑白通吃，是张汉武与王培坤秘密联络人，有什么事均由她传话。

到嘴的肥肉哪里舍得吐出来？几天过去了也没消息。张区长很焦急，连发三次信函请金宗大敦促。金宗大碍于张区长面子，此时也怕得罪共产党，赶忙又去信劝说王培坤。王培坤要考虑师父的面子，更要考虑这块肥肉吞不吞得下去，后王培坤将所掳枪支如数送还。

张景文很庆幸，如隔半年后发生这事，那一枪一弹也要不回来了。此时的王培坤还半隐半遮地与抗日民主政府保持联系，后得到日寇的进一步信任，便完全与中共政府断绝了关系。

金宗大作为大地主，对共产党发动穷人斗地主，推翻国民党统治视为犯上作乱。早年共产党发动“八一暴动”，地主势力为协助当局镇压暴动，成立了地主联庄会，金宗大被推选为会长。暴动的第四天，中共涟水县委书记、暴动总指挥吴长来针对全县各地暴动开展不利的情况，在河东的施洼庄开会，会后赶到金城庵后刘庄支部书记刘国祥家去了解情况，被张洪如（在前老庄阻击战中被打死的伪匪小队长）父亲发现，他跑到浅集街向金宗大举报。金宗大当即带领联庄会人前来抓捕吴长来同志，对吴长来同志进行了残酷的折磨，后押送县城，致吴长来同志在镇江监狱英勇牺牲。

金宗大还迫害和残杀宣传抗日的志士。浅集小学老师嵇孝纯是体育学校毕业，他是一个爱国的热血青年，在国家危难之际，组织学生上街游行，宣传抗日救亡。金宗大对嵇老师的爱国行为十分反感，认为抗日是政府当局的事，你一个老师宣传抗日肯定是受共产党的蛊惑，令其手下人前去劝阻和威胁，说：“嵇老师，你最近的活动，大头（金宗大）有意见了。”

稽孝纯一介书生，性格倔强，有胆识，对金宗大的嚣张气焰和恫吓非常气愤、蔑视，他斩钉截铁地回答:“你转告他，再像以前一样，家家刨狗屎，将他抛入全民抗战的汪洋大海。”

金宗大听了回话十分恼怒，认为嵇孝纯冒犯了他的尊严，他指派手下两个徒弟于1938年农历五月的一天傍晚，到浅集南面的嵇孝纯家，佯装是来送信的，找到正在麦场上的嵇孝纯。见是外地人，嵇孝纯没有怀疑，当他看信时，那两人掏出盒子枪。嵇孝纯发现情况不对，立即奔跑起来，在山芋地里一步跨三垄沟，向圩里狂奔，怀里还抱着一岁多的孩子。当他跑到圩沟边时，被追上来的两人开枪打死，连孩子也被残忍打死。

嵇孝纯父亲得知儿子被打死，气愤不已，说有本事对准日本人去。这话传到金宗大的耳朵里，他又派人将老人的腿砸断。嵇孝纯的女人为避灭门之灾，带大儿子跑到外地，躲了一年多才回来。

在此之前，国民党特派员曾到浅集小学找张仰山校长，因此，联系起来看，嵇孝纯的死是国民党当局与金宗大的合谋所为。

金宗大作为浅集街集主，横行霸道，仗势欺人，是地方黑恶势力的代表。在浅集街做生意的人如在过年过节时不孝敬他，你就不要想在此安宁地做生意。街上有一金姓人家因春节时无钱向他进贡送礼，正月初二，金宗大派爪牙将这家小饭铺的炉子、锅灶和桌椅都掀翻了。他根本不顾忌是否是本族，但如有外姓人欺负金姓人，或发生争吵，他必以家族族长的身份出面，欺压和打压他姓。

浅集街北的嵇永康家境殷实，娶了一个俊俏的媳妇，心里美滋滋的，可惜好景不长，被浅集伪匪小队长姜兰田看上了，大白天上门将人抢走了。其父嵇二爹悲伤、无奈，情急之下，想到手眼通天的金宗大，便提礼上门恳求金宗大帮忙。

金宗大派人叫来姜兰田，怯于金宗大的势力，他对嵇二爹说:“叫你儿子死了这份心，天下女人多的是，把女人的生辰八字帖子给我，我给你五十块洋元，重新找一个媳妇。”

嵇二爹看姜匪话已说死，讨回儿媳无望，只得收下儿媳妇的卖身钱，他转身要回家，金宗大说:“嵇二爹，这钱放你身上也存不住，不如把我给你保管!”

金宗大说着就一把将嵇二爹口袋里的钱抢走了。金宗大的贪婪和邪恶是没有底线的，嵇二爹痴呆呆地看着媳妇的卖身钱被抢走，欲哭无泪，想起老百姓安身立命的古话：穷人三件宝：丑妻、薄田、破棉袄。

1942 年 11 月底，日军第十七师团二千余人，集中伪军三千人，对淮海区抗日根据地实行“大扫荡”，企图将淮海区的共产党抗日力量一举摧毁。淮海区的形势迅速恶化，淮阴、涟水大部分地区伪化，重要集镇和交通线上都建立敌据点。王培坤趁机“蚕食”根据地，扩展“归化区”，在大程集、朱新庄、岔庙、王集等地增筑碉堡。他将浅集街作为他的西进基地，设立伪政权，请金宗大担任伪区长一职。

金宗大撕下亲共的伪装，答应了王培坤的邀请。中共涟水县委县政府得知情况，考虑了金宗大上任伪职后的能量和危害，决定对他新账旧账一起算，实施镇压，以铲除王培坤向西发展的社会基础和根须。

县政府将执行镇压金宗大的任务，交给县独立团副团长兼一营营长朱慕萍和县武工队指导员、兼县独立团二营副营长王观涛。

王观涛父亲王二爹是城郊一带有名的土讼师，与金宗大结为朋友。当初，为失学回家的儿子今后出路考虑，父亲带他向“安清帮”金宗大拜师。据说，在制定镇压金宗大方案时，有领导担心王观涛碍于情面，对师父金宗大下不了手，特安排替代王观涛执行的人。

确实，王观涛有侠义之气，但他参加革命后，接受党的教育，坚定革命立场和信仰，早已跳出封建帮会思想的樊篱，不过，执行镇压金宗大的任务，确实是对他革命意志的一次考验。

1942 年年底的一天，朱慕萍和王观涛带一班人前往浅集街，到达金宗大的家附近，人马伏在院前，他和朱慕萍两人上前敲门。

金宗大的儿子金正打开院门，热情地说：“观涛大哥来了，父亲在街上，我去叫一下。”

此时，金宗大在街上打麻将，听说王观涛来了，立即放下手中的牌。王观涛是共产党的得力干将，威名远扬，是他引以为豪的得意徒弟之一，他的另一徒弟王培坤，是人所畏惧的恶匪，就凭这两个王姓徒弟，方圆百里，谁敢不敬重他？但师父再牛，也不能怠慢英雄徒弟，他立即赶回家。

因有朱副团长同来，金宗大心里有疑虑，无事不登三宝殿，料想有不测，但人已到家，他不得不作礼节性地寒暄：“不知二位贵客光临，有失远迎，快请坐！”

他吩咐儿子金正给客人上茶。王观涛站着摆手说：“用不着了，师父！”

金宗大听出徒弟的话中有话，故作热情地说：“这么冷的天，你们大老远来，师父跟你和朱团长喝几盅！”

“师父，观涛对不起你了!”王观涛说着拔出枪，手起枪响，金宗大还没有反应过来，应声倒在地上。

端茶水的金正吓得跌落水杯，急忙掏枪以顽抗。朱慕萍眼疾手快，一枪击毙。金宗大有两个老婆。此时，他的大老婆听到枪响，忙跑进屋，一看男人倒在地上，脸色骤变，骂着向王观涛扑来:“你个没有眼珠的小东西!”

回答她的是一梭子弹，女人当即殒命。朱慕萍和王观涛两人走到院外，将县抗日民主政府关于金宗大罪行和镇压公告贴在墙上。

关于镇压金宗大，有人说金宗大听到王观涛要他的命时，儿子金正转身摸枪，金宗大坐着纹丝没动，说:“儿子，不要拿枪，你哥要师父的命，要你的命，就给他拿去!”

传说如戏剧，很江湖。

第六章　冲破封锁线

天堑与通途

日寇侵占涟水城和淮阴城后，利用盐河攫取中国资源和物资，同时，将由淮阴、涟水、时码、五港至新安镇的一条南北公路，和与公路大体平行的盐河构成一道封锁线。日伪将盐河上的船只全部拉走，或捣坏沉入河底，禁止水上货运和老百姓的两岸来往。敌人的汽艇在河面上游弋。

日寇依仗公路和盐河天堑，封锁我淮海区与盐阜区之间的抗日军民往返、物资交流和文件传递。在涟水境内百十里的南北公路上，平均每隔十里左右就建一伪据点，涟水境内盐河一线有朱码、小李集、时码、鲁渡、嵇圩、五港等大小据点十多个，其中，王培坤守护着从县城北的朱码到五十里外的鲁渡几个据点，占涟水日伪据点的一半数，他为虎作伥，十分卖力。

为加强盐河沿线的控制和联系，日伪拉上一根根电线杆，在河右岸的沿线架设了电话线，只要发现河面上有情况，敌人很快就得到消息，及时组织力量围攻上来。

扯上铁丝横穿南北，拿个话盒子就能听到人讲话？老百姓很疑惑，这鬼子妖魔一样的东西是不是古人传说中的千里眼、顺风耳？1941年农历4月17日晨，河东岸的五港乡港西村桃园庄的张克刚、张克标、陈井仁三人出于对鬼子的憎恨，来到盐河边，将日寇架设距洪庄、桃园庄不远的涟新路边电话线剪断。

电话线刚被掐断，鬼子就查寻到了，驻扎在距洪庄、桃园只有五公里的嵇荡炮楼日伪立即出动二十余人，开着军车，杀气腾腾地由西南向东北方向而来。而张克刚等三人还以为神不知鬼不觉，在慢慢地处理电话线，等发觉日寇已来不及跑了，他们将电线材料慌忙撂到河里。

日寇将张克刚三人抓住，带到桃园庄西南大碱滩上，叫他们并列站着，然后，将机枪对准他们扫射。张克刚三人脸无惧色、破口大骂。三人倒下后，敌人唯恐不死，又用刺刀戳。张克刚倒在地上，鬼子对他没有再戳。枪子没打在关键部位，敌人走后，他醒了过来，挣扎着爬回家。

日寇为威慑群众，不甘罢休，隔一日又出动更多的兵力，开着军车，气势汹汹地来到距电线被割断地方不远的洪庄，将百姓都赶到庄西边的南北圩沟里排成纵队，敌人的机枪对准手无寸铁的无辜百姓一阵猛扫，像刀砍过后的芦柴一个挨着一个瘫倒在地，此次屠杀共死十人，伤八人。

针对日寇以盐河为封锁线，1941年2月中共华中局决定，以盐河为界，将涟水县盐河以西地区划分为涟水县，所辖原一、二、三区，分属于中共淮海区；盐河以东地区成立涟东县，所辖四、六、七区；五区与灌云、阜宁各划出部分，成立涟灌阜办事处，归属中共盐阜区。

为粉碎敌人的阴谋，在盐河两岸设立多个不同级别的交通站，以保证盐河一线的交通畅通。

在盐河上游，即涟水城至淮阴一线，初开始有淮河大队安排的李洪玉游击小队。李洪玉是一区临淮乡人，他曾在淮河大队特务连任班长，1940 年年底，他受组织安排从淮河大队回乡，联络本乡的青年，成立抗日游击小队，在涟淮公路的北部张渡乡、缺口乡一带开展活动，抗击日伪，保护移驻这里的淮河大队队部，保持盐河交通线的畅通。

上游的喻集，位于淮阴、涟水和淮安三县交界处，依靠水运和陆路的交通便利兴集，市面繁荣，人称是“小香港”。集上有个刘大呆，大名刘仰文，涟水西乡小张集人，兄弟二人早年贩粮，在淮安、淮阴城嫌得一些银两，便有些张狂，任由毛驴到邻居的豆地里折腾。邻人张海中当然不让，说驴把豆子糟蹋得头二亩，要求张氏兄弟赔偿，两家吵闹起来，由此结仇。刘大呆兄弟暗地里联系北边沭阳的土匪，将在地里做活的张家女主人“抬财神”，后张家花了不少银元才将人赎回。张家侄儿张乃中是国民党少将师长，听到家里发生的事，扬言要抓刘大呆兄弟。兄弟俩吓得离开家乡，刘大呆投靠废黄河边的喻滩岳父家，从此在这里做生意，弟弟则跑到县城保安队当了兵。刘大呆在集上开粮行、糟坊，有了积累，财大气粗，他还以“安清帮”师父的名义收徒弟、学生。日寇侵占县城后，在县保安大队骑兵队当兵的弟弟刘秀文，外号刘小呆，也来到喻集，行伍出身的弟弟到来，让刘大呆如虎添翼。

此时国民党县区乡政权处于瘫痪状况，兵荒马乱年代，当地人为了自保，纷纷唯刘氏兄弟马首是瞻，很快兄弟二人在集上呼风唤雨，说一不二，想不做老大也难。其势力不断向三县边界延伸，成为这一带最大的土匪集团，人数达千人，利用水陆交通要道，公开地站大潮，设卡收费，拦路抢劫，占山为王。

这里是涟水的南哨，淮安抗日民主政府的活动范围主要在淮安北部。为防止刘大呆兄弟被日伪和国民党拉拢过去，如被日伪控制，将严重危及我方的交通安全与这一地区的平安。1941 年初，中共淮安县委县政府出面争取这支民间武装。

淮安县抗日民主政府县长赵心权，又名赵秉衡，1927 年加入中共党组织，当年年底组织举行淮安北乡横沟寺暴动，暴动失败后，他跑到涟水躲避，任中共涟水西区区委书记、县委书记，扬州中心县委书记，在失去省委联系后，他被推为淮盐特委书记一职。1935 年被捕入狱，在第二次国共合作后出狱，参加苏北抗日同盟会，加入南支八团任宣传队员、八团副官等职，成立淮安县抗日政府时，他是首任县长。十年来，他经常往返于涟水与淮安的夹滩，因此，他了解和熟悉这一地区，也熟悉刘大呆两兄弟，他致信刘氏兄弟云：

> 凡绿林好汉多为豪杰，但所为者实害理之事，为人唾骂，虽快一时却不了终身，凡作恶者岂有善果，虽为直言，实为汝兄弟之长远计，切盼三思。

接到信后，兄弟二人意见不一。刘大呆思想保守，满足于占山为王，他不愿与共产党为敌，也不愿接受中共领导。刘小呆在县保安队当兵，接触面广些，思想活跃，经赵县长细致的统战工作，愿意接近中共。通过刘小呆做其哥工作，在这年秋天，兄弟俩同意接受中共淮安县政府的领导，答应保证新渡口至喻集一带我交通线的安全畅通。

保滩北边的李洪玉游击小队，由中共淮安县委书记李凤直接领导。虽经淮安县委的多次协调，李洪玉与刘氏兄弟之间矛盾始终没能和解，相互攻击，在短短两年间，牺牲多名同志。1943 年秋，在一次袭击张渡伪据点时，李洪玉在墙头上被敌击中腿部，后经我军后方医院治疗，脱离危险，致使一腿致残，因行动不便和形势恶劣，1943 年后游击小组解散。

在盐河下游，时码与新安镇之间的五港集，是涟水与灌云两县的接合部，也是敌伪防范较松的地方。此处的敌据点有一个小队的伪军，除公路和盐河为敌所控制外，两边都是解放区，因此，新四军三师决定在这里建立一个敌后武装交通站。

三师把这个任务交给涟东县四区区委书记王齐芳同志，要求他组织一支智勇双全的交通队，担负武装护送的任务。王齐芳当初为便于开展地下工作，利用“安清帮”做掩护，他向五港“安清帮”头子于再武递了学生帖，认识了同是递帖的陆广祯，他是灌云人，兄弟八人，因家乡海啸和日寇侵略，受生活所逼投匪，随同伙被五港集主请来“包方”。这伙人白天维持集市安全和秩序，夜里盗窃作案，陆广祯正直善良，不愿残害百姓，与王齐芳结拜为兄弟后，在王齐芳宣传抗日救国的道理影响下，他想离开土匪窝，参加新四军。王齐芳动员他参加交通站，他一口答应，并要求同意他的二哥和八弟一同参加。人马很快有了八九人，三师派来参谋李新宇，他们对外称以港南乡名义成立伪自卫队，站长谷志超，政治上由王齐芳负责，陆广祯为交通队长。枪九支，一支短枪是三师发的，四支长枪由区委发动港南和五港两乡支持的，还有四支是向地主富户人家借来的。

他们白天打着伪乡自卫队的名义，出操、训练，晚上秘密执行武装护送的任务。交通队在区委和广大群众的支持下，克服重重困难，冒着危险，多次顺利地完成通过敌人封锁线的任务，盐阜区的棉花、食盐、大米、布匹等物资通过这里运到淮海区，淮海区的生猪、油料及山东的黄麻等物资，通过这里运到盐阜区。

交通站工作充满了惊心动魄的斗争。1941 年秋末的一个夜间，护送部队过境时，被蔡工伪乡长发觉了，他连夜跑到大新集向鬼子告了密。第二天天刚麻花亮，伪军六十多人包围了交通站的联络点苏庄，幸好，交通队执行任务还没回来，抓走了正在生病的交通员陆广善。交通站暴露了。他们请“安清帮”头子于再武出面说话，伪军头目惹不起于师父，同时也想放长线钓大鱼，把交通站一网打尽，卖个人情，放回了陆广善。

交通站搬到东面的张庄，同时寻找机会镇压伪乡长，终于有一天，交通站的三名同志在小刘庄逮捕了伪乡长，送交抗日民主政府处决。

日伪没有放过交通站，派出的特务密探如狗一样到处嗅闻，终于嗅出味道，发现了交通站的联络点，大新集据点的鬼子和伪军出动二百人偷偷地包围了张庄。周围的老百姓一看情势不好，冒着危险高喊:“鬼子来了!”交通站的人听到喊声，立即从庄后洼地向交通沟转移，敌人在这里已有埋伏，机枪像狂风一样横扫过来。他们勇敢顽强地边还击边突围，付出了很大代价，一个队员受重伤，一名队员牺牲，枪损失三支。

张庄受挫后，交通线没有中断，三师师部发来二十支枪，人员扩充到三十人。伪军头目苏亚东两次包围交通站，占了点便宜，也得意忘形起来，扬言要与交通站作对到底，别人不敢到五港来当队长，他自己要亲自来此驻防，准备吃掉交通站。苏亚东到五港第三天晚上，交通站突然攻打他住的三兴楼，狡猾的苏亚东顺着楼上的淌水槽跑掉了，从此，他再也不敢来五港了。这个汉奸后在战斗中被新四军击毙。打跑了苏亚东，也就把这一带的日伪嚣张气焰打下去了。自此，到五港走马上任的伪小队长都是手捏一把汗，害怕得罪交通站。交通站也定下条件，只要不阻碍我方军政交通，不残害百姓，我们就不干涉他们在五港的驻防。

五港交通站成员季永富，家是盐河西岸的朱圩人，他的弟弟季永林因贫困，小学辍学后，13 岁就跟在老摆渡工的父亲身边，在父亲的指导下学会了摆渡。东岸蔡工村因地处南北足有二百米的大空荡，从盐河上崖又是个坟靠坟的大乱坑，可谓人迹罕到、阴森可怕。

季永富每接到上级任务后，马上转告弟弟季永林。交通站早有安排，请木匠赶制六只大木桶，以备使用。这些木桶直径有两米多，用新杉木板做成，轻巧结实，平时底朝下埋在土里保管，用时再刨起来抬到河口。

1942 年初冬的一天深夜，哥哥突然回家，说是接到重要通知。他与哥哥提前将大木桶，抬到指定的河边。不一会，果然从东面的小路上来了一拨人，过河的人在五港交通站派来的十多人的护送下，准时来到指定地点。此次过河接近三十人，一式便衣打扮，人人暗带短枪，由于人数较多，又有两匹骡子，所以分两次过河。木桶下水的同时，让骡子也下水，骡子颈上的缰绳是由桶里的一人牵着，让骡子与大木桶一道前进。

待各人在木桶蹲好，季永富两手握紧木锨柄开始摆渡。年轻的摆渡工做这活是轻车熟路。初冬深夜的北风刮在脸上刺骨的寒冷，随着手里木锨不住地摆动，大木桶箭似的前进。那匹骡子在水里不住地划动四足紧紧跟上，五十多米的河面顷刻之间到了西岸，季永富又回头将剩下的人与另一匹骡子也顺利送到了西岸。

多少年后季永富才知道，少奇同志和陈毅、张爱萍、罗炳辉等党政领导曾经通过他的摆渡，得以顺利通过封锁线。

朱圩交通站

1941 年 7 月，淮海专署交通处科长李天钧东去新四军三师师部，在马圩东的周庄过敌人封锁线，在一个营兵力的掩护下，连续两晚也没能通过。

住在庄上的三区联防队指导员刘建民听说后，想这么多人行动能不引起敌人注意，枪一响，附近炮楼的敌人相继涌来，如何过得去？刘建民找到李科长建议，不需要这么多人护送，只要四五个人，白天就能混过去，遇事由我应付。李科长听后，认为他的建议切实可行。

第二天早饭后，李科长几人跟随刘建民绕到北边的天鹅荡一带，闯过第一道封锁线，下午又碰到几股顽匪，均被刘建民蒙混过去。晚上到了盐河刘建民的家歇一下脚。当天夜里，刘建民护送李科长渡过盐河和涟新公路，到达五港东边的根据地。历经一天一夜和多次险阻，终于完成任务。

刘建民家在盐河西岸朱圩村，父亲刘少聊，私塾先生，学生多，在地方有名望。他支持抗日救亡活动，1938 年地方成立抗日同盟会，就以他家为联络点。盐河被日伪封锁后，行署交通科长李天钧来布点时，县委同志推荐几个点，李科长选定他家建立地下交通站，全名为三师淮盐干线交通站，明确刘少聊为地下交通员，上级还派来淮阴人沈林为站长，住在他的家里，对外以雇工名义。

刘建民作为联防队队长，不常在家，也不知道自己家是党的地下交通站，父亲是地下交通员，直到后来任盐河大队的队长时才知晓。他带李天钧到家时，沈林站长还住在刘建民的家里。

朱圩交通站避开了时码王培坤的势力范围，此处对岸的南边是嵇圩据点，北边是五港据点，这里河面最为狭窄，河东蔡工的河崖上是坟靠坟的大乱坑，是一个隐秘绝好的交通点。这里利用率高，军队的物资运输和党政军高级干部来往都是走这一条线。

不久，刘建民调到淮海区党校学习，一个月后学习结束，找他谈话的领导就是交通处李科长，可能因为他护送李科长成功通过封锁线，组织安排他回到家乡朱圩，筹建淮盐干线秘密中心站，只过要件，以防交通中阻。

这时，刘建民家的三师淮盐干线交通站不久迁到北边的孙新庄东，站长换成灌云人李兆吉。这个站点是通过淮海行署副主任陈月斋的关系。陈月斋是涟水县灰墩乡人，开明士绅，淮海行署成立时，他是以民主人士当选副主任。陈副主任回乡，动员他的侄女婿孙伯臣负责建立交通站，陈的儿子任指导员，直到抗战胜利。

刘建民不愿离开武装工作，他提出自己的理由，自己在家乡做过地下工作，又任过区队指导员，是半公开的共产党员，做这项工作不适宜，个人危险是小事，工作遭受损失就无力负责了。

李科长说，这是经过区党委书记金明同志决定的，刘建民这才无话可说。

刘建民从干校回来，脱掉军装，穿上便衣，化装成私塾先生，站址设在朱湘池家。朱湘池是破落地主，在地方有些势力，有民族气节，支持抗日工作。本村的朱同池等两人为交通员，以雇工身份掩护工作。

本村士绅陆耀武，曾任国民党省党部组织干事，镇江沦陷后回乡作地下活动，他与王培坤勾结，在本村耀武扬威，欺压百姓，他对回乡的刘建民有怀疑，常找刘建民聊天摸底。对此，刘建民与房东朱湘池交底，请他代话，晓其利害。一方面在教书的同时组织抗日力量，一方面夜晚的住地经常变换，以防不测。

1942 年 3 月，盐河武装交通队指导员负伤后去世，上级调刘建民去上任，中心站站长就由朱湘池的儿子朱崇舜担任。

这年年底，盐河大队连长朱崇尧带侦察员孙洪武回家，与堂兄弟朱崇舜接头，讨论护送一批干部到盐阜区，如何安全通过的办法。研究到深夜，估计下半夜不会有意外，朱崇尧就带侦察员回到自己的家里休息，为交通站放哨的民兵朱锦泉、于贵荣、邱锦生、朱同池四人就在朱崇舜家睡了。

五更时，门被轰然撞开，待他们惊醒时，敌人已闯进屋里，无时间还手了。民兵和朱崇舜父子、朱崇尧共八人束手就擒。敌人是“水路队”，还有钦工炮台的黑狗队，有六十多人。鬼子的“华北船”每次过往都有百十条，经常受到我地方部队的袭击，但打的都是尾船三五条，搞些物资补充地方部队的供给。因此，敌人警戒很严，他们船上有“水路队”，岸边由炮台鬼子和伪军护送。

冬季的盐河是枯水期，有时挽起裤子就能蹚过河去。为加紧对中国资源的掠夺，“华北船”冬天也没停歇。腊月十五日“华北船”过来时，我方没有打。当晚，头船已到时码，尾船的“水路队”住十多里外的钦工炮台，按以往规律，船队过去是不会再回头的，称为安全期。因此，朱崇尧他们也是这样认为，故深夜会后就没有转移休息，不料，敌人突然来袭。

“水路队”将人交给时码的鬼子据点。区委得到消息后立即找“安清帮”头子到时码说话，营救，同时安排人到各村去募捐钱财，准备赎金。可是，据点日军以船队常被袭击，他们被捕时都有枪在身为由，拒不释放。谈判到最后，答应留朱湘池老人一条命，但留人不留眼，将他绑在树桩上，将能看得见的那只眼睛用针戳瞎，致两眼全部失明。

鬼子将其他七人全部杀害，有四人被残忍地砍死后，头身分离。杀害后还要花二百大洋收尸。

烈士收尸已是第二年的正月，血肉模糊，冰块一般，难以分辨是谁。

尸体拖回来后，烧热水烫开，才由家人认领，其情景惨不忍睹，亲人伤心欲绝，悲痛的泪水流干了，如同冬天枯竭的盐河水。

已经过去的“水路队”为什么回头，直扑朱圩交通站？是谁将朱圩交通站的情况告密？这桩案件一直难以破解。

1958年肃反时，涟水县肃反委员会将此案作为重点案件调查。事情过去十多年，还是没有一点线索。调查人孙智洋从小目睹烈士被杀害的悲惨情景，他决心查清这起事件的来龙去脉。他回乡找到年老的朱湘池，老人说，当年水路队的队长陈四已被灌云县公安局逮捕，现在押在监狱，可以找他审问是谁告密的。可见，瞎了双眼的朱湘池一直记着这血海深仇。

孙智洋赶到百十里外的灌云县公安局，负责这个案子的同志告诉他，陈四已承认是他带人突击涟水县朱圩交通站，人是鬼子杀的，你得抓紧，陈四已经被判死刑，只有十天上诉期了。

第二天，在灌云县公安局的配合下，孙智洋对名叫陈广田的陈四突击审讯了三四天。陈四对此事的前后经过供认不讳，但对告密人拒不交代。

孙智洋回来又找朱湘池，老人多年来一直在排查，追踪线索，他说有一个最大的嫌疑人，即陈四的亲哥陈大。陈大过去常来红窑周围收粮食，住在普庵集，每逢三、五、八、十在集上收小麦，每次鬼子船要经过，他事先都知道，将小麦运到钦工河口，装上鬼子船运到淮阴城去卖，实际上是卖给鬼子作军需。

战争时期，粮食是重要的战备物资，因此，陈大在普庵集收买粮食，常被地方干部找去询问，或训话，他对抗日政府不满是情理之中，鬼子船经常被我方袭击，他弟弟是“水路队”的队长，为牟取利润和帮助弟弟，或者弟弟要他留意岸上的动静。身在暗处的他对朱圩交通站和武装人员的走动不会不注意，所以，他是此案的告密嫌疑人之一，同时，陈四的顽固也证明这一点。

暴利是会吸引人铤而走险的。世上不乏有一些精明之人，为谋取一己私利，视国土沦陷和人民罹难而不顾，不惜与敌人坐在一条板凳上，以物资敌，残害同胞。

孙智洋为彻底弄清这件事，又到灌云县城南的陈大家里，找陈大谈话，他一口否认朱圩案件有他插手，只承认听说过这事，但具体情况不知道。孙智洋又到新浦，找到“水路队”其他五六个队员，均说是跟陈四去的，只有他一人知道，案情至此就难以追踪了。

怀疑陈大是有充分理由的，如果是当地汉奸告密，陈四不会如此顽固，早就会交代了，只有至亲的人才一口咬死。

痛打鬼子船

朱圩村人难以忘记这个伤痛，他们一直寻找复仇的时机。

1945 年春，一个麦收后的上午，二十多只鬼子船装着满载的货物，由北向南开。押船的“水路队”有四五十人。刚过平安河码头就鸣枪、放炮，到了侉二庄附近，竟上岸抢掠财物，放火烧房，企图以此来威吓两岸的地方武装，让其通行无阻。

朱圩村和普庵乡干部得悉鬼子船经过，一边组织地方武装保护群众的生命财产，一边向地方主力部队报告。

副乡长朱士章在路上遇上了淮海四支队的侦察排，报告了盐河上过鬼子船的情况。排长听了连连说“好好”，随即回去向支队司令钟伟作了汇报。

四支队接到命令，准备东渡盐河去打阜宁城，侦察排是前来和地方干部联系搭船桥让部队过河的，正愁没有搭桥的材料，敌人送上门来了，肥肉送到了嘴边岂能不吃？支队司令钟伟决定顺手牵羊，立即下令，派一个连的兵力，打下船只搭桥，船上物资用来补充军需。

由朱士章带路，直奔敌船必经之地——蔡工。上岸抢劫的敌人见我主力部队冲过来，一边放枪，一边往船上逃。我军利用蔡工西边一段河堤与河道最近的老堆头有利地形，以猛烈的火力封住了敌人的头船，“一”字儿排开，对准敌各船射击，船上的敌人遭到我部队的突然袭击，乱成一团，下船向河东逃窜。此时，二十多只船就像开水里的饺子，跌跌撞撞地乱了套。

当天下午，军民一齐动手，搭了一个宽阔的船桥，子弟兵浩浩荡荡跨过了盐河。船上的洋布、药品、海参、食盐等都转为我军军需，余下的粮食、食盐、碗、盆等物品和船舱板，皆为盐河西上千名群众分得。军民们享受着日伪送来的“洋货”，扬眉吐气。

第二天，日本鬼子调集新安镇到时码一线四五个据点的日伪军几百人前来蔡工报复。这已在意料之中，当天夜里，干群全部撤离，敌人扑了个空，无奈，放火烧了蔡庄三十多间房子，拖着空空的破船回去了。

从那以后，敌人的船只再也不敢大摇大摆地在盐河上来往了。

第七章　盐西风云

突出重围

盐河从西南淮阴逶迤而来，经涟水县城西绕向东北方向流去，将涟水县域自南向北一分为二，地方人习惯以盐河为界，将涟水分为河东、河西两个地区。

盐西，泛指涟水盐河西至张河之间，面积大约 300 平方公里，这只是一个地理概念，真正作为地名是 1942 年年底，淮海区党委为取得反“扫荡”的胜利，确保盐河交通线畅通，保证我军在盐阜区与淮海区的战略机动，淮海区党委特设立中共盐西工委。

中共盐西工委书记由淮海专署交通处长朱月山担任，原涟水县长、现专署秘书处长陈亚昌和县民运部长徐坚为委员。工委下设办事处，陈亚昌担任办事处主任。工委职责是：代表涟水县委对盐西的高沟、灰墩、岔庙，王集和卧佛几个区反扫荡工作的领导。

朱月山是盐河边梁锅甑人，1926 年在界首师范学校读书时加入中国共产党，毕业后回乡任教，从事地下工作。1928 年初，涟水小刀会攻打涟水城，朱月山受中共涟水特支指示，前去与小刀会首领谈判，争取参与领导，要求不攻打县城转向农村，开展农村武装斗争。而小刀会首领朱温则野心勃勃，一副胜券在握的样子，计划一举攻下涟水城，春节前乘胜打下南京城，登基做皇帝。双方认知的差距太大，谈判没有成功。

小刀会攻城失败，遭到血腥镇压。不料与小刀会谈判一事被泄露。中共特支书记、国民党县常务委员的张际高受到国民党县长和右派的责难，指责是他和共产党在背后挑动小刀会攻城暴动。面对如此巨大的压力，张际高吓得辞去中共特支书记职务，离开涟水赴镇江省府另觅职务。

朱月山遭到通缉，他与大儿子离乡赴上海，在中共江苏省委从事城市白区地下工作，曾任中共江苏省工人互济会负责人，组织上海工人罢工游行，后被捕入狱。“西安事变”后国共第二次合作，他被释放出狱，即赴延安，在陕北公学任职，不久又派往上海从事地下工作，1940 年秋调任淮海专署任交通处长。

朱月山一别家乡已十年有余，在上海白区搞地下工作，大儿子被国民党特务杀害，尸首扔进了黄浦江，自己也历经艰险。重新踏上家乡的土地，心情既沉重又高兴。让他感慨万分的是，打虎亲兄弟，上阵父子兵。为加强涟西工委的保卫，除组建盐西工委中队，主力部队十九团二营（对外称泰山支队）外，县独立团也派出一个连队前来听从工委调动，让朱月山欣喜的是，受命前来的县独立团二连指导员朱嗣范，是他二儿子。雏子成为抗日健儿，在抗击日寇“大扫荡”最艰难的日子里，在敌后家乡父子喜相逢，这真是烽火岁月中的一段佳话。朱嗣范在两个月后上升到新成立的“刘老庄连”任副指导员。

人生何处不相逢！率领二连前来的领导是县独立团副团长朱慕萍，八年前，他在朱月山领导下参与上海工人罢工运动，他不仅为朱月山父子相见高兴，也为自己与老领导在家乡相逢而喜悦。

春节来临之前，朱慕萍副团长向工委建议慰问主力“泰山支队”。工委领导赞同并委托他办这件事，然而，置办慰问年货并不顺利，委托办事的保长表示难办，客观上战争岁月，群众生活本来就很艰难，年货难以筹备，但在主观上，保长是双重保长，他要为共产党做事，也要为日伪跑腿，这事如被时码伪匪王培坤知道了，肯定不会饶他，因此，保长多长了一个心眼，跑了一趟回来说，没买到。

朱慕萍立即识破乡长的“小算盘”，将桌子一拍：“时码你不是很熟吗？鸡子、猪肉你不是全送的吗？我乡公所要这点东西就没有啊！”

他边说边从腰间拔出盒子枪。保长吓得跪地求饶。房东老徐也忙帮着求情说：“朱团长呀，无论如何留他一命，我保证给你弄来。”

朱慕萍说：“看在老徐的面子，留你一条狗命，就让这保长去弄，弄不来，就要他的命。”

事后，慰问部队的年货全部办齐了，送到“泰山支队”，让子弟兵过上一个欢乐的春节。

“泰山支队”是一支英雄的部队，该部四连就是后来的“刘老庄连”，这年3月上旬，该连狠狠地揍了王培坤一顿。日伪在西边岔庙街建据点，由时码一个中队驻守。王培坤带领部分伪军到金城乡的韩陈庄，与驻西边的岔庙据点伪军碰头调防。工委情报站得到情报，工委和支队领导决定予以打击。派四连在两路伪军刚接近韩陈庄埋伏，当伪军进入阵地时，在正副连长分别带领下，左右开弓，西路将敌逐至岔庙，东路追至浅集。王培坤及其十余人被追得吐血，他们倒在浅集街东半里远的路边，累得爬不起来，歇了个把小时才回时码去。鉴于这次教训后，王培坤后来极少越过浅集西。

盐西人们正沉浸在春节祥和愉快的日子里。县敌工情报站得到情报，敌各据点都增兵，估计日伪要“大扫荡”。

正月二十五日的早晨，大雾弥漫。住在潘老庄的盐西工委接到敌人前来“扫荡”的消息，朱月山书记考虑东边是盐河，地形不利与敌周旋，工委研究决定，立即跳出敌人的包围圈。朱月山书记在安排机关转移时，听说县独立团二连还没联系上，他指示赶快通知二连一起转移，不能丢下。

到早饭时也没得到二连的消息，不能再等了，日军说到就到，如形成日伪合围就危险了。于是集合出发，向西行军至刘大园时，“泰山支队”五连刘连长说:“今天肯定要打大仗，赶快弄早饭吃!”

工委命令机关和连队安排早饭，想吃好早饭再行动。饭还没做好，哨兵发现大批日军上来了，因雾大，日军没发现。饭是来不及吃了，迅速西撤，留下一个班阻击。走有一里路，后面的阻击部队与敌人接火了。阻击部队迎头击毙骑马的日军军官，枪声一响，只听四周枪声响成一片，小钢炮、机枪声接连不断。

敌人计划数路围攻盐西区，一旦发现我军，便从四面八方向枪响的地方包抄。工委和部队沿着交通沟迅速西撤到十里井，正好遇上朱慕萍率领的二连，朱月山悬着的心才放下来，二连是地方部队，装备差，弹药少，不像“泰山支队”五连战斗力强，装备好，一式的三八枪，他们如陷入重围就危险了。两个连合在一起，急行军赶到公兴河，远远见对岸，北边都是日军大队人马，情况危急，日军已呈包围之势。朱月山果断地命令："散开，跑上河堤向南撤。"

二百多人的队伍散开，沿着河堤向南疾走，五连断后。日军的子弹在头顶乱飞，陈亚昌主任跑得浑身是汗，棉内衣都脱了，轻装前进。朱月山在国民党监狱受过折磨，腿上有伤行军不便。敌工站陈站长见朱书记跑得很费劲，便命令人将朱月山背着。朱月山严厉回绝："我自己走，背着像什么话?"

朱书记镇定自如、坚强不屈的精神，鼓舞了突围的干部战士，他们勇气倍增。枪声越来越近，敌我双方都看见了，背包上都落有弹头，河堤上的花生叶，被密集的子弹打得直颤动。

朱月山看到有人跑不动，拖在后面，很危险，他停下来，站在高坡上作动员："同志们，最危险的时刻到了，我们革命战士要不怕牺牲，与倭寇拼到底!"

短促而激昂的话语，激起全体官兵的士气，他命令战士枪上刺刀，准备战斗，意外的是日军没有往上冲。

大队人马在通过浅集与岔庙据点之间的一条大路时，险象又生。忽从西边开来三辆日军军车，车头上架着三挺机枪，前有拦截，后有追兵，陷入重围。气喘吁吁的人们心头蒙上一层阴影，定有恶战，今天是难以脱身了。

大家的心情很紧张，做好与日寇拼搏牺牲的准备。不想，日军军车竟然停下了，人们顾不得细究，抓住这个空隙，二百多人不顾一切地冲过公路。之后，才见日军车开过来，一枪未放，眼睁睁地让盐西工委和部队突围了。

后猜测，可能日军在雾中看到大片灰军装，认为是正规的八路军大部队，有点发怵，故停车放行。

这一天，我盐西党政机关和部队顺利突围，盐西区的群众却遭到日伪的血腥屠杀。日军纠集千余人，出动十八辆军车，每辆车上有二三十个日兵。新安镇据点日军从灰墩向西南的向庄、朱集、岔庙一线包围过来；驻涟城日军和时码伪军由南、东，向北、西同时出动，矛头直指盐西区。

这天大雾迷离，一步外就看不见人影了。枪声惊醒了睡梦中的百姓，家家户户惊慌失措，扶老携幼逃出家门。走出村外，只听四面枪声，大雾让群众恐惧，同时也可作为遮掩，他们藏身于野外的沟河边、坟堆旁，躲避敌人的追击。

普安乡小南庄的孙义衡年纪大，腿脚不便，与众人跑散，在慌乱中跑到了庄东南土地庙前，被一个日军撞上，这个家伙将老人按倒在地，强迫让老人向路边的土地庙叩拜等耍弄一阵后，又责令他趴在地上，然后得意扬扬地骑上去，像赶牛车一样，不停地拍打老人的屁股，还喝令往前爬行。老人听不懂鬼子叽里呱啦的话，只得按鬼子指手画脚的动作猜着做，一旦做错了，就遭到枪托子捣，被折腾、戏弄之后，鬼子自己又趴在地上，硬要老人骑到他身上。早就六神无主的老人只得颤巍巍地骑上去，在刚骑上去的瞬间，这鬼子屁股使劲一掀，将老人翻了个筋斗，掀落到旁边深沟里，被跌得满脸泥巴，晕头转向，鬼子在一旁狂笑不止。

这时远处传来密集的枪声，同伙又发出呼叫，凶残的鬼子回头狂叫一声，向孙义衡开了一枪，才拔腿就跑。幸运的是子弹打到身边的土里，老人算是拣回一条活命。

刘大园的村民见跑不出去，被逼回头，一起挤在一家四间过道的套房里。一群日军闯进门来，发现屋里挤满了人，凶神恶煞地挺起刺刀，吼叫着将套房里的人赶出来，刚出了巷口，走在后面的刘七希被日军一刀捅死，16 岁的刘二乾倒在血泊中，还有口气，被日军发现后一枪打死。走在前面的朱学斌刚回过头来，就被戳了一刺刀倒下，日军对准朱学斌左一刀、右一刀，一共戳了十三刀，滚到死人堆里的朱学斌还有知觉，机灵地紧闭双眼，屏住气，一动不动地躺在地上，最终他死里逃生。

陈嵇庄是一个二十来户八十多口人的小庄子，日军包围后，将没有跑出去的十八口人全部杀死，当中有陈庭碧一家祖孙三代人，陈的儿子陈学问在时码当汉奸伪区长，其母为求生，解释说儿子是为皇军做事的，可鬼子听不懂她的话，毫不客气地开枪杀了。

张锅甑有十六户人家，日军进庄后挨门逐户翻，到了徐慎右家，发现屋里躲着十来个人，凶恶地用刺刀捅，有九人当即被戳死。张衡吉是一个身强力壮的大汉子，当鬼子开枪打他时，他不顾一切地冲上前去，将敌人的枪头抓住猛力往下压，鬼子用刺刀戳他，他拼命反抗，结果带伤逃脱了。

日伪军临撤走时还抓了些人替他们拎鸡、提鸭、抬猪、牵牛、挑衣物。到了灰墩街南，又活生生地埋掉十个人，夜里，有一人苏醒过来，得以逃生。这里后被人称为“九人塘”。

据《解放日报》记者陈登桂调查统计，这次大屠杀，盐西区的十里、红尧、亚东、得胜、普安、金圩六个乡共被杀害百姓三百六十一人，受伤致残多人，致使庄庄遭洗劫，处处有新坟。

日伪为什么袭击盐西区？并以刘大园为中心制造这桩血案？

有人说在敌人“扫荡”的前二天，刘大园有一要饭人，腰间系小车绊，说是走亲戚到河东，遭到土匪劫路，小车丢了，钱被抢了，只好要饭回家。可是，他到庄上爱往人家屋里闯，还发现在庄西边的坟上，一边用镜子照，一边在纸上画什么，形迹可疑，民兵怀疑是日伪探子，抓住他绑在树干上审讯。这人一口咬定是要饭的，要饭的在纸上画什么？民兵严厉拷打，他就大声痛哭。庄上有一个叫龙喜爹的人，见被打得可怜，就发善心，上前劝说民兵放了这个人。

几天后发生盐西大屠杀，巧合的是这个庄子中间有一条巷子，巷子向东的一家不漏地被烧杀，庄西的人家则平安无事，庄西的朱家兵等几家人跑到东边，也都被杀了。人们据此猜测，是这个要饭人引来报复的，因劝说放人的龙喜爹是西庄的人，故西庄免了灾难。

还有人说看到这个人带鬼子进村，指手画脚地向鬼子说，刘大园一带都是“毛猴子”（土八路）。如果是这个讨饭引来的，这要饭的就不是一般的汉奸密探，除非是日寇的高级特工，否则，一个小汉奸密探哪有能耐挑动如此大的干戈？或者是日军早有蓄谋前来屠杀。

找党的人

经过半年的斗争和坚持，日寇对苏北淮海区的“大扫荡”已为强弩之末，涟水县西部根据地基本恢复，而东边的盐西区因时码王培坤部猖狂进攻，形势仍然严峻，县委决定从全县抽调优秀骨干充实和加强盐西区。

1942 年年底涟西抗日根据地大部被伪化，县委为加强麻垛区的武装斗争，调朱慕萍回家乡任麻垛区长。他回乡后组建了几个民兵联防队，要求各联防队坚持在本乡原地斗争，严厉打击辖区内投敌变节分子，经半年的努力，摧毁了敌人建在根据地的据点，粉碎了敌人的伪化。

目前麻垛区的情况已基本稳定，县委研究决定，调朱慕萍到盐西区任区委副书记、区长兼区大队长，期望能尽快扭转盐西区的局势。1943 年 6 月，正参加县区乡干部会议的麻垛区区长朱慕萍，被县委领导赵荫华和朱一苇从会场里叫出来。朱慕萍无条件地接受党组织的安排，他告知一同前来开会的区妇救主任、妻子郑率芬后，便赶赴新的岗位。

朱慕萍几年来为抗战披荆斩棘，筚路蓝缕，一直奔波在地方抗日斗争的最前沿，为苏北抗战和抗日根据地的建立做出突出的贡献。

全面抗战爆发后，失去组织的共产党人立即行动起来，成立县抗日同盟会，在开展运动中他们深感没有党的领导，就像在大海的迷雾中摸索，找不到正确的方向。涟水老同志陈书同、王伯谦、李干成等人外出找党，可是因战局发展变化太快，党组织一时派不出人。1938 年年底，县抗日同盟会会长李干成安排朱慕萍再次外出找党，朱慕萍深知这个任务艰巨和重要，他出门前对妻子说:“我这次出远门，如果党带不来，我就不回家!”

妻子郑率芬是 1930 年入党的党员，她与朱慕萍是志同道合的革命伴侣，她理解朱慕萍的心情，也清楚丈夫的脾气，决定要做的事是十八头牛也拉不回来，她望着丈夫清瘦、刚毅的脸说:“你放心去吧，家里的事你不要担忧。”

朱慕萍 1912 年出生于涟水西北朱后圩一个中农家庭，父亲是一个勤劳而忠厚的庄稼汉，兄弟分家后得地四十余亩，夫妻起早摸黑耕作，期望长子的朱慕萍早日长大，成为种地和撑门立户的帮手。

朱慕萍从小具有正义感，喜爱接受新事物。在马圩小学读五年级时，有思想激进的老师宣传共产党争取社会公平、消灭贫富不均，为穷苦人当家作主争天下。朱慕萍听后十分向往，在考取响水中学后，他听说学校有共青团组织，他立即寻找加入共青团，并任团小组长。放暑假时因地下党老师被捕，叛变，他得到消息后立即逃离学校，跑到上海找党，在江苏省委领导下，开展上海白区工人罢工运动。1933 年 7 月转为中共正式党员，任中共上海市沪东区委宣传干事、秘书等职。在上海他曾两次被国民党政府抓捕入狱，经受敌人的严刑拷打，都因没有抓到在现场活动的证据，第一次他机智地逃过敌人的审讯，后一次他装成痴傻的乡下人，以蒙骗敌人，被判有期徒刑二年。出狱后他寻找党组织，他不知道这时的党中央已撤离到江西苏区。为了生存下去继续找党，他写信给家里，以入学读书为由要家里寄钱。父亲因劳累过度去世，母亲几年没见儿子音信，想得眼睛都哭瞎了，突然见到来信如获至宝，当即叫前老庄女婿吴宝君到上海，以送钱的名义，前后找了一个月，终将他从上海拉回家来。

失去党组织已五年之久的朱慕萍，如掉落雁群的孤雁，万分痛苦，他抱定决心要把党找回家！与他一起去找党的还有军田乡的陆亚东，他俩经过三天的跋涉，绕过敌人的封锁线，找到邳县铁佛寺中共苏皖特委，诉说了淮涟人民盼望党的迫切心情。此时，徐州已失守，形势严峻，人手紧缺，中共苏皖特委实在抽不出人。朱慕萍二人摆出一副不派人就不走的样子，死磨滥缠，住在特委附近两个多月。他们找党之心之诚，请党之心之坚，感动了苏皖特委领导，特委研究决定，由特委副书记兼组织部长张芳久带领两名刚从干部学校分配来的戴曦、高兴泰两名青年同志前往淮涟建党。他们日夜兼程，于第三天下午到达六塘河畔的朱后圩，时已近除夕。郑率芬见丈夫朱慕萍带人回来，满心欢喜，忙生火做饭。

在这个新春佳节即将到来之际，中共淮属临时工作委员会成立了，张芳久为工委书记。淮涟地区党组织在日军侵占淮涟前夕重建，占领苏北抗战的先机，淮涟盐地区的抗日救亡工作自此有了中国共产党的领导，揭开了这一地区的敌后抗日运动新篇章。

终于把梦寐以求的党找回家，然而，朱慕萍却不能立即回到党的怀抱，地方上像他这样的老同志有不少，党组织要对他们的历史进行调查，审核，目前在战争状况下是难以实施的，因上海原白区党组织受到彻底破坏，他暂时不能恢复党籍，也不能重新加入党组织。

朱慕萍没有抱怨，没有消极，他理解党的严格纪律和规矩，他依然按党员的标准要求自己，义无反顾地冲锋在抗战第一线，接受党的考验。

鬼子占领县城后的当月，地方第一支抗日武装组织——涟水县民众抗日独立营，在张河东岸的岔河头林大庄成立，朱慕萍得到消息后，第一时间带几人前来加入，跟随独立营到朱南荡练兵，进城镇压汉奸邵小喜，再到龙兴寺整编为涟水义勇队。他身上还担负一个任务，即协助戴曦同志掌握义勇队人员的思想动态，尽快重建涟水党组织工作，以使这支抗日武装牢牢地掌握在党的领导之下。

中共淮属临时工委提议，为扩大共产党的影响，淮涟几支抗日队伍合并，打出八路军的旗号。这个决定受到青年学生的热烈拥护，他们有的是热情和勇气，但许多老同志持否定意见，不是他们不愿打出共产党的旗号，在敌强我弱的情况下，他们担心，势单力薄的抗日武装经不住国民党军队和日军的剿杀，他们遭受过太多的失败，万分小心地想保护好刚恢复的党组织，想在羽翼丰满、有了实力时再亮出来。

朱慕萍理解老同志的小心谨慎，但党已作出决定，必须响应和坚决拥护。他利用自己的身份和影响，在队伍中积极做好说服工作，取得共识。当年6月，在涟西的朱南荡，成功地合并几支抗日武装，成立八路军山东纵队陇海南进支队八团，全团近二百人，朱慕萍担任排长。

1940年初，部队抓到经过涟水的国民党省府派入沭阳的九名特务，以破坏抗日统一战线的罪名处决，当时子弹缺乏，判处用绳索勒死。很多同志都有畏难情绪，不愿承担这项工作。朱慕萍想到过去在白区因特务叛徒对革命活动的破坏，对敌人必须冷酷无情，便勇敢地站出来，在王集的西边坟地，一个人承担完成处决敌人的任务。

在迎接主力的扩军活动中，他一马当先，先是受组织安排到淮安北乡，以帮会师父的名义传教收徒，在地下党配合下，动员扩军百十人，成立黄河大队。后来朱慕萍又回到自己的家乡，通过亲友等各种关系，扩军一个营。

1941年初，上级要求淮河大队两个营上升八路军山东教导五旅主力。游击队员不愿离开家乡，不愿上升主力。大队领导研究决定，把这个难题交给朱慕萍，将他从家乡扩军来的三营和团结队整建制地上升，朱慕萍没有讲任何条件，率领三营上升主力。可以说，每有难题和关键时刻，朱慕萍都是冲锋在前，甘做革命的马前卒。

不久主力转回淮海区，朱慕萍调回地方，担任涟水县游击大队大队长。作为军事主官，他带兵训练，从实践出发，不搞国民党军队那一套步兵操典，而是根据游击战术的需要，一是练跑，要求战士要冲得上，追得上，才能打胜仗；撤得快才能脱离危险。二是练枪法，要打得准，才能消灭敌人。他率部抗击了新渡口国民党刘立卓团对跨河乡的进攻，参加镇压“土顽暴动”的孔小圩战斗，击溃了朱孟杰的顽涟灌支队。在保卫新生的政权和激烈的对敌斗争中，朱慕萍的能力和军事才干不断得到增长。

1941 年夏，淮海区党委组织部长杨纯找他谈话，经党组织研究决定，批准他重新入党的申请，接纳他回到党组织的怀抱。终于等到了这一天，朱慕萍万分喜悦，也将遗憾深深地埋在心底。一个共产党员的生命有两个，一个是本体的生命，一个是政治生命，一名真正的共产党员对信仰和政治生命，看得比自己的生命还宝贵，朱慕萍是多么渴望能恢复他的党龄！

朱慕萍于 1945 年 3 月调任淮阴县警卫团团长，1946 年初调灌云县警卫团任团长、县长，解放战争后期率部上升主力部队。1949 年渡江战役中，时任中国人民解放军三十军二七零团团长的朱慕萍，在西梁山战斗中，他深入前线指挥，不幸中弹牺牲。

1950 年华东军区党委审查，做出决定：恢复朱慕萍同志 1932 年 8 月至 1933 年 7 月的团龄，及 1933 年 7 月至 1941 年的党龄，号召全党同志学习朱慕萍同志在阶级敌人的法庭中和牢狱里，在多年残酷斗争中所表现的坚贞不屈，英勇顽强，始终忠于党与无产阶级革命事业的优良品质和气节。

盐西亮剑

朱慕萍任盐西区区长后，率领盐西区队首先配合县独立团和军分区四支队拔除插在抗日根据地门口的“钉子”——岔庙伪据点。

岔庙伪据点是1942年年底日军“大扫荡”时建立，据点有两个圩子，分东圩西圩。1943年5月，涟水独立团第一次攻打岔庙伪据点，没有打下来。第二次县独立团与淮海区主力四支队再战岔庙伪据点，一部主力围困岔庙，作坑道炮击敌炮楼，一部主力位于时码岔庙之间，打击增援敌人。

经一天激战后，攻克西圩子，缴获人枪五十余。东圩据点里的敌人在拼命地顽抗，等待王培坤来救援。两天后，敌人援兵来了，正是晌午，王培坤亲率百余伪军前来，出来不到五里路，就遭到县独立团便衣班的阻击，死伤十余名，狼狈逃回。

下午三时，敌人大部队来了，后面还有百余鬼子，伪军三百余人在前面摆开阵势冲过来，当进到阵地机枪有效射击圈时，五挺机枪一齐开火，一个连跟着枪声全部投入冲锋。高粱地响起震耳的枪声，敌人像群鸡赶进池塘一样，在豆苗地里乱跑乱滚，激战半小时，敌人全部溃退。缴机枪一挺，俘虏伪连长一名，士兵十余名。

枪声平息后，夜色降临。岔庙东圩据点内的头目刘国泰得知这个消息，恐怖得要死，午夜，他带人不顾死活地冲出乌龟壳，全部逃跑了。

拔除了岔庙伪据点，盐西区可以全力以赴地对付东南的时码伪据点。为掌握敌情，正确决策，朱慕萍经常深入敌后侦察。有一次，朱慕萍扮成商人模样，身穿灰色长衫，头戴栗色礼帽，带一个队员经过朱码炮台，他过桥时，从河南来了一个日军官和一个伪军，日军官身背短枪、腰挎刀，伪军扛着枪，在桥上迎面而遇。日军伸手拦住他，将他头上的礼帽拿下，盯着朱慕萍的脸，叽里咕噜地说几句，朱慕萍不懂鬼子的话，但他沉住气，神态自若，后日军官将礼帽放回他的头上，说开路开路的！后面那个伪军解释说，指导官说你好样的，叫你们走吧。

朱慕萍这才不慌不忙地离开。他白净清瘦的脸，确实像一个潇洒、精明的商人。他遗憾地对周崇高说:“难得的好机会，要不是任务在身，我俩干掉他们是没有问题的。”

他机智勇敢，头脑里没有个“怕”字。还有一次，他身穿夹袍，腰带一束，把前后衣服向腰间一塞，绿衣里子露在外面，扮成一个二流子的样子，一支快慢机盒子枪插在衣里，他大摇大摆地走进盐河边的朱码炮台阅报室，拿起报纸，敌人进进出出，无人在意。他一边装着看报，一边在观察敌情，到近中午，才离开阅报室。

家住县城北郊查祠堂的苏简章，是朱慕萍妻子的表弟。1939年9月，年仅18岁的苏简章在朱慕萍动员下参加抗日武装，第二年为应付恶劣的形势，淮河大队精减人员，朱慕萍未雨绸缪，吩咐苏简章回到城郊家中，做搜集情报的地下工作。

朱慕萍到盐西区后，指示苏简章和他的地下小组设法接近靠拢和利用敌乡保人员，争取伪乡保长起来反伪化，向我们缴公粮。有个伪乡长叫毕树仁，因脸上有麻子，人称毕大麻子。经教育和做工作，毕大麻子愿意向我们交公粮。为了隐蔽起见，改用步枪子弹六百粒，盒枪子弹一百粒，手枪子弹三十粒，抵为现金缴纳。

时码据点有两个伪军，一个叫张德标，一个叫沈小六子，分别来到县城北的查祠堂庄医生周振标、毕义堪家治伤。苏简章的地下小组在夜晚分两路立即执行，除掉了这两个有血债的家伙。地下小组的活动让时码伪军内部引起恐慌，他们闻风丧胆，说有伤再也不敢去镇涟乡治了，去了等于送给人家杀。

区委书记徐坚是盐西金沙村人，原名黄功勋，日寇发动“九一八”事件侵略东北，为铭记亡国之耻，他在书桌上供个“东北义勇军”的牌位，每饭必供，时常对它流泪。他在灰墩小学教师、原中共地下党领导人陈亚昌影响下，参加抗日同盟会的宣传队，他是地方重建党组织后第一批入党的抗战骨干之一，涟水县委成立后担任县民运部长。

1942 年 8 月老三区一分为三，北部划入新成立的高沟区（后设立灰墩区），盐河西至公兴河设为卧佛区，公兴河西至张河设岔庙区。一年后，淮海区党委撤销为反“扫荡”而临时成立的中共盐西工委和办事处，卧佛区更名为盐西区，原盐西工委委员徐坚担任区委书记。

时码据点戒备森严，可是，鸟都飞不进去的据点经常贴上共产党的宣传标语，连王培坤的卧室也被贴上，让他暴跳如雷，大为光火。王培坤身边的人也被中共地下党策反，可见，盐西区委对时码据点的瓦解和政治宣传攻势是卓有成效的。

抗战胜利后，中共涟水县委迁驻高沟镇，有一妇女带孩子找时任宣传部部长的徐坚，要求将其丈夫追认烈士，每次来都喊徐老师。她的丈夫是王培坤的亲信，暗地里拜区委书记徐坚为老师。“安清帮”规矩，拜师后再拜另一师父，只能称老师，自称为学生。他接受老师徐坚书记的指示，将共产党的抗日标语贴到了王培坤的卧室，这人后被王培坤发现杀害了。

这个遗孀每次来都称徐坚为老师，县委机关同志开玩笑，也称他为徐老师，见此，他反过来也喊别人为老师，可见当时机关干部之间亲密无间，至于那个遗孀的要求是否实现？这个标语贴到王培坤卧室的人是谁？不得而知。

朱慕萍与区委书记徐坚紧密配合，抓政权建设，抓武装斗争，抓地形改造等一系列扎实的措施，不失时机地向时码伪据点发起攻势，很快将对敌斗争从被动转入主动。朱慕萍对敌人打得准打得狠，让王培坤十分畏惧。

周步前是原盐西区金圩乡第五保人，完小毕业，兄弟二人。1943年正月日伪大“扫荡”中，他哥哥周步岭在西边庄上被日寇杀害，时年31岁。16岁的周步前因哥哥的被杀，不敢在家里住。本庄人潘福志，盐西区敌工组组长，动员他参加抗日工作。哥哥被鬼子杀害，让他萌发报仇雪恨的决心，他答应跟潘福志跑地下交通。潘福志给他一支半边倒盒子枪，这盒子枪如机关枪一样，一打一梭子。跟潘福志跑交通的有两个人，另一个是李兆如，他是老四盒子枪。李兆如胆子大，勇敢。周步前有了组织，有了枪，跟李兆如在一起，胆子大了。他瘦小的身子如猴子一样机灵、敏捷。

有一天晚上，他与李兆如一起随潘组长去南边的庄上潘寿年家察看情况，潘寿年是匪贼小头子，暗地里通时码伪据点。他们正走着，突然发现前面黑暗中有火光，先以为是走路人吃烟，还是向前走，对方听到脚步声，慌忙发话问？没等回话，枪子就打过来了。

遇上时码下来催收伪化费的伪匪，做贼心虚，对方慌忙开起火来。周步前和李兆如敏捷地卧倒在荞麦地，潘组长听到枪声吓得回头跑了。他俩在自己的家门口，并不怕敌匪人多，学着侉腔吓唬对方，大声喊:“第二排上!”

他俩从潘老庄的老祖坟地里一边向南运动，一边开枪。时码的伪匪听到外地口音，黑暗中摸不清我方情况，吓得逃了回去。

他俩见对方人跑了，回头找领导，找了半天才找到潘二老爹(潘福志辈分大)，他吓得跑到北边庄子上。他怕被抓到，将盒子枪扔到路边的一个井里。三人会合后，又回头找枪。

1944年春天，潘福志安排周步前到西边区公所驻地朱集工庄，区通讯站负责人颜士余交给他一个纸包，他接过后揣在身上。时天已欲黑，经过一片阴气森森的乱坑坟地，他身上揣着枪，并不惧怕。第二天一早送到东南的盐河边赵码，交给地下人员陈云华，纸包里是毒药，计划毒死时码小队长左宗扬。左宗扬是附近王圩人，他带人杀害了我方一名乡干部。

陈云华将毒药转交给时码当伪匪的地下人员孙兆安。当天中午，他烧茶水时，悄悄地将毒药倒在队长喝的茶壶里。午饭后有人倒茶水，喝后当即中毒倒下，立即惊动起来。左宗扬闻讯，从身上掏出银元放在茶水里，捞上来再看，银元黑了，茶水有毒！

立即追查烧水人孙兆安，发现人已逃跑。很快，孙兆安被抓到了，在严刑拷打下招供了，随后被伪匪押到盐河上，身上绑石头扔进盐河。

第二天，安排到赵码取情报的李兆如有事，还是周步前前来，他熟门熟路，很快到陈云华家，这是一个只有三四户人家的小庄子，不知情况有变的周步前推门进屋，就听到身后的门随即关上，早就布好了网，四个伪匪一拥而上，将他抓获。

精心策划的投毒杀匪计划，似乎太不周密了，也缺少技术含量，暗杀伪小队长没成功，我方被抓捕三个。情报组长潘福志得知周小鬼要被铡头，急忙向区长朱慕萍汇报。

就要铡周步前头颅时，暗通时码的潘寿年跑到时码，向王培坤转达朱慕萍区长的口信：不许杀周小鬼！否则，杀一报十。

朱区长的话，王培坤不得不考虑，周步前这才拣回一条命，但没有被放走，而是送到汪伪“和平军”管辖的上海崇明岛南洋学校劳改。

九个月后，劳改营里有许多个共产党员暗地联系，成功地举行越狱暴动，周步前和涟水几个狱友跑了一个星期，才跑回苏北的家。深夜敲门，父母不敢开，以为儿子早埋进土里，尸骨已烂了，怎会平地又冒出儿子来？

村农会主任陈玉龙是北边的灌云人，住在周家过道里，他也认为是鬼，说："你不要闹了，把周大爹、周大奶吓了，你的话谁信？哪个没看见你早被王培坤埋了。"

周步前不停地敲门和喊话，陈玉龙才壮着胆子半信半疑地打开门，见周步前真的活着回来了，父母抱着儿子哭了出来，生死重逢，悲喜交集。

雾中伏敌

盐西区大队副教导员薛骥云是盐河东五港乡王圩村人，他于1939年秋参加中共领导的抗日武装，任八路军陇海南进支队第三梯队排长，淮河大队八团连指导员、教导员等职，部队上升主力后，他调回家乡盐西工委从事武装工作。盐西工委撤销后，薛骥云调到盐西区区大队任职。

薛骥云媳妇姓徐，娘家是时码河西徐老庄人。有一天夜晚，娘家人送信到河东薛家，说薛骥云被时码据点抓住了，叫她快回家想办法。媳妇听后很着急，要往娘家赶。公公薛步前是中共涟东县参议会副参议长，边区第一办事处主任，从事地下工作多年，遇事冷静，他不同意儿媳妇贸然回娘家，认为还是先派人打听一下再说。第二天人还没派出去，儿子派人回家了，告知自己平安无事，家人悬着的心才放下，躲过了王培坤设下的陷阱，避免了回娘家被抓的悲剧。

薛骥云中等个子，娃娃脸。有一次他在审问敌嫌疑人，那人顽抗不肯交代，他掏出盒子枪用枪柄往那人头上敲，那人直喊饶命。有旁观者在多年后对薛骥云的三弟说，看不出你哥面善，脾气也暴烈！

确实，战争年代的带兵人，在你死我活的斗争中个个都不是善茬，所谓慈不掌兵。薛骥云的警卫员郭吉华，是他动员来的同乡，在家时是一个猎户，在一次送信路上，看到一只兔子趴在窝里，端起步枪，一枪中的，大家都称他是神枪手。有一次和王培坤部激战，薛骥云指着敌阵中的王培坤，急令郭吉华对准他开枪，结果没有打中，薛骥云揶揄他，只是个打兔子的神枪手。

队员严绍明从主力部队开小差跑回家，薛骥云回老家动员他到盐西区队当兵。一次送信时，不慎被时码王培坤的便衣队抓去。薛骥云立即叫人送信给时码据点，要求王培坤放人，否则要时码伪匪以一换十，决不客气。王培坤很凶，但也畏惧盐西区大队的狠，低头放回了严绍明。

盐西区的斗争是艰苦的，区队日夜和日伪周旋、战斗，一夜要移动几处。为了保密，所住的村庄用暗号来指代，如小金圩的阮庄是只有几户人家的小庄子，盐西区队经常到此作营地。冬天天冷，村民们用铡刀斩下半截子麦秸，在地上铺上厚厚的一层垫子，队员们躺在松软而温暖的“席梦思”垫上，美美地睡一觉，队员们称这里为“麦秸庄”。以后，再到这庄子驻宿就以此为暗号，敌人即使得知暗号，也摸不清具体是哪一个村庄。日久天长，“麦秸庄”代替了阮庄名，一直沿用至今。

丁锅甑的张王庄也是区队经常进驻的宿营地，因连续雨雪天气，缺粮少菜。群众将家里晒干的红辣椒碾碎，送给区队官兵就稀粥吃，让清汤寡水的伙食有了滋味。队员的心里热乎乎的，再来住宿时就以“大椒庄”作为张王庄的暗号，外人不懂这个代号的含义，可区队官兵一听就清楚，“大椒庄”温暖着他们的心啊！

普通的村名，记载着老百姓与盐西区队血肉相连、生死与共的鱼水之情。盐西区的斗争虽然艰苦卓绝，但有广大群众的支持和拥护，有抗战必胜的信念，官兵们充满了革命的乐观主义精神。

胡广文是涟西梁岔区刘圩乡支部书记，经过一年多与敌苦斗，赶走了占据地方的日伪军，家乡终于太平了。1943 年 6 月底，区委通知他已调至盐西区工作，去找朱慕萍分配工作。胡广文赶到东边的吴油坊庄找到老首长，朱慕萍说：“你以前搞武的现在还搞武的，你担任第四边防队队长。”

胡广文曾在县大队干过一年。他在马圩高等小学上五年级时，学校被下乡扫荡的日寇烧了，失学在家的他恨死了日寇！但以后的路该怎么走？1941 年春节时，县抗日政府驻到他家的庄上，政府里有一人与他家是远房亲戚，建议他参加区培训班，学习后当乡保长，或者是当八路军。他想，当乡保长都是地主富农有钱人，自己家穷，来人连坐的地方都没有，也招待不起。他的头脑里一心想抗日救国，因此春节后，他参军到县游击大队被任命为副官，负责事务一类的工作，很烦琐，他感到这事婆婆妈妈的，要求到一线战斗岗位。

刚从主力部队回来任县大队大队长的朱慕萍听说后，觉得胡广文是一棵好苗子，当即安排他到大队部任警卫队长。他身体单薄，行军打仗因过于劳累，致病，县大队劝他回家治疗。病好后，区乡干部劝留他在家乡工作，做了两年乡支书。

朱慕萍调到盐西区后，在配备武装骨干时首先想到了胡广文。第四边防队防守范围位于盐西区西北，是金圩乡、梨园乡、卧佛乡三乡边防队，又叫联防队，专门对付北面的灰墩据点。

这时的盐西区三面临敌，除了南边和东南的王培坤，西北面是高沟据点，离得较远；北边灰墩据点住有三百多敌人，经常到根据地骚扰。

灰墩是国民党第三区区公所，顾区长蔡茂如有伪区队两个连，还有搜索队一个排，特工队一个排，碉堡十几个，外边是树头圩、壕沟、铁丝圩等三层。另外，这里还有伪军一四四团团部住所，常驻部队两至三个营，伪军团长王永成，从前是土匪，年龄 30 余岁，是一个老奸巨猾的匪首，打起仗拼死命，这是一个日伪与国民党相勾结的据点。

胡广文时年 23 岁，他的兵源由三个乡分送，每保四名，外加上自己在这里找一部分从主力部队逃回的逃兵，还有一部分地方小混混和个别当过土匪的人，全队共九十多人，人员较复杂。不久上级派朱采玉来做边防区副队长，内部为支部书记，胡广文专门抓军事工作。

人有了，枪和子弹很缺乏，自己既要搞枪支弹药，又要维护党的政策，不能加重群众负担，只有从敌人方面打主意。经过半年努力，不论好坏，达到每人一支枪，子弹每人十多发，基本上能应付打游击和打小仗。联防队首先高度保持对敌斗争的警惕性，不管刮风下雨，每天都要转移，这在游击环境下是必须的，让敌人无法摸到联防队的行动规律与活动地点。

敌人经常来扫荡、抢掠，边防队发动群众挖战壕沟，随时组织突击，袭击敌人。有一次，以一个排驻在东边的天鹅荡，有意在那里出操，吹着军号，敌人知道是地方区队，大胆前来袭击。

胡广文带一部分人隐蔽在村前的黑土塘里，等敌人经过面前时，突然开火，打个排子枪，机枪扫一阵子，搞掉七八个，打得敌人鬼哭狼嚎。这时天鹅荡村那个排赶来，再是一阵排子枪，敌人惊慌失措，仓皇逃跑。联防队经常变换战斗方法，使敌人摸不到我方行动规律，终在敌强我弱情况下，站稳了脚跟。

根据上级要求扩大解放区，所有武装力量尽可能向据点靠近。大金圩离灰墩街有六里路，近处只有四里。边防队住的地方陈大梨园，离灰墩有八九里。

金圩乡乡长、联防主任戴成芝，卧佛乡乡长邓鹤鸣都是从涟西调过来的，他们经常深入敌区，靠近敌据点，同县民运工作队的朱前一起动员群众进行反伪化斗争，建立抗日政权，撤换地方上的保长，推动抗日运动深入开展。敌人的伪政权被摧毁，封建势力被削弱，一些顽固的地主恶霸被斗得跑到据点去了。灰墩据点的伪区长蔡茂如气得暴跳如雷，时刻想寻机报复。

一天下午，胡广文正准备带队伍转移，大队长朱慕萍来了，同来的第二联防队指导员井崇山，和戴成芝、邓鹤鸣，朱前等人，在这里开会，讨论当前备战等一些事情，因此联防队就没转移。

区情报站站长潘福志送来情报，说时码增加伪军一个大队，行动可能向西，灰墩伪军要向南行动，这样，第四联防队就处于包围之中。晚上，胡广文向大队长建议，马上转移到濮庄。朱大队长说，第二联防队住天鹅荡，后边还有张汉武的保安团，不会有事。

由于夏季攻势工作太紧，朱大队长身体有些疲劳，晚上开饭时，胡广文喊他吃饭，他已迷迷糊糊。突然，枪声四起，他一下子惊醒，说：“你带一班顶一下子，其余人跟我突围。”

突围时正撞上敌人，交上了火，庆幸的是朱大队长突围出去了，人被敌人抓去五个。胡广文带一个班也遇上敌人，一阵交火后，被敌人抓去三个，他与七八个兵冲出敌人包围圈，跑到小王庄。

天鹅荡的井崇山指导员看敌人来势凶猛，率第二联防队迅速撤出。他前脚出村，后边敌人就进了村，没有造成损失。天还没有亮，战斗结束了，这次突围得到大雾的掩护，否则，损失还要大。

战斗失利，教训是深刻的，在敌强我弱的情况下，必须坚持每夜都得跳动、转移，否则很危险，同时还要做些声东击西工作，行动要经常变化，使敌人摸不到我们行动规律。

这年的秋季，县独立团配合区大队集中力量，对时码王培坤和北边灰墩的据点发动强大的攻势，敌人的嚣张气焰被打了下去。区委将全区武装进行整编，五个边防队一个区大队集中在陈大梨园集训，整编为三个连，区委书记徐坚为教导员、朱慕萍为大队长，副大队长戴云飞，薛骥云为副教导员。胡广文的联防队编为三连，他任三连连长，朱采玉任副连长、支部书记。

一天晚上，正在熟睡的胡广文突然接到大队长朱慕萍的命令，他赶到大队部，朱大队长说:“你带一个排，把吕亚军同志送过盐河封锁线，他的伤势很重，要抓紧送他去军部医治，必须在天亮之前送过河。你要千万小心，尽量不和敌人接触，在无法退让的情况下才能动武，伤员交接后立即赶回原地。”

吕亚军是跨河区区委书记、区大队教导员。在日伪军扫荡涟西时，他在王圩的圩墙柳树下观察敌情，被日军击中胸部，受了重伤。

夜深人静，三十多人护送着吕教导员向盐河赶去。一路快速行军，八个民工轮换抬着吕教导员，担架发出“咯吱咯吱”响声。交通站的同志在前边带路，一路顺利到达盐河封锁线，一会儿，只见河堤上闪现小小的火光，接应的同志迎上来，把担架接上河边渡船。

回来走到五六里路时，鸡叫了，天快亮了，随着黎明的来临，下起了很大的雾。一夜行军，大伙儿有些疲劳，离营地越走越近的时候，突然听到营地陈大梨园方向枪声四起。胡广文想不好，有情况！他们快步跑到一个小村庄的树丛中，做好战斗准备。

他带着通信员爬上坟堆瞭望，发现远处敌人正向灰墩撤退，要经前边的道路，胡广文没有多想就下令一排长：准备战斗，等待敌人走近再打。

原来，灰墩敌人得知盐西区大队在这里整训，集中三个连的兵力向陈大梨园进攻。哪知盐西大队不好惹，在朱大队长和薛副教导员带领下，兵分三路英勇抗击，打退了敌人的偷袭。敌人没占到便宜，只得草草收兵。

他们在树丛中等待敌人走近，距离一里地时没有打，半里地时也没开枪，当这股敌人离他们只有二百多米时，猛地开火。敌人做梦也没有想到，在半路上遭到突袭，惊慌失措得只顾向玉米地里躲藏，逃命。由于兵力有限，追击敌人一段路后就停止了。事后听到目击者说：这次遭遇战敌人死伤七人，我们无一伤亡。

回到营地，大队长朱慕萍等领导赞扬他们打得好，打得对。而吃了亏的敌人多方派人了解这次遭遇战的情况，感到很奇怪，想不通，他们哪里知道，这是一次意外的遭遇战。

这次战斗后不久，盐西大队经过短期集训，队伍上升到主力部队。

第八章　血雨腥风

光华乡往事

抗日民主政权建立后，光华乡与西边的岔庙乡，南边的金城乡三乡，结成涟水老三区抗日救亡活动的铁三角，各项工作都领先，特别是光华乡的民兵大会，每有日伪来袭，几个村的民兵一起上，相互配合，形成合力，是对敌斗争的模范乡，人称是“铁打的光华乡”。

王培坤在时码得势后，不断侵占和骚扰抗日根据地，与时码相距十多里的光华乡首当其冲。有一次，民兵颜景余值勤放哨后回家，走在交通沟里，遭到埋伏在这里的四五个伪匪袭击，颜景余的一支土钢枪敌不过多人，中弹牺牲。

颜景余惨遭杀害，给全乡蒙上一层阴影。暗通时码的人在各庄散布谣言，说时码据点对参加民兵大会的人一个也不会放过，对敌斗争不坚定的人思想动摇了，胆小的怕危及自身和家人，就软蹲在家了。

民兵颜景权有一次伏在交通沟里，对前来骚扰的时码伪匪连打七枪，没中，最后搂枪勾机，又没响，他心发慌了，见敌匪追过来，撒腿回跑，子弹打在脚后跟，沙土被枪子溅飞得老高。他一口气跑到安全地带，检查枪膛，原来是没沉住气，勾机没搂到底，子弹没射出去。他趴在沟里半天，见没动静，起身抬头察看情况，被一个伪匪发现，被抓住了。这个伪匪抓了五个人，还有一条牛，他们老老实实地跟着走，不敢反抗。

在时码伪军多次进攻下，这个乡的民兵大会瘫痪了。不久，西边发生前老庄阻击战，虽然民兵联防队打得勇敢、顽强，但多壮烈牺牲，王匪撤退时又屠杀了三十来人，恐怖的阴云笼罩着光华乡。

颜老庄是光华乡的大村，前后几个庄子，时码据点任命颜孔明为伪保长。村民颜国治在村里宣传共产党的强大，有苏联赠送的喀秋莎大炮等言论，伪保长颜孔明得知后，认定他是共产党，为震慑百姓，带保丁颜孔奇将颜国治抓住，押送时码据点。

颜老庄到时码有十多里，途中，在一棵榆树下歇息，伪保长忽然发觉事情办得不对头，颜国治舅姥爷在时码当伪军，送去后能不保他吗？如放了，颜国治会饶过他？于是，他与保丁颜孔奇一合计，决定一不做二不休，就地杀害了颜国治。

抬头不见低头见的乡亲、族人，在这特殊的年代，因阵营和立场不同，立即变成你死我活的敌对关系，同宗族人瞬间变成残忍而狰狞的刽子手。按说杀人也是一项技术活，不该是普通百姓所为，可见做坏事是没有门槛的，只要你愿意做魔鬼，天使会立即黑下来。

二人以为事情做得神不知鬼不觉，但颜国治家人很快得知情况，立即上告到中共三区区署。区长颜景理岂容伪匪余孽在家乡生事，他命令区队前来将颜孔明、颜孔奇二人捕去，将他二人活剐了。

颜景理是颜大庄人，他曾参加国民党省府组织的镇江军事训练班。1939 年 6 月加入中共党组织，1940 年春被时码税警队抓捕，关押盐城监狱。半年后八路军主力东进盐城，他得到解救，旋任中共二区、三区区长，1942 年 8 月三区划分为三个区，他任岔庙区区长，兼区大队大队长。颜景理是一直坚持与时码王培坤斗争的边区领导之一，在家乡流传他对违纪处理从严从快，不留后患的轶事，民间传说不免有些夸张和渲染。

有一次他打游击跑累了，回到区署倒下就睡，时任区妇救会长的媳妇怕他受凉，为他盖衣裳时惊醒了他，他翻身拿枪就要打，多亏警卫班长顾保发在旁，眼疾手快，上前拉住才避免悲剧发生。

顾保发是区长的贴身警卫，长期跟着区长生死与共，结下很深的感情。区大队警卫班队员刁长荣请假回家，回队超时。颜景理说，你先吃饭吧！饭后被枪毙了。警卫班的王锦标背长枪挎短枪，骑马去参加表弟结婚的婚礼。晚上吃过饭被留下闹房，他自恃打仗勇敢，是区长信任的人，闹腾了半夜，第二天吃过中饭才归回区队，他的马被拉走，长枪和短枪都被下了。区队经过前老庄的乱坑处时，颜景理说丢在这里。王锦标是吓傻了，苦苦求饶喊爷，说下次再也不敢了。王锦标是递过帖子，拜颜景理为师父。

警卫班同志在战斗中结下生死之交，纷纷为王锦标求情。谁能证明他延误时间干了什么？顾保发当即跪地，愿意担保，见区长还不搭理，舍命求情："师父，你的心这么狠，你要把他打死了，我们心冷了，也都散了，随你看着办吧！"

其他人随之也跪下，区长看杀王锦标引起众怒，不得已才收回成命，但下了王锦标的文件包，里面装的是区署财政支出的银元首饰。颜景理叫人扔给他一支铳子枪，说："从今后你在我前边走，离我三公尺开外。”

颜景理免了王锦标的死罪，防他生变，在背后打黑枪。

颜景理有睡死觉的习惯，一个冬天的早晨，王培坤伪匪突然来袭。顾保发喊他几次也叫不醒，眼看伪匪上来了，顾保发急了，强行拉他才将颜景理闹醒，一听说敌人来，他翻身下床，慌得衣裳也没来得及穿，光着脚，拎起双枪就跑。他们被敌人阻拦在一家猪圈跟前，顾保发的枪一打就是一梭子，打得伪匪不抬头。颜景理人胖，跑不动，脚上又没鞋，王锦标上前背上颜景理就跑，一手托人一手抓枪，不时地还击敌人，一口气跑了七八里路，才到安全地区，放下区长后，王锦标吐了三口血。颜景理很感动，指示将皮包和枪还给他，说:“锦标，你全部解放了。”

在残酷斗争的环境中，执行纪律不怕一万，就怕万一，稍有麻痹大意和疏忽，就是人头落地。岔庙区副区长林士香回乡也经历过一件事。

林士香，又名林秀古，林大庄人。1930 年，他与堂兄林士钧加入中国共产党，在家乡从事农民运动。日寇侵占家乡，他兄弟俩一起参与组建涟水县民众抗日武装，加入党领导的抗日队伍，任淮河大队副官，在部队上升主力后，林士香调回地方，先后任中共岔庙区、卧佛区副区长。

林士香有一次回家，在村头遇到邻庄的朱学兵，是他转弯抹角的表亲，因年龄相差几岁，交往并不多，便搭讪几句，表弟很热情，分手时很客气地问今晚走不走？林士香随口回答说不走了。

在区里负责锄奸工作的林士香，忽然想起有人反映这位小表弟表现不太好，人心不可测。当天吃过晚饭后，他就多存一个心眼，到后庄好友朱正明医生家过夜，睡觉时他留心外面动静，半夜庄上狗叫，他起身向外观察，黑暗中有人马过来，将前庄悄悄地包围了。

这一夜，林大庄不宁静了。时码伪匪闯到林士香家，没有抓到人，便将全庄人集中赶到一家大院子里，伪匪在人群中一个个寻找，没有找到林士香，询问几遍，都说没看见。

果然被林士香料到，暗通时码伪匪的朱学兵出卖了他。

没抓到林士香，伪匪头目气急败坏，责问躲在外边的朱学兵，他说，我今天下午亲眼见到他回来，还拉呱几句，他亲口说今晚不走了。

跑得了和尚跑不了庙。伪匪抓不到林士香，就抓他媳妇。叫林士香媳妇站出来！他们逼问。林士香媳妇躲在人群中，任凭伪匪的威胁，也无人指认，伪匪头目气得骂骂咧咧地出去，叫朱学兵进来指认。做了缺德事的朱学兵哪敢露面？他绞尽脑汁，终想出一个主意。

伪匪再进屋时，要求妇女将小腿肚抹起来。伪匪点着灯火，一个个地查看妇女的小腿肚，果然找到了人。原来，林士香媳妇去年收麦时，不小心镰刀碰到小腿上，伤了骨肉，伤愈了还留有伤疤。

林士香媳妇被带到时码据点。林家出面找人协商，经双方几番讨价还价，最后要赎金二百块大洋。林家咬牙将祖上置下的田地卖了几亩，才将媳妇赎回。

花如生是林大庄南边的花桥人，从小就听讲林士钧、林士香兄弟抗日打鬼子的故事。1964 年，林士香在安徽省体委的任上，因生活作风问题被处理回乡。闲居在家的林士香经常骑自行车到河网集市上赶集。在县农机修理厂上班的花如生有一次回家，碰到散集时的林老，他热情地邀请林老到家歇一歇，喝一杯水。盛情之下，林士香便支起自行车腿，在花家的瓜棚架下，一边喝着茶水，一边谈起昔日的旧事。

王培坤抓捕共产党干部定下标准：提供区干部信息捉到人，奖赏一百大洋；杀死后拎头到时码，是两百大洋。

朱学兵不知是受金钱诱惑？还是内心的邪恶让他鬼迷心窍？不惜出卖亲友，想一夜暴富，饮鸩止渴，让他走上自取灭亡的不归路。

朱学兵给时码伪匪当线人、耳目，抗日政府岂能放过？一天夜里，林士香带人逮捕了朱学兵，没有简单地手起刀落，因有亲戚关系，为示公正，将他送交到区署，一俟审判，便执行枪决。

一个出卖亲友、出卖共产党人的小贼匪，在敌我斗争激烈之时，一刀杀之本无悬念，但在人际关系复杂的乡村，不免节外生枝。朱学兵被抓的消息，很快传到嫁在林大庄的他姐姐耳里，她的丈夫叫林士璋，林士钧的胞弟。林士钧曾任八路军山东纵队陇海南下支队八团连长（没有营级单位）、陇海南下支队第三梯队参谋长等职，现担任新四军独立旅三团军需股长。

亲情模糊了理智，姐姐舍不得弟弟命丧黄泉，岂不拼命相救，她叫丈夫找区长颜景理说情，区长表示难办。林士璋媳妇又生出一主意，叫大伯子出面，区长不会不给面子。媳妇为林士璋借了一辆自行车，让他赶紧到西乡古寨一带寻找大哥。

男人不敢违抗媳妇之命，只得前往。林士钧听说要他找区里说情，推说让弟弟找林士香，林士璋这才说实话，这不是苍蝇往鼻子眼钻——找嗤？人就是士香带人抓的。

林士钧一听明白了，弟弟没说实话，士香不会平白无故抓老表的，但如拒绝，弟弟不高兴，还会受到弟媳的责备；如回去，必干扰区政府的审判，林士钧便打马虎眼说:“今天我不能回去，很不凑巧，我昨天骑马跌下来，腰部跌伤，疼得很厉害。”

说着就按摩起腰部，林士璋见大哥受伤，不好硬催，可他又不好就此回家，媳妇不骂他？他就缠着哥哥不走，说等哥歇一晚，腰伤好些，明早一起回家。

第二天，林士钧说腰还是疼。弟弟说，等下午看看是否好些，你不能骑马，我用自行车驮你。林士钧说，这哪里行？马背上还有马鞍子，这脚踏车后架颠，哪能受得了？

下午，看到弟弟急得快要哭了，林士钧不忍心，说:“还有点疼，这样吧，再疼我也跟你回去，就坐你的脚踏车吧！”

兄弟俩一辆脚踏车，弟弟想着救人是心急如焚，双脚不停地踩脚踏。走到半路，林士钧喊腰又疼了，受不了，要歇一下。从古寨到林大庄有五十里路，天擦黑时才骑到庄上。

进了家，弟媳妇哭出门来，朱学兵已被杀。

保长之死

盐西区得胜乡五保的徐淑美为人正派，性格豪爽、刚强，庄上人尊称他为徐五爹，他被推选为抗日政府的五保保长。

王培坤凭借自己兵多枪坚，不时前来奔袭和骚扰这个离时码北有二十里远的乡村，强行推广伪化，也任命了伪乡长，规定老百姓上缴伪化费。要求老百姓缴纳小麦、玉米、山芋干等粮食或钱款。一个村庄，两个阵营，双方各为其主，导致兄弟阋于墙的事件时有发生。

伪保长、甲长到各户去收缴，上交给时码据点，还有驻在时码的各伪乡公所，用于平时买枪、穿衣、吃喝等开支。伪匪汉奸会指定某户人家某月某日送多少钱到什么地方去，有时也不说交给谁，如从前土匪“抬财神”“递条子”一样，如果谁抗拒不交，不按时送钱，就上门威胁，放出狠话要抓人杀人。弄得人不得安宁，群众的负担很重，人们敢怒不敢言。

徐五爹紧跟抗日政府，坚决抗交伪化费。民主政府每年两季动员群众上交钱粮费用，不强迫，但经常开会，说服和鼓励群众支持抗日，自愿交给民主政府的钱粮。当时便流传一句话：黑狗队税多，共产党会多。

这时的乡村有共产党，也有国民党，日伪势力，还有无党派等，除了道佛宗教人士，各派势力的成员虽然不暴露自己的身份，相互碰到面还是客客气气，甚至称兄道弟，但各人的身份相互间都心知肚明。

1943 年冬天的一个早晨，徐五爹在南大沟被杀害。人们说徐五爹是因为抗交伪化费，被时码据点的伪乡长朱文池带人来杀害。

朱文池，兄弟中排行第三，小名“小丁三”。朱文池的亲叔父是地方有名的老革命、淮海区交通处长、盐西工委书记朱月山，朱文池哥哥朱珍池是抗战早期参加革命的共产党干部。

王培坤很狡诈、阴险，共产党不是无情地镇压伪职人员吗？他就任命共产党干部家属当伪乡、保长，你要杀就自相残杀，另一方面，他抓住人贪财的心理，逼迫和诱使共产党干部家属跟他坐在一条板凳上。一些抗日家属先拒绝干伪职，逼迫无奈之下只是应付，虚与委蛇，可是时间长了，因多占多贪，在利益的诱惑下，如被猪油蒙住了心，坏事做多了，绝了回头路。

王培坤先是逼朱文池的父亲、朱月山的哥哥朱桂山任伪乡长一职，担任一个时期，因马虎了事，时码伪政权不满意，认为他年纪大，不称职，就叫儿子朱文池顶替。朱文池开始也是应付，但时间长了，尝到了甜头，在温水煮青蛙的过程中，逐渐真心当了名副其实的伪乡长。

朱文池手下乡丁有十几个人，不时下乡去催交伪化费，要钞票要实物，以供伪乡公所挥霍。他们下乡收伪化费，群众抵抗，他就指挥乡丁镇压，做的坏事日渐增多，遂成为罪大恶极的伪乡长之一。他住在时码据点，老婆住在朱老庄家里，经常来往于时码和家之间。

夏天的晚上天气热，孙小南庄的人在门前大场上纳凉，年长的人边摇扇子边讲故事，小孩子躺在苇席上一边数着天上的星星，一边听着大人们讲故事。夜渐渐深了，在朦朦胧胧中，忽然有拉枪拐的“嚯嚯”响，只见不远处有人影在晃动，低声喊着“不许动!”，将迷迷糊糊的人们惊醒。一会儿只见武装人员走近说：“老乡，你们就回家休息吧，不要在这里谈了。”

大伙儿就拿着板凳、凉席回家了，心里都明白，从庄中穿过的武装人员，又向东南的朱庄突击小丁三。

终于，在一个下着蒙蒙小雨的晚上，盐河大队抓到了朱文池，带向西北桃园村附近的一条交通沟里，把朱文池按倒在地，对准他的头颅就是一枪。

第二天早上，盐河大队派人到交通沟里察看朱文池的尸首，地上只有一摊血。朱文池没打死，原来是天黑看不清，子弹打偏了，没击中要害处。

朱文池死里逃生，连夜跌跌爬爬地逃到时码据点。王培坤把他送到百十里外的淮阴城，治好了他头上的枪伤。大难不死的朱文池从此死心塌地当伪乡长了，他自此不敢再住家里，长期住时码。对凡是反对他，或抗交伪化费的人，夜里就带人去杀。和他只相隔几家的堂兄弟朱明池，因说他坏话，被他杀害了；共产党的地下工作者黄某也被他杀害了。

徐五爹被害的前几天，当地的伪甲长梁某到徐五爹家，要求他交伪化费，被他痛骂了一顿，梁某气恼地走了。

徐五爹的儿子徐慎琪在区大队。事后的一天，徐慎琪带了几个武装人员把梁家的父子三个抓住，带到父亲坟前，说："我爷（称父亲的方言）呀，我今天为你报仇了！"

徐慎琪准备把梁家父子三人全部枪决，当场就有人出来说情，就为小丁三跑腿，也没参与杀人，灭了全家不妥，给他家留个后吧？都是乡邻，沾亲带故的，就有人附和，留谁呢？有人说这个小的老实点，就留他吧！两儿子留下一个。

日本投降后，时码伪据点被解放，捣毁。朱文池无处可逃，他回到朱老庄，身上还背着一支盒子枪，他指望叔叔朱月山能出面救他一命。

被朱文池杀害的堂兄弟朱明池的儿子朱崇祥，乳名小顶子，是朱月山的堂侄孙，15岁跟着朱月山当勤务兵，为他牵小驴在淮海区东奔西走，家乡人戏称他是"小驴（旅）长"。

朱崇祥得知仇人、堂叔朱文池现待在家里，因是朱月山的亲侄儿，想报仇但不敢说，因此心思很重，成天不吃不喝。朱月山说："小顶子，你是想报仇吧？"

说到心病根上了，他不吱声，朱月山说得干脆："你想报仇，就把我那盒子枪拿去，把小丁三（朱文池）打得了！"

朱崇祥一听这话高兴了。朱月山给涟水县政府负责人写了信，表明态度，要求把作恶多端的伪乡长朱文池逮捕镇压。朱崇祥拿了朱月山大义灭亲的亲笔信到县政府，县领导人立即派人到盐西区研究逮捕方案。

朱文池看到朱崇祥背着盒子枪回家了，企图通过沟通以缓解之间的仇恨，时正值农历十月收花生季节，他请朱崇祥晚上到他家喝酒吃炒花生。朱崇祥答应了。正在喝酒的时候，外面有人敲门，朱崇祥知道抓捕朱文池的人到了，而朱文池也明白，他不得不去开门。朱崇祥紧跟其后，拔出盒子枪，朱文池刚把门闩一拔，外面的武装民兵握枪一齐冲到面前，朱崇祥的盒子枪也顶在他的后脊梁，朱文池被拖到门外，按倒在地绑了起来。

徐五爹的儿子徐慎琪是这次抓捕朱文池行动的领头人，朱文池被带到区公所小金圩，捆绑着关在老百姓家的榨油房里，上刑就是日夜用草衍子烟熏他。不久，召开全区群众公审大会，野外地里搭个高台子，为挡风，东西北三面竖着板门，前面横幅是：盐西区公审朱文池大会。大会开始后，大会主持人宣布：大会开始，把罪大恶极的朱文池押上台！

徐慎琪手端长枪，朱崇祥手握盒子枪，押着养得胖胖的、剃着滚圆光头的朱文池站在台上，几个被害人家属上台，指着朱文池哭诉家人被害的事实。过后，主持人宣判朱文池死刑，立即执行枪决。

枪决后，徐慎琪和朱崇祥把朱文池的头砍下来拎走了，分别提到他们的父亲坟前祭奠，过后就随手扔掉了。朱文池家人收尸，用草扎个假头，用纸糊起来，接在无首的尸体上葬掉了。两三天后，有人在圩沟里看到野狗在啃一颗人头，人们议论说是小丁三的头。

至此，徐五爹被害的凶手得到了惩罚，这案件本可以了结，但还有一个疑点，徐五爹骂了上门要伪化费的伪甲长，那么，是谁把这情况传给据点里的朱文池？人们想到任伪保长的徐淑赞。

徐淑赞的儿子徐慎璩在灰墩小学念书时，人小志气高，满怀抗日意志，年仅 15 岁就与同学组织抗日青年救国团，到乡村集镇宣传，他激情的演讲、高亢的歌声，得到广大群众的欢迎和称赞。徐慎璩工作热情，精明、能干，被吸收为中共党员。1940 年 8 月为中共三区首任区委书记。1941 年 3 月他调到华中党校学校，结束后分配到外地工作。

因儿子当八路干部，徐淑赞被王培坤伪匪逼迫和威胁，不得已做了伪保长。一个保两个保长，一个是为民主政权服务的保长徐淑美，一个是为时码据点服务的伪保长徐淑赞，这两人是本家兄弟，两家相距不足百米，过去两人相处并不融洽，后来因服务对象不同，更是水火不相容。

徐淑赞在解放战争时期参加了解放军，担任后勤干部。新中国成立后转业回乡，在县职工消费社任职，后调到五港区供销社任副主任。1957 年肃反时，因当年徐五爹的事成为五港肃反小组的审查对象，由于伪甲长和伪乡长都已被镇压，经过长时间的调查，因找不到当事人证据，成为定不了、又放不下的重大疑难案件。

1959 年县肃反小组重启这件案件，找到村里一位 1939 年入党、一直担任村党支部治安委员的老孟。老孟认为：徐淑美被杀害，徐淑赞绝对洗不了干净身，到徐五爹家要伪化费的是梁甲长，而伪乡长朱文池住在时码，老婆也住到时码去了。伪甲长从来不到时码去，徐五爹抗交伪化费是怎么知道的？那就是伪甲长报告给伪保长徐淑赞，徐再报告给时码的伪乡长朱文池，因此，徐五爹被杀害，与徐淑赞有直接关系。

徐淑赞最后被定为历史反革命，开除公职，交地方管制。

血沃劲草

为支持盐西区工作，县委从全县范围内挑选能力强、有武装工作经验的干部调过来。邓鹤鸣，从西部的麻垛区王码乡乡长调到卧佛乡，不久，又从卧佛乡调到斗争最前沿的光华乡任乡长兼支部书记。

邓鹤鸣因脸上有麻子，地方人都称他“邓大麻子”，他中等个子，平时不苟言笑、一脸严肃的样子，不怒自威。在这个王匪势力伸手可及的地区开展工作，是要有杀气的。邓乡长大刀阔斧，雷厉风行，对敌斗争毫不含糊。村民韩龙成送“归化粮”给时码据点，被联防队发现，立即紧追不放。韩龙成吓得将粮食倒在沟里，拿上空口袋慌忙逃走。

乡领导组织联防队严密布防，有效地阻止了伪化。为宣传反归化，学校老师编歌谣教给孩子们唱：

> 他要归化我不给，
> 买排子弹将你格（格，方言，毙的意思）。

王培坤“推大摊”给群众带来无穷的灾难，多少人无辜地死在他的手里，光华乡百姓恨不得生吞活剥了这个恶魔。邓乡长理解大伙的心愿，“挽弓当挽强，擒贼先擒王。”唐代诗圣杜甫的诗道出兵家之三昧，他特制定出一个专打匪首王培坤的计划。有一次得到情报，王培坤带人到光华乡抢劫。邓乡长带领乡中队埋伏在交通沟里，安排两名神枪手，专门瞄准王培坤，计划一枪中的，为地方除害。

王匪带着人马奔过来时，他们放过前边的伪匪，当骑马的王培坤走近射击圈时，邓乡长发出射击的命令。不料，子弹卡壳，枪声惊动伪匪，王匪立即指挥人马冲过来。乡中队不免惊慌，邓乡长见情况不妙，立即组织人员撤出战斗。

王培坤这个魔王多活一天，就意味着抗日干群多增加一份流血牺牲的危险。伪匪势力就是人间毒瘤，为打击和扑灭这股恶势力，抗日力量付出巨大的代价！在与时码王匪斗争几年中，许多乡区干部和党员遭到时码据点的杀害。

金圩乡副乡长周崇汉，1942 年参加抗日工作。1943 年 9 月的一个晚上，王培坤带两个中队前来袭击，将他家团团围住，他躲藏在屋中抗击敌人，敌人向屋里投放手榴弹，放火烧屋，周崇汉被捕后，押到时码，第二天清晨，敌将他绑在乱坑旁边的柳树上，用机枪打死。

丁锅甄民兵小队长丁恒龙，1941 年参加模范队，他打仗勇敢，不怕死，因皮肤黑，人称他黑队长。王培坤领尝过黑队长的厉害，叫嚣要活捉黑队长。1944 年正月初七，伪匪小队长刘文福带队下来扫荡，丁队长杀敌心切，带领三十多人追至盐河东，不幸遭敌包围，二十九人被捕，押到时码。第二天敌人将他押到河西坟地，令他跪下，他誓死不从，刺刀戳了十三刀，英勇牺牲。

盐河东边的马棚村人徐慎许，乡民兵副中队长。1944 年 9 月，王培坤带一百多伪军到马棚乡扫荡，徐慎许带二十多人在大圩角阻击敌人，战斗中身中数枪，但他咬紧牙关，坚持战斗。敌人包围上来狂叫“要抓活的”，上来就夺徐慎许的枪，血泊中的徐慎许竭尽全力，打死夺枪敌人一名，用刺刀刺伤敌人一名，最后壮烈牺牲。

在针锋相对的斗争中，最为著名的烈士和重大损失，要数光华乡支部书记、乡民兵中队指导员朱前烈士。

朱前是二区古桥乡人，他 7 岁入私塾，8 岁丧母，边读书边帮父亲种田。他性格倔强，勇毅果敢。国民党古桥乡长朱宗鲁平时作威作福，百姓敢怒不敢言。才十来岁的朱前当面揭发朱宗鲁敲诈他人、乱摊公差的丑行，并与其对吵对骂。日寇侵略致使朱前辍学，朱前对县城拱手让敌，国民党军队不战而逃，十分气愤，不相信"抗战必亡"，他对亲友们说:"就是三个拼一个，小鬼子也拼不过我们啊!"

朱前于 1940 年参加中共党组织，历任村农救会长、分支副书记、区队副、乡指导员等职。1941 年参加县委农训班学习，结束后被分配到梁岔乡工作。1942 年 10 月调任岔庙乡指导员、县民运工作队长，因他出色的工作能力和敢于斗争的精神，1944 年初调到对敌斗争最为激烈和危险的光华乡任职。

朱前调到光华乡后，迅速发动群众进一步摧毁伪乡、保政权，组建共产党领导的保甲制和联防队。为对付敌人，在全乡范围内搞破（破路）、拆（拆砖墙、庙宇）、打（打狗）等活动，把交通沟一直挖到浅集日伪炮楼附近。为鼓动群众挖沟的热情，编出通俗易懂的歌谣在群众中传唱：

交通沟，实在好。
又好打仗又好跑。
日本鬼子遇到它，
次次投降把械缴。

颜景成是光华乡财粮委员，他的孩子五六岁，夜里尿急，起床时发现家里有客人，只见父亲拿着一叠卷起来的标语交给来人。他们轻声低语，行走轻手轻脚，离开时将自行车扛在肩膀上走出庄子。自行车在那个时候很稀少，沙土路上的车辙很引人注目，为防止车辙印泄露行踪，地下党进村出村不是人骑车，而是车骑人，他们乘黑夜将宣传标语送到敌据点里，交给据点内地下党张贴，以动摇敌人的心理防线，瓦解敌人的斗志。

朱前书记一系列扎实有效的工作，让王培坤十分恼怒。有一次王培坤下令将抓来的一名联防队员押到浅集街东边马家门前的谷场上，逼迫街上百姓前来观看。他下令伪匪用刺刀对跪在地上的队员横七竖八地乱戳，惨不忍睹，队员的惨叫声直上云霄。王培坤狰狞地叫嚣:“你们看当八路的下场！我小马皮是个穷光蛋，我杀了不少共产党，现在就是死了也够本!”

为摧毁光华乡抗日政权，王培坤想方设法刺探情报。这时，常去时码取情报的地下交通员钱继成被收买，叛变。悲剧在 1944 年 6 月 16 日夜不幸发生。

六月的天很闷热，黄昏时，朱前到乡财粮委员颜景成家说事，颜景成热情地挽留朱前吃晚饭:“天热人没胃口，今晚特地做霍浪粥，朱书记不要走了!”

霍浪粥是麦面、青菜、黄豆等搅拌煮出的面糊，放盐和辣椒粉等作料，不仅填肚子，还有滋有味，满嘴生香，在那个岁月算是乡村最好的晚餐了。在屋前的打谷场上，二条长板凳合在一起当桌子。朱前连吃了两大碗，满头大汗，连说好吃!

乡干部是轮流排班到乡公所值夜。朱前临走时，叮嘱颜景成今晚的值班:“老颜，今夜你到乡公所去住。”

当天深夜，全乡村干部会议在颜老庄召开，研究夏收及动员参军等工作。会议开到半夜才散，朱前和乡长华月荣、中队长马桂仁等十多人就地分散休息。平时，乡公所人员休息一夜要移动几个地方，恰巧那一晚因已过半夜，认为平安无事了，就没有转移。

三更半夜，王培坤率伪军百余人，带着机枪、六零炮等重武器包围了颜老庄。拂晓时分，敌人向开会的颜孔芳家发起突袭。住在隔壁颜孔龙家的朱前本可以撤走，但他想到住在颜孔芳家干部的安全，随即向敌人开枪，接着翻墙撤退，敌人被他吸引过来，他边打边退。朱前那几天害红眼病，眼睛模糊，看不清地形，在过河沟时，一步没跨过，跌倒在淤泥塘里，手枪也摔掉在淤泥里，被在后紧追的伪匪抓住。

听到枪声，住在农户家的乡干部立即起身突围，可伪匪已将村子紧紧包围了。乡干部全部被俘，还有群众百余人，因抓人太多，绳不够用，用牛鞭子当绳扣绑着。途中，被盒子枪皮带扣绑着的朱前示意身边的干部，挡住敌人的视线，将贴身口袋里的党员干部名单撕毁，使得一部分党员干部在据点里身份没暴露，后当作一般群众释放。

这天清早，十来岁的孩子颜世栾裤头还没来得及穿，伪匪就进了屋，问：大人呢？他说，大人下地了。伪匪说，没人在家啊？后边的母亲没好气地说，人不在家了吗？意思是女人小孩不是人吗？

王培坤来时有话，这次只抓男子汉，不要女人小孩。伪匪听这个女主人说话不好听，刚要发飙，后面过来伪小队长颜景霞，他是本庄人，与颜世栾父亲有交情，他打了那伪军一巴掌说："你跟小孩啰唆什么？走走走！"

伪匪走了，颜世栾急忙去找父亲。在庄子外的壕沟上，见有三挺机枪架在那里，吓了一跳，回头就跑，钻进草地里，怕被人发现，又往柴塘里钻，水有膝头深，早晨水凉。他遇到姐姐也躲在这里，伪匪听到柴塘里水响声，虚张声势地喊，看到你了，人快出来，不然就开枪了！说着就往水塘里打枪，吓得姐姐伏在水里直抖，不料竟吓得痴傻了，后一辈子成了残疾人。

伪匪凌晨偷袭时，一清早到地里干活的颜六爹家伙计没跑脱，被伪匪抓住，他认识伪匪颜景霞，伙计就想套近乎，打招呼说你也来了！话没说完，伙计就被颜匪一枪打死。土匪有规矩：不能当面认人。

颜六爹是区长颜景理的父亲，当天也被掳走。晌午时，得到消息的颜景理怒不可遏，带二百多人的区队人马过来，在交通沟里与伪匪交火，还派人捎话给王培坤：大年三十晚，时码据点用柳筐抬人头。

晚上，从浅集街向西，凡在时码当伪匪的家属悉数带走，也有漏网跑掉了，他们逃到时码，跪着哭劝王培坤，赶紧将颜六爹放回去。

群众关在北边小徐庄，伪匪逐个进行甄别，凡是共产党干部和有嫌疑的一律杀害，老百姓则敲诈钱财。

在乡公所值班的颜景成被抓住了，他个头小，外表老实巴交的样子，身上小褂子脏兮兮的，伪匪以为是谁家的伙计，当作普通百姓关押在小徐庄。碰巧这里是他姑妈家的村子，他设法托人送出口信。姑妈得知后，赶紧找到当伪乡长的侄儿徐慎重，埋怨地说："你们把他带来干什么？他是个老实鬼！快把他放回去！"

徐慎重说据点放人是要钱的。姑妈叹气地说："他家穷死了，哪有钱？你是乡长这点家不能当吗？你赶紧想办法！"

婶子出面发话，伪乡长无奈，只得去找王培坤说情，王匪哪肯白白放人？最后协商，颜家推了一担二斗小麦（二百四十斤）

送去，人才放了回来。

王匪将共产党干部关在河西据点的牢房里。王培坤审讯朱前，他坐在太师椅上问:“你叫什么名字?”

朱前报一个假名字，他决意不向敌人坦白，想隐瞒自己的身份。

“哈哈哈……”王培坤得意地狂笑起来，突然他停止，吼道：“朱前，你不要装猫变狗的了，我早知道你是朱前，快把你知道的共产党分子告诉我，要不，可别怪我手下无情。”

朱前意识到自己被叛徒出卖了，他清楚王培坤不会放过自己，勇气倍增，厉声痛斥王培坤认贼作父、当汉奸做走狗的罪行。王培坤恼羞成怒，遂把各种酷刑加在朱前身上，将他衣服脱光，用荆条猛力抽打，朱前被打得遍体鳞伤，鲜血直流。匪徒又将衣服让他穿起来，不让脱下，使血肉粘在衣上。

第二天审讯时，将粘在身上的衣服连皮带肉揭下来，又用竹签钉其十指……妄想叫朱前低头。朱前意志如钢，没有向伪匪屈服。

梅雨季节，河两岸弥漫着鱼虾的腥臊味，潮水从遥远的上游呼啸而至，平日宁静的河湾，此刻激浪翻滚，咆哮着奔腾而来，仿佛要摧枯拉朽，冲垮岸边罪恶的魔窟。

6月18日凌晨，朱前被押到据点南边坟地，敌人用绳子勒紧他的脖子，用刀戳他，朱前怒目圆睁，大喊:“王培坤，老子20年后又是一条汉子，转世还要杀你!”

刽子手抬出铡刀，铡去了他的双臂、下肢，最后又将他的脖颈放到血淋淋的铡刀下……杀后，尸体扔进了盐河，人头放在坟堆上。

与朱前一起被害的还有乡长华月荣、民兵中队长马桂仁等十多名党员干部。

第九章　战斗在最前沿

平地而起的学潮

1931 年的夏天，朱一苇从上海艺术大学毕业，回到县城北 20 里外的王集街家乡。

朱家是一个封建官僚地主家庭，书香门第，他的祖父朱同寿，光绪丙子年（1876 年）举人，父亲朱际云是清末廪生。朱一苇从小聪慧，7 岁便能提笔书写对联，他在小学毕业后，父亲为培养儿子，特地送到南京城上中学，他在外接触各种新思想、新学说，思想接受了马克思主义学说，树立了改造社会的激进思想。

一个穷乡僻壤的学子走入天地广阔的世界，再回到封闭、落后的家乡，倍感寂寞无聊，他跑到城里亲友家打发时光。朱一苇在县城交了一个朋友，是县中学代课老师、淮阴人陈伯尘，因二人同是上海艺术大学的校友，一见如故，结为莫逆之交。朱一苇经常在陈伯尘宿舍里同榻而眠，抵足夜谈，从艺术谈到政治，从历史谈到现实，二人对蒋介石国民政府对日寇一步步的侵略，采取妥协、退让的投降主义义愤填膺。他俩还谈出一个创意，创立剧团——南风社，在家乡演文明戏，启蒙百姓文化；另一个则是在县城中小学掀起爱国抗日游行的学潮。

有一天晚上，县中学召集全体教职员工紧急会议，就全省学生联合会要求全省学生统一罢课研究对策。校方不愿意罢课，但又不敢扣押学生联合会的通知，怕学生知道了问罪。再有校政训主任在场反对，会场一片沉闷。陈伯尘灵机一动，托言小解，疾步奔回宿舍，向在此的朱一苇说了会议的内容。

散会了，当校方决定以拖和瞒的方法，要求老师严守秘密的时候，朱一苇已经将罢课委员会学生组织成立了，其准备工作，如全城中小学学生手执的纸旗，各中小学的门旗，口号，规划游行路线，游行纪律等一切均已做好，并分头通知全城各中小学，明天早晨举行全城学生示威大游行。

全校灯火通明，学生都行动起来了，陈伯尘的宿舍已成罢课的司令部，朱一苇俨然成了指挥战斗的司令员。

第二天清晨，全校学生整队出发，会合了全城的中小学校学生，开始了示威大游行。学生们个个意气风发，斗志昂扬，一路高呼口号，直达县城中心。陈伯尘在市中心发表演说，痛斥蒋介石和张学良的不抵抗主义，揭露国民党投降卖国的嘴脸，全场掌声不绝，学生代表发言和市民代表发言，大会一直持续到中午才散。

游行后，他俩决定在涟水中学举办“抗日讲座”，让学生一边听讲座，一边上街宣传，讲座的讲师基本上请校外人担任，抗日讲座深得学生欢迎。

第二周的讲座课还没排，学校宣布提前放寒假，釜底抽薪，破坏学生罢课运动。陈伯尘和几位学生会负责人深感无计可施，他到五岛公园的剧社办公处找朱一苇求救，巧的是几天不见的朱一苇推门而入，他劈头盖脸地责骂了一通。朱一苇只是呵呵地笑，过一会，他拉陈伯尘出去一下，用自行车将陈伯尘拉到城外，满腹狐疑的陈伯尘问:“还到哪儿去?”

朱一苇不答不理，约莫离开县城五六里路了，才喘了口气说:“今晚上人家要来抓你，你还在做梦!”

陈伯尘感到事态严重，反问:“他们不抓你?”

“怎么不抓?”他笑一笑说，“是抓不着。”

原来游行一周后的晚上，军警包围了涟水中学，如临大敌地将学校围个水泄不通，捉拿煽动学潮的要犯朱一苇。朱一苇临时得到风声，逃出城外。军警要抓陈伯尘，校长因与陈伯尘父亲是世交，在其保护下得已幸免，现在他出了校门，敌人不抓他?

陈伯尘奇怪他怎么知道如此详细?朱一苇告诉他，一同演戏的南风社成员蒋伯韩，是上海美专毕业生，现任县党部委员，他及时通知才避免朱一苇被抓。现在到哪儿去?陈伯尘这时感到道路迷茫。

“到我家去!”朱一苇说，“没人敢上门来抓。我家有炮楼，来三二十人不在乎，一梭子弹打死他们!”

朱一苇机智而充满斗志，让有文人气的陈伯尘很敬佩。他们骑了一小时后，就见远处有一座炮楼隐现在暮色之中。

这年年底，朱一苇为摆脱当局的通缉，离开了家乡，远赴上海，投身共产党领导的白区工人运动。他以公共汽车售票员身份，参与组织上海公交汽车工人罢工，1932 年秋加入中共党组织。全面抗战爆发后，他在上海组织青年知识分子成立江南战地服务团，到达敌后的大别山区，后转到淮南新四军二师作宣传工作。1941 年 8 月任新四军军部宣传科长、《江淮日报》主编。在外漂泊十年后，朱一苇再次回到久别的家乡，昔日鼓动抗日的青年，这次是奔赴在抗战第一线的战斗者。

朱一苇回到老家，许多亲友上门来看他，叙说别后的乡情和乡邻里的事。朱一苇向亲人宣传抗日的局势，他说：“日本帝国主义侵略中国，促使一盘散沙的中国人得到空前的团结，沉睡的睡狮已经觉醒。目前，全国人民奋力抗战，在不远的时间，终将战胜日寇。”

说到地方有些人为生计当伪军汉奸做坏事，他告诫亲朋好友：“战胜敌人的先决因素，就是坚持本民族团结，清理内奸和恶势力，我的亲友要当抗日的好汉，不允许当卖国的汉奸，谁当伪军坑害百姓，我七爹是不讲情面的，毫不客气地第一个杀他的头！”

朱一苇在家族中兄弟排行为七，人称朱七爹。回乡后他将名字朱凡改回家乡人熟悉的原名朱一苇。1943 年春，朱一苇任涟水县县长，主政家乡二年，最值得一说的政绩是他重教兴学，提高民智，长久地为后人津津乐道。

可能还是祖辈重视教育的基因遗传缘故吧。1944 年春，抗日根据地的形势刚好转，在朱一苇的建议下，县委县政府决定将淮海二中与梁岔的私立茂公中学合并，成立涟水县中学。朱一苇自己亲任校长，他虽然事务繁忙，但还亲自到校兼职上课。其实，涟水中学就是一所如延安抗大一样的战地干部学校，为抗战输送有文化有朝气有理想的新鲜血液，许多同学经短期学习后，参军上前线，或到地方担任乡村干部和老师。

最值得称赞的是在敌后举办全县乡村干部训练班和夏令营，其意义重大深远。这年秋天，在同兴区的掉向庄，组织全县乡村干部一千余人，这在当时规模之大是空前的，作为涟水的原涟西地区人口不到二十万，一次聚集上千人，集中时间学习和培训，在教员缺乏、伙食和住宿花费严重短缺的困难情况下，没有下大决心是不能为的。培训班和夏令营的课程设计安排也生动、新颖，同正规的抗大学校一样，安排了科学社会主义，进化论，中国共产党历史和国外时势等课程，这对许多不识字，没走出家门的农村干部无疑是有很大的震撼和提高，大开了眼界。

县长朱一苇亲自授课，主讲的社会自然科学，深奥的理论经他深入浅出，生动形象的解释，让文化低的乡村干部听得懂，听得进，易于接受，长了见识。很长时间里，涟水偏远的乡村老人还谈朱县长讲的“人是猴子变的”进化论知识。

许多乡村干部经过训练班和夏令营的学习，水平和能力得到很大的提高，结业后到基层都得到重用，不少人被调出县外，担任乡区级负责人和更高的职务。

归队

1942年年底，为反击日伪“大扫荡”，行署秘书长朱一苇和妻子陈辛文被派回家乡敌后，协助涟水县委负责协调县城北的王集区和张汉武部的反扫荡工作。朱一苇为加强保卫，借用张部的嵇春景作警卫人员。

嵇春景原是淮河大队的排长，八路军一一五师教导五旅南下苏北，第一次从淮河大队上升六百人，官兵因没做好思想工作，不愿离开家乡，大部逃离。嵇春景在跑回家乡的路上，被把兄弟张士堂拉入国民党保安队，伪保安团多是土匪改编的，内部相互钩心斗角，相互残杀，他很快后悔走错了路线。他不久转到张汉武的涟灌支队，他多次寻找抗日政府秘书王雨络和县大队大队长朱慕萍，要求回到县大队。朱一苇回乡争取张汉武时，找到嵇春景作自己的内线，并要他配合张汉武反正，他参加了奇袭陈师庵据点的战斗，在成立中共淮海区涟西保安团时，因他想带部分人员回归县大队，故张汉武对他不推心，仅任命他为三营副营长。

嵇春景多次受朱一苇安排，参加锄奸等机密的突击任务，这期间最惊险而又残酷的当数刘老庄战斗。1943 年 3 月 16 日，日寇从涟西的梁岔向东，与时码的日伪合击盐西区，朱一苇带警卫人员会合盐西工委机关和朱月山书记等跟随主力“泰山支队”，转移到南边的淮阴县棉花庄，第二天又北移至刘老庄。

拂晓，人们还在睡梦中，淮阴城日寇北犯，突然包抄上来，战斗即刻打响。四连与敌交火，日寇来势凶猛，敌众我寡，很快将四连缠住。在与敌激战一个小时后，四连撤到庄后交通沟里，准备突围撤出战斗，不料，这是一个偷工减料的绝头沟。日寇的火力封锁了地平线，四连无法撤离，面对围上来的数倍强敌，只能顽强抵抗，短兵相接，进行了一场人类战争史上罕见的殊死搏斗，最后，全连八十二名官兵全部壮烈牺牲。

跟随部队活动的盐西工委和朱一苇等人一同陷入重围，情况万分危急。嵇春景带领警卫班和盐西中队官兵英勇抗击，几次突围不成，敌人越来越多，他们的弹药和战斗人员在不断减少。盐西工委书记朱月山同朱一苇意识已到危险关头，号召战士有我无敌，为抗战流尽最后一滴血。朱一苇在战斗中负伤，陷入重围中的他决定杀身成仁，宁死不当俘虏。

担负保卫重任的嵇春景和队友保护朱一苇奋力突围，选择伪军的防守阵地，将所携带的物件和无子弹的枪支扔向敌群，乘敌人拣拾残破的枪支和财物时向前冲锋，再因四连官兵牵制大部日军，盐西区机关干部大部分成功突围，但是，盐西中队官兵和朱一苇的警卫班牺牲和被俘过半。

在反“扫荡”中，作为朱一苇的警卫人员，嵇春景机智勇敢，立场坚定，多次完成所交给的特殊任务。经本人申请，朱一苇作为他的入党介绍人，重新接纳他为中共党员。朱一苇在为嵇春景写证明材料时，特提到这次战斗：“1943 年在胡（七旅十九团胡炳云团长）大队的一个连等，夜晚从涟水撤到淮阴刘老庄一带，我和朱月山同志一起撤退，他就是跟我撤走的人员，拂晓，日军包围了我们，该连八十二人全部牺牲，当我们离开部队突围后，嵇表现勇敢坚定，终于脱险。”

张汉武部被改编为涟西保安团后，匪性不改，依然纵容部下抢劫群众财产，地方群众对张汉武部深恶痛绝，被百姓上告到县和行署。1942 年 6 月 27 日，淮海区参议会举行常务会，会上涟水参议员对张团的抢劫行为提出质问，淮海行署主任李一氓在作工作总结报告时，指出：“质问中有几点可以注意的，即从农民参议员口中，大大地批评了外围军（土匪收编的张团和王部）的纪律，而这两部分的军事负责人，都刚好是参议员，正共坐一堂，这对这两个部队的群众纪律，起了很大作用。”

李一氓称外围军，即指张汉武的保安团和另一支部队，群众则称张团。对于张团的纪律和改造，朱一苇花费很大的精力和心血，他经常到张汉武部去检查工作，说服和要求张团按照共产党的建军思想和纪律制度，还将该团营长解如宾、王疑之等人收为徒弟，以便掌握和影响该团。他带着十七八名警卫人员，先开始都是住在张团，后来朱一苇对屡教不改的张汉武失去信心，也不在张团住宿，而是临时住在警卫员朱大瞎家。

1943 年 4 月，朱一苇调任涟水县长后，为扭转张团的纪律作风问题，他作了一个重大决策，在张团成立四营，由嵇春景任营长，下辖两个连，一个连是以嵇的原部下、淮河大队逃兵为主，连长侍学书；另一个连是由县大队和王集区队抽调党员成立一个连。期望四营官兵发扬遵守纪律的先锋模范作用，影响和争取涟西保安团纪律作风的好转。

嵇春景严格要求本营官兵遵守军纪，发扬新四军拥军爱民的好传统，在农忙季节帮助群众劳动生产，严禁官兵骚扰和偷劫百姓财产。然而，侍学书连依然出现违反纪律、抢劫群众财物的事，嵇春景虽多次批评他，但在大环境背景下并无收敛。

有一次，在浅集南边与王培坤部发生战斗，仗打不大，一触即散，但侍学书连抢了七头耕牛当作战利品。嵇春景得知情况后，立即责令退还百姓，可是在送回的路上，悄悄地牵两头牛到朱码集上卖了，分钱上身。嵇春景得知后，狠狠地熊了侍连长一顿，要他们将钱如数退还，不料，利欲熏心的侍连长反唇相讥，士兵在利益驱使下，站在连长一边起哄，坚持军纪和原则的营长嵇春景成为孤家寡人。

让嵇春景伤脑筋的是另一个由抽调县、区队党员组建的连队，本应起到模范带头作用，但在环境的影响下，眼红别的连队官兵谋取私利，经不住诱惑，思想也很快蜕化，违纪的事情屡屡发生。

四营的违纪事件，张汉武是乐见其发生，嵇春景孤掌难鸣。向善是逆水行舟，向恶则随波逐流。人心趋利，人性向恶，如果没有严格的纪律制约和良好环境，好人也会变坏的。指望一个四营影响和改变保安团的大环境是不现实的，朱县长睿智地决定，快刀斩乱麻，于当年 8 月将四营解散，嵇春景调县警卫连任职。

嵇春景百感交集，欣喜万分，求仁得仁，求佛得佛。历经艰难万险，终于回到共产党的队伍。

张汉武贪财谋利，禀性难移，期望建立自己的独立王国。他心存投机心理，站在这山望那山高。1944 年初，他暗地里与驻淮阴的伪“和平军”联系，企图谋取更高的职位。乡邻称他是“铃铛心”，在张汉武准备投敌之前，被中共淮海军分区主力一举歼灭，张汉武在战斗中侥幸逃脱。

张汉武在解放战争中，充当国民党一区队队长一职，涟水解放后，他潜逃到上海。1951 年从上海被抓回，镇压。

时码战斗

金城乡党组织是抗战时期最早成立的党支部之一，韩品正从南支八团被党派回家乡发展党员，成立党组织，韩品正任总支部书记。中共三区区委成立后，金城乡党支部（地下）独立，成立后的第一任支部书记冯寿华，1940 年春因病去世，第二任支书桑长珍，在一年后的前老庄阻击战中壮烈牺牲。

抗日民主政权成立后的金城乡乡长还由原国民党的乡长薛月亭担任，他是大地主薛四牯牛的儿子，几个月后换上贫民出身的吴仰高。后担任乡长的还有王天然，本乡人，他是 1929 年加入中国共产党，抗战后重新加入党组织，他还兼任乡农会主任、六乡联防队长。1943 年 3 月，他到锅甑庄宋武成家了解敌情，被邻居、伪乡长宋五告密，不幸被捕，经严刑拷打后杀害，年仅 39 岁。1944 年春，金城乡乡长姜守余和支书冯寿荣率领乡民兵前往时码执行任务，与伪军相遇，在战斗中有十多人牺牲，包括支书冯寿荣和乡长姜守余。

短短三四年间，这个边区乡的党组织和抗日武装力量损失是惨重的。金城乡抗日运动的大好形势因时码和浅集据点不时前来骚扰，这里形成日伪、国民党和共产党“三合水”地区，致斗争十分激烈、复杂。

为改变中共金城乡武装力量薄弱的局面，1943年秋天，县委调嵇春景到金城乡担任乡民兵中队长，要求他大刀阔斧地开展工作，尽快壮大抗日武装。

这是与时码据点伪匪斗争最艰险的前沿，群众不敢参加抗日民兵组织，怕受到日伪的迫害，给前来开展工作的嵇春景带来难题，他清楚，正是因为有难度，县委才派他来，越是艰难越是要迎难而上。

金城乡西部有一个嵇庄，嵇春景与该姓人家叙家谱认宗，得到族人的接纳，通过这个关系开展工作。村民嵇公保的父亲早逝，与母亲相依为命。他的叔叔心生贪心，暗地里联系时码据点，想侵占寡嫂和侄儿的田产，已成年的嵇公保奋力抗争，可势单力薄。嵇春景动员嵇公保打消顾虑，参加民兵组织，有抗日政府为他撑腰。嵇公保参加民兵，担任嵇春景的警卫员。有了第一个站出来，便影响和带动其他人，金城乡的民兵队伍很快有了发展。

嵇春景性格强悍，枪法准，工作雷厉风行，很快赢得群众和民兵的信任。民兵队伍滚雪球一样逐步发展，嵇春景从伪保安团到张团，有人伤亡，或有人不干走人，枪支留下，均一直收控在他手里，共有七支长枪，现在带到金城乡民兵中队，发挥了重要作用。

金城乡民兵是一支活动在敌人眼皮下的队伍，随时都有敌情和战斗发生，这就要求民兵负责人不仅有勇气、胆量，还要机智。这时期发生一件让他一生难以释怀的事。

不知是执行上级任务，还是一次以练兵为目的活动，他们深入敌占区，初夏，树木葱郁，花草芳菲，四野静悄悄。他们从便于隐蔽的树林丛中悄悄地东进，深入到时码据点附近，在一个河沟旁边，有一个拾草的妇女，他们意识到这是一个危险的地带，便派人上前询问附近有无敌伪活动？这个妇女只是摇头。他们以为她是哑巴，是表示没有，于是继续前行。

他们自以为悄悄地进入，其实已被时码敌人察觉，并布下一个口袋阵。当他们走进伏击圈时，忽然枪声大作，临战经验不多的民兵顿时乱作一团。

面临险情绝境，嵇春景也惊慌，这是一支刚组建的没有经验，也输不起的队伍，他作为民兵中队长，在危急之际，不得不逼迫自己沉着、冷静，担负起指挥战斗的责任。他急忙呼叫大伙卧倒在地，冒着横飞的子弹，一边组织反击，一边安排突围。经半小时的拼死抗击，他带部分人员突出重围，但大部牺牲，或被俘。

悲伤的情绪在民兵心头萦绕，他们把悲愤的火焰烧向那个问路的哑女身上，认定是她诱使我方掉入敌人的陷阱，偏激地认为，伪化区里没好人。在一个夜晚，他们突击到那个农妇家，只见家徒四壁，几个孩子面有菜色。他们发现，这个妇女并不是哑巴，而是伪装的。面临死亡，恐惧的女人哭泣求情，百般辩护，可是，被感情左右的民兵将她押到牺牲同志的坟前枪杀，以祭奠战友。

嵇春景察觉了这个农妇的难处，事实上民兵向她打探情况时，伪军就隐藏在身后，如她说出敌情，伏在后面的伪军会打死她；她如说没有，我民兵一旦交火，也不会饶过她，因此，在左右是死的难题面前，她无奈地选择装聋作哑，作摇头状。摇头可以理解是没有敌人，也可以理解有敌情，不能前行，可惜，他们没有正确地领会其意，及时退出危境。

嵇春景为牺牲的同志悲痛，也悔恨自己大意，如果自己多一个心眼，仔细观察那个妇女的神态，本可以避免的。蝼蚁还惧死，何况人乎？他理解这个农妇的选择，他后悔放任自己的感情驱使，没能理智地阻止又一悲剧的发生。

战争，就是这样地无情，毫无理智，将死亡的黑影如没有预兆的乌云，随时地笼罩在无辜百姓的身上。

当年岔庙区委委员、区治安股长韩品正在四十年后，为前老庄阻击战牺牲的联防队员申报追认烈士的厚厚材料中，也提到这次时码战斗，牺牲的同志多数没有被授予烈士的称号。

抗日战争胜利后，中共涟水抗日政府将冯寿荣烈士与另一位烈士曹殿景的家乡命名为荣锦乡（曹殿景，前老庄人，1939 年入党，1940 年参加淮河大队，任机枪手、班长、排长、副连长等职，1942 年在时码战斗中坚守阵地，因寡不敌众，阵地被敌突破，身上被伪匪刺几十刀，壮烈牺牲）。

为有牺牲多壮志。县内发生的大小战事，虽然抗日军民在对敌斗争中英勇顽强，但是，失败还是多于胜利，由此可见，在那个敌强我弱的环境下，获得一场战斗的胜利是多么不容易，能与敌人打个平手就算是了不起的战绩，并不是如影视中表现的杀敌易如囊中探物，胜利的取得轻而易举。有人认为伪军是乌合之众，没有战斗力，事实上，伪军有不少惯匪，再因武器精良，弹药充足，并不是一打即溃的软柿子。

战争不是儿戏，抗战胜利是无数先烈鲜活的生命换取的，但是，失败也不是了无意义，处于弱势的抗日军民不甘失败，顽强地抵抗着强敌，以游击战、麻雀战、持久战进行不屈不挠的斗争，积小胜为大胜，积累一次次的失败转化为胜利，以屡败屡战的勇气，证明一条颠扑不破的真理：失败乃成功之母。

新成立的浅集区

王集战斗是淮海区一场较大战斗。1944 年 3 月 5 日，新四军一师在粟裕师长指挥下，围攻南边的淮安车桥日军据点，因此北面的日军南调增援，同时，为保护盐河交通线，日军在盐河增兵百人。淮海军分区命令淮涟子弟组成的四支队乘此良机，攻克王集据点，以策应车桥的战役。

王集据点守敌是王匪部王夕昌、王夕九两个中队，共一百四十人，有掷弹筒二个，掷弹十余发，炸弹三百多个，土炮十余架。工事坚固，树枝圩一道，鹿砦四道，壕沟一点五丈宽，一丈多深，圩堆连着外壕共有四丈高，中间有一个三层大炮楼。

战斗在黄昏开始，因敌工事坚固，不利强攻，就一面炮击一面坑道作业。经一夜时间，由北、西、南三面挖至敌树枝圩前，夜间几次强攻，敌人沉着不还枪，我方手榴弹在一夜里扔光了。天明后我军留两个连监视敌人，防敌逃跑，其余撤出打援。

8 日上午八时，朱码据点的伪军二百余人来援，被打援部队一个营伏兵击溃，并追至盐河，敌蹚水而逃。中午十二时，敌军二次增援，其中有日军三十余人，伪军百余人，有轻重机枪六挺，迫击炮一门，手炮四个，来势凶猛。被我十一团英勇地击退，但我军伤亡数人，枪弹消耗过重，打坏机枪三挺，机枪子弹消耗精光。另一路时码来敌百余人，由我十团和十一团三面夹击，敌闻风而逃，俘敌四十余名。

援敌被歼，守敌恐慌。下午，我军又开始炮击，攻击部队三处点火，将敌圩子烧着。黄昏时十二团一个连攻进据点正东，切断敌逃路。敌不支，拼命突围逃窜，可惜没有将敌全歼。

此战使王集区抗日根据地形成一片，区武装扩大到三个连，给王培坤部以沉重打击，从而形成从南到西、北包围敌浅集和时码据点，敌人成了瓮中之鳖。

为巩固和加强对时码据点的打击力度，中共涟水县委于是年7月，决定从王集区、盐西区和岔庙区划出部分区域，成立中共浅集区委区署，颜景理任区委书记兼区长、大队长，以嵇春景的金城乡中队为基础扩编为区大队，嵇春景任区副大队长。

金城乡北的浅集据点有一个土圩，东西长约二里地。涟水抗日政府一直不断地组织力量进行打击。1942年春，中共三区委集中各乡民兵有四五百人配合主力一个营参战。区民兵大队大队长许醒民带十余人，副大队长韩品正带领协和乡民兵三十余人，由浅集西南向东进攻，切断敌人后逃之路。战斗打响后，敌人在抵抗一阵后慌忙逃窜，他们俘获八个逃敌，继续向东南方向进攻。一直到了敌人的后方才发现，我军在攻克据点后主力和各乡民兵均后撤了，他们处于孤军深入的处境，在沉着地击退敌人后，迅速返回。

1943年农历七月底的一天深夜，县独立团一部兵力悄悄进至浅集街心，对准炮楼一阵猛烈的火力袭击，连发数炮，准确落进炮楼里，炸得日军和伪军哇哇乱叫。惊慌的敌人连连向外射击，炮声、枪声终夜未停，我军突袭后迅速安全撤出。两天后从敌人的口中得知，毙鬼子三名，中有一名日军官佐，毙伪军十名、伤五名。

这年年底，淮海军分区（新四军十旅）主力一部，来到涟西地区休整补充时，对浅集据点实施三次打击。

第一次在我军的凌厉攻击下，眼看即将把炮台拿下，伪匪刘国泰已感绝望。前来解围的王培坤逼迫伪匪几次冲锋，都被我阻击部队击退。王培坤发飙了，一连击毙几名退却的伪匪，在王匪的督战下，众匪赶紧掉头，拼死冲锋，如失去理智的洪水猛兽堤决般的涌上来，堵击的防线被敌人撕开了一条缺口。

第二次攻打，县独立团发起进攻后，发现伪匪有了准备，失利，再因兵力不足，撤出战斗。

第三次攻打，伪匪小队长杨广占据一制高点，在我军进攻的侧面开火，致我军伤亡较重，攻击受挫后撤出。这次是冬天，天气寒冷，棉衣都冻成冰凌了。经过三次对浅集的攻打，虽然没有彻底攻克据点，但敌人伤亡惨重，元气大伤。

日伪是不愿放弃这个具有战略位置的据点，从岔庙据点侥幸逃脱的伪中队长刘国泰，被王培坤安排在浅集据点当头目。

中共浅集区委成立后，区队的武装力量得到长足发展，并在战斗中得到了检验。

有一次，时码伪军纠合朱码据点的王夕昌中队共三百多人，迂回沿途抢劫。至浅集附近，早得到情报的浅集区干训队立即布下埋伏，对来敌迎头痛击，战斗五个小时，击毙伪军十余人，缴枪二十多支，敌人被打得狼狈逃窜，丢下被掳群众十多人，以及猪、牛、粮食等。

赌徒出身的王培坤在抗日军民多次打击下，不肯放弃对我西部的进攻，顽固地在浅集街西筑炮楼，企图作为“钉子”钉在根据地的东大门。

浅集区委区署研究，认为这个炮楼建立是直接关系到新成立的浅集区生存的大问题，坚决不能让敌人的阴谋得逞。首先断绝日伪前来拆毁金城古庵砖瓦和木料的后路。抗日政府组织群众拆走庵里残存可用的建筑材料，战火让千年古寺金城庵遭到彻底毁坏。另一方面，伪匪白天抓民夫筑，晚上我方就组织区队和民兵、群众去拆破。敌筑我破，相持达两个多月。最后，敌人还是没有筑成，以失败而告终。

1945 年 3 月，以敢打敢拼闻名的王观涛调任浅集区区长兼区大队长，他对浅集和时码据点实施高压态势，对来犯之敌实施坚决地打击。

盐河东的涟东县胡集民兵大队长嵇伍伦有一次到盐河西岸的岳父家走亲戚，与王观涛不期相遇，二人都以勇猛胆大出名。王观涛开口就问他，你有没有胆量？嵇伍伦面对英俊而年轻的区长叫板，只是谦逊地说，胆量我还有一点。

“县城日伪和时码据点明天上午下乡扫荡，我决定干他一家伙，请你找几个身手好的支持一下。”

对战斗的渴望和英雄的请求，嵇伍伦没有理由拒绝。他回到民兵大队挑选十多个精干人员，亲自带队参加行动。王观涛吩咐说，所有人员隐藏在路边一个村庄里，敌人到你们跟前，我不发枪你们一个也不许动。他率几人藏身在路边一家猪圈里。他计划等敌人大队过后，突然袭击敌尾部，吃掉一部分，然后迅即撤出，让敌人无机会还手，打的是一个巧仗。

不料，日伪经过这里，好像故意为难王观涛似的，竟然下令进村庄休息。敌我共存于一村庄，计划打破了。屋里人很紧张，不知道如何处置？

王观涛临危不惧，没有犹豫，当机立断地还是按原方案行动。他端着一挺机枪一马当先地从猪圈里冲出，突然发起攻击，长短枪向敌人横扫。措手不及的敌人惊恐成分，辨别不清我军底细，一时如炸了营的蜂窝，他们打死打伤敌人多名后，没有恋战，横冲直撞地从敌群中冲出来，闪电一般地撤走了。

1945 年春夏之际，浅集区打了一个漂亮的伏击战，打得日伪心惊胆战，从此不敢再大规模地西犯。

为巩固边区，涟水县独立团温凤山团长亲自率五个连队来浅集区，协助区队、联防队坚守前沿阵地。有了独立团的支持，浅集区队、联防队就大胆地向前挺进了。他们用一个多月时间在浅集以西、红窑庄以南地带，发动群众挖成纵横交叉的战壕沟，改造有利于我方的作战地形，在浅集西和花荡南还各挖了一条深一丈二、宽两丈，长五六华里的大沟，以阻挡敌人向我根据地进犯。

县、区部队同时在浅集西七八华里的花王庄、朱梨园两个村庄，利用地形修筑地下碉堡，碉堡互通，还挖了通向外围战壕沟的地道，达到能守能攻，运动自如。这个前沿阵地筑成后，县独立团一部和区乡武装一部，长期驻守在里面，其他大批部队和区队、联防队都住在外围村庄，且对敌人来犯制定了作战预案。

5 月下旬的一天，日军一个小队、和平军一个大队，加上时码刘国泰伪匪大队全部，共七百余人，偷偷开向花王庄和朱梨园两个村庄。四更时，外围一个村庄民兵的警戒哨发现敌人来犯，立即按预案点起了信号火，吹响了牛角号，各部队和联防队听到信号，立即做好战斗准备。

当敌人发起攻击时，驻守在这两个庄上的部队和民兵沉着应战，充分发挥碉堡、战壕和圩沟等有利地形地物，出其不意地杀伤敌人，驻在外围村庄的部队、民兵，按预案从外边向敌人进攻，友邻区乡武装听到枪炮声也纷纷赶来支援。这样，里外配合，打得敌人晕头转向。

早晨，下起浓浓的大雾，二三米外就白茫茫的看不清了，这场雾下得及时，对我方极为有利。大雾，成为军民团结打豺狼最好的伪装，随心着意化为杀敌的利器，如同向来犯的日伪布下天罗地网。

花王庄地形和村庄地形奇特，有“掉向庄”之称，敌人进庄后晕头转向，不知东南西北，再加上迷雾，致使四处逃窜，均遭到我方埋设的地雷爆炸，又不时地遭到从交通沟里、战壕里、碉堡里、庄上各个角落里的冷枪袭击，四面八方的枪声、冲锋号声此起彼伏。

在大雾的隐藏下，我抗日军民如天兵神将，腾云驾雾，突然地出现，又突然地消失，吓得敌人乱了阵脚，指挥也失灵了。日军见势不妙，在远远放了几炮后就撤退了。和平军和伪匪被我方武装内外配合，打得进退不得，最后溃不成军，向时码方向逃跑。我参战部队和民兵又跟踪追击两华里。整个战斗三个多小时。

日伪狼狈逃窜到伪化区，清点人数，发现有三名日军还陷入我军的包围圈里，又强逼伪军杀回头相救，伪军死伤多人，才救出日军。

这次战斗打死、打伤伪军二十多人，俘虏十四人，其中有和平军副大队长一人，并缴获敌人掷弹筒二个，轻机枪四挺，步枪十五支，战马一匹，以及弹药等物资。从此，敌人不敢轻举妄动。

第十章 城工部在行动

“安清帮”的大师父

朱一苇调任涟水县县长兼县城工部长。城工部的工作负责全县的情报搜集，镇压伪匪汉奸，瓦解和争取敌伪人员反正。

为掌握敌人动态，朱一苇利用自己“安清帮”师父的名义，通过帮会收徒的形式，在伪职中上层人员中收了许多徒弟和学生，争取敌伪人员为我所用。同时，制定对敌斗争方案，选派精干、优秀的同志利用各种关系打入日伪内部，如柴市村的闻金门派到伪县政府任秘书；陶码村的陶之贵到伪警备大队部；张码村的王小海到敌军警部门工作；朱舍村的朱士亮到时码据点，王寿浩派到时码附近教书，收集和传递时码据点的情报。

日军在苏北利用“安清帮”势力，为其统治和奴役中国人服务。汉奸头目、伪军官兵多是“安清帮”的徒子徒孙，他们沆瀣一气，鱼肉百姓，对抗共产党领导的抗日政府。“安清帮”是清末民国初的青帮在苏北的称谓，是中国影响最大的民间秘密社团之一，其成员多为游民和小生产者。

“安清帮”的由来众说纷纭，有一说是源于清朝天地会，创建于清朝雍正四年（1726 年），是为当时的“洪门”分支。洪门曾派人到北京坐探清朝消息，不料，为清廷所获，意志不坚定，降清，另组“安清帮”，由反清转变为保清，将组织中横的关系变成纵的关系，便不是兄弟结义了，而是师徒相传。

清末，苏北的漕运盐运十分兴旺，每个水运码头都被黑帮势力控制，一些纤夫、码头苦力工为不被无辜地欺凌，以求自保，纷纷加入具有浓厚的封建宗教色彩的“安清帮”，帮会会员遍及运河和盐河两岸。

中共淮海区党委和行署针对日伪联合帮会中的反动势力在地方日益猖獗的形势，根据中共中央《关于开展帮会工作的决定》和《关于开展帮会工作的政策》的指示，展开针锋相对的斗争。中共淮海区党委书记金明派人找到住在徐州的大佬高守法，送上四百大洋，托他收两个徒弟。高守法派两个看山门的大弟子回来摆香堂，收淮阴县长夏仲芳、新四军联络处科长李文达做徒弟。全地区依托这层关系，以帮会名义争取更多中间派，瓦解敌人，化敌为友，加强和扩大统一战线工作。

1942年年底，朱一苇、陈亚昌二人请盐西朱圩有名望的士绅刘少卿、大金圩的黄元勋二人引见，到盐西区北部的“安清帮”大佬高守法家拜访，送帖拜师，诚请他为抗日出力。深感亡国之痛的高守法很爽快地表态：共产党没有钱，摆香案吃饭的繁文缛节就免了。遂一次收了涟水县县区干部朱一苇、陈亚昌（时二人在行署任职）、王雨洛（县政府秘书、县政府党内负责人）、王晓楼（县委军事部长）、朱慕萍、徐坚、陶硕夫、朱启宇（二区区长）等二十二人为徒。

高守法，又名高孝先，时淮海区最高辈分的“安清帮”大佬，涟水县北部灰墩乡人。从小家庭较贫困，少时聪颖好学，靠旁听和自学，熟读《百家姓》《论语》等书，虽未进私塾，说起

“之乎者也”头头是道。成年后在大户人家管账，其间为主家应酬往来，三教九流均有接触，阅历见识逐渐增长，为图声势和生计而拜师入帮。后他受高沟镇郑家木场聘请为管账。时郑家与徐姓打官司，郑家一败涂地，他愤其不公，研读大清律，深谙其详，为郑姓上诉，掌案诉讼，鸣其冤屈，终于翻案，由此他名声大振，与之结交人甚多。

民国初年，高守法开香堂招徒，涟水北部地区周围的中、小地主、商人、土匪、小知识分子等为各自利益竞相拜师，徒众有数百人，日渐在地方形成一定的势力。徒子徒孙尊之为高老太爷。据说民国初期，涟水有一知县上任，带着马弁，拄着文明棍，专程来拜见他，认他为师。

“安清帮”收徒是严格按照辈分续谱，“……园明心理，大通悟觉”二十四字，高守法的“大”字辈，在当时已寥若晨星，上海滩的黄金荣、杜月笙之流也仅是“通”字辈，可谓辈高位尊，当时社会上头面人物中有不少是他徒弟，因此在淮海区很有影响力。

高守法虽然辈分高，却不欺人讹人，但“安清帮”毕竟是封建帮会组织，成员复杂，泥沙俱下，一些恶棍、奸猾之人仗恃帮会势力为非作歹。日军侵占苏北后，徒子徒孙中有人投敌事伪、卖国求荣。这时，高守法已年逾古稀，面对世事，他叹息唏嘘，深居简出，告诫高姓子弟洁身自好，不许事伪。对共产党不畏艰难，领导民众抗日，他很敬佩，常对高姓子弟说:“你们有雄心就去干共产党。”

高守法收涟水县区干部做徒弟一事被徒弟、时任国民党涟水县长朱孟杰知道了，连忙前去劝阻高守法:“老太爷，该关山门了。”

高守法不高兴地说:“你们国共两党不和，不要搞到我们帮会里面，你们能把共产党他们灭了，我就不收。你们不能灭，我不敢不收，也不能不收!”

朱孟杰碰了一鼻子灰，自讨没趣。

高守法还多次营救被捕的抗日干部。蔡工乡干部蔡兰生被侉二庄下来的伪军抓去，我武工队在新安镇附近，将伪军大队长的小老婆捕获，请高守法出面作保，交换人质。原光华乡民兵中队长、灰墩区队连长王恒山在一次战斗中，被王培坤伪匪抓去，其哥王华山立即赶到高家，高守法当即写信要王培坤放人，迫于高老太爷的威望，王培坤不敢怠慢，释放了王恒山。

高守法家住高圩，基于他的威望，伪军一般不敢侵扰。王培坤到盐西区“推大摊”，至大金圩就不再向北了，新安镇的敌人到灰墩就不再向南。中共县区干部在情况危急时，也会求得高守法的保护，隐藏在高家安然无恙。

朱一苇和王集区委书记陶硕夫拜师后，精读“安清帮”的经典资料《通草》，熟悉规定的礼节、仪式、法规等，以此身份在城北地区摆香堂，收徒弟，通过此举，他们充分地掌握了张团动向和时码据点的动态。

干伪军的除少数顽固分子，大部分是为生计的穷人。他们没有文化，思想愚昧，苟且偷生，迷信江湖义气那一套，他们都有亲属朋友和社会关系住在游击区，就不能不有所顾虑，而且伪军多是权势财迷，互相矛盾多，往往为一点小事而动刀动枪，不能利害与共。此时，共产党领导的八路军、新四军深入敌后，力量不断壮大，屡挫敌军，给伪军心理上产生日寇靠不住、充当汉奸无出路的思想，不少人想留一条后路。抗日政府抓住敌伪弱点，通过广泛收徒，展开政治攻势，离间日、伪关系，使其互不信赖。

“安清帮”开堂收徒的入帮程序烦琐、隆重，凡想进门槛的，须由帮会里人作介绍，会见引见师，引见师和传道师分别画押后，再写正式帖子去拜师，即摆香堂。收徒时张灯结彩，焚毛头香，挂罗祖像，新徒先拜翁、潘、钱“主爷”神位，后拜师父师娘，大典时师徒都到场，司香人呷一口水，谓之“净水”，由主持人问话，众新徒齐声答：入帮自心情愿，甘受约束，誓守帮规。传道师发放三帮九代名字及盘答方法的本子，这是帮中绝密，不得外传。礼仪之后便成帮中之人，“安清帮”规定，一个徒弟只能拜一师父，再拜他人，只能称为老师，本人以学生称呼。

抗日政府利用帮会开展工作，则简化和改造以上烦琐程序，一般是室内中堂：天地君亲师，横幅：正大光明，上联：安清不分远和近；下联：一脉相传到如今。供桌上点起数十支香烛。人到齐后，由引进师叫徒弟进来，宣布仪式开始。首先讲师父的三代香头，事前编好的一套，然后讲抗日救国的道理，鬼子必败，中国人民必胜，要“身在曹营心在汉”，不能反对新四军和共产党，因师父在抗日政府和新四军里干事，反对抗日政府就是反对师父，是欺师灭祖的行为，鼓动伪军能起义的起义，能反正的反正，一时不能做到这些，不能为日本人干对不起中国人的事，最后向他们提出具体的要求。

仪式结束后聚餐，其餐用经费由徒弟分担，一般还要求徒弟送礼，但中共县区领导人只是利用帮会做工作，免除了徒弟的礼物。

朱一苇与陶硕夫作为“安清帮”师父，二人大规模地收徒共有两次：一次是 1942 年年底，朱一苇作为行署秘书长和分工王集区的领导人，和区委书记陶硕夫两人在朱码街西北的胡天衢同志家中摆香堂，收有几十个徒弟、学生，有周边据点的伪军，还有县城的伪警官刘新等，并有敌占区上层人士刘玉山。

第二次是 1943 年初夏，朱一苇县长在王集西北的下军田村摆香案，收有张汉武部的营、连长解如宾、姜风银、罗云桥等几十人，时码伪军队长王寿年、花永田、徐小黑子等十几个人递送帖子。

朱一苇与陶硕夫对收徒的事进行了分工，伪军营、连职务由县长兼敌工部长朱一苇同志收为徒弟、学生，班、排级及士兵由陶硕夫同志负责收。如有事找不到朱县长，即由师叔陶硕夫代理。

陶硕夫一人收徒弟、学生四五百人，通过此方式与大量伪军拉上关系。当汉奸伪军的人很少是死心塌地跟日寇干的，大多数是混饭吃的，谁也不愿真心为日本人卖命，他们通过帮会的渠道，向共产党靠拢，脚踩两条船以保平安。通过收徒和发展可靠的内线，把宣传品在涟城大街到处散发张贴，甚至送到伪军政负责人家里及办公地点，搞得敌伪人心惶惶，坐卧不安。

利用争取伪军人员传递消息。收徒、拜把时，都以送情报作为条件之一，还利用敌占区的亲友，群众关系送消息；利用到时码经商的人侦察消息，或直接派人员化装侦察，这样，就形成一个比较完整的情报网络，敌人一有活动我们就能了如指掌。

有时敌人小股在边区活动，情报人赶不上报信，群众就以各种方法报警，或在树上或在屋顶放暗记，或以吆鸡喝狗的方式暗示、报警。大的方面有可靠情报，小的方面有群众报警，因此，不论白天黑夜，我抗日军民活动如鱼得水。而对敌人则封锁我方消息，就连伪军人员的亲属也警告他们不得为敌伪通风报信，敌人对我活动情况则很难了解。

帮会的工作发挥重大作用，通过帮会内线关系，我方拔除蒋庵、沙河两处据点；通过张汉武做好王凝之的工作，拔除陈师庵据点。

在拔除盐河东朱新庄据点时，王集区委书记陶硕夫带队，伪东联乡自卫队队长花永田为向导，通过内线王寿年等人一面围攻，一面喊话，说陶硕夫要你们反正！结果，仅花个把小时，机枪打了两梭，二十多伪军自动缴械。

县城北边的朱码据点三次解放，除最后一次由主力四支队攻克外，其余两次均未费什么劲。1942 年由王集地下党负责人李振球率人拔除朱码头河南警务局，解放了朱码头据点。后敌人又来占据，区委书记陶硕夫带区队二十余人，由反正伪军张正涛喊话，叫开据点圩门，毫不费力地俘虏和收缴了伪警察二十余人的枪支。

捕杀陆耀武

陆耀武，农校肄业生，曾当小学教员。1927 年加入国民党，任县农会助理干事、县党部执行委员，溧阳县党部管理员、省党部七区党务督导处干事。1941 年从国民党省府驻地曹甸回到家乡朱圩，作为地方国民党地下人员的头目，他参与组织“土顽暴动”，在本乡的十里井煽动群众围攻八路军主力“泰山支队”。

梁锅甄村的梁良任朱圩乡游击队司务长、乡公所文书，他对陆耀武与时码王培坤匪勾结，在村里耀武扬威，欺压百姓的行径十分气愤，春节时书写“黑狗之家”，在夜晚悄悄地挂在陆耀武和伪保长陆锦凤家门前。陆耀武对梁良恨之入骨。1942年7月，陆耀武勾引王培坤带三百多人来此“扫荡”，梁良与三乡联防主任张桂成等人坚守在一家房屋里，与敌激战，最后几人被捕，惨遭杀害。

1943年初，县城工部决定逮捕陆耀武，陆耀武得到消息，吓得逃往时码据点。第二年初，县长朱一苇、敌工部副部长宋杰来到盐西区，同盐西区委书记徐坚再次定计，抓捕陆耀武。他们将这一任务交给打入王匪内部的赵振山。

赵振山是时码北边的钦北村人。1940年参加抗日工作，1941年到盐城抗大五分校学习，回来任中共盐西工委武装队队长。盐西工委随同“泰山支队”转移到西南淮阴县的刘老庄，遭遇日军北犯，战斗瞬间打响。为掩护盐西工委领导机关的突围，他率队浴血奋战，终寡不敌众，牺牲过半，被敌人打散，他和部分队员被俘，后被日伪征用。他回到地方立即与党组织接上关系，并在时码据点潜伏。

赵振山的叔叔赵锡田是国民党军队的师长，赵锡田是国民党第三战区司令顾祝同的外甥，因有这层背景，王培坤对他一点也不怀疑，还颇为器重，陆耀武对他也另眼相看。赵振山在时码，将被俘的原区队队员收拢在一起，作白皮红心的地下工作。

程学问是国民党红窑乡长，1942年年底跑到时码当了伪区长，他将梁锅甑村的中共干部梁贵攀抓到时码杀害。不久又将乡干部马宗仿抓到时码，准备交给日军处理，因家人及时营救，迫其将马宗仿释放。

程学问死心塌地当日伪走狗，并没有得到好结果。在盐西区正月日伪“大屠杀”中，其父和妻儿一家老小被日军杀害，他也没得到日伪的欢心，不久伪区长一职被撤了。1943 年秋天，红窑、普庵乡联防队队长马宗融在龙兴寺遇到程学问，当即带人逮捕了他，押送到县政府。

时码伪军小队长刘海兵是程学问的干儿子，他得知干大被抓，随即带人到北边的马庄抓捕了村干部马宗原等人当作人质，用以交换程学问。回归途中遇到刘码乡长，刘乡长拦住劝说，你捉人家属，人也可以捉你家属，事情不能做深。蛮横的刘海兵哪里听得进去，仍坚持将人质带往时码。

这事很快有人告知在时码的赵振山，他立即带上几人前去营救，刚走不远就遇到刘海兵。赵振山严厉勒令刘海兵放人，否则就动武。刘海兵先不理，后慑于赵振山的气势，不得不将人释放。事后，赵振山对王培坤解释，刘海兵抓的人是他的亲戚，将这件事搪塞过去。

这次县敌工部捕杀陆耀武的方案是：赵振山配合县武工队抓人，之后他是能留则留，不能留就撤出。赵振山坚持要回区里，他在时码度日如年，伪匪乌烟瘴气的日子他没法过。当初到时码，王培坤要他杀人，他怎么杀？不杀必受怀疑，这是匪窟入伙的投名状。刚好涟东县有一个姓翟的投敌，赵振山便说是共产党派来的内应，将他杀掉，算是交了差。

赵振山按预案找到陆耀武说，要投奔叔叔赵锡田，将其弟赵振国托付陆耀武照应，并拜他为师父。陆耀武因赵锡田关系，视赵振山为知己，相处甚密，自然一口应允，遂择定日子摆香案。

农历正月十五的晚上，在时码河西不远的马兰田家摆香案，举行拜师仪式。马兰田是富裕中农，家离时码据点仅有半里路，马家的房子西南向，堂屋三间，厨房面向东南，有院子和过道。

在马家举行收徒仪式，陆耀武毫无顾忌，认为这里是伪化区中心，共产党武工队不敢到这里来。

事前，赵振山将跟随自己在时码当伪军的王玉仁叫到僻静处，吩咐他今晚武工队来抓陆耀武，在外站岗，做好接应工作。王玉仁跟赵振山到时码据点已有半年，也巴不得回盐西区队。

在摆过香案拜过师之后，开始吃香饭，陆耀武坐首席，其大弟子梁公尚坐对席，他挎盒子枪经常跟在陆耀武的后边，在时码街招摇过市。赵振山坐偏席，赵振国外，还有伪小队长左宗扬，左是赵振山姨表兄弟，另还有两个伪小队长章月干等八人坐满一桌。

王玉仁与另一队员徐靖华在过道门口站岗。徐靖华 16 岁，也是原盐西中队战士，在刘老庄战斗中被俘，不久前，被赵振山要来留在身边，现在伪区队当勤务兵。原计划在内应配合下，突然袭击，不费一枪一弹将屋里的伪人员全部抓获，押往根据地，其他教育后释放，只扣押陆耀武，这样可以掩护赵振山的身份。

刚吃不久，突然冒来陆耀武徒弟、伪同安乡乡长缪坤山与伪曙东乡乡长徐慎重，不知在哪里得到消息，兴冲冲地赶来吃香饭。见他俩来，王玉仁心中一沉，想撵他俩走，说：“桌子坐满了，已吃了一半。”

谁知这两馋鬼不肯走，说：“那我们就在厨房吃一点。”

两人就钻进了厨房。不久，武工队朱德标等十二人穿着军服，从屋东边匆匆赶来，进院时，屋里正上第四道菜，王玉仁在过道门口说：“缪坤山、徐慎重在厨房。”

声音有点小了，武工队急匆匆地往院里冲，没听真切，冲进院子里，踢开屋门，端枪大喊：“不许动！”

在厨房等饭吃的缪、徐两人听到动静，见院里站十多个持短枪的人，情知不妙，率先开枪。武工队未料到这个意外情况，仓促应战。朱德标大喊活捉叛徒赵振山，同时向屋内酒桌上开枪，桌上的煤油灯被震熄，陆耀武吓得躲入桌肚，乘机溜进东头房，掏出勃朗宁手枪从窗户和房门向外开枪。

赵振山等人退入西头房，见事出意外，很着急，起身向外走，想随武工队一起回根据地，口中喊："不要误会。"

黑暗中，赵振山刚摸至门外，就被陆耀武误伤头部，摔倒在门侧的山芋窖里。坐在对席靠门口的梁公尚被打死。在激战中，武工队员一人肩部负伤，朱德标腹部中弹，因靠近时码据点，武工队无心恋战，迅速退出院子，顺河堤撤了。

屋里的陆耀武等人见枪声一停，慌慌张张地向时码跑去。

王玉仁到院里没找到赵振山，他想计划已被打破，什么情况也不清楚，先走再说。徐靖华没看见赵振山，不由哭着说："三爷（赵振山）不晓得怎样了？"

他们走到屋后不远的交通沟里，看见担任警戒的盐西区队副大队长戴云龙带一连人伏在沟里，架着机枪监视着时码方向的敌人。王玉仁说："武工队已撤了，快走！"

王玉仁随区队回到了盐西区队部。县长朱一苇在这里等着消息，得知不得手的情况后，回县里去了。

陆耀武侥幸逃脱，但吓得魂不附体，不敢留在时码，在伪军保护下连夜逃奔涟水城。

受伤跌倒在山芋窖里的赵振山，被伪匪发现后，连忙将他送往涟水城治疗，昏迷发烧的赵振山在路上念叨说："不要让陆耀武跑了。"

几天后，赵振山的病情基本好转，陆耀武去看他说："你的仇我替你报了，王玉仁一家四口人被活埋了。"

赵振山脾气直，性急，一听这话，气得直喘粗气，倒头睡下，不理陆耀武。当晚病又复发，高烧不止，哼个不停。陆耀武见赵振山如此，便怀疑他通共，第二天串通医生在药中搞鬼，赵振山服药后病情加重，当天晚上死亡。赵振山的二婶在县城服侍他，回来后说了以上情况。

陆耀武逃到涟水城后，再不敢回时码，他请伪三区区长办了良民证，即投奔泰州李明扬部，任长江下游挺进军六纵副司令。抗战后逃亡到上海、无锡一带。1949 年，陆耀武潜逃在镇江搞船运，1951 年 2 月被缉拿归案，被押至普庵乡小学召开公审大会，会后由王玉仁亲手枪决。

捕杀陆耀武失败后，区委依照原定计划，第二天将王玉仁、徐靖华五花大绑游街，罪行是投敌当匪。可是，王培坤听说后，认定王玉仁通共，叫嚣道:“王玉仁竟背叛我，要株连九族!”

家人因不清楚王玉仁的真实身份，导致一家遭受灭顶之灾。父亲、姐姐、姐夫及媳妇闻讯后，第二天立即赶到时码探望，当即被王培坤下令抓住，拖到西边活埋了，男人头朝下，女人头朝上。姐姐因埋得浅，在土坑挣扎，早晨，被时码伪乡长发现，她哀求救命，愿给他当老婆。不料，伪乡长揭下头巾，跑到据点里报告王培坤，敌人凶残地用牛车拖石磙，其脑袋被碾碎。

失去亲人的王玉仁悲痛得肝胆俱裂。有一天他得到消息，时码伪乡长在一家赌钱，立即赶去，区长朱慕萍听说后不放心，赶紧派两人配合，三人从墙头翻进院里，伪乡长听到屋外声响，吓得从后门溜走。王玉仁冲进屋里，紧跟其后，将其击毙在屋后的水塘里。

古城枪声

涟水县城的地理位置较为奇特，整个县域如同一片树叶，县城位于树叶的根部，县域均多在北部，县城南咫尺之远就是废黄河，隔河是淮安县，县城西部二里外有盐河相阻，县城北至盐河朱码头之间有十里路，这一空旷地为镇涟乡，作为进城的必经地和富庶区，伪匪各方势力都想控制这里，设关置卡，收敛钱财。

这时的镇涟乡北受时码，南受城里日伪势力交叉控制。城里"和平军"自恃有日军在后撑腰，理直气壮地占据了这一地方，而李集据点的丁亮大队，时码据点的王培坤大队也想扩充地盘，控制这一地方，双方在这里明斗暗争。

"和平军"即伪淮海省剿共第五支队，大约在1943年秋进驻县城，其支队司令叫吴漱泉，因其左臂被截除，人称"吴独膀"。其部军纪极差，作风败坏，公开抢劫财物，深为城内外的民众憎恨。

吴漱泉，又名吴引连。淮阴县南吴集人，生于1889年，辛亥革命后，蒋雁行十三混成协统驻扎清江浦，设立陆军随营学校，造就下级干部。吴漱泉报考入学，第二年冬革命失败，学校遣散，吴漱泉回乡闲居。

吴漱泉早年习武练身，广交结友，为地方人期重。而立之年，以"安清帮"师父收徒，许多年轻人慕名投在他门下。1927年秋，有奉军一小部分溃兵夜宿南吴集东北的三堡村，他得知后，集结众多徒弟，在黑夜的掩护下，虚张声势，攻击奉军，已成惊弓之鸟的溃军不知虚实，便糊里糊涂地被缴了械。结果一枪没发，获步枪十八支，轻重机枪各一挺。

住三树乡的县警备队姚营长，与吴漱泉沾亲带故，他见吴漱泉轻而易举地得了枪支财物，便以长辈自居，张口索要。吴漱泉没答应，恐姚营长加害于他，审时度势，带徒弟携枪开往盱眙，谋县水师大队长一职，专力剿匪。吴漱泉立功心急，不时对盗匪发起袭击，引得盗匪嫉恨其猛。当地有一土匪头子高八，设计派一老头向吴谎报，说高八在某处，人马不多。吴漱泉信以为真，前往征剿，中了埋伏，负伤十余处，多亏两徒弟奋力相救，才幸免于难，部下阵亡七人，他左臂中弹，经医生截除，成为独臂，这是“吴独膀”由来的一个版本，还有说是他做匪时行盗被人击穿的说法。

日军攻占南京后，国民党军队在江苏省内无一正规军，现八十九军多由各县保安团临时补充，军长兼代省长韩德勤、副军长李守维正招兵买马，听说吴漱泉能领兵打仗，便同意他征招旧部和壮丁，在淮阴农校旧址编练，派保安处副处长顾锡久组织训练。国民党军在徐州退却后，吴漱泉在安徽、盱眙、天长一带集合多人，充任团长，编为省保安二旅张翼部属，任阜宁边区游击职务。

1939 年初，日寇占领淮阴。省府委封吴漱泉为省保安旅四团团长，率队辗转于兴化、泰州、海安一带，常驻东台，与日寇作战。1943 年，吴漱泉为八十九军一一七师三五一旅旅长，率部驻淮安县水泾镇。日寇以优势兵力猛打水泾，吴漱泉率部与敌英勇激战七昼夜，最后弹尽粮绝。如果他当时战死，也成全了一个草莽英雄，可惜，吴漱泉身负重伤，在昏迷中被俘，自此沦为汉奸。

吴漱泉被俘后，伪二十八师师长潘干成带他到其部治伤，伤愈后，经潘干成劝说，降日，任伪淮海省剿共第五支队司令，率部驻扎涟水县城。

日伪在县城办一初中部中学，校址在东大街南面的郭公馆。上学的学生在街上行走，突遇持枪的士兵阻拦，不许通行！疑惑的学生抬头一望，民房的楼顶上架着机关枪，一场厮杀即将开始，让学生和行人直打寒战，知道王培坤与吴漱泉在城里又开战了。

挑拨王吴二人的内斗是城郊中共地下组织的任务之一。1942年10月，新四军三师联络部的田方到城东的七里锥，召集两年前从淮河大队回来做地下情报工作的苏简章，和洪荫业、洪开坤三人，成立行动小组，由洪开坤负责，主要从事情报收集和锄奸工作。洪开坤与洪荫业二人是城北洪大楼人，洪荫业在中共涟东县委当收发员，后组织安排打入伪警备第五大队王祝部当传令兵。

城北郊有一个日伪特务洪开润，专门收集我方情报，为敌卖命。上级通知行动小组抓捕锄奸洪开润。三人经过反复跟踪，终于摸清其踪迹，在一个寒冷的冬天，与新四军联络处的二名同志配合，将在睡梦中的洪开润抓获，押解到涟东县政府，经公审后枪决。

吴漱泉的“和平军”经常到城北一带奸淫掳掠，残害百姓，群众恨透了这伙白天是兵，夜晚是贼的伪军。三人小组决定治理这帮坏家伙，他们捉住县城两个敲诈老百姓的伪军，安排苏简章在殷庄学校附近，枪毙了这两个伪军。不慎被人发现，暴露了身份，遭敌人四处搜捕，他被迫离开了城郊，移居东边三十里外的施洼村。

施锦台原是伪镇涟乡自卫队长，属于县城伪军，后又投靠时码王培坤，任王部伪军第二中队中队长。朱码向北到时码一线，是施锦台中队的活动范围，地下人员利用敌人的矛盾，巧妙地开展工作，他们都加入了施部，与敌伪结拜为兄弟，利用"安清帮"认师收徒，扩大活动范围。抓住吴漱泉部由涟城向北扩张，妨碍了王培坤的利益这个矛盾，他们在公路上，公开以施锦台部名义捕杀和平军副官等数人。

夜间，这支地下小组利用敌人的空隙，杀掉出来抢劫的敌人。如杀的是吴漱泉的人，就放风说是王培坤部杀的；如杀的是王培坤的人，就说是吴部杀的，制造矛盾，引起他们之间内讧。

有一次吴王双方在涟城内互相残杀，连续巷战两天。中共地下小组着意为之，只是外因，客观上伪军之间的利益争逐，是引起矛盾的内因。吴漱泉如何与王培坤结下梁子？从时码街人讲的一件陈事，可窥见双方结仇的端倪。

有一次，吴漱泉率大队人马随日军下乡"扫荡"，中午在时码街上支锅做饭，这些匪兵如赶集归来，前赶羊后拉猪，肩扛身背，闹得街面上乌烟瘴气，鸡犬不宁。吴漱泉带几个人在街上一饭馆吃肉喝酒，听外面喊："'吴独膀'，出来！"

公开叫唤司令的外号，吴漱泉十分不爽，起身到门外，只见火辣辣的日头下，王培坤冷着脸，一副找事的模样。吴漱泉瞧不起王培坤的乡下痞匪，同样王培坤也瞧不起城里如丐帮一般的"和平军"，二人没几句话就戗了起来，见吴司令发火了，卫兵气势汹汹地掏出盒子枪。王培坤身旁边的几个保镖正如狼似虎等着呢，也"哗"的掏出腰间的快慢机。

面对点火就爆的场面，吴漱泉想到在这里动家伙，自己占不了上风，立即换了一副面孔，喝令卫兵将枪收了，然后作揖询问:“初来贵地，吴某不知何事得罪了王大队长?”

王培坤扬着头说:“堂堂的和平军怎做起偷鸡摸狗，撵猪赶羊的缺德事?吴司令率部到本地，也先跟小弟打一声招呼，山珍海味没有，大鱼大肉和烧酒还是有的，我王培坤再穷也不能失礼。现在，你让我很为难!来了一大群老百姓到区公所告状，要本大队长为民做主!”

王培坤“山大王”的匪痞脾气，在同吴部的争斗中尽显无遗，他把这方圆几十里地视作是自己的地盘，对于外势力跑到这里抢劫，是到他锅里抢饭吃，王培坤不能容忍，也是最忌恨的。

吴漱泉知道犯了王培坤的利益，不过，天下之大，也不是你王家祖上带来的，你护什么?他耳闻王培坤强悍，现在他的地盘上，是没有胜算的，好汉不吃眼前亏，吴漱泉只得先忍下这口气，下令吹集合号。

胆怯的居民在屋里观望城里的“和平军”，二三百兵痞整队集合，衣衫褴褛，面有菜色，着装不一，背的长枪有的带子也没有，用麻绳扣着。当听说将抢来的东西都放下，如被割肉一般傻站着，在长官再三呵斥下，才看清不远处，时码伪军如狼一般跃跃欲试，这才不情愿地丢弃抢来的财物。

下乡抢劫被王培坤强令收缴，丢尽了面子，吴漱泉的毒肿在心里。两山不碰头，两水常相遇。王培坤在城里郭公馆的东北角置办保安第二大队办事处，是他进城办事和休闲的别馆。

双方在城里不时摩擦，兵戎相见。有一次，吴漱泉在姚家澡堂遇到时码伪匪徐小黑，便指使部下追上厮打，徐小黑掏枪就打，一枪打过吴漱泉的耳边，随即引起双方的枪战。

令县城百姓印象深的是有一次，王培坤与吴部发生激烈战斗，王培坤被打得狼狈逃窜，生命攸关之际，跑到北门街一王姓人家敲门躲藏。躲到半夜才出城。为方便逃脱，将携带的两支长枪和一支盒子枪送给王家。

第二天，王培坤组织时码精兵强将，骑四十辆自行车，二十匹马进城报复，旋风一般冲进城里西大街的天元楼，吴漱泉突然被袭，惊吓得慌忙从化龙桥逃向大澳边的芦苇丛，吴部一个姓刘的号长被时码伪匪抓到，架到大澳边上打死了。

这次有备而来的王培坤部，将吴漱泉部一直打得退到西边大成殿的日军据点，在日军调解下才罢手。

事后，王培坤到这家索要枪支。这家主人以为救了王培坤的命，枪支是作为酬谢的，便不太爽快。王匪将主人带到城墙东北边的水关处一枪击毙，第二天尸体从东大澳漂浮上来。

还有一次，时码据点有一挺机枪坏了，送到城里去修理。吴部知道后，强行将机枪收缴了。王培坤得知后火冒三丈，联合南边李集据点的丁亮大队，在县城北门外的新北镇，将吴漱泉的一小队伪军驻地包围，一阵猛打，死伤很多。后由日军头目出面协调，把机枪还给时码才作了结。

抗战后期，吴漱泉被日伪任命为涟水县伪县长。日寇投降后，“吴独膀”率残部从涟城撤到淮阴城，为国民党政府收编，封为国军独立旅旅长，驻守淮安县城。中共淮海地区专员吴觉两次派吴的妹妹送信，劝他起义投诚，吴拒不接受。1945 年 9 月 28 日，新四军三师攻克淮安城，“吴独膀”在战斗中被击毙。

第十一章　尥蹶子的小红马

王大队长的小红马

王培坤有一专骑，人称小红马，时码据点及周边的人都知道，只要看到小红马在哪里，就知道大队长到哪里了。

据点小队长高宝和家在时码街南。有一天中午，他从据点提前回家，突然看到家门前的榆树下扣着小红马，他脑袋“轰”地一下蒙了，大队长的小红马怎么在自家的院前？他的头脑里立即浮现自己女人白花花的身段被大队长压在身下，他不知道这头猪什么时候拱到自家的菜地？

他站在院前，不知是进还是退？正犹豫间，王培坤从屋里出来，看见高宝和，愣一下，然后没事人一样地说：“宝和回来了！”

这到让高宝和感到窘迫，尴尬，不知说什么？他硬着头皮打招呼，想笑，可是脸如被风吹干的毛巾，挤不出一点水来，他的笑比哭还难看，话不由衷地说：“大……大队长就……就在我家吃饭！”

王培坤说街上还有事，就解开缰绳，翻身上马，马鞭轻抽一下马屁股，马儿腾地在地上扬起一阵尘灰，一溜烟地走了。

这见不得人的事情被回家的男人撞上，女人吓得手慌脚乱，理着散乱的衣褂，脸色惨白，呜呜地哭了起来，声音蚊子般小的不问自辩："王大队长欺负我，呜呜——"男人不作声，扬起巴掌狠狠地掴了女人一个耳光，恨恨地骂道：你这个淫妇！

女人捂住被打得火辣辣的脸腮，泪水流下，哀怨地辩白："他硬闯进屋里，我有什么法子？"

女人的辩护如火上加油，男人忍不住又狠狠地踢了她几脚，恶声骂道："你没法子？你他妈的不能去死！"

高宝和在外也调戏和强奸女人，可事临自家头上，心里那个滋味不好受，窝火啊！如果是别人可以去问罪，去砍去杀，可这人是王培坤，泰山一般压在他头上，压得他直不起腰，说不出话。他知道，谁家女人只要被大队长看上，是跑不过他手掌心的，一般女人哪弄得过五大三粗的王培坤，更无胆量反抗。他阎王爷的名声早已妇孺皆知，有人家小孩哭闹了，大人说"王培坤来了"，小孩子吓得立即不敢哭了，就是自己也不敢得罪这个阎王，但自己女人被他玩弄岂能算了？可是，不算又能如何？自己有本事与他叫板吗？

答案除了否定，他也想不出其他方法。懦弱的男人只有向女人发飙了，想到这里，他将桌子一拍："你他娘的，看老子不杀了你！"

女人擦着挂在脸上的眼泪，识相地跑到锅屋为男人做饭。饭菜端到桌上，高宝和气还没消，他哼了一声，屁股半坐在桌边，他感到菜饭味同嚼蜡，一点胃口也没有。

他想自己是没本事保护女人的，那只能怪女人是个骚货了，你蹲在家里不很好吗？你不出去谁会看到你？惹祸的东西，让老子丢尽了人，传出去不被人笑话死了？他越想越气，饭咽不下去了，猛地将手里的饭碗往地下一掼，摔成十八瓣。

他铁青着脸进了里屋，和衣往床上一躺，想睡又睡不着。不想这事，可这事像马蜂一样蜇着他的神经，不想不行，女人给王培坤操了，戴了绿帽子也罢，只是还不知有完没完？今后又怎么与大队长相处？他想起浅集炮台的姜兰田小队长，因抢了一个肤嫩貌美的漂亮女人，很是得意，以为抱得美人归，不料是抓个炸弹搂在怀里。这小娘们不知何时被王培坤上了眼。王培坤叫亲信杨广暗地里打姜兰田的黑枪，杨广是粗人，但讲义气，不忍内部兄弟残杀，便劝道，大主任（王原推广伪化主任，他喜欢人称他为主任），不能做这事。王培坤问你怎么说？杨广说，我去找姜兰田协商，叫他把女人让给你。杨广找到姜兰田，两相利害比较，识相的姜兰田只得忍痛割爱，将美妇拱手相让。

王培坤自当上时码据点头目，在原配刘氏外，先是纳了姘妇、时码街的刘二小姐，后看好姜兰田夺来的邱氏。王培坤害瘩背时在淮阴城看病，又带回一个姓赵的，有人说是学生，有人说是窑姐。

姜兰田最后还是因女人把命撂了。在一次下去“推大摊”时被打死了。据点里人传说，是王培坤不放心，他指使人在姜兰田背后打了黑枪。高宝和心乱如麻，感到现在也面临姜兰田的处境，跟着大队长混，把自己女人混进去了，可能还有自己的生命。他如走到悬崖边上了，越想越怕，想着想着迷糊起来。

据点来人了，叫醒了睡梦中的高宝和，来人说大队长喊他有事。高宝和“咕噜”一下翻身下床，回到现实时，他的脑壳还是木木的，大队长有什么事呢？一路上他忐忑不安，赶到大队部，王培坤说:“宝和，今天抓了个八路，你带两人去挖个坑，把八路埋了。”

看王大队长无事人一般，上午的事好像从没有发生过，真是大人大量，不怪能做贼头！高宝和感叹，也感到自己有点多虑了，就把多余的想法揣回肚里，安慰自己该干啥还干啥，自己也不能逆天，想多了也没用，眼睛瞎起来过吧！总之，往后小心点。

高宝和叫上手下两人，到炮台的西南处挖了起来。坑挖到一半时，韩小来成和刘永成来了，高宝和想，大队长手下的哼哈二将来监工了。

二人来后围着坑转，像在验收，然后蹲下来，看下边人一锹一锹地挖。高宝和向远处张望，没看见押来八路，心里不免产生疑惑。刘永成仿佛看透他的心思，凶狠地说:“望什么？快挖!”

过一会，韩小来成说:“你们挖什么坑？你这是挖埋狗的啊？上来上来！让高队长挖个样子给你们看!”

高宝和听了这话舒服，但让他动手示范有点不乐意，可这两厮是王培坤身边的讨命鬼，不从，是没好果吃的！高宝和只得脱掉外衣，跳下坑去，动手挖起来。示范一会儿，也没见这两讨命鬼让人替换他，他便有不好的预感，手握锹柄就沉重不利索了，但他仍硬着头皮挖土，以隐藏内心的恐慌。

挖得差不多了，他立刻爬上地面，向韩、刘二人交差。他一眼瞥见搁在地上的盒子枪被刘永成抓在手里，心里“咯噔”一下，可他不敢上前抢夺，他侥幸地想，或许是刘永成无意拿着玩的。

这时，韩小来成对他说:“高队长，这坑挖得合不合适？你下去试一下?”

高宝和看他俩一本正经的样子，发蒙了，他这才明白，这是王培坤叫他挖坑自埋啊!

歹毒的王培坤！他想反抗，可是在二人虎视眈眈之下，跳，是死，不跳也是死！他清楚，拒绝，会死得更难看。

高宝和后悔自己今天中午怎么早回家了？仿佛看见王培坤狰狞的目光：宝和，你看到了你不该看的事，你看后你睡不着，本大队长也睡不着了。

王培坤是一个活阎王，但也色厉内荏，知道自己作孽结下许多冤家仇人，他对身边吹过的风，也唯恐挟带着复仇的利刃，他舍不得离开这个用杀戮换得的好日子。为防止死亡的降临，不惜用更多的杀戮来阻挡。他极其小心谨慎，睚眦必报，不留后患，他认为杀人越多，人们就越惧怕他，他的安全系数就越高，他是将自己的活命建立在他人白骨之上。

高宝和绝望了，拣起地上自己的外褂，蒙在脸上，“嗵”的一声跳了下去。随即，泥土如倾泻的雷暴雨，旋即淹没了高宝和。

泥坑填平了，与远处的地平线一样的平坦，大地依然如故地向遥远的天际延伸，寂静无声。

防不胜防

盗匪头目都有独断专行的脾气，更有生性多疑的特点，不能容忍别人强于他，忌讳有人想另立山头。王培坤也如此，因此，不停地清理内部，致内部残杀不断。

他手下的高桂成、刘连生两个小队长有能耐，怕抢了他的风头，在一次向河西“推大摊”时，在张河边，刘连生被王培坤安排人打黑枪，说是被河西八路打死了。高桂成驻岔庙炮台，坐黄包车回时码时，走到花王庄，王培坤安排人打埋伏，将高桂成打死，事后，王培坤装模作样地为他发丧。

小队长马洪生，赣榆人，原在国民党涟水县保安队的马队当小队长，鬼子来后，因女人是时码街人，留在这里当伪军，他以“安清帮”身份，在时码街收徒弟，如拉黄包车的二拐子，开行的小久成等。王培坤后背生疮，人称“害瘩背”，自古以来民间就传说这是致命的病，他很害怕。去淮阴城医院医治，治病回来后，有人向他报告马洪生私下收了不少徒弟，拜师收徒是正常的事，但马洪生收得多了，有分门立户之疑，王培坤不由分说，将马洪生抓起来杀了。

马洪生收的徒弟多是没能耐的人，他们拜师的目的就是想找一遮风挡雨的大树，现在大树倒了，他们哪里敢上前为师父横刀立马。与马洪生一起被杀的还有伪匪吴士魁。马、吴两人被押去枪杀时，马洪生女人跟在后面哭喊，求王大队长开恩。不承想，王培坤如此照顾，说:“你也同男人一起去吧!”

马洪生平素与副大队长林永珍私交不错，林永珍私下也收徒弟，王培坤故意把杀马洪生女人的活交给林永珍，说:“大珍，你去!”

林永珍是时码街人，家里开店铺，经济较宽裕，他是独生子，受父母宠惯，吃喝玩乐，赌钱，一个游手好闲的公子哥，平时在家是杀鸡都手抖的相公。当初成立乡自卫队时，筹款收费这类事务的张罗，需要一个街上商家人头熟的人，因此任命他为副队长。他是动嘴不动手，现在王培坤将杀人的事交给他，让他也沾上血腥味，他想拒绝，可现在王培坤就是阎王爷，哪有讨价的余地，他不敢违令，只得硬着头皮。

马洪生的女人被拖到盐河边，一同来的韩小来成见林永珍缩手缩脚，说:“大叔，让我来!”

韩小来成叫他大叔，不是亲戚关系，是帮会里的辈分，他为林永珍解难，不是为林永珍着想，而是他把杀人当作游戏。盒子枪从林永珍的胳肢窝里穿过，“叭”一声，子弹击中马洪生女人的胸膛。

杀马洪生时是穿着单衣的，转眼天冷下来，穿厚衣了。一个深秋的黄昏，林永珍媳妇做好晚饭后，到邻居家借鞋底样式。走在街上，突然遇到王培坤站在一根木桩前，她不得不打招呼：“大队长有事啊？”

王培坤笑笑说：“我在等人。”

王培坤垂涎她的姿色，曾几次对她动手动脚。林永珍也清楚王培坤对自己女人心怀鬼胎，就要女人平时守在家里，这不，晚上出门还是碰上了。林永珍女人惧怕王培坤纠缠，打过招呼后匆匆向街里走，拐过弯子，她回头张望，见王培坤还站在那里，她觉得王培坤的笑有点诡异，反常，不由地多个心眼，绕过两个巷口后，抄近路忙转回家。

林永珍和徒弟杭风梧等两徒弟还在家里不紧不慢地喝着酒，她急切地说：“还喝！王培坤在街上等人，像有什么事？”

林永珍一听警觉起来，放下酒杯。王培坤是不是对准他来的？自从马洪生被杀后，他时刻提防着，无论是自己收徒，还是王培坤盯上自己的女人，都可能引起王培坤下毒手，为防不测，他觉得还是先躲一下。

林永珍不敢开正门走，怕迎面碰上。立即收拾一下，带着女人和儿女，加上徒弟共六人，从后院经过邻旁马家，走到郭家后厢房时，只听郭家前大门“嗵、嗵、嗵”的声音，时码街人都知道王培坤用脚后跟踢门的习惯，王培坤从邻居家后门迂回，果然是向林永珍下手了。

林永珍一时发蒙，他打不定主意，是向南边的柴塘地跑，还是退回头？从柴塘地跑，王培坤发现后还不往死里追，人能跑过枪子？退回去还不是瓮中捉鳖？郭家后院静悄悄地。片刻间，不容分说，他决定就近躲进郭家的后院东厢房里。

几人迅速进屋，钻进床底，挤在一起。不一会儿，只听王培坤带七八人闯进院来，经郭家后院门匆匆地向林家后院门奔扑过去。

卧在床底下的林永珍和两个徒弟，有三把枪，听着外面的脚步声，他们屏住呼吸，攥着枪柄的手心都攥出汗了，心跳如鼓敲，如王匪搜索到郭家后院的东厢房，他们决定拼个你死我活。

林家空无一人，王培坤没声张，悻悻而归。

怕王培坤留下埋伏，他们一直待到半夜，确定没有留下眼线，才从床底下钻出来。

王培坤为什么要杀林永珍？是王匪想占有他媳妇？还是怀疑林永珍与抗日政府有联系？据林家人讲，有一次时码伪匪从西北的大金圩乡逮来六七十人。中共乡公所前来委托他想方设法救人，他找到看守的，悄悄地将关押的人放了部分，只说是哨兵睡死觉，人质趁机逃跑了。林永珍在20世纪50年代以伪匪罪名被逮捕判刑时，那个乡的老百姓集中前来县城联名担保，以功抵过，减少了他判决的刑期。

那天，林永珍几人连夜跑到东边的姜圩村，找当地“安清帮”头子姜桂华，他与林永珍有交情，手下有一伙人，把他们送到县城北边的新安镇。林永珍后到新浦，在石灰厂抬石灰，直到抗战胜利后才返回家。

开学典礼

1945年农历二月初十，时码街新办的天泽小学举行开学典礼，王培坤是学校董事长，亲自出席典礼，还要讲话。

小学是以王培坤的字命名。王培坤不识字，但他知道文化的重要，他在混成人模狗样后也附庸风雅，特请地方有名的秀才为他取一字，因他名培坤，是代表地故相对应取字，天泽。天地君亲师，重师兴教是头等大事。王培坤想通过兴办教育，笼络和收买人心，营造政绩名声。

利用街上夏家和曹家跑反在外的空房屋，又花钱重新盖了五间教室。王培坤重视学校的师资，不惜花重金聘请周边有名望的老师，而且要求一律都是响当当的科班出身，校长一职特聘请前清秀才徐慎林担任。

学校的桌椅板凳，按照县城高等实验小学的式样，从圩外砍伐桑树木，找了几个木匠加班加点打造。为保证学子健康成长，专门安排下户养奶牛，每天供应学校新鲜牛奶，学生每天一瓶，这在那时的乡村小学，其条件和待遇是很讲究的了。

学校已试办半年，今天正式举行开学典礼。早晨，贵宾连同师生陆续来到小学堂，聚集在不大的校院里，三三两两闲谈着，只等着半夜出去“推大摊”的王大队长班师回朝。

这天，五间新建教室上大梁。建筑工匠们紧张而有序地进行，按部就班地立大梁，投榫眼。事毕，师傅用烟点燃长长的鞭炮，立即噼里啪啦地炸开了，震动着这寂静的街市。

新屋落成，众多的孩子和学生围上来，眼巴巴地望着房梁上的师傅在鞭炮点燃后，大把地抛撒庆贺的喜糖、寿桃。可是，鞭炮声才响一会儿，就听有异声，紧接着只听“哗啦”一声巨响，大梁轰地坍塌下来，众人惊愕！

校园内外的人闻声色变，这是建新房最忌讳的不祥之兆啊！

房顶上的工匠师傅傻眼了，心顿时揪了起来，最不该发生的事发生了，这不仅关系到木匠师傅一世的名声，更事关房主的吉凶。幸好，大梁倒下没砸死和伤着人，房顶上的师傅仿佛被钉在上空，上不得，下不得，呆坐在屋脊上。是的，他们纠结，想不出问题出在哪里？是哪一道工序的疏忽？如王大队长怪罪下来，头上的脑袋难保了，师傅们惶恐不安。

涟水地区的抗战已是第六个年头，同全国的抗战形势一样，日寇的势头已成强弩之末，时码据点的伪匪日子愈来愈难过，春节过后物资军需十分匮乏，急需补充，虽然学校开学典礼日子已定，但王培坤还是决定组织大队人马向东“推大摊”。他安排傅小冒去东边的胡集、胡谢、姜垛等村庄“广”一下（土匪黑话，侦探的意思），有无正规八路部队驻扎？傅小冒出去一趟回来，向王培坤禀告说东边没发现老八路。

王培坤放心了，他决定初九半夜实施袭击，期望抢得丰厚的物资，再回来参加小学开学典礼。为严格保密，行动仅极个别人知晓。黄昏时，王培坤才吩咐特务队的盛开平骑马通知刘老庄的刘玉堂、浅集的刘国泰、高台的相士高等据点，今晚八点准时到时码据点集中，不得违令！

王培坤下面有大小据点七八个，各有几十至百十人不等，平时在各自的据点活动，有事通知集中。夜晚，各路伪匪陆续赶过来，集中在东据点，许进不许出。待人马到齐后，王培坤下令把据点的圩门关上，集中在天井里。王培坤站在大桌上讲话：“今夜向东边去推行政治（推大摊），船桥已架好，大家带足好火，要准备有恶仗打，什么时候出发，具体地点，到时再通知！”

王培坤训话完毕，就命令伙食房开饭，因人多，这顿饭吃到十一二点。饭后稍事休息，各人和衣而睡。

凌晨三时，王培坤下令整队出发，分为三路向东开去。这次行动的人数，集中伪军三百余人，外加伪区乡人员和家属。更深夜静，街东的一户面北的殷大鹏家窗棂，闪着暗淡的灯火，如一坨眼屎，糊沾在茫茫的暗夜里。殷家的小孩病死了，一家人围着孩子，悲伤而压抑地哭泣。

先头人马经过这家屋前，闻之不悦，伪匪中有迷信人，说出门见丧，晦气！有小队长跑到王培坤跟前进言，出门遇丧事，出师不吉利，这次行动不如取消。

王培坤不以为然，当然，如果不是军需物资严重缺乏，取消下去“推大摊”也是可以的，但现在讲究不起了，他训斥：“不许胡说八道，我就不信这个邪！”

王培坤叫马夫牵来小红马，接过缰绳，踩镫子上马，在卫兵的簇拥下向东奔去。经过徐淑阳家的圩门前，一向温顺的小红马如被什么煞神惊吓，突然前腿腾空，惊恐地嘶叫起来，王培坤拉紧缰绳连声呵斥，暴躁的小红马竟尥起蹶子，猛地将王培坤重重地甩下马来，摔个四仰八叉。

勤务兵急忙上前扶起王培坤。迷信的人见此更忧心忡忡，认为这是不祥征兆，不敢再劝他取消行动，就劝大队长不要亲自下去，待在家里听候消息就是了。

王培坤在下乡“摊大摊”和在时码据点曾几次在鬼门关走过，侥幸逃生，让他产生自负。死里逃生的王培坤没有感谢上苍放他一马，不信头顶三尺有神明，反而变本加厉，恣意妄为。

小红马的暴躁激起王培坤的驴脾气，他呵斥手下人尽说些胡话，他甩开众人，上前拍着小红马的头，说：“小红马，别听他们的鬼话，没有我王培坤过不去的坎！”

小红马还是嘶叫着要挣脱王培坤，他气恼地扬起鞭子，对着马屁股一阵猛抽，直到小红马被打痛打疼了，才驯服地不再暴躁，驮上他悻悻上路。

向东走了两三里路处，有一条小河，河面上早用渡船临时搭了一座浮桥，小红马又是死活不肯上桥，气得王培坤再一次狠抽鞭子，众人前拉后推，好不容易将马推过了河，可是，刚上了东岸喘一口气，仿佛前面又遇到拦路的猛虎，小红马又尥起蹶子，惊骇地嘶叫着，挣脱缰绳，又扑水泅渡回来。

牲口有灵性，在主人精心饲养下，长时间的相处、交流，会对主人产生依赖和忠诚，至于能否预知未来，或看见人所不见的物象？说不清楚，这值得动物学家深入探究。

小红马的异象，没有让王培坤畏惧，他还是命令部下强行地将小红马赶过河去。这次“推大摊”，他安排赶个早市，抢劫回来后参加学校的庆典，他的筹划时间是紧凑的，他不能耽搁。

姜垛人还在睡梦中，王培坤率众匪突然袭击，先后洗劫了姜垛、顾陈、汪杨、小张庄、黄梨园等庄，扒抢大量粮食和物资，抢牛、骡九十多头，驴十一头。王培坤见达到预期目的，立即率部回窜。可他贪心不足，指挥人马向北绕到胡集街一带，想顺带再多掳获一些财物。

走到胡集街西南一个南北向的小张庄，庄头上张开俊家有一座小炮台，听到庄外的喧噪声，发现是伪匪，张家人开枪射击。王培坤恼了，张家炮台敢挑衅？立即下令：顺便将小张庄收拾了。

伪匪去围攻小张庄炮台，志在必得的王培坤站在一条交通沟上，悠闲地等着攻破张家炮台的捷报，在他看来，拿下小张庄炮台，不过是小菜一碟。

开学典礼时间快到了，来宾和学生家长拥挤在小学校园，徐校长看了看怀表，时间即刻就到了，想王大队长该回来了，他走出院子到街头向东眺望。这时，有一个消息在私下传递着，王培坤中枪了！

学校的师生和宾客，以及得到传闻的工匠师傅将信将疑，但人们都感到伪匪这次下去遇到事了，王培坤没有按时间点归来，也说明了问题。

小学生郭吉生这年 16 岁，他吃过早饭就向不远处的学校走去，迎面看到王大队长的小红马穿街而过，直奔据点。他想据点伪匪这次下去“推大摊”可能遇到老八路了，小红马是跑回来搬兵的吧？

过了一袋烟工夫，就见从西边过来一帮人，刘二小姐领头走在前边，哭哭啼啼地去迎接抬回来的王培坤，人们这才感觉这个早晨不寻常。

很快就见大队人马回来了，中间有一张倒抬的大桌子，上面躺着王培坤。天要中时，从据点里传出确凿的消息，王培坤一命呜呼了。

人们这才恍然大悟，新教室的屋脊梁为什么会坍塌？世上总有一些让人看不透的事，难道冥冥之中真有神明？还是自古人们就爱捉摸这种神秘玄幻之事？不能责怪人们迷信，是因为这人世间发生许多事，让人看不懂，也解释不清。

姜垛遭劫

时码据点倾巢出动，目标是东边十多里的姜垛。

姜垛位于涟东县抗日根据地的西部边区，传说从前这里有一条西南流向东北的河流，一姓姜的人在此摆渡，人称姜渡。这里没有姜姓人家，多为陈姓家族人，后因河中有一土垛，便又称姜垛。

姜垛前后数个庄子，错落有致，人口密集。姜垛的河西边是一片很大的空旷地，村庄稀少，而且相隔很远，离西边的时码据点有十六七里远，伪匪前来长途偷袭，不会惊动村庄，不会有鸡飞狗跳，因此，这里成了时码伪匪经常前来骚扰抢劫的后院。

这年的二月初二，年气未消，姜垛就遭遇王匪的一次洗劫。由于事先得到情报，王匪兴师动众地奔袭，并没有捞到多少油水，恼羞成怒的王匪下令焚烧房屋。高个子的韩树成举着一把秃头笤帚，举手就点燃了屋檐草，火焰如下山的饿虎，疯狂吞噬着畏缩在天穹下的茅屋。伪匪连妇女用的马桶也不放过，扔进火焰中，村庄里外一片火海，天空乌烟滚滚，如同天塌地陷。

西姜庄十六户人家，房子烧得仅剩三家，因这三家屋子里外用泥巴抹刷，抹得结实，火苗没有攀爬上去。

寒冷的天气，让失去家园的姜垛人雪上加霜。谁料到，几天后王培坤又率大队人马，趁着人们还在睡梦中突然来袭，西姜庄的家家户户连个门也不齐整，人们还在懵懵懂懂中就被伪匪抓捕了。

三家没烧毁的人家，其中一家叫陈廷勋，他家是堂屋四间，西边有四间厢房，南边是过道，东边是邻家的屋墙，一个很紧凑的院子，西南角还有一个小炮台。这次伪匪又来了，在他家门口疯狂地叫喊，陈廷勋一家人沉住气，不开门。当时，伪匪抓住陈廷勋二弟，逼他叫门。

陈廷勋没有理睬，持枪以待。陈廷勋身上长年背有一支小马枪，一支捷克式长枪，还有六颗手榴弹。伪匪爬上院墙想窜进来，陈廷勋一枪击中，受伤的伪军掉到墙外，其余伪匪吓得溜了，不再啃这硬骨头。

姜垛村为抗击日伪扫荡，初开始自卫武装以“小刀会”形式，动员民众参加，还联系附近各乡保联防，在周边乡村游行示威，以壮声势。

人们身披黄绶带，头扎黄丝巾，每天早晨出操练武，口念着刀枪不入的咒语，磕头求拜神明保佑，他们进行训练时面朝太阳，闭目站立，双手合拢举至眼前，口念咒语，反复不止，突然人掼倒在地，旋即从地上蹦起来，手舞足蹈，跳个不停，舞剑、耍刀、打拳。

小刀会师父这时就灌输大伙，这是神灵附体，刀枪不入。其实，这是闭目念咒时间久了，产生麻木感，倒下后起来产生头重脚轻的感觉，下意识地随着感觉的律动。

村里有一青年叫陈朝中，对神符咒语是否灵验，能否抗击日伪的坚枪利器？他将心中的疑惑说了出来，有人责怪他不恭敬，是亵渎神灵，心不诚。倔强的陈朝中说：“你们说刀枪不入，谁本领大让我打一枪试试？”

有一位叫严许的会员笃信小刀会的巫术，他挺身而出，口中念念有词，折腾一番后，自信地站立在那里。陈朝中端起铳子枪，对准他勾动枪栓，随着枪响，人当即掼倒在地。人们急忙把他送到郎中那里抢救，生命已停止了。人命关天，陈朝中被人们好一顿抱怨，自己也后悔不及。

民众抗日武装就是在这谬误和愚昧中摸索前行。陈朝中的一枪，使人们得到教训，也提高了人们的认识：对敌斗争需要破除迷信，需要真枪实弹。村抗救会以此为例，宣传动员各户买枪，没钱的人家两三家合买一支，轮流背着执勤，加快了这个村的民兵队伍建设，他们多次抗击日伪的扫荡，在战斗中不断发展壮大。

陈朝中在战斗中勇敢顽强，加入中共党组织，担任姜垛乡副支书、民兵指导员兼小队长。这次时码伪匪突然夜袭，因没有及时得到内线情报，致姜垛村民兵仓促应战，陈朝中在村后反击伪匪时，因枪械发生故障，被一拥而上的伪匪抓住。

王培坤在指挥攻打张庄炮台时被枪击中，伪兵找来大桌子将他放在上面，惊慌失措地往回奔走。路上，对走得慢的群众拳打脚踢，稍有不从，便开枪杀害。到了马棚地界“归化区”，小张庄抓来的张开华妻子怀孕，挺着大肚子，还生着病，走不动了，被催赶的伪匪开枪打死，还残忍地戳了一刀。

被掳的人群中，孙维俊是中共胡集区区长陈廷儒的通讯员，他兄妹二人是从外地逃荒来的，在姜垛一陈姓人家打工。区长陈廷儒是本庄人，看到孙维俊诚实、精干，动员他参加抗日政府工作，跟他做通讯员。这时区署驻在东边的四大门，孙维俊这天晚上回到姜垛看望妹妹，不料，兄妹俩被突然来袭的伪匪抓住。

孙维俊一路上想逃脱，他的行为遭到敌人的殴打，他极力反抗，一个姓王的伪军班长杀人心起，说让老子的枪开开荤！便举起枪对准孙维俊，打死在一土堆跟前。

妹妹见哥哥被打死了无比悲恸，哭着说：“我兄妹没爹没妈，现在哥哥死了，我们家也绝了后，我也没有了靠头!”

“没靠头，那就叫你一路去。”惨无人性的王匪班长狞笑着，对准小姑娘又是一枪，打死了小姑娘。

被拴在同一根绳索上的陈良太眼看这惨状，忍不住心头怒火，大声痛斥匪徒:“他们都是老百姓，为什么要下这样的毒手?”

这个王班长咬着牙说:“你他妈的大概活够了，也叫你跟他们一块去吧!”又一枪将陈良太打死。还打死了姜埰庄的陈农友等人。

姜埰村被抓的有陈朝武、陈步龙、陈廷友、陈廷仿等共三十一人，加上胡集乡周边的百姓，共百余人被掳到时码据点。当天晚上，掳去的人关在河东据点的天井里，人们在恐慌中闭上眼，他们期望睡梦里能忘却白日的恐惧。

深夜，掳来的人睡着了，但有一人醒着，他一刻也没有停止挣脱牢笼的挣扎，如一只不屈的鸟，决心要穿透厚厚的墙壁和无边的黑夜，他就是陈朝中。在被押来的路上，他一直在寻找逃跑的机会，关在据点里，陈朝中没有绝望，更没有消极地等待命运的安排，顽强地燃烧着一个念头，逃出去!

陈朝中不停地搓摩反手绑着的绳索，不顾疼痛和麻木，不知使了多少劲，花了多少时间，终于，他将绑着的麻绳磨破，挣脱。夜，静悄悄，陈朝中蹑手蹑脚地逃出关押的屋子，摸到据点的圩墙根，攀爬，翻越过圩墙，逃出这黑暗的牢笼。

黑暗的夜，黑暗中的寂静，无处安放些许的声响，声音很小，如小石子落入水里，荡起涟漪，这微弱的涟漪还是惊动了岗亭里的警犬，几个伪匪冲出来，将奔跑的陈朝中抓住，刚刚张开的翅膀，又坠落到魔掌之中。

第二天早上，抓来的群众在据点天井里面东而坐，三个伪匪将陈朝中推搡到众人的面前，又是那个伪匪王班长，大名叫王得胜，字安中，三十岁，细高个子，瘦长脸，凶恶地和另一伪军轮流拿着一根碗口粗的长木棍，把陈朝中打得血肉模糊，奄奄一息。他边打边喊："你们看着，哪个想跑就像他！"

陈朝中是一条硬汉子，宁死不屈，昏倒在地的陈朝中苏醒后，挣扎着爬起来，毫无惧色地大骂恶匪。

姜垛村顾高氏时年58岁，因儿子顾会魁被抓来，她第二天一早跑来找人，见到这个血腥场面，眼也不敢睁，吓得当场昏倒。

陈朝中父亲也在被抓的人群里，老人眼睁睁地看着儿子被暴打，一下，一下，又一下，打在儿子身上，疼在父亲的心上，他五内俱焚，咬紧的嘴唇忍不住哼出一声"乖乖啊"！立即被身旁的乡亲按倒捂住嘴，敌人在狂乱中没有听到，才幸免于难。最后，陈朝中被敌人拖到盐河边活埋了。

王培坤被击毙，时码据点伪匪如丧考妣，他们没有想到自己的末日即将到来，为表效忠，疯狂地迫害抓来的群众，用杀戮来掩饰他们内心的恐慌。这是一个寒冷而黑暗的残冬，时码的盐河岸边如人间地狱，又上演一场惨极人寰的悲剧。

这天上午，埋葬王培坤的活动由刘国泰和章月干主祭，残忍地将陈廷友、邵九思，汪其龙三人"活祭"。陈廷友是姜垛村农会干部，汪杨村的汪其龙是中共党员，他在与敌交火中因寡不敌众，被敌人抓住。邵九思是黄梨园村的新四军战士，请假探家被抓。伪匪刘玉堂、盛开平、傅锦生、刘小坠子、韩小来成等是这次活动的刽子手，其中刘玉堂是王培坤大老婆的弟弟。

在王匪的坟地前，小队长尹维高带人埋下三根木桩，将三人绑在木桩上，章月干、尹维高、孙瑞如三人持刀，残酷地将陈廷友等三人活活地劈死，尸首分成几段，垫在王匪的尸首下面。同时，被杀害的还有一名新四军战士的父母，因在身上搜出儿子在抗大五分校学习的来信。

被押来观看的群众见此惨状，无不掩面哭泣。

寒风凛冽，雪花飞舞，广袤的大地披上铺天盖地的孝服。这片充满着苦难和悲愤的土地，半年后终于从日伪的蹂躏中得到解放。

一群人行走在呼啸的风雪里，雪花落在孝服上，让白更白，沉重的更沉重；雪花打在冻僵的脸上火辣辣的，更火辣的是心底复仇的火焰。姜垛村被时码王匪抓去杀害的家属妇孺，步行二十多里，向涟东县抗日政府诉苦申冤。

在县政府驻地，穿着黑皮衣、说着侉腔的赵静尘县长接待了他们，听了他们的申冤诉求，明确地回答:“有冤申冤，有仇报仇!”

赵县长让县政府何秘书将他们起诉的内容和时码伪匪名字记下来。

几天后，涟东县召开公审时码伪匪大会。主席台上的赵县长向负责会务的同志交待说:“你问一下姜垛的群众到没到，他们的人不到，会不能开!”

主持会议的人对着台下高声地喊道:“姜垛村的人到了没有?”

赵县长听说姜垛村人到了，立即下令大会开始。残害百姓的五名血债累累的伪匪被押上台，接受人民的公审。最后大会审判，立即枪决!

王培坤盘踞在时码五年时间，恶贯满盈，死有余辜。据不完全统计，被杀害的共产党干部、无辜群众达二百七十二人，烧毁房屋一千余间。深受据点迫害的人家无法统计。愤怒的人们从四面八方奔涌到盐河西岸的王匪坟前，挖出棺木，拖出这个恶魔的尸骨焚烧。“掘尸焚骨”，这是中国人最古老、原始的一种复仇方式。

第十二章　谁击毙了王培坤

陈区长的新闻报道

淮海与盐阜两区接合部的时码伪匪首王培坤被击毙，捷报传出，大快人心。盐河两岸群众高兴啊！立即有歌谣在盐河两岸传唱：

王培坤，真正坏，
带领土匪一大帮，
二月一十涟东来。
又抢东西又烧杀，
帮助鬼子把人害。
我民兵，围上来，
一枪打他骷脑盖。
抢张大桌抬回去，
一直抬到时码街。
大小老婆哭哀哀。

盐阜区党委办的《盐阜大众报》在 1945 年 3 月 29 日刊登了

《涟东四区民兵击毙伪大队长王培坤》的报道，文章说：

> 伪涟水保安第二大队长王逆培坤，平时到处抢掠烧杀，群众恨之入骨。这次于二月二十一日为我四区民兵击毙。捷报传来人心大快。是日拂晓，王逆培坤亲率时码伪匪五百余，携机枪两挺、战马五匹，包围我四区胡集乡六七个村庄，大肆抢掠。附近各乡民兵闻讯出击，抢救被困同胞，战斗中即将横行涟水时码一带的伪匪头子王培坤击毙。伪军当即仓皇撤退，一路哭嚎着将王逆尸体抬回时码。
>
> 这次群众惨遭蹂躏，计被掳去男女共百二十人，打死二人，伤七人，几个庄子的牛、驴、衣服财物被抢劫一空。更令人切齿的，被抬去的肉票，一路遭受残害枪杀，其中不满周岁的小孩在路上活活被掼死。到时码后，伪军即把一百多肉票集中起来，用棍棒乱打。胡集街陈朝中被用棍打死。士绅陈廷友被刺刀戳得和血人一样。孙维俊被打得半死后被活活埋掉，孙的妹妹抱她哥哥痛哭，也被伪军一同活埋。另有一个青年被活埋在盐河堤上，只留一个头在泥土上面。又三个被捆绑丢在河里活活淹死。现在没有死的都被打得不成样子。伪军声言要把他们剥皮活祭王逆尸首，群众遭受摧残实状惨不忍闻。边区民兵青年及群众，均摩拳擦掌，誓为被害同胞报仇。
>
> 另讯，在王逆培坤被我击毙后，伪军内部混乱异常，当夜即有一百余伪军散伙逃走，不知去向。涟水伪保安总队长惊忙赶到时码，欲设法镇压兵变，但大势所趋，是很难有效的。

此文作者陈廷儒，1943 年中共涟东县五港区划出南部地区，成立胡集区，他是首任区长，他还是《盐阜大众报》的特约通讯员。

陈廷儒是历史中的一个普通人，因为长寿，他成了一个名人。2015 年 9 月 3 日，首都北京举行庆祝中国人民抗日战争胜利 70 周年大阅兵仪式，大阅兵方阵过后，坐在检阅车队的第一辆车上，第一排第一位通过天安门广场的人，就是老兵陈廷儒。经中央电视台等媒体采访播放后，成为全国的“明星”人物，在平均年龄 90 岁的抗战老兵方队中，最年长的老兵是来自苏州军分区第五干休所的正师职离休干部、102 岁的陈廷儒。

陈廷儒，姜垛村人，1914 年 1 月生，从小过继给伯父家，徐州运河乡村师范毕业后，回乡任教，曾任胡集小学校长。战火燃烧到家乡，他投笔从戎，参加区独立中队，这是中共地下党掌握的一支抗日武装。不久，他回乡组织群众反“归化”，不向日伪军交纳“钱粮马草”，1942 年 9 月加入中国共产党，担任民兵基干队长、中队长、县总队七连连长，胡集区长等职。

陈廷儒率领本区民兵曾多次与王培坤下乡“推大摊”交锋，时码伪匪悬赏百金要陈廷儒的人头。有一次，时码伪匪下乡扫荡，把他的大哥绑走了，限定时间要陈家拿出 200 块大洋赎人，否则威胁要“撕票”。陈家卖掉 15 亩良田，并疏亲托友，凑足钱数，才将受尽折磨的大哥救回。

1943 年初的一天早晨，伪匪二百多人悄悄摸进姜垛村庄，直扑陈廷儒家，他听到外面有动静，机灵地撤出村庄，逃过一劫。恼怒的匪徒竟将其养父杀掉，有几名民兵被敌人掳走。

1943 年冬的一天晚上，时码伪军突袭南边的胡谢村严老庄，陈廷儒带民兵增援。用一排步枪和一门土大炮将伪匪打退了。敌人不死心，再袭严老庄，跑在前面的一名伪军冲上来，拉扯挡在西圩门口的钢针丛，被严老庄民兵严登年伏在屋角跟一枪打死，其他敌人胆怯了。为抢走这名被打死的伪军尸体，双方展开激烈交火。胡谢村民兵和外围的民兵联手打击敌人，伪军向西败退。这一仗我方获胜，共打死打伤敌人二十名，缴获步枪三支、子弹一百多发。

王培坤在二月初十到姜垛“推大摊”，洗劫顾陈、姜东等庄子。大队人马撤回时，向北绕道汪杨、黄梨园和胡集，在经过东胡集街西南的小张庄南头时，突然遇到张家炮台的冷枪。

土炮台主人张仰山，儿子张开岭是中共胡集乡乡长兼民兵中队长。张家院子的西南角和东南角各有一防匪的土炮台。张仰山刚起来，就听到外面有吵吵嚷嚷的声音，便同二儿子张开俊上炮台，向外观察，见是伪匪赶着牛、羊，掳着一大群人。王匪又在祸害百姓了！父子俩义愤填膺，张开俊在炮台里用步枪瞄准敌群，连放数枪。

太阳从西边出了？竟敢挑衅本大队长，不可一世的王培坤气恼地跳下马，下令大队人马停下，将小张庄炮台收拾了。

张家父子凭借炮台，打得伪匪不敢靠近。匪徒知道张氏父子是神枪手，小心地匍匐在庄头上，不敢上前。王培坤站在炮台西南的大沟底下，指挥伪军从庄子东边，采取土匪惯用的手法——火攻。

枪声惊醒了小张庄人，听说王培坤带人来抢劫了，大人小孩忙不迭地起身，拿着家里值钱的东西，在大雾中向北跑反。他们在雾里看到匆匆过来迎战的民兵，小孩子如看到救星，急忙喊，你们快去打啊！时码二皇到张庄的庄头上呢。

伪匪不敢到张开俊家房屋下点火，怕子弹要了他们的小命。

他们窜到庄上，抓住没来得及跑的张开国，将浇上煤油的笤帚点着，用枪逼着他点燃张开俊家后屋草房，霎时，炮台周围烟火大作，浓烟滚滚。张家的三合院房子就只剩炮台没有起火。

不见炮台有枪弹射出，王培坤下令攻占炮台，他认为这是口兜里摸河螺——笃定的事，让卫兵递一支香烟点着，悠然自得地在等着拿下炮台的消息。突然，飞来的一颗子弹，击中王培坤，只听“扑通”一声，他像死猪一般笨重地掼倒在地。

旁边人惊慌地叫了起来，大队长被打中了！

一听匪首被击中，匪徒们慌了神，特务队立即围过来，脱下衣褂裤子，一副要决一死战的样子，组织队形向枪响的方向气势汹汹地发起进攻。

前边攻炮台的伪军一听匪首被打倒了，慌忙退兵。特务队的进攻也是虚晃一枪，无心恋战，匪首被击中，生死不明，救命要紧。着人跑到附近农户家里，抢来一张大桌子，将王培坤的尸体放上，慌忙抬着向时码据点奔去。

可惜，这个作恶多端的伪匪首死得太简单，死得没有一点悬念和曲折。

王培坤被击毙后，涟东县委县政府为表彰立了大功的胡集民兵，奖励胡集区参战的民兵每人一条白毛巾。

是谁击毙了王培坤？在当时的环境下是保密的，不能公开这个人，以防遭到敌人的报复，事过四十年，人们试图寻找这个为民除害的英雄。

1983 年《涟水文史资料》中有简单地记述：王培坤在东胡集张庄，被赶来的胡集乡民兵一枪击中胸部，当场毙命。

1985 年纪念抗战胜利 40 周年时，县政协文史委编专辑《涟水抗战史料》，在《涟水抗战时期的战斗简况》一文中介绍：击毙时码伪匪头子王培坤，是民兵“活线手”张开俊一枪击毙。

姜垛村的老人回忆说，解放战争时期，时任县政府秘书的陈廷儒随赵县长等上升主力部队，上世纪六七十年代，在福州军区任师职的陈廷儒从海防前线回来探亲，与乡邻相聚时，他说王培坤是张开岭开枪打死的。陈区长是这次战斗的领导，闻讯后第一时间带领各乡民兵前来助战，而且对此事还写过一篇新闻报道稿，他的说法有可信度。

《涟水地方志通讯——纪念抗战胜利40周年》专辑上，刊登县地方志办公室副主任彭云生撰写的《击毙王培坤》一文，这是他在县城、东胡集等地走访调查，还专程采访了乡供销社离休干部嵇伍伦和乡志办的几位老同志，他们认为是原胡集民兵大队长嵇伍伦一枪击毙王培坤。

彭云生期望文章发表后能引起争议和讨论，得到更多知情人的指正，以确定为民除害的英雄。

民兵大队长嵇伍伦

嵇伍伦是盐河东张姚村人，出生于1914年，孩提时代就喜欢舞枪弄棒。20世纪30年代初，刚成年的嵇伍伦参加了共产党的农协会活动。他骁勇、剽悍，练就一手好枪法。日寇侵占地方后，他联络热血青年组织起一支抗日保家的民兵队伍。

这时期人心混乱，广大乡村形成无政府状态，也给一些为非作歹的人有了可乘之机。姚庄有姚家三兄弟，人称“三只虎”，到周边乡村“抬财神”“贴条子”，限定人家某天要出多少钱，否则，就扣留和折磨人质，把人质放在灶锅里烤，逼人说出藏钱的地方，如不招供则“撕票”，活活烤死，手段极其残忍。

嵇伍伦决心为民除害，清除祸害一方的“三只虎”。1941年正月初三，他率十多个人埋伏在“三只虎”家四周后，他与另一队员借口上门拜年，与“三只虎”打麻将。麻将打一段时间后，乘对方失去戒心，突然拔出盒子枪。姚大见势不妙，冲出门外，拔腿就跑，嵇伍伦追出五十多米，将其击毙。姚二刚跑出门外，被队员打死。姚三束手就擒，被带到一处乱坑杀掉。

嵇伍伦于1942年2月加入中国共产党，先后担任基干队分队长、县总队排长、边区游击队长、区民兵大队长等职。在这一时期，嵇伍伦与李集据点的伪匪郭文兵斗争最为激烈。

郭文兵是时码东边的采韩庄人，是南边小李集据点丁亮部小队长，时常带人窜到北边胡集、张姚村一带绑票、抢劫，民众深受其害。嵇伍伦决心保家卫乡，痛击这股兵痞恶匪。

郭文兵的卫兵王四，是嵇伍伦小时玩耍的好伙伴。嵇听说王四回家，就到李圩村找到他，晓以大义，经反复劝说，王四答应做内应。

有一次郭文兵回家，王四将这一情况密告嵇伍伦。嵇伍伦带十多人，一大早由王四带路，直奔七八里外的郭文兵家。郭家两合头，三间头屋，两间锅灶，院门关着。嵇伍伦先是向院内扔了一颗手榴弹炸了，随后，他纵身跃上土墙，冲进院里。郭文兵听到爆炸声，枪也没来得及拿，慌忙地从堂屋跑往锅屋。嵇伍伦打了几枪没打中，紧追到锅屋不见人影，他疑是藏在锅芒草丛里，踢开草丛没见人影，扯开草丛，才发现有一洞口黑乎乎的，他对着地下通道打两枪，没有动静。他转身会合队员抓住掩护郭文兵逃走的两个弟弟和侄儿，不由分说地枪决了。

郭文兵从通到后边小圩沟的暗道钻出，早在此设伏的民兵康杰一见有人冒出来，立即持枪询问，郭文兵低头乞求："兄弟，你我远无仇近无冤，我家麻雀也不到过你家烟囱上，多个朋友多条路！"

他的话让康杰一时放松了戒备。郭文兵一边脱毛衣一边走近康杰，突然用毛衣蒙住康杰，借机匆匆地逃跑了。

郭文兵查找通风报信人。嵇伍伦在外放风：郭家人欺负我们姚家姑娘，我们娘家人不会袖手旁观。

郭家与邻居因地界发生纠纷，邻家儿媳妇是东姚庄人姚八女儿。姚八为人骄横，平时欺人讹人，四个儿子作恶多端，祸害乡里。姚家女儿也很凶，能使双枪，她将自己的相好杀了，藏在婆家的粮囤里，事泄后跑回娘家。

嵇伍伦一方面保护王四，另一方面想除掉这四兄弟，故借此事造舆论，挑拨郭文兵与姚八家的关系。郭文兵听到后深信不疑，姚家女儿是嵇伍伦的眼线。他不由分说，带人将姚八家的四个儿子全部杀掉。当时有人说情，可否留姚家一儿子的命？郭说不留后患。姚家女儿被郭文兵抓到，用在火上烧红的枪撞针，残忍地从女子的下体阴部捅进去，上面用辣椒水灌，让她生不如死，最后奄奄一息时才杀之。

后来郭文兵获知中了嵇伍伦的借刀杀人计，对他既恨又怕，誓欲除之。1942 年 6 月 22 日，密切注视嵇伍伦行踪的郭文兵带二十多人，在嵇圩遇到嵇伍伦和堂弟嵇修伦二人，紧追不放。两兄弟跑进东边茂密的高粱玉米地，后跑到姚庄，躲进姚兆甫家的夹板墙内。

郭文兵不依不饶地追到姚家，屋里屋外搜索，逼姚兆甫老两口交出嵇伍伦。老两口一口咬定没看见，伪匪殴打姚家老两口，还拎起 5 岁的孙子往墙上掼，致孙子一只耳朵终身残疾。姚家人恨伪匪欺压百姓，另一方面，嵇伍伦内侄女与姚家的孙子结成娃娃亲，亲戚向着亲戚，因此姚家人是打死也不说。

东边潘圩乡乡长兼民兵队长的潘竞环，在获悉嵇伍伦有难的第一时间，带二十多个民兵赶来救援，郭文兵怕被包围才撤走。

这年冬天，郭文兵率百十名伪军入驻姜圩，搜刮民脂民膏。当天深夜，嵇伍伦闻讯后只身一人潜入姜圩，在王四的引领下，到了郭文兵驻处。进屋时，他想起堂弟、区委委员嵇萍劝阻他不能孤身突击，同时提醒对王四也不能盲目相信。他要打击目标，又要防止王四有诈，不免分心。在屋里跟姘头睡觉的郭文兵听到脚步声，忙询问是谁？王四心虚不敢回答，郭文兵立即警惕起来。嵇伍伦见此情况，不顾一切地急忙冲进去，连跨两个门槛，对准床头开枪，然后迅速撤出。

不料，郭文兵睡在姘头的脚头，结果打中他的脚拐，痛得他惨叫一声，滑到床肚。天未亮，郭文兵呻吟着率队退出姜垛。

1943 年清明节，寻求报复的郭文兵料想嵇伍伦一定会回家相聚，一大早带领三十多个匪兵，许诺一人一块大洋，从南边二三十里的小李集据点奔袭而来。

到了嵇家，先敲西院的大门，嵇伍伦叔父嵇登扬老人住在过道间，听到急促的敲门声，知道是据点伪军来了。他衣裳也没来得及穿就爬起来，赤身将门抵住，敌人在外面推，他在里面抗，因有木闩，敌人虽人多也推不开，气恼的敌匪拿了下边门槛，老人只身难敌，眼看大门要破，他急返身跑回床边，取出大儿子嵇萍留给他自卫的四颗手榴弹，他一手拿一个，待他返身时，大门已被敌人强行打开。他气疯了，抓着手榴弹冲向敌群，大喊：“我和你们拼了！”

老人不顾一切地拉弦扔出去，手榴弹在地上打转，冒烟，敌人见了急忙上去一脚踢回，手榴弹又飞了回来，“轰”的一声，将嵇登扬老人的小腹炸了个洞。他气疯了，忍痛抱住一个敌人，又打又啃，敌人挣脱而逃，向西山头跑去，他紧追不放，追到屋后，给土块绊了一下，一个倒栽葱，跌倒在地，再没爬起来，因失血太多，壮烈牺牲，时年 64 岁。

敌人见老爷子倒在地上，半天没动静，胆子才大点，跑回来对准他胸膛又打了几枪。

嵇登扬是土地革命时期的老党员，三个儿子都是涟水抗战早期加入中共的党员，本村的抗日武装领头人。二儿子嵇炳伦晚上不住在家，独自一人住在河南边的一个空旷地方。听到响声，知道是敌人闯到家门了，他手举钢枪，先放了一枪。看到父亲与敌人搏斗，不顾一切地从东南方向冲过来，与敌人厮杀，终因寡不敌众，枪被抢去。他挣脱敌人后，跑到屋后又被抓住，敌人一枪打在他左胸部，枪没打在要害处，他装死瞒过了敌人，敌人走后他才爬起来。

大儿子嵇萍的媳妇白天在家做家务，晚上到后庄去住，听到动静跑回家，见到嵇炳伦被敌人打成重伤、浑身是血，立马驮往医生家，又跑到姐姐家，叫人抬到胡集街郎中吴汉三家，吴先生检查后说:“不得死，没打在要害地方。”

嵇炳伦伤治好了，保住了生命，但留下终身残疾。那天，嵇伍伦与堂弟嵇萍在潘圩乡长、士绅潘竞环家议事，没有在家。

敌人得知嵇伍伦家住东院，又赶到东院。郭文兵二号个子，身穿黑大褂，勒宽腰带，一副凶狠的样子，进门见嵇伍伦嫂子贾广玲抱着婴儿，大叫:“这是嵇伍伦家的，将他捭（方言，撕成几块）了!”

伪军得令上前夺人，贾广玲将侄儿紧紧抱住，说：“这是我腹里（遗腹子）带来的。”

贾广玲丈夫是李圩学堂校长，因病去世，时女儿10岁，儿子8岁。女儿见敌人要夺堂弟，愤怒地上前打那伪军一巴掌，伪军转身就是一脚，将她踢倒，又用枪托捣，女儿挣扎着还要反抗，母亲忙拦住说：“闺女，过来！”

这天早晨有雾，嵇伍伦媳妇周平外出倒马桶，刚刚打开大门，听到西院有惨叫声和枪声，知道是敌人来闹事了，一吓退回屋内，躲在过道的东厢房，拉过推磨盘下的两张芦柴席盖在身上。敌人进屋搜查，拽掉上面一张柴席，见无动静，就向天井放了一枪，然后立即叽里呱啦地向堂屋奔去，怕嵇伍伦在家冲出来。

婆婆在等大媳妇煮早饼吃，见一群穿黄衣人进院来，立即躲到西头房的床肚下。敌人进来后，屋里暗，要照明，擦火柴一下两下划不着，跑出去。她恐敌再进来，又挪到玉米囤与山芋囤、麦囤之间的三角地带。敌人第二次进来，用刺刀戳，见没动静走了。她用两手撑着，脚在木凳上，婆媳俩如被敌人抓到必死无疑，她们与死神擦肩而过。

贾广玲母子二人和侄儿被敌人掳去。路上，郭文兵多次叫嚣着要抢婴儿。贾广玲紧紧抱住侄儿不撒手，一口咬定是自己的孩子。3岁侄儿紧搂着婶子脖子哭喊：“妈妈！妈妈！”

郭文兵一时无法判断，只得罢手，侄儿这才免遭毒手。郭文兵临走时，还将庄上二十多位青壮年抓走，后各家花了许多钱粮才赎回。

他们被带到李集街时，遇到时码伪军中队长周义高，周义高是浅集北周庄人，与贾广玲娘家是邻居，他骑着红马，问：“大姐，你怎在这里？”

贾广玲冷冷地睃了一眼郭文兵，气愤地说:“这些人带来的!”

周义高对郭文兵呵斥道:“你把她带来干什么?放回去!放回去!”

郭文兵不敢得罪周义高，只得忍痛放行。周义高叫卫兵喊一辆黄包车，安排将他们送到鲁渡街，并对卫兵说:“如有闪失拿你是问!过了鲁渡街他们自己回去，没你的事，听见没有?”

卫兵送他们到了鲁渡南时，碰上时码伪匪侯二，他骑着自行车，见她娘儿几个回来很惊奇，说:“你怎么回来了?你一人最少要出十支枪才能换回来。”

卫兵一边不耐烦地推着侯二:“走走走!”一边对贾广玲说:“不理他!你赶紧回去，我还要赶回去!”

回来时太阳已落山。嵇伍伦在村外的坟地处，见远处有人影，问是大嫂吗?他为嫂子意外归来而欢欣，询问受没受罪?怎么回来的?

贾广玲说幸好碰到娘家人周义高，又将鲁渡南碰到侯二的事说了。嵇伍伦说，我知道了。

有一天，侯二到姜圩村东北的伪乡长高某家吃喝。嵇伍伦探得消息，带基干民兵嵇孝仁、排长陈希营、陈小全三人，天黑时到姜垛。一见嵇伍伦等人，侯二回屋拿枪，被陈小全一把抓住，侯二惊慌地问:“干什么?”

“嵇大队找你谈谈。”一米八个头的陈希营过来，一脚踹倒侯二的后腿，侯二趔趄着没倒，推到外边后，一枪打去，没倒，再推，“扑通”一声倒下，嘴里吐血，打到致命地方了。

抗战胜利后，郭文兵被国民党收编，后逃往台湾。海峡两岸放开后，郭文兵返乡探亲，听说嵇伍伦还健在，二人没有见面。

嵇伍伦与伪匪王培坤也进行了多次较量。嵇家的东嵇庄距鲁渡据点有三四里路，属伪化区。东边鲍秦村和北边的大、小朱庄是抗日根据地。嵇伍伦的民兵游击队白天在伪化区活动，发动群众反伪化，夜间就住到根据地。

嵇家有耕地五十亩，都由周平和贾广玲妯娌俩操持，白天在田间劳动，晚上到邻居家过夜。周平持家务农，她还是民兵游击队的义务情报员、交通员。她与丈夫设计一个暗号，即在家东墙巷口放一捆带芦花的芦柴捆，如有敌情，就把芦柴捆推倒，如墙头有芦柴花在飘动，说明情况正常。

1942 年 1 月的一天夜间，时码据点日伪军把东嵇庄包围起来，摆了一个口袋阵，等嵇伍伦他们回来，企图一网打尽。那天天气很好，太阳快要出来了，庄上却像死一般的寂静，机灵的周平发觉情况异常，判断有敌情，便迅速跑到巷口将一捆芦柴推倒。

太阳升起来了，嵇伍伦带着游击队向西走来，举目一望，没有看到自家墙头上的芦柴花，立即站住，迅即向东南方向转移。等到早饭时，敌人见游击队未出现，以为内部走漏风声，气急败坏地放了一阵子枪，溜回时码去了。

致命一击

张姚村张庄的张兰田，在涟东县大队和区基干队当兵，开过两次小差。区大队长李文章、副队长王树楷下令，在哪个地方抓住张兰田就在哪个地方枪决。

张兰田听到害怕了，找到嵇伍伦帮忙说情。嵇伍伦想起张兰田有亲戚在时码，便说："要区队不杀你可以，你到时码当土匪吧!”

张兰田赶紧摇头说:“不敢不敢!”

嵇伍伦说:“不是要你真心去投王匪，是我叫你去的，你是白皮红心，王培坤以后下来抢劫，你必须提前送出情报，让我们有准备，减轻损失，你也算是积德做好事，否则我保不了你!”

张兰田得到能免一死，还能立功，便答应下来。两人商定，他外出躲十多天，嵇伍伦在家造舆论，说张兰田开过十八次小差，谁逮到他赏一百块大洋。

张兰田几天后跑到时码亲戚家，说他无处去了，只好到时码来落脚。王培坤也耳闻这事，就收留了他。王培坤悬赏：谁捉到嵇伍伦，赏一千大洋，一支盒子枪。

大约在 1944 年夏天，张兰田在时码特务小队当伪军，站稳了脚跟，就利用老婆去时码看他的机会，把情报送到莲花村的鸽窝庄，那里是嵇伍伦的民兵大队部。

二月初九的深夜，王培坤向姜垛“推大摊”，由于事先严密封锁消息，张兰田情报送不出去，很着急。他想这次突然袭击，老百姓和民兵没有准备，肯定要吃大亏，可他脱不开身，一路上盘算着办法。当行至马棚村东边时，大队人马坐下休息，张兰田来了主意，他捂着肚子说:“出发时，我肚子就咕咕噜噜的，要大便。”

他说着就解裤子，旁边人叫他拉屎走远点，他说:“我不敢走远，你们就委屈点，我拉屎不臭。”

说着要蹲下，旁边人见了，忙推了他一把，骂道:“你他妈给我死远点，哪个闻你那臭味。”

张兰田装着不愿意的样子，走远一点，估计没人跟过来，拔腿就向北跑，半夜下起了雾，他在雾中摸索着一口气跑了六七里，找到莲花村鸽窝庄。嵇伍伦听到报告后觉得情况严重。晚上，各中队在此才开过会，分发了一些弹药，现在分散回家了。派人通知已来不及，他立即向胡集街方向的上空连打三枪，这是出现紧急情况时的信号，各中队听到枪声，就会迅速地向指定地点集中。

黎明前的黑夜，万籁俱寂，枪声清晰地划破夜空。靠得最近的潘圩乡乡长潘竞环听到信号枪后，带七人来到大队部。不一会儿，集中了七八十人。嵇伍伦简单地说明情况，叫各中队以胡集为中心，分头前往集中。嵇伍伦带着潘竞环、张兰田等十几人，迅速到胡集街北医生吴汉三家。

胡集乡中队张庄第二分队十二个民兵正在乡长张开岭家土炮台里，他们见敌人已围了上来，便死守炮台。他们才领十二颗手榴弹，王培坤的人冲上来，他们就扔手榴弹，所以王匪他们始终不得近前。

这里与上文中叙述有所不同，炮台里是父子三人，现在是有民兵十二个。回顾某一件历史事件因讲述人不同，记忆的差异，说法也不一。

胡集乡第一分队十几个民兵听到信号后，跑到交通沟里，向南边的伪匪打一排枪，便向集中点跑去，路上，遇到嵇伍伦等人，分队长皇南碧汇报了胡集街的情况。嵇伍伦叫大队部几人跟皇南碧他们去增援，因皇队长是本地人，地形熟悉，叫他们打东边的正面，自己带潘竞环等十一人走交通沟，到吴小桥，从侧面北边打。

早饭后云开雾散，太阳露出脸来了。嵇伍伦带吴汉三、王树谭二人上前，潘竞环在后接应。他们来到东西沟，探出头来一看，见张家炮台西边，有十几人在挖沟，这是伪匪的惯用伎俩，挖窟打地洞，通到张家炮台下面。王培坤下令放火烧炮台，点着了张家的三合头房子，伪匪们在外边不住地喊话，要炮台里民兵投降。

嵇伍伦三人顺着交通沟又向前行，接近了这些人，因为沟深坡滑，嵇伍伦叫打人凳，他踩在吴汉三支的腿蹲上，九五式步枪架在王树潭的左肩膀上，瞄准前方。

不远处西南角的沟堆上，站有三个人，有一人手叉腰，站着在说什么，看样子是一个头目。只见那站着的三个人靠得很近，一个站西面东，两个站东面西，正在交谈，他们头紧靠在一起。嵇伍伦抓住这个机会，对下面的王树潭说:“你不要喘气，我要打了。”

因为一喘气身体就会晃动，枪就打不准了。嵇伍伦屏住气，他有一个想法，想打东边两个，一枪打两个。勾动枪机后，子弹脱兔般飞出去，但事与愿反，却击中西边的那一个，只见那家伙踉跄一下就摔倒了。

趴在沟坡上，手抓草根的王树潭望见了，兴奋地说:“打到他一个!”

嵇伍伦制止王树潭不要作声，遗憾没一枪打中两个，想再来一枪，不料，附近的伪匪如被马蜂蜇了似的惊炸起来，对方有人喊:“特务二连，主攻!”

只见担任警戒的二十来个伪匪立即脱下棉衣棉袄，穿着红裤头红衬衣，向枪响的方向汹汹地运动过来，他们冲到二十米处伏下，对着交通沟猛烈地射击。

见敌人发疯地进攻，枪声密集，嵇伍伦认为被敌人发现了，三人便迅速地撤下来。他们回走不远，迎面碰上潘竞环乡长带人跑过来。人多了，他们便准备回头再同敌人干一下。

等他们掉头时，不见敌人上来，枪声也停了，如一阵龙卷风刮过去，战地上异常宁静。他们爬上沟坡观察，冲锋的伪匪撤回了，发现挖坑道的敌人也不见了，再观察一下，伪匪不知从哪家抢来一张八仙桌子，翻过来，把刚才击中的人放上去，抬着向西撤退走了。

原来，伪匪是虚晃一枪，打一排子弹便收兵了。敌人逃跑了！敌逃我追，胡集区的各路民兵就在后面一边追一边打枪。

离间计

嵇伍伦率民兵追击到朱大庄，临近伪化区了，他下令停下，说:“我们不要追了，王培坤惯会使回马枪，现在大家休息，先做早饭吃。”

刚才伪匪用大桌抬走的那个人是谁？潘竞环与嵇伍伦议论，看来是伪匪一个不小的头目。

潘竞环想，时码伪匪死伤一个头目，一定不会善罢甘休，会疯狂地报复。他听说是嵇伍伦开枪打中的，想到他家靠近伪化区，便与嵇伍伦说:“大队长！这个功名你不能要。”

嵇伍伦明白他的意思，这样既保护自己及家人，也保住地方父老免遭时码日伪报复。

潘竞环年已 55 岁，考虑事情周全、缜密，他是地方有名的大地主，毕业于省立第三农业学校，思想开明，喜欢接受新生事物。日寇侵占家乡和残暴行为，激起潘竞环的民族尊严和愤慨，他反对国民党消极抗战的政策，拥护共产党的抗日主张，他担任了本乡的抗日乡长，还将自己的四个子女送到共产党的抗日队伍。

潘家有一个祖辈筑建的防匪防盗的大圩子，圩内房产达百余间。宅圩南北长约 260 米，宽约 240 米，呈正方形的大圩子。圩外有护圩沟，护圩沟很宽，沟宽成河，河中有一只木船供使用。圩门面向东南方，在圩的东南角与圩西北角各建一个炮楼，是一个坚固的据点。区基干大队李文章的大队部就设住圩里，有时县政府也会转移到这里，周边的亲友跑反，如嵇伍伦的母亲、媳妇和孩子在敌人来扫荡时，也会到这里躲避。

潘竞环不仅热情地接待到他家圩里开会和吃住的共产党县区干部，还捐献武器弹药给抗日政府，先后捐短枪九支，长枪四十余支，子弹近两万发，献出很多银元和大批粮油。他资助抗日民主政府的事都是秘密的，极少为人所知。在土改时，他找到盐城地区专员、原涟东县县长万金培写一张证明，一直保留在身边，为证明自己的政治立场。

那天的早饭吃过后，嵇伍伦召集在场民兵开会，他站在一个大坟茔堆上，说:“告诉大家一个好消息，现在伪匪内部在相互捣窝包（方言，闹内讧的意思），我在交通沟里亲眼看到，有人将一个大头目打死了，同志们，时码土匪的寿命不会长了。”

嵇伍伦大声地宣布，既是鼓舞民兵的斗志，也是通过这样方式，将信息传到时码据点。巧的是住在时码的国民党县长朱孟杰的家就在这里，民兵开会时，庄上爱凑热闹的人都围上来听，朱孟杰家人也挤在人群中。

1941 年初，国民党江苏省保安处处长顾锡九任命张汉武为国民党涟灌支队总队长，同时还封了朱孟杰为涟灌支队支队长。张汉武的人马在县城北盐河一带活动，朱孟杰则主要在时码以北至灌云县界，东是五港集至大新集一带，与共产党武装作牵制和摩擦。年底，朱孟杰率部驻在盐河西嵇新庄，地下党同志获知后当夜送情报到涟水县县大队。大队长朱慕萍当即制定作战方案，集中队伍，夜行军赶赴到阵地，拂晓时以猛烈的火力，突然袭击。毫无准备的涟灌支队被打得狼狈逃跑，当场击毙十余人，淹死二十多人，缴获枪支弹药若干。

县游击大队“闪电”战术，让朱孟杰又气又怕，对外悬赏一千大洋捉拿朱慕萍，他暗地里对部下说：“我们不能和朱慕萍的游击大队碰，那人精干，点子多。”

1942 年 4 月国民党省府任命朱孟杰为涟水县长，一个有名无实的空头县长。在主力部队和中共涟水、涟东两县武装的多次打击下，朱孟杰和他的涟灌支队为求得生存，寄住在嵇荡和时码据点，与伪军王培坤抱团取暖。

嵇伍伦在会上的讲话，朱孟杰的弟弟和侄儿听得真切，当天中午，二人跑到时码朱孟杰处，询问早上被打死的是谁？听说是王培坤，很惊讶，说：“嵇伍伦在我们家门口说，他亲眼看见是你们窝自伙人打的。”

朱孟杰听后自言自语地说：“这样说来，肯定是他打的。”

叔侄俩问谁？朱孟杰说：“小侉子。前两天大队长想他女人，派人去和他说，叫他把老婆让了，并说，从时码到五港这一带女人随他挑，一切花费全是大队长的。小侉子当时没答应，说让他考虑考虑。我估计他怀恨在心，才下此毒手。”

朱孟杰说话时，小侉子的表弟在旁边，他旋即就到时码街上，找到小侉子，说：“你还在这儿干什么？”

小侉子被问得莫名其妙，说：“大队长被打死了，还能没事干，我在等待命令。”

表弟说：“大队长被谁打死的？”

小侉子不懂他问话用意，说："这个我怎么知道，横竖是土八子打的。"

"什么土八子，就是你！朱县长已派人来抓你了。"说着，他把朱孟杰的话学一遍。小侉子听得目瞪口呆。表弟催他快走，他说要回家说一声。表弟讲，已经来不及了，赶快离开。

小侉子旋即沿河跑到冯庄，向一家百姓借了一只桶，划过盐河，向西北方向跑了。朱孟杰派人来抓小侉子，见他跑了，更加相信王培坤是他杀的。

彭云生的文章《击毙王培坤》一文在《涟水县志通讯》刊出，当时许多参加战斗的当事人都还健在，引起诸多议论，虽说没有一锤定音，也无人明确否定。

嵇亮同志于2018年春天给笔者写了一封信，叙述了嵇伍伦打死王培坤的当时情况和彭云生文章发表后的反映：

> ……（叙述打死王培坤情况文字省略）
>
> 叔父回家吃饭时，把他亲手打死王培坤的事跟我讲了，叔父把这一真话给我讲的目的，是战争已经白热化了，他随时都有牺牲的可能，我是家中唯一的大男子（12岁），既懂事又会保密，让后人知道这一故事。
>
> 1985年县志办彭云生主任亲自采访了叔父，并到胡集实地调查过，在《涟水县志通讯》上刊出嵇伍伦击毙王培坤的一篇报道。有一次王永久见到我说，你叔父嵇伍伦击毙王培坤的文章有点悬，据程一吾说，王培坤是被胡集民兵打死的。我反问王，是胡集哪一个民兵打的？王永久说不知道。
>
> 1987年我在南京四叔嵇萍家谈到此事，四叔父嵇萍说：王培坤确是嵇伍伦打死的，这还能有假？程一吾说是胡集民

兵打死的，这话没错，伍伦二哥当时是胡集民兵大队长，他自然是胡集民兵成员之一啦，是哪个民兵打死的？外界人是不知道的，只有三四个人知道。当时如把真实情况公布出去，敌人一定会报复，那我们家乡的父老乡亲的生命财产就会遭殃，这是大局，不能不顾……

扑朔迷离的死因

因敌我斗争激烈，战争年代没有人想到要弄明确谁是击毙王培坤的狙击手。新中国建立后，虽说政府没有专门调查此事，但公安局在抓捕和审讯时码伪匪汉奸时，还是留意到这个问题。

查阅20世纪50年代公安部门审讯时码伪匪的有关卷宗，也都询问关押的伪匪：王培坤是谁击毙的？

伪军小队长尹维高交待：那天我在北边警戒，拿小油坊炮台（指张家）未打下，后王培坤被打死，我们就退到马棚庄了，后到姜圩才集中。到（据点）东炮台时，听人说是这打哪打，照我看，恐怕是北边民兵打的。

还有一在押伪匪犯说，不清楚具体是谁打死了王培坤，那就只能是胡集区的民兵。

无论是当时，还是事后，对是谁打死了王培坤？众说纷纭，莫衷一是。除了说是胡集民兵打死外，还有说是王培坤的保镖卫兵趁混乱打死了王匪。

真是滑天下之大稽。王培坤为了保命，成立特务小队，身边配备众多的保镖、卫兵，以确保其性命万无一失。他挑选精明强干的年轻人作卫士，时刻不离身边，不惜成本花大钱配备精良的装备，用钱财和物质满足他们的欲望，调教他们死心塌地忠于自己，以血肉之躯筑成自己的安全壁垒。谁能想到，说杀死王培坤的嫌疑人，竟然是他依赖的护身卫兵、心腹。

至于说这个卫兵是谁？有人说是韩小来成，有人说是刘永成，等等不一。民间传说离奇得让人大跌眼镜，拍案惊奇。

一个是说刘永成，据点内外也称小永成，是王培坤的贴身卫兵、徒弟之一。刘永成当初是戚二侉的徒弟，戚任伪军队长、伪区长，后受到王培坤的排挤，跑到涟城当了伪军小队长。因此，有人说是戚二侉在背后指使徒弟为他报仇。

还说是刘永成色胆包天，他抢占一民妇为妻，后又与王培坤的四老婆勾搭上了。王培坤有四个老婆，但还是经常到外边找女人，人有了权势便如同吃了春药，只要他看上的女人都想拥抱入怀，云雨一番，因此自己的一亩二分地就难免荒芜。从淮阴城带回来的赵氏，正当华年，寂寞难耐，不免红杏出墙，与刘永成暗度陈仓。说在据点集中人马去姜垛“推大摊”的那天晚上，刘永成与赵氏偷情，被突然回来的王培坤碰个正着，因当天夜里有行动，王培坤暂且没处置他俩，只是说回来再跟你们算账。刘永成吓得魂飞魄散，侥幸留下一条小命，但心不安宁。

第二天早上攻打小张庄炮台时，人都去攻打炮台了。只剩刘永成守在王培坤的身边，有子弹飞过来，刘永成为掩护王，将王推到交通沟里，由于事发突然，王培坤嘴里的烟弄掉了，王在低头弯腰拣烟时，他歹念顿生，趁机打了王的黑枪。

这一说法有明显的破绽，如果王培坤发现被刘永成戴了绿帽，试想，他作为杀人的魔头，即使不杀刘永成，能不防备刘永成？还让其待在自己的身边？按说，王培坤最简单而仁义的做法，就是把他关禁闭。

王培坤对危害自己生命的有一点苗头都要扑灭，如有涉及到自己的男女之事，怎么会大意？这不像怀疑心很重的王培坤做法。

多少年后，王培坤特务小队的盛开平从台湾回乡定居，谈起旧事，他认为打死王培坤的是内部人，怀疑对象也是刘永成。盛开平说，当天他没有去“推大摊”。那天行动甚为保密，直到黄昏时，王培坤才安排盛开平通知西边几个据点的伪军前来集中。他是骑马去的，几个据点跑下来有百十里路，花了两个小时。王培坤让他通知后回家休息。

刘永成是戚二侉的徒弟，时戚二侉抽大烟成瘾，被王培坤罚五十匹洋布。戚二侉不愿被罚，跑到县城里当伪军。盛开平估计，刘永成为师父出气，打死了王培坤。这个说法也不可信，伪匪拜师都是以利益为前提，如果戚二侉已失势，并且戚与王培坤二人矛盾还没有闹到你死我活的地步，当中也无刘永成的利益所在，杀死匪首的风险之大，收益之小，让刘永成为戚二侉冒险刺杀王培坤的理由并不充分。

盛开平还说了他知道的一起刘永成与王培坤争风吃醋的事。王培坤与时码附近一女子刘小毛有染。王的几个老婆联合起来，阻止他与刘小毛交往，王培坤虽然无法无天，但毕竟四个老婆是他认可的合法身份，也就有权力劝说、阻拦他，也是为他好，怕大队长与女人交媾太多伤了身体元气。无奈，王培坤与刘小毛的联系有所收敛。谁知，刘永成钻了这个空隙，而色中饿鬼的王培坤也是嘴上说不去，心里还惦记着，有一次去刘小毛家，与刘永成撞脸了。

人们有理由认为，刘永成怕王培坤对他下黑手，便有了想法。当天将王培坤抬回来检查伤口时，王培坤棉袄里外没血，判断枪伤是从近处打的，便有人怀疑刘永成。蹊跷的是刘永成当夜过河，投了中共涟水县警卫团，进一步坐实了这个说法。

时码据点内部的混乱和有人逃走，具体什么情况？至今无人说得清，问尚在的盛开平，他也说不知道。

刘永成杀人很多，在一次淮海四支队攻打浅集街据点时，他带两挺机枪伏在一农户窗口，开枪扫射，打死打伤我军几十人。因此，他在县警卫团并不安心，唯恐此事被清算。后逃跑投向国民党部队，随败退的国民党军逃到台湾，隔着一条深深的海峡，他的罪行便无法及时深究了。

第二个嫌疑人是戴侉子，似乎与上一节中所说的小侉子大体吻合，说王培坤查出戴侉子媳妇是中共地下党员，将他媳妇逮捕，押到时码北边的徐某家地里活埋了。戴侉子怀恨在心，毕竟有夫妻之情，或者说是被媳妇策反了，因此在随王培坤东去抢劫时，他趁大队人马攻打张家炮台时，打死了王培坤。

为自己的媳妇报仇，出手除恶，也算是一条汉子。戴侉子媳妇是地下工作者，最后还成功地实施了击毙匪首的任务，虽死犹荣，她的地下党上级理应出面昭彰，不失为一个抗战传奇，将智杀敌匪首的功名公开于世，实至名归，证明她的烈士身份，彰显组织和个人的功勋。但至今没见到这样的资料，因此可信度也不高。

第三个怀疑人是韩树成，人称小来成，说是王培坤看上了韩小来成的女人，在与小来成媳妇苟合时，被韩小来成撞上，王培坤安抚他说，小来成，从时码到五港，你看上哪个姑娘，爷给你做主！口气很大，仿佛这方圆几十里是他私家领地。还有一个说法是王培坤欲霸占韩小来成媳妇，不从，被王下令活埋了，因此，小来成怀恨在心，便在趁乱中打了王培坤的黑枪。关于说小来成杀死王培坤的说法在胡集一带流传甚广。

王培坤得势之后，长久干渴的“食色性也”得到满足，由于释放太多的荷尔蒙，致使他的死衍生出诸多的谜团。

事隔四十年后，逃往台湾的韩树成回大陆探亲，负责接待台胞的原县统战部别纯仁副部长是东胡集人，少年时听众多传闻，因此，他在接待之余，出于好奇和疑惑，询问当年王培坤是否是韩先生打的一枪？韩小来成当即否认了这事。韩树成说，自己不能贪他人之功，王培坤被打死的那一天，当时他在时码据点，没有去东边“推大摊”。

别纯仁以为韩树成还有所顾忌，他解释道:“王培坤是人人痛恨的大汉奸、土匪头子，打死王培坤是为民除害，也是有功之人，时间过了这么久，现在还有什么不敢承认呢?”

从韩树成的回答中，反映出伪军中两种现象，一是当年的伪军不是不知道王培坤做尽了坏事，只是有意地泯灭良心，放任内心的邪恶，糟蹋百姓，做尽坏事恶事，尽显人性之恶。二是对于说是胡集民兵打死王培坤，韩树成矢口否认，说民兵哪里能接近王培坤的身？这一方面说明王培坤的警卫措施和防范严密，另一方面是韩树成高估了伪军的力量，瞧不起民兵的力量，可是，王培坤是被谁打死的？他也说不清楚。

以上几个说法够复杂、迷离了，在王培坤的家乡又有一个不同说法，说是时码伪第五中队长周义高打了王培坤的黑枪。

周义高，浅集北人，早年在陇海路上参加八路军的铁道游击队，后跑回家投了时码据点。他高个子，黑脸，平时骑着一匹红马。周义高为什么要打死王培坤？说是他与刘二小姐有奸情，说在王培坤带人东去“推大摊”的那个晚上，周义高与刘二小姐幽会，被王培坤撞个正着，周义高吓得跪地求饶。王培坤考虑到家丑不可外扬，就放了他一马。

刘二小姐早先被当乡丁的王培坤勾引到手，二人情投意合，有夫之妇红杏出墙，现在她又勾引他人，如此说来，刘二小姐着实是一个荡妇了，不怕心狠手辣、恶魔一样的王培坤扁她？说在攻打小张庄炮台时，守在王培坤身边的周义高恐惧王培坤对他下毒手，因此先下手为强，趁其不备打死了王培坤。

周义高是有资格跟随在大队长身旁，但竟敢戏弄老虎的胡须，你当老虎是病猫？如发现他与刘二小姐有奸情，给他戴绿帽子，多疑的王培坤岂能容忍他在自己身边？这个说法的可靠性也值得怀疑。

天下离奇的事实在多，真是没有做不到，只有想不到。关于周义高打死王培坤的说法，是据点伪中队长王夕昌传出来的。

据点里中队长王夕九和王夕昌等人是王培坤同族侄子辈，但他的家乡小王庄人说，王夕昌不是本庄人，可见，庄上人还是忌讳出了这一个汉奸、大贼匪，说本庄没有人跟王培坤当匪做坏事，是这个庄上人觉悟高？

细究原因，据说这与王培坤有关系。王培坤得势后，庄上是有人去投靠的，指望跟他沾光发财。王培坤一反常态，呵斥近邻和家人，没出息！跑我这里来混什么？我也是稖秸簇上拉屎——没处蹲，才走这条路的，你们谁听说过有贼国？我也是兔子尾巴。

当贼匪是没出路的，不愿本家族人走他做匪的路子，怕被人唾骂。可见王培坤不傻，他有头脑，清楚自己是干坏事的，是兔子尾巴长不了。道理王培坤也懂，但他明知不可为而为之，冒天下之大不韪，坏事做绝。

另外还有一个原因，这个庄子受王培坤坏人坏事的影响，但也在我抗日政权控制范围内，敌我开展激烈的斗争。王培坤庄子的嵇典荣是乡民兵队长、兼指导员，他进村入户，提醒民众不要做汉奸，为鬼子卖命，动员群众与王培坤作斗争。

王培坤的大老婆这时带着一儿一女住在家里，过着平常的生活，王培坤偶尔会回家，多远就听到马蹄声，引得庄上的孩子跑出去看热闹，王培坤威风凛凛地骑在马上，后边跟着两三个卫兵。庄上人得知后一般都躲避，不得已在村路上碰到就打一声招呼，极少有人上前凑热闹。王培坤被打死时，时码派两匹马飞奔来报信，说王主任生病了。大老婆听后立即去了，半天后就回来了，庄上人都知道了王培坤被打死了。大老婆没有跟王培坤享受富贵，她的大儿子大举子在王培坤死的当年因得喘痰病死了。

王培坤早年贩卖水果，到北边去采购时，有时天色晚了，会在本庄姑娘的汪家借住，他攀亲认友，亲热地喊“姑妈”，这个嫁出去的姑妈是乡指导员嵇典荣的亲姑妈，现在，王培坤做了伪军头目，哪里还顾及乡情？对住在本庄东头的嵇典荣残酷地追杀。

嵇典荣带领十多个民兵与王培坤打游击，他警惕性很高，躲藏在外村。王培坤就抓走他的母亲和弟弟，家里人请出王培坤的叔叔出面说话，敲诈了不少粮食和钱才放回来。嵇典荣的父亲嵇宝永跑到废黄河南亲戚家，不料，河南的小六堡有一个炮楼是王培坤部负责驻守，一姓王的小队长下乡扫荡，看到了嵇宝永，他认识嵇宝永，因嵇到处赌钱出了名，他说你不用瞒我，你是嵇二爹。把他抓起来，以八路家属的罪名活埋了。当时已近年关，家人得知情况，立即请王培坤的二叔前去帮忙说情，他从据点回来告诉嵇家人，你家不要去找人了，抓一个就埋一个。

王培坤的猖狂作孽，给盐河两岸的百姓带来灾难，也殃及家乡，王姓人同样惨遭迫害。王培坤对本姓宗族干共产党的人也是赶尽杀绝，毫不手软。后王庄的王化宇在抗日政府任职，有一次他深夜回家探亲，被邻人告密。第二天一清早，王培坤带人前来抓捕，没有抓到王化宇，伪匪以路上马蹄印为证，逼迫家人交出王化宇。当场杀死王化宇大哥王夕山，逼迫其妻用绳拖到庄北边的坟地，悲恸的妻子趴在坟上哀哭，伪匪将其妻一枪打死，还要斩草除根。同情他家遭遇的邻居急忙暗示王夕山大女儿，迅即将弟弟带到芦柴塘里藏了起来，才免于一死。王化宇的父亲被伪匪带到时码，将头朝下悬在船上，一枪打死，扔进河里。

王夕昌是北边浅集附近后王庄人，他作为王的心腹，担任伪军中队长，他还是据点里管事的人。在王培坤被击毙的当天晚上，王夕昌捧着伪军花名册点名，少了几个士兵，这不稀奇，但是少了中队长周义高，因此王夕昌判定，王培坤的死与周义高有关系，不然，为什么要逃匿呢？他也是猜测，不久有消息传周义高跑到徐州，投奔伪淮海省省长郝鹏举去了，这更让王夕昌认定，杀害王培坤的是周义高。

王夕昌的媳妇是盐河左岸的祠堂庄人，姓张，在当年过端午节时，王夕昌到丈人家走亲戚，他在饭桌上说了这事。祠堂庄离王培坤的小王庄很近，王夕昌后逃往台湾，但他怀疑周义高的事，很快传到小王庄。

周义高在解放战争爆发后，他回来投向重新掌权的国民党县保安团，1948 年秋，涟水县城被华野十二纵三十五旅攻克，涟水全县解放，他在逃往淮阴的途中被抓。两个月后，被押往家乡浅集街公审，被镇压。

时码街还有人说，如果那天范小坠跟去，王培坤就死不了。范小坠何人？他是王培坤的贴身卫兵，一个从小就没了父母的讨饭孩子，才十五六岁，本性顽劣，被王培坤招到据点，收为徒弟，自此衣食无忧，吃喝不愁，在据点内外也是无恶不作，视王培坤为再生父母，甘愿舍命为王培坤挡枪子。在据点到姜垛“推大摊”的前一天，范小坠因顽皮，竟打了马夫老魏，惹得王培坤大为恼火，将他关了禁闭。

看来王培坤的死是命中注定，不仅他骑的小红马有异象，就是他身边的亲信卫兵也发生异常，真是天意所为，人神共愤，众多的说法证明一条古训：多行不义必自毙。

第十三章　月迷津渡

乱世顽主

三月，乍暖还寒。在涟新公路旁边有一座农家小楼，敲门后，有一老妇人开门，估计是盛老的儿媳妇，她得知我们是来看望盛老先生，将我们让进院里，指着二楼老人的住处。这是上世纪八九十年代建的小楼，陈旧、简陋。阳光照射着走廊上的杂物和粗粮，东边房间深紫色的木门紧闭着。敲了几下，门里面才回答在如厕，要我们等一下。

2015 年初，退休教师王一同告诉我，有一位从台湾回乡的国民党老兵曾在时码据点当兵，在报出名字后，我感到耳熟，思忖半晌，终想起地方史料中见过这个名字，我倍感惊奇，如看到落潮后留在海滩上蠕动的虾蚌，我的眼前飘过一片历史的云雾。

在等待片刻后，门开了，一个瘦弱的老人出现在面前，或许是先入为主的印象，因衰老而有些变异的脸，阴鸷的目光，给人一种隔世的感觉。当我说明来意，他没有感到意外，可能他已经习惯好奇的陌生人来访。老人随和，容易接近，让我打消了前来的顾虑。老人时年 94 岁，耳聪目明，身体无恙，平时待在楼上看电视，一日三餐由儿媳送上来。我试着请教几个抗战时地方的事情，他不知，或不甚了解，他说:“我知道什么就说什么，不知道的就不能瞎说。”

我便请他随意谈谈他知道的事，他没有推辞，有人愿意听他说那些陈芝麻烂谷子的往事，对于老人来说，不失为打发孤寂的快事，他表白说:“我到时码街跟王培坤混，不是为了去抢劫和发财，我拜王培坤为师父，完全是好玩，我跟其他人不同，我家有房有田产，不缺吃不缺烧，还要承担家里和叔叔家的家业，去时码主要是想结交社会上有势力的人，好撑门立户。”

他的理由似乎冠冕堂皇，盛家有地四十余亩，多是良田，父亲兄弟二人，叔叔家无男嗣，盛开平兄弟一个，要继承两家的家业，父母期望他早日结婚生子，以传宗接代。

盛开平从金城庵小学考上王集完小，一学期后鬼子来了，学校关门。表哥王寿浩，邻旁王四庄人，渔沟师范毕业，他参加抗日救亡活动，加入地下党组织。他利用盛开平家的房子，办一个复式班教学点。当时盛家房屋多，城里有一姓朱的朗中跑反，住在他的家里开一个诊所。

王寿浩利用老师身份宣传抗日，发展党员，他首先想到表弟。盛开平想到共产党背一小布包，一支笔，串村入户宣传共产党抗日主张，到哪里吃喝都是自想办法，显然不合他的口味，他拒绝了，说我吃不了苦，只想玩玩。

表哥王寿浩还热心为表弟保媒，对方是王寿浩媳妇的亲戚，家在时码东边，家里做农副产品，经营小生意较种田人家经济则要好些。女子个头偏矮，小时候腿上起疮，针灸治疗不彻底，腿有点跛。盛开平嫌弃，不愿意，但他的父母认可这门亲事，他只得奉命成亲。并非自愿的婚姻，家庭就成为一个牢笼，盛开平不甘守在笼里，东边王三庄的王寿年与他气味相投，相约在一起游玩，几天不归。

王寿年父亲为扣住儿子的玩心，早早为儿子带上媳妇，可还是扣不住，又送他到县城跟表哥刘帮成家学裁缝。王寿年心不在焉，学不来，偷跑回来到时码附近的舅舅孔家，约盛开平几人跟那里几个女子在一起鬼混。

与盛开平一伙混的还有王集街的徐国章，小李集的李荣等游手好闲的青年人，聚在一起寻吃喝，找姑娘玩耍，乐不思蜀。他们觉得还嫌不够刺激，相约一起到时码据点投王培坤去。

王培坤听说后表示欢迎，大度地表示，你们来入伙，一人发一支枪，来去自由。王培坤何等仁义！如此宽松、优裕的条件，他们决定结团入伙，一同向王培坤投帖拜师。

人的三观真是匪夷所思，王培坤烧杀抢掠，让人憎恨，躲之不及，可盛开平他们觉得王培坤有本事，威风，觉得在时码据点当伪匪很好玩。

听说盛开平到时码据点入伙，还拜王培坤为师，嫁在北边浅南乡的姐姐很生气，家里也不缺吃缺用，干什么伪匪？姐夫叫杨福兴，从前王培坤曾在他家当过伙计，现在妻弟向过去家里的伙计拜师，不仅没出息，姐夫脸上也无光！何况王培坤投了日本人，这汉奸的名声也不好听。

盛开平说："我就是去玩的，王培坤说了来去自由，我也不去抢人东西。"

姐夫听了哭笑不得："混账话！时码有什么好玩的？入伙后来去就由不得你了！"

姐姐气恼地说："古人说，宁看贼打不看贼吃。你光知道好玩，看贼好吃好喝的享受，就没看到受罪，到时后悔可就迟了！"

人生道路的选择是个人的事，作为姐姐、姐夫是无法决定弟弟的未来。无奈，姐姐劝弟弟不要做胡作非为的事，她担忧弟弟到时码当伪军，势必要外出抢劫，与抗日武装对垒打仗，如果被打死了怎么办？娘家还指望他继承家业，传宗接代，就叫丈夫找王培坤对弟弟照顾一点。

杨福兴前去时码找王培坤，说:“小培坤，开平在这里玩，你得照顾点，外出抢抢杀杀这类事就不要叫他去了，老舅爹还指望他继承两家产业呢!”

“随他自己，我不强求!”王培坤回答很干脆，他买杨福兴的账，不是因过去曾在他家打过工，有主仆关系，而是杨福兴有恩于王培坤。

有一次因偷盗，王培坤被国民党时码税警队追捕，在王庄北边的树林处被抓住，枪托子捣得王培坤在地上乱滚，哭爹叫娘，也无人敢上前劝说。杨福兴在金城庵小学当教员，路过这里，他怀恻隐之心，上前劝说下手无情的官兵。杨福兴仪表堂堂，长相斯文，穿着得体，官兵觉得他是有身份的人，相信他。在他担保王培坤以后不再犯事，才放过王培坤。因此，王培坤对他感激涕零。

盛家离时码有十多里，白天到据点，晚上回家里。盛开平在外吃喝玩乐，也不缺女人。独守空房的妻子知道男人嫌弃、冷落自己，寂寞的女人便经常回娘家。娘家做牛驴的笼头、鞭子等副业，她帮着到时码街上出售。做生意时与一男子暗地好上了，有一天晚上那男人随她来家，被公婆察觉，公公出门找儿子。盛开平在东北边刘老庄玩，听到此事既气又喜，气的是媳妇胆子不小，竟敢将野男人带回家，喜的是正好抓个正着，好好收拾一下媳妇！立即叫上狐群狗党，气势汹汹地奔回家，捉拿奸夫淫妇。

私会的男女是敏感的，轻微的门响声惊动了幽会人。等盛开平赶回家，那汉子早溜了。途中，撞见盛开平一伙人匆匆而来，那人机灵地藏身在路旁的稻秆簇里，侥幸躲过。

盛开平没有捉到奸夫，但达到了他的目的，即这场婚姻有了结束的理由，他对心照不宣的媳妇说:“你把东西收拾一下，明天回家去吧!”

盛开平解除了第一次婚姻，也卸除了与表哥王寿浩的一层关系。他对经常来家的表哥一直持怀疑态度，认为表哥是惦记和企图侵吞自己家的田产，还有就是明里办学，暗地是对他监督，现在借休妻提出家里的私塾教学班也停办，断了王寿浩经常来盛家的路，终于松了一口气。

盛开平又娶一女子，是据点小队长严二侉的侄女，王培坤很热心，勒令王老庄地主王侉子捐出二十担小麦。虽说是再婚，盛开平还是想把婚礼办得排场，光鲜、体面些，以示自己在外混得不赖，他向所有亲友发了请帖，除了师父王培坤，他还有一个有名的亲戚，就是涟西保安团团长张汉武。

盛开平的婶子姓张，是张汉武堂姐，盛开平继承叔叔家产业，因此称张汉武为舅。他到张汉武门上去送请帖，考虑到在酒席上张汉武与王培坤相遇，敌对双方在一起如打起来，婚庆场上就出大洋相了，因此，他对张汉武说:“时码也来人，外甥的喜事还请舅舅照顾。”

张汉武爽气地说:“放心，舅心里有谱，你的喜事该怎么办就怎么办，我们相互枪不下架。”

所谓“枪不下架”，大意是各喝各酒，井水不犯河水。话虽这么说，但盛开平心里还是担心。盛开平8月26日婚庆喜日，宴席没出什么意外，倒是新郎官出了点事。

盛开平19日请张汉武后，到伪同安乡乡长缪坤山家送请帖，顺便在他家吃了饺子，回家后就得了伤寒，发高烧，不见退。为防被人暗算，家里人把他推到盐河边的高台庄隐藏起来。婚期正日，新郎无法参加婚礼，亲人都来了，佳期不便更改，只得由姐姐抱着一只大公鸡，代替新郎拜堂。

这次病得不轻，大半年才好。父母吓得不轻，请来金城乡有名的曹孟阳中医来看，一时还不见效，又请仙奶到家跳大神，收拾一下，是否中邪了。盛开平不相信那一套糊弄人把戏，挣扎着爬起来，将仙奶轰走了。

第二次婚姻是盛开平自己做主选择的姻缘，但这个媳妇还是拴不住浪子的心。盛开平经常不在家，就是回家，为防抗日政府抓他，也是躲藏在附近人家，地点不定。婚后不久，盛开平又想离婚，可又惹不起媳妇的叔叔，严二侉在时码据点也是一个狠家伙。

陆亚东遇难

盛开平头戴礼帽，眼戴墨镜，上身鱼白褂子，下穿黑裤子，腰挎盒子枪，威风凛凛，一副那个时代时髦的标配打扮，跟着王培坤后边招摇过市。乡人夸张地说，他是王培坤的“四大金刚”之一，其实，盛开平只是时码据点伪特务小队的队员。

特务队有三四十人，枪支精良，弹药充足，配有机枪和簇新的快慢机盒子枪，作为王培坤的警卫队，同时作为王培坤的别动队，负责侦察和刺探情报，用于攻关克难。时码街人称特务队人都是“火星老爷”，无缘无故地就能把人杀了，如有一天清早伪匪外出“扫荡”，刚走不远，碰上一个妇女在坟前哀哭自己死去的孩子，“火星老爷”认为不吉利，举枪就将这个哭丧的妇人打死。

特务队还有一重要职能，就是保护和服侍王培坤的四个老婆，王培坤安排盛开平侍候他的二姨太刘二小姐。

刘二小姐是时码本街人，姐妹二人，大姐嫁到附近的一姓马人家，她作为小女，嫁给本街侯家，虽说是嫁出了门，但还在娘家，方便照顾父母。日本人占据时码后，侯家人跑反，她躲在西北刘大园的一个本家里。

王培坤早年在时码乡公所当自卫队员，就和刘二小姐勾搭上了，不知这个一无所有的地痞是如何赢得刘二小姐的好感？王培坤在时码当上头目后，叫亲信小队长杨广带人到刘大园刘木匠家，明火执仗地将刘二小姐很光鲜地抬回时码街。

王培坤将财务大权交给她掌管，她成了王培坤的内当家，满足了刘二小姐的虚荣和私欲。她的丈夫在涟水县抗日政府任职，不知是他先参加抗日工作，让孤单在家的媳妇难耐寂寞，导致红杏出墙？还是刘二小姐性本风流？

盛开平做刘二小姐的勤务兵，一份不错的差事，整天陪着善解风情的少妇，免却了外出抢劫做坏事的机会，避开了冲冲杀杀的死亡危险，还经常随王培坤与刘二小姐住到城里郭公馆的大华楼。

郭公馆位于县城老大街南侧的繁华地段，清末，海州一姓郭官吏前来置地筑建一座有房百间的庭园别墅。当时的主人叫郭少群，善书法，好舞文弄墨，是一个风雅之士。他家在废黄河南有地百十顷，算得上是大富之家。据说有新县长到任，郭家按惯例会请来家中做客，吃一顿菜粥便饭，这是低调的炫耀，非一般百姓糊口填肚子的菜粥，这菜粥做得精致而讲究，海参、银耳、山菇等一些山珍海味插入玉米粥里，加上作料，精心烹饪，客人吃得满嘴生香，回味无穷。真正的富人讲究养生，吃的并不是大鱼大肉，是简约的奢侈和品位。

日寇占据县城，郭家逃亡。王培坤从看房人手里租用郭公馆东北院子的大华楼，此楼两边是厢房，是一幢独立的四合小院，用作他进城与日本人交涉事务的办事处，也是到城里享受的别馆。平时，大门口设岗哨，有一个班人在这里看守。

郭公馆南部分的房屋被日伪占用，先是办小学，后办伪涟水中学。有一年，学校发生一件事，刘二小姐的姨侄儿在这中学读书，中午放学时到外面吃饭，走到西边一个大院门前时，被门口卫兵打死了。

这院子主人叫王祝，是本城人，家庭富裕，原国民党县警察局陈港分局局长。鬼子占领县城后，他跑反下乡，不久后回城，与几个同仁在城南城墙根办了一个小学，任教。一年后，见日军占领大半个中国，特别是太平洋战争爆发，日本帝国主义侵略更是气焰嚣张，致地方上一些利欲熏心的人认为大局已定，开始耐不住寂寞，不顾民族气节，主动向日军投怀送抱，以谋取一官半职，鱼肉百姓，王祝便是其中一个。他找到在日伪县府任职的本城人赵秘书，如此这般，装扮成被日伪抓去逼迫任伪职的样子，以备光复后被审判时作遁词。他先任伪县府科长，后就任涟水县伪军保安第五大队大队长，防区在涟城西南一带。任伪职后，他扩建本家的大宅院，院门前设岗，戒备森严。

这一天门岗卫兵叫唐宗仁，本城人，王祝的亲戚。年轻人手里有枪不免嘚瑟，他对路过的学生耀武扬威，刘二小姐的姨侄仗依有王培坤作后台，正是青春逆反期，哪里买账？二人对峙时，唐宗仁便端枪吓唬，不料走火，“砰”的一声，枪里仅存的一颗子弹出膛，人当即瘫倒，鲜血流了一地。同学们闻讯立即把他抬到附近五岛公园内的医院抢救，因伤势严重，又转向淮阴，半路上死了。事后，因王培坤的关系，王祝花了好多钱才将这事摆平，中学为表示重视，师生还特地在五岛公园开了追悼会。

不管如何，城里的生活还是比乡村热闹，丰富，夜晚时常有各种戏班子来演出。戏馆位于化龙桥的西边，是日伪特务队长张承海开办，馆门前挂着两盏马灯，将漆黑无边的夜晚烧了个大空洞，引得蚊子、蝼蛄、飞蛾等嗡嗡地逐火而来，爱看戏的居民在“急急呛”的锣鼓声中，忙着赶往戏馆。

晚饭后，刘二小姐骑马，盛开平牵着马缰，在前边神气地吆喝着。王培坤背着手，在后边慢悠悠地晃荡着，志得意满的样子，如同城里腰缠万贯的货栈大掌柜，谁能想到呢？几年前，他曾在后街的五岛公园做最脏最累的刈草杂活，一个不名一文的乡下小伙计，今天成为一个人上人了。

盛开平当一个快活、轻松、又无危险的伪匪，还有一份陪着美艳少妇的福利。他一厢情愿的期望好日子就这样过下去，1944年3月，盛开平和王寿年二人突然被据点以私通八路的罪名，关进河东炮楼的小牢里，脚上锁上铁镣。

真是平地起风雷，这二人没心没肺，是享乐至死的角色，王培坤的忠实信徒，现在，被王培坤抓了，逼他俩交待通共的事。二人如坠云雾，从何说起？可是行刑人一口咬定，要他俩坦白交待，还无情地严刑拷打，公子哥何曾受过这等皮肉之苦，遍体鳞伤，叫苦喊冤。

几天后，刘二小姐来到牢房，打开脚镣，带出伤痕累累的盛开平。在刘二小姐家，看到盛开平脚拐骨被铁镣磨得血肉模糊，她心疼地淌下眼泪。刘二小姐找出布条，将伤处包扎起来。

刘二小姐将盛开平从牢里捞出来。待王培坤来她这里，极力为盛开平鸣冤叫屈，在刘二小姐的逼问下，王培坤这才推辞说，是周八举报的。

周八，县境北部张圩人，按兄弟排行为八，人称周八爹，因口音是县境西北的侉腔，又称周大侉子。从前周家有地百亩，后家道中落，他疏于农穑，好为交际，以“安清帮”身份，在社会上结交三教九流，爱行侠仗义，乐于做好事，人称“周大善人”。1941 年“土顽暴动”时，中共三区区委区署干部被暴匪劫持，他受委托作中人，将共产党干部带回家后保护起来。此事并不表明他的政治态度，这只是他为人处世的方式，仗义行善，以赢得名声。

周八因交际广，有智谋，主意多，被王培坤拜为师父，请来时码据点奉为上宾，当作军师。

王培坤哪里不知道盛开平不通八路？刘二小姐性格外向，多情。盛开平玉树临风，风流潇洒，一个“小鲜肉”。无论是在时码还是到县城，都由盛开平陪着刘二小姐，长时间两人在一起会不会生出私情？王培坤不由得心生醋意，怕女人裤腰带不紧，他想调离盛开平，又怕刘二小姐不高兴。老成的周侉子看出王培坤的心思，出了个修理小白脸的馊主意，让他尝一尝“辣酸汤”，以示警诫。

盛开平大骂周侉子黑心肠，睁眼说瞎话，自己何曾通八路？王培坤感到有指桑骂槐之意，不高兴，暗想你不通八路，你会不会通女人？王培坤便咳嗽两声，以示盛开平住嘴。不过，他还不愿轻易地放过盛开平，他说:“开平，你说跟八路没有联系，你办一事证明给我看看！常来时码的陆亚东是八路探子，你给我把他抓来！”

为表白自己与共产党没有干系，盛开平不假思索地一口答应。看他答应了，王培坤又加了一码，说："死的不行，一定要活口！"

王培坤将这事交给盛开平，可谓一箭双雕，不抓就是通八路，抓了就不要想干净了，盛开平想在据点穿鱼白大褂（方言，意即不惹是非），不作坏事，哪有这样便宜的事？

陆亚东是王集街西北陆庄人。少时在王集小学读书，13 岁时他遭土匪绑票，家人典地卖牛才将他赎回，从此家境败落，他恨透了土匪横行的黑暗社会。成人后，报考国民党二十五路军在淮阴招收的学生训练班，毕业后到军队中当文书。国民党部队军纪败坏，内部腐败，不久他愤而离队回家。

"七七"事变后，陆亚东参加涟水县抗日同盟会，加入流动宣传队，宣传抗日救亡。他与王雨洛编辑县民救会《消息报》，将抗战的消息传播到封闭的乡村，让彷徨和悲观失望的人民看到抗战的曙光。1938 年 11 月，他同朱慕萍二人到邳县铁佛寺找党，将共产党重新带回家乡。涟水城沦陷后，他与家乡附近的张景文、张胜武、林士钧等联系，成立涟水民众抗日独立营。1939 年 6 月，他任苗荡"抗战公学"教员，主讲"游击战"等军事课，并负责行政和生活管理。秋天，由中共淮属工委直接发展入党。年底任八路军陇海南进支队第三梯队（淮河大队）八团参谋。大队上升新四军独立旅后，陆亚东调回地方，担任中共王集区区委委员、敌工站站长。

陆亚东是地方抗战运动中屈指可数的活跃人物之一，但那时社会交通不畅，信息闭塞，人们对他的身份还是知之甚少。这年他已是而立之年，他以"安清帮"师父的名义，在张汉武部和时码据点收徒弟、学生，与中下层官兵建立秘密联系，获取敌人的情报。

这年正月，中共涟水城工部捕杀驻在时码的国民党特务头子陆耀武失败，暴露了中共潜伏在时码的地下党，让王培坤又怕又恨，怕的是共产党钻到自己身边，恨的是手下人背叛了自己。他严厉清查时码内外，听说陆亚东在时码伪军中活动收徒弟、学生，便调查打探他的真实身份，遂将报复目标锁定陆亚东。

时码伪匪知道陆亚东有来头，他身上怀揣两支短枪，来去都有随从保护，因此抓捕陆亚东，不是一件容易的事。

如何捕捉陆亚东？盛开平允诺后也一筹莫展，他有点后悔在王、刘二人面前显能耐说大话，不过，经几天的苦思冥想，他终想出一计。

时码街除了王培坤的伪军大队，还驻有伪区公所，以及周边几个伪乡公所及伪乡队都借驻这里，因此，时码街人来人往，人员混杂。这里有一个经常出入时码据点的人，叫朱士亮，他是王培坤的表舅（朱士亮的父亲与王的外公是亲兄弟），王培坤被淮河大队抓捕时，朱士亮出面说情、担保。王培坤得势后，为感激朱士亮危难中帮助，特赠送一支价值不菲的德国造盒子枪，因此，时码伪匪随大队长称朱士亮为大表舅。

盛开平与朱士亮是邻庄，他知道陆亚东与朱士亮关系好，他找到朱士亮，表示不愿在时码干了，想投共产党，拜陆亚东为师父，为佐证自己的诚意，他还挽起裤脚，让朱士亮看被折磨的伤痕。朱士亮相信他的话，因为他说的事一点不虚，据点里人所共知，盛开平投奔抗日政府合情合理。

朱士亮的真实身份，是党组织安排打入王匪内部，任务就是收集情报，策反敌伪人员，因此，平时在时码街与伪匪混在一起，吃喝玩乐吹牛皮，自称自己神通广大，各方面都吃得开，无论共产党还是国民党、日伪都有关系。有伪匪怕被八路秋后算账，暗地里拜托他与抗日政府联系。

朱士亮答应为盛开平穿针引线，他根本没料到这个小乡邻被王培坤陷害折磨后，反而更死心塌地效忠王培坤，并对他玩起心眼，所谓“知人知面不知心”，他的轻信导致了一场悲剧。

他很快与陆亚东联系好，盛开平提议将拜师摆香案的地点放在王二庄的伪乡长徐国章家里。

徐国章是西边王集街附近人，父亲姓相，是上门女婿，徐国章随母姓。以前他家在王集街上开饭馆，徐家的大姑娘留着长长的辫子，待人客气，性格活泼，招人喜欢。陆亚东过去到王集街赶集，或有事，时常会到徐家饭馆吃饭，因此与徐家人熟悉。他还利用徐国章当伪乡长的关系，在时码开展敌伪统战工作。

徐国章当了王培坤的联五乡伪乡长后，将家搬到东边所在乡的王二庄，在这里刚建了三间堂屋、两间锅屋。

盛开平考虑陆亚东与徐家熟悉，陆亚东不会生疑，同时他想到，如果徐国章与陆亚东有关系，下不了手，自己就是想法调开朱士亮，他和王寿年也不一定擒住陆亚东，为保证万无一失，他又找把兄弟、东联乡伪自卫队队长花永田帮忙。

因事先没向陆亚东说明有花永田，当晚不好叫花永田来吃香饭，怕引起疑心，他请花永田明天晚饭后，到徐国章家门前，“你到门口时唱麻将歌，我会出来叫你进来。”

陆亚东没有怀疑盛开平有诈，因时码据点伪匪暗地里向共产党县区长、区委书记递帖拜师的人很多，再说，盛开平是朱士亮介绍的，他信赖朱士亮，他两人是抗日救亡宣传队的队友，一起参加抗日民众独立营的好兄弟和战友。

天气暖和了，村里村外金黄色的菜籽花开了。陆亚东脱去臃肿的长袍，换上短棉袄，身上揣的两支枪有点鼓囊了，旁边的弟弟羡慕地看着他的勃朗宁手枪。弟弟是村民兵小队长，早就想有一支枪了，陆亚东慷慨地把勃朗宁手枪送给弟弟，他高兴地接过去，爱不释手地抚摸着。

陆亚东走出家门，在庄头上，他 10 岁的女儿正带着妹妹玩耍，他怜爱地拍着大女儿的头说:“天不早了，带妹妹早点回家，妈妈在家等着你们呢。”

大女儿说:“爷，要早点回来啊!”

陆亚东向女儿挥挥手，走出庄子。他和通讯员先到后舍的朱士亮家，他让通讯员留在朱家，职业的习惯，让他还是作最坏的安排，说:“晚饭后走叫你，如等到天亮我还不回来，就说明出事了，你立即去西边报告。”

西边即王集区委。陆亚东二人到东南不远处的王二庄徐家。新堂屋里，长几上摆为香案。仪式举行，盛开平向陆亚东递上拜师的生辰八字帖，朱士亮作为司仪和证人，按简化的行规礼数主持活动。

大礼行过后，简洁的拜师仪式很快结束，围着八仙桌入座，上酒上菜，以示庆贺入伙。盛开平恭敬地向师父敬酒，几人按敬酒的礼数，轮番敬酒。陆亚东也是善饮酒的人，因地下工作的要求，酒喝七成，留三分清醒。

酒饭过后，人要散去。盛开平一副意犹未尽的样子，热情地挽留说，师父酒喝得有点高了，到里屋歇一会吃袋烟，醒醒酒再走！他们拉着陆亚东，由不得他不挪步。

陆亚东就答应小坐片刻，想再交谈一会，多掌握据点里的情况。陆亚东被拉进里屋，朱士亮也跟着要进屋，盛开平拦住他，说:“小老爹，我来时看见三姑娘在家呢。师父在这歇会儿吃袋烟，我们说说话，你到东边三姑娘家玩去!”

朱士亮虽然年轻，但在家族里辈分长，盛开平随庄上人称他为小老爹，他听说这庄上的三姑娘与朱士亮要好，借此，他巧妙地支开朱士亮。朱士亮佯装不高兴地说:“小开平你说鬼话，你不要拿小老爹寻开心。”

“真的，我还敢骗小老爹，我晚上过来时亲眼所见。”

今晚的夜色很美，月亮爬上树梢，月光如水，月色给宁静的村庄蒙上一层温柔而透明的轻纱。朱士亮小瞧了盛开平，没有想到皎洁的月光下有阴谋，只是想这师拜过了，酒喝过了，饭吃过了，他以为大功告成，便出门而去。

饭后一支烟，赛过活神仙。徐国章特地在新房的里间安置一张抽烟的床榻，以备时码伪匪来吃喝，在酒足饭饱后消遣。陆亚东进屋坐下，盛开平恭敬地递上水烟袋，殷勤地点火。陆亚东躺在床榻上，揣在怀里的驳壳枪感到有点碍事，便掏出来放在卧榻的几桌上。

暗淡的灯光下，新屋里还散发着一股潮湿的泥草气味。陆亚东吸一口烟，再吐出，烟雾缭绕，模糊了眼前殷勤媚笑的面孔。

不一会，外面有人唱着流里流气的麻将歌，好像怕人听不到似的，牛喊马叫。盛开平的耳朵早竖起来，他立即出去，将花永田喊进屋。

花永田走进屋来，一步跨到里屋，端起长枪说:“不许动!”

屋内空气立即凝固起来。陆亚东发现气氛不对，迅速地伸手抓枪，盛开平一边说花队长不要开玩笑，一边上前抢枪，陆亚东立即阻止说:“小开平不要乱碰，枪会走火。”

盛开平按住陆亚东的胳膊，王寿年也过来动起手。陆亚东奋力跃起，厉声喝道："小开平！你们想干什么？"

谁还搭理他的问话，他们七手八脚扑向陆亚东，他们扭打在一起。好汉不敌双拳，陆亚东试图挣脱困境。

打斗声惊动了外面厨房忙碌的徐氏母女，刚才还亲热地推杯交盏，师父长师父短，这伙男人怎一刻儿工夫就翻脸了。徐氏母女想，陆先生是他家的客人，也是有来头的人，现在儿子和朋友闹出这等事，如何了得？出了事徐家也脱不了干系！娘儿俩忙跑进堂屋来拉住他们，阻拦捆绑陆先生。

盛开平眼看大功告成，对突然冒出来的徐氏母女阻拦，十分恼火，恶狠狠地向徐氏母女说："让开，陆亚东是共产党，你拦什么？我早就估计你家通共产党！"

徐母一听大帽子压头上，害怕了，只得眼睁睁地看着他们将陆亚东带走。

花永田腿快，跑到北边的刘桥据点，借一辆自行车骑着，先到时码王培坤处报功。王培坤在据点打麻将，听说陆亚东抓住了。问在哪儿？答在路上呢。王培坤将麻将一推，说："走，看看去！"

不到十里远的路程，两路人马相向而行，一会儿在靠近黄湾的地方相遇。王培坤上前，明知故问："你叫什么名字？"

"我叫陆亚东。"陆亚东坦然地回答。

"你的身份是干什么的？"

"我在东南盐城干过国民党军二十路军，上士文书！"

"你在河西的职务是什么？"

他先是糊弄王培坤，后知道身份已暴露，无畏地说："我是王集区区委委员，敌工站长。"

王培坤故作轻松地说："我们找你没有什么大事，相士高前些日子被你们抓去，敲了我三根钢枪和两把快机盒，要我放你走，让河西拿三根长枪来换。”

1943年秋为打击王培坤的嚣张气焰，县政府命令王观涛率武工队攻击浅集据点，由于靠近敌占区，必须速战速决。王观涛深夜急行军，半夜时分对据点发起袭击，拂晓结束战斗，敌据点在转眼间被攻破，活捉了伪军中队长相士高。相士高是王培坤的亲信，王找人出面与涟水县政府沟通，达成协议，王培坤心痛肉麻地出了五支长短枪，换回相士高。

一帮人押着陆亚东，走到盐河堆时，韩小来成对着前面的陆亚东举手一枪，陆亚东立即仆倒在河堤上。

几人将陆亚东的尸体抬到事先准备好的渡船上，用石头绑在他的身上，“轰嗵”一声，扔入静静的盐河。河面上激起的涟漪，碰撞着水面上的月光，无数的银波碎浪荡漾着，流向远方。夜风拂过水面，仿佛在弹奏着一支低沉而呜咽的安魂曲。

幽暗的岸边，王培坤问:“开平，你胆子不是小吗，这次怎么大的?”

得到师父的表扬，盛开平心里美滋滋的，他原本对杀人是不愿干的，自己也不是穷得杀人越货的盗匪，可是，在这个杀人部落混迹二年，不知不觉中滋生的是对这个团伙的认同感，没有杀过人就是异类。现在，他内心升起的不是罪恶，而是成就感，不过，他还是低调地说:“是几人一起干的。”

事过几十年，笔者询问年老的盛开平:“我在地方文史资料中看到过，你参与杀害了陆亚东?”

“这事是王培坤叫的。”

他没有否认和隐瞒，事情过去很久了，他如同说别人的事，他只是执行者。他简单地向我叙说了这件事，还说到那晚是农历三月十六日，月亮很圆，月光很亮。

月亮如天空中一只硕大无比的眼睛，冷漠地凝视着大地上的杀戮。

虎口脱险

陆亚东被带去时码了！消息如闪电一般在村子里迅速传开。

朱士亮听到消息如闻惊雷，大惊失色，这个美好的春夜，霎时变得惨淡而恐怖。朱士亮拔出怀里的盒子枪，拔腿就跑向徐家。徐母告诉他，陆亚东已送往时码了。

大错铸成，朱士亮在乡间曲折的小路上拼命追赶，幻想能撵上他们，不惜拼上性命也要救下陆亚东。他后悔自己大意，上了盛开平这个小鬼的当了。他想，就是与王培坤闹翻脸，也要将人救出来。

远处有人影走过来，遇上返回的盛开平、花永田等人，他问:“陆亚东呢?”

盛开平答:“交大队长了。”

朱士亮气愤至极，严厉责问:“你们为什么抓陆亚东?”

“是大队长命令抓的！你要找就找大队长!”

盛开平理由十足，朱士亮想骂，又一想与他们白费口舌，白耽误时间，救人要紧。他转身向时码方向匆匆跑去。

花永田在后边喊一句:“人已经被大队长扔下盐河里了。”

朱士亮听到陆亚东已被害，急火攻心，血脉偾张，气得大骂:“你们这些混蛋！我去找小培坤算账，他怎么能胡抓滥杀?”

他还是怀着一丝侥幸，希望他们说的是假话，不顾一切地跑到时码，见到王培坤，气急败坏地责问为什么要杀陆亚东？

“他是共产党的情报站长，跑来挖我的墙脚，拆我的台，我能不杀吗？”

朱士亮不便承认，也不好否认，就绕开这个话题，接话说：“我不管陆亚东是不是共产党？小开平要拜师，请我把人带来，你将陆亚东杀了，你让我怎么向他一家老小交代？你表舅还如何做人？你说他是共产党，共产党不跟我要人？共产党不要我的命吗？”

王培坤年龄大朱士亮五六岁，但朱是长辈，又有恩于自己，王培坤知道他与抗日政府有联系，具体联系到什么程度，并不知情，这年头谁不是多拜几个门子？也怀疑他就是共产党派来的，王培坤说：“舅，你干吗非得要干八路？”

“培坤，你不是说笑话？看你大表舅整天吊儿郎当的，八路会要我吗？谁不知道你是我的外甥，共产党不杀我就烧高香了，陆亚东是我拜把兄弟，你把他杀了，我今后还能在社会上混吗？”

王培坤被朱士亮一顿数落、抱怨，也觉舅舅处境艰难，便说：“你不用愁，你也不要回家了，就在我这里干吧，外甥还能亏待你？这里中队长、乡长、区长随你挑！”

朱士亮向王培坤发了一通脾气后，冷静下来，因自己的大意致陆亚东被害，现在说再多的话也无助于事了，如闹得过火，还会暴露自己，便装着在气头上，说了模棱两可的话：“我哪有本事当官？我还不知我的命保不保！”

朱士亮一副怒气难消的样子，拂袖而去。

第二天天一亮，陆亚东的通讯员向区里汇报情况。当天，徐国章一家被县武工队带去。

朱士亮事后到县政府，向县长兼敌工部长朱一苇汇报，检查自己因大意造成的牺牲，请求处理，还将他责备王培坤，王要拉他当伪职的事一一汇报。朱县长严厉地批评了朱士亮工作粗枝大叶，以致造成无法挽救的损失，要求他吸取教训，在这敏感的时刻，不能冲动，要沉着应对，坚持在敌营站稳脚跟，以弥补损失；要求他借此机会，接受王培坤的伪职，以掌握更多的敌情和争取伪匪工作。

朱士亮年纪不大，但经历颇为丰富。抗战爆发后，学校关闭，他回到家乡，与本家族侄朱寿乾，附近张庄的张胜武，军田的陆亚东等一同参加救亡宣传队，到全县各乡村集市，还到城里去宣传演唱，他与林士钧等人受县抗日同盟会派遣，到驻军东北军当兵，学习军事。鬼子占领家乡后，他们脱离东北军回乡，参加组建民众抗日独立营，加入南支八团。1939 年秋，他回乡担任朱舍村地下支部书记。抗日民主政权成立后，任老一区区委委员、区武装专干，在 1941 年夏，新渡口国民党刘立卓团极力向北抗日根据地进攻，朱士亮带几名武装专干作为机动队，协助跨河乡的民兵多次打退来犯敌人。1943 年，县委城工部利用他与王培坤的特殊关系，安排他前往时码作地下活动。

朱士亮过些日子到时码据点，询问差事，王培坤说：“舅，你当什么官啊？瞎操心，你不如到时码街和李集街的窑子里找女人玩玩，我跟二小姐说，没钱你尽管到她那里拿！”

王培坤变卦了。朱士亮一听话味不对，立即转话说：“培坤啊！我早知道你拿舅穷开心，我能吃几碗饭我自己不知道吗？我也是逗你的，舅玩都玩不过来，哪有心思操那份心，不要说官，钱我也不要，我要钱干什么？我就要外侄儿这片心啊！”

王培坤为安抚表舅，许诺官职，周大侉听到后说：“大队长，你要让你舅当区长，他能做吗？”

王培坤不解，怎么不能做？周大侉说：“据点里连麻雀都飞不进来，可里面和你屋里的传单怎飞进来？难道这传单长了翅膀？你想想看你屋里有几个人能进去？”

共产党的宣传标语贴到炮楼里，还贴到王培坤的卧室，他很恼火。周八的话，让王培坤联想到八路几次来时码突袭，如不是自己警觉和小腿跑得快，这肩膀上的脑袋早就搬家了，时码内部一定有共党探子，已抓了几个嫌疑人杀了，可标语还时不时会出现，内部情报还外泄，难道表舅是八路探子？

周大侉是白天在时码，晚上住涟城，骑一毛驴来往。有人说他尽为王培坤出坏主意，但有人说他做过一些好事，如曾救过抗日政府的干部，说有一个外地女干部被抓到时码要杀害时，周八受人之托，说是他老婆认的干闺女，老婆要见她一面，如此，王培坤只得放了这名女干部。还有一次，一个乡民兵队长被时码据点抓住，即将被杀，有人为其家人出主意，叫家人在路上拦截周大侉子，求他出面搭救。周大侉一贯爱做人情，不问是非。他跟王培坤说：大队长，我一辈子没充（方言，枪毙人）过人，今天我也开个荤。在将乡干部押向刑场时，他扔一包烟给执行枪决的伪军，要过盒子枪，轻声地下令被执行人：一直向前走，不许回头。说完枪响了，一连放了三枪，子弹飞向天空，那人会意，趁着暮色狂奔，脱离了险境。

王培坤相信了周大侉的话，不再提及对朱士亮的允诺，虽然被朱士亮装出一副没心没肺的样子，机智地打发过去，但还是引起王培坤疑心，不久生出谋害之心。

他怕公开杀之，有忤逆之名，传出去为世人所不耻，暗地里请县城和平军副团长刘一匡出手，对此，刘一匡有想法，朱士亮是你舅，保过你的命，恩将仇报这事做得不仅缺德，还得罪乡邻，得罪共产党。

王培坤见刘一匡迟迟没动手，知道刘不愿干这事，又想借日寇的手杀掉朱士亮。

有一次，王培坤叫上朱士亮等人一同进城。朱士亮想，进城刚好摸一摸鬼子的情况，也就没怀疑前往。

在县城的大华楼，王培坤请来县城的厨师做菜，中午的菜很丰富，八碗八碟，城里师傅的做工和手艺是乡下土厨师不好比拟的，色、香、味俱全，不像乡下人做菜“湖水煮糊（湖）鱼”，多放油盐，多加点作料就叫烹饪。他们一边吃一边夸赞，美酒佳肴，酒肉穿肠，吃得有滋有味。

饭后，王培坤一副兴致很高的样子，说带大伙到街上去逛一逛，到余学，现被日军称为“红部”的大成殿看一看。这是古时的学宫，民国初，县府在仅存的大成殿里兴办民众扫盲业余学校，人称余学。日寇侵占县城后，占据为日军大队部和据点，对外称“红部”。

乡下人难得进一次城，鬼子占据县城，没有良民证是进不来的。大家也想看看小鬼子的“西洋景”，兴致很高。出门前，王培坤说:“这城里是日本人的天下，不比时码，我说话就不当用了，你们上街不能带枪，如被日军巡逻宪兵查到了不好办，各人都把枪放在这里，由二小姐保管。”

几个人都把身上的枪掏出。朱士亮将那支德国造盒子枪递给刘二小姐时，王培坤像是看出朱士亮不舍的样子，关照说:“二小姐，这枪任何人都不许给!”

他们一行人出了院子，走上大街，从西大街头拐弯，经过通济公典行，登上化龙桥，就看到高大巍峨的大成殿。东南风从城南高高的河堆上徐徐吹来，挟带着灌浆的麦香，吹在朱士亮脸上，他打了个激灵，觉得有点寒意，刚才吃饭喝酒，在屋里很热乎，脱了外衣，同时，他感到哪里有点不对劲。

一个整天枪不离身的人，一旦身上没了枪，浑身都不踏实，从事地下工作应有的警觉，朱士亮不由得想起出门时王培坤强调的话，这话里有话啊！

见朱士亮脚步慢了，王培坤就催促他快些走。越是催促，朱士亮越感到不对劲，他说："培坤，我有点酒后寒，刚才吃热了脱了外褂，我回去穿上，你稍等一会！"

朱士亮一边掉头走，一边说："你们站这里不要走，等我一会儿！"

王培坤只得说："好好！我们等你，你快去快回！"

朱士亮大步疾走，在转过街巷后，两步并一步，回到郭公馆，就对刘二小姐大大咧咧地说："二小姐啊！大队长叫我回来拿枪。"

刘二小姐有点疑惑，说："大队长不说枪不能带，任何人都不给吗？"

"对啊！小培坤说得没错啊，舅的枪怎能随意给别人呢？"

说得也是，刘二小姐这才没再多想，转身到内屋，从橱柜里取出枪，朱士亮接过后，转身就走，说："他们还在等我呢。"

朱士亮出了郭公馆，没有上西，而是向东，迅速穿过巷子，从东大街拐弯向北门大步走去。

王培坤等有半袋烟工夫，还不见人来，着急了，就叫人去催一下。很快，人回来说，二太太说表舅拿过枪就过来了。王培坤一听，知道朱士亮识破他的诡计了，如同当众被扒光了衣裳——现了原形，他后悔地跺着脚，气急败坏地跑到不远处的大成殿，找到鬼子队长，说发现有八路进城。

日军立即派一个班日军，跟着王培坤向郭公馆急奔过来。

王培坤进门就问刘二小姐，她诧异地说:“不是你叫表舅回来拿枪的吗？他拿上就追你们去了。”

王培坤立即带人从东大街向北门追去。哪里有朱士亮的影子？他下令王寿年、花永田二人跑步向北追，什么地方撵上就在什么地方打死。

王寿年二人觉得大队长这事做得不仗义，朱士亮是他长辈，还是共产党，如打死了，共产党能饶过他俩？这二人背地里分别向陶硕夫和王观涛递过帖子拜过师，因此说:“大队长，朱士亮是你表舅，你落难时还救过你，我们不敢做这事!”

王培坤立即拉下脸:“这是命令，什么不敢？不干我枪毙你俩。”

话说到这份上，二人无话，立即转身前去追赶。王、花二人没懈怠，终于在盐河朱码渡口，看到朱士亮的影子，他们呼喊:“大表舅站住，大队长叫你回去呢!”

朱士亮听到他俩的喊话，装着茫然不知情的样子，也担心他们动手，手在腰间兜里握着枪柄，没有停留，边走边说:“你二人告诉小培坤，我家里有急事，余学就下一次去玩了，就请你俩代捎话给他，谢谢外甥的好意!”

“不瞒你说，大队长叫我俩追上就打死你!”

朱士亮不接话，佯装糊涂地说:“小培坤中午酒喝多了，醉鬼的话你们也信?”

“我们要打还告诉你？你救过他的命，我们不做这事!”

朱士亮听他俩的话，心里有了底，不由后怕，果不其然，这个孽种今天想杀我！他放慢脚步，不等二人走近就挥手说:“你们回去告诉小培坤，我现有急事要回家，等办完事我明天找到他，非把这个忘恩负义的小东西骂个狗血喷头!”

朱士亮急忙打发走花、王二人，知道自己身份已暴露，过盐河后立即到颜庄，找到在乡长颜大爹家当伙计的大个子，他明里是伙计，暗里是朱士亮的通讯员，说:“大个子，快，把枪带上，跟我到县政府去，向朱县长请罪。”

王培坤杀朱士亮是吃了秤砣——铁了心。他在北门城外等着花、王二人的消息，恐二人心不狠，不放心，又派心腹徒弟徐小黑子带一班人追上来。

徐小黑一直追到朱后舍的朱士亮家。朱父见伪匪来者不善，说:“士亮这个两脚腿的牲口整天在外疯，也不知跑哪里去了，几天没见到个鬼影子，请你们看到他，带话给他，他爷（父亲）要死了，叫他赶快回家收尸!”

陆亚东被害，朱士亮有推卸不了的责任，现身份又被王匪识破。县政府将朱士亮关押起来审查。

父亲得知消息后，担心儿子被严重处理，找南边庄上的乡长颜大爹，他儿子颜振普与朱士亮是同学，现在县独立团当政治部主任，另外颜家与县长朱一苇有亲戚关系，请他父子说情保人。朱县长对陆亚东不幸遇害很悲痛，二人是同学、好友，他对颜大爹说:“你劝朱老爹不要找人，共产党办事是讲事实的，组织上要调查清楚，会对朱士亮同志负责的。”

父亲还是放不下心，又去找岔庙区区长颜景理，颜区长说:“大叔，有责任就得负，你放心，有过无过，抗日政府会分得清的。”

经县城工部核实，朱士亮打入时码一年多时间，利用他特殊的关系和机智，搜集和传递大量情报，争取和瓦解伪军，成绩是主要的，在陆亚东被害一事上，不是故意犯错，属于粗心大意，组织上给予行政记过处理，恢复工作。

朱士亮被放出后，写信给王培坤，让堂兄弟朱士元送去时码。信上历数王培坤投靠日寇，背叛国家和民族，反共反人民的滔天罪行。王培坤不识字，让朱士元读给他听。

王培坤听得跺脚直跳，懊悔没杀了朱士亮，现在还听他的训斥和声讨。

第十四章　逃

逃离据点

十月金秋，金城乡林庄的林家兄弟俩被伯父喊家去打花生，正在劳作，就听庄上人喊，时码贼匪来了！兄弟俩当即撂下手上的活，拔腿就跑，一步跨几个山芋格子。这时伪匪已到村口，哥哥林树涛没跑掉，被抓到时码据点，叫他当匪兵。林树涛哪里愿意，正派人怎做这等事！据点的伪军有的是方法，用辣椒水灌他，一般人哪经得住这折磨，只得答应入伙为奸。

答应当伪匪兵，枪要自己办，衣要自己备。话带到家里，父母不舍儿子受罪，卖了不少粮食和柴草，还到亲友家借部分，托人到东南的益林大镇购得枪一支，还有军服一套。

时码据点在抗日武装的打击和争取瓦解下，许多伪军不愿为日伪卖命，据点笼罩着悲观气氛，纷纷逃跑。随着全世界反法西斯战线已取得胜利，中国人民的抗日战争趋势明显好转，日寇的侵略之势已呈衰败之相。刘国泰为效忠日伪，扩充人马，作为副大队长的他不惜亲自上阵，带人回到咫尺之地的家乡抓壮丁。

刘国泰是金城庵后刘庄人，小时候家里曾被土匪敲“竹杠”，自小对贼匪非常痛恨。他涟水师范毕业后，回乡当小学教师，暗地加入中共党组织，参加 1930 年中共党组织发动的“八一暴动”，1934 年被叛徒出卖，致被捕入狱，半年后做了自首手续放回家。在风起云涌的抗日救亡运动中，他跟随本家兄弟刘国祥、表哥王伯谦一起参加抗日救亡活动。当地人说，刘国泰是八路放鸽子放飞了，意思说他是党组织派到时码做地下工作的，弄假成真，成为王培坤最大的帮凶，不过，这个说法无案可稽。

刘国泰高个子，留着一副八字胡，因有文化，1940 年初到时码伪自卫队作文书，做小头目，后在岔庙、王集、浅集等炮台任中队长、副大队长。他当岔庙伪匪头目时，三天两头下乡抢劫，为非作歹，当地百姓称他是活阎王，给他起个诨名：不赊账。

一个原本发誓为穷苦人闹天下的志士，竟变成一个残害百姓的恶魔匪首，成为自己小时候所憎恨的贼匪，现实就是这样乌龙，不以人的主观意志而转移。

林树涛被困在据点有半年多，乡干部上门劝说林树涛媳妇，动员家人想方设法将人找回来。媳妇娘家是根据地的军田村，娘家兄弟做村干部，姑爷被抓到时码当伪匪汉奸，亲戚也感到丢人，叮嘱妹子赶紧将姑爷找回来，特别是在区大队任副大队长的邱效周把底说，抗日武装近期就要攻克时码据点，要她赶紧将男人找回来。

媳妇到据点缠着丈夫回家，可是，据点里看得很紧，哪里走得了？她无功而返，一天晚上，村里来了玩花船艺人，有一个节目是妇女玩花船，一边摇着船一边表演唱《哭郎五更词》：

一更里进厢房，陡然想起我的郎，
丈夫去世早，小奴过时光，
哪天不哭三五场。

这个牢日怎么过？我的夫啊！
家务事情谁人忙啊？我的夫啊！

二更里泪汪汪，丈夫住在侉二庄，
听说八路军拿据点呐，我的夫哎，
你身上中了机关枪哎，我的夫哎。

头无帽，脚无鞋，全被老百姓扒下来，
为什么老百姓这样恨，我的夫哎！
因为你扫荡经常来呀，我的夫哎！
……

哀愁，悲怆的唱词和音乐，让林树涛媳妇看过戏后睡不着了，唱词好像句句是唱给她听的，想到据点里被强迫当伪军的人，从开始不愿意当，就像推磨的驴开始犟着不拉，在鞭子催促下慢慢地就习惯了，当伪军抢到钱财尝了甜头，渐渐地自觉自愿做坏事了，盗匪不是天生的，好人做起坏事不比坏人差。夜里她做了噩梦，做到男人在据点做坏事被老百姓追赶，杀死在路旁边，她惊醒后再也睡不着了。

第二天，媳妇鼓起勇气，抱着出生不久的婴儿，再次跑到时码据点，谎称老父亲病重垂危，要男人赶紧回家尽孝子。据点的伪军队长不好反对儿子守孝，同意林树涛回家，但是枪支丢下。

夫妻俩才走到两里地的徐老庄，就听后边喊“站住，不要走。”原来是有据点密探从西边回据点，说没听到林树涛父亲生病，据点队长怀疑林树涛想逃跑，立即派人追过来。紧要关头，林树涛媳妇沉住气，叫男人直奔西跑，不要回家，向她娘家跑，她自己在后边向西南的家跑，拖住来追赶的伪匪，先挡一阵。就这样，林树涛得以脱离时码据点。

王培坤被击毙后，县城日军任命伪军副大队长刘国泰为时码据点大队长。一朝天子一朝臣，不换窗户就换门。刘国泰上任后，对过去王培坤的一帮亲信弟子左右看不顺眼，更不放心，同样，王培坤的徒子徒孙对刘国泰也不心悦诚服，心存猜疑，据点上下互不推心。刘国泰想杀鸡儆猴，树立威信，他首先拿王培坤第一大弟子、亲信徐小黑开刀。

徐小黑是王集街西人，人称是王培坤第一大弟子。他言行上明显地对刘大队长不恭敬，刘国泰把他抓起来，没有明目张胆地杀掉，而是送到北边日军的据点，说他是通八路的毛猴子，准备送进县城，借日军的手杀人。

盛开平他们为求自保，也寻找刘国泰的把柄。1944 年春新四军发动高杨战役，新四军某部从河东开往县境西北参战，因军务紧，时间急，为不延误军机，中共滨海县长王伯谦写信给驻王集据点的头目刘国泰，要他让路，令其部撤退至东南角，刘国泰遵命照办。他们抓住刘国泰私通八路的证据，企图上告日军以此要挟刘国泰。

王伯谦县长与刘国泰是姑表亲戚关系，这并不能说明刘国泰与抗日政府有什么实质关系，在当时情况下，敌伪与我之间斗争不是绝对的，也有相对的联系。王伯谦叫他让路，刘国泰如不识相，是打着灯笼——找死（屎），新四军主力过境，不怕顺手将他据点端了？

盛开平一伙人认定，徐小黑如送到县城鬼子处必死无疑。他们不愿束手就缚，无奈地想出一个铤而走险的办法，趁徐小黑在放风时，用两挺机枪突袭鬼子炮楼，硬拼抢出徐小黑，不惜来个鱼死网破。

刘二小姐得知后，急忙阻止他们莽撞的行动，要他们再想一稳妥的方案。刘二小姐是王培坤的未亡人，他们听从她的劝说，再说她的话也有道理。这个计划确实太冒险，也不靠谱，可不这样又有什么好方法？几人苦思冥想，终想出一个馊主意。

徐小黑原有媳妇，后又抢了一个姑娘做小老婆，生一子。他们找来徐小黑的小老婆，说：“小嫂子，日本人要将小黑送进城，如送到城里就回不来了，你想不想把黑哥救出来？”

小老婆说：“想！”

他们问：“你孬种不孬种？”

“不孬种！”

有了这句话，他们把阴招亮了出来，说：“要想将小黑哥救出来，你买鸡蛋送到日本人据点去。”

日本鬼子喜欢吃鸡和鸡蛋，投其所好，这样就可以让鬼子放松对徐小黑的看管，他们便可见机行事了。鸡和蛋本不算个事，但在那个物资极为匮乏的年代，家家户户吃上顿没下顿，蛋类食品就很金贵了。问徐小黑小老婆想不想救男人，就是看她与徐小黑有没有感情，她毕竟是抢来的，有感情才舍得花钱，如与徐小黑没感情，巴不得这个恶匪去死，怎愿意花钱购买鸡蛋？

小老婆问：“东西办了，怎么给鬼子据点送去？”

附近庄上有一个姑娘，父亲是一个老蔫，不主事，母亲强势，且行为不端，上梁不正下梁歪，女儿也不学好，在外放任胡来，竟与据点里日军曹长搞上了。

鬼子的据点外人是进不去的，盛开平他们利用这姑娘经常去据点，托她将鸡蛋送给鬼子曹长，要求在徐小黑放风时，照顾到据点外的场地，并递话给徐小黑，他们在据点外的玉米地打埋伏，打一排枪接应他，徐小黑乘机冲出来，跑进玉米地里，顺着盐河岸边跑。

徐小黑小老婆听了盛开平他们的话，依计行事。那个鬼子姘头让她弟弟到据点去送鸡蛋。

第一天没动静。

第二天没动静。

第三天上午又送去一篮鸡蛋。

盛开平几人铆足劲，准备与日军干一场，可是，徐小黑一直没到据点门前放风。

第五天上午，徐小黑出来了，是跟在日军曹长的后边。曹长给徐小黑一把手枪，叫跟着到时码街看望王培坤的太太。徐小黑不知就里，跟着曹长走，一路无话，到了伪军的据点。

大队长刘国泰见日军曹长上门，忙恭敬地迎上来，倒茶上水。他见徐小黑跟在后面，没绑着，手里还拿个枪，像是一名随从，心口立即就有点堵了。

曹长冷着脸，敲着桌面说："刘，你的良心大大的坏，徐，毛猴子的不是！"

刘国泰慌了，急忙弯了九十度鞠躬，结结巴巴地说："太君，太君……他是土八路派来的探子！"

刘国泰一边辩护，一边殷勤地倒水端茶："请太君喝茶！喝茶！"

曹长坐一会儿，也没多说话，就起身带着徐小黑回走。

原来，鬼子曹长吃了徐小黑小老婆送的鸡蛋，姑娘与他寻欢时说了这事，这鬼子有心计，不是枕头风一吹，为讨好姘妇就立即放人，他要亲自验证一下徐小黑是不是通八路。他将徐小黑叫出来，交给他一支膛线冲丁已卸下的盒子枪，带他到时码据点走一圈，如徐在途中有逃跑，或开枪的迹象，那么徐就是通八路，走了一路没见徐有动静，因此他认定是刘国泰诬陷的。

徐小黑放出来后，沿着盐河边向北跑了。徐小黑因向陶硕夫、王观涛拜过师，他投了中共浅集区大队。

徐小黑在中共浅集区队当兵，抗战胜利后，因自己罪恶大，杀人多，怕共产党清算他的罪过，他跑回家做起布匹生意，到周边赶集市。锄奸运动开始后，他因有命案，被逮捕，在群众公诉大会后，判决死刑，在王集街东边被枪毙，他知道装孬也没用，临刑时很雄实，大喊:“二十年后还是一条汉子!”

逃亡

刘国泰杀徐小黑没有得手，他认定是盛开平一伙人在背后捣鬼，因此，处处找盛开平的茬儿，有人出面要为他与刘国泰之间从中说和，化解矛盾，可盛开平认为徐小黑是日军放的，与自己无关，不愿与刘国泰走近，但还是怕刘国泰陷害他，便离开时码据点，待在家里又怕共产党上门找，便与王寿年、花永田与李集据点的丁亮联系，隐藏在家东南的王二庄和高台村的盐河滩上。

1945 年的梅雨季节，连绵细雨，城里城外是沟满河平。深夜，遍地的癞蛤蟆鼓噪得震天响，仿佛有天大的事要通报，烦躁得让人睡不着。白天，人们在城墙根发现很多癞蛤蟆特别大，仿佛要成精。不久，城内外流传民谣：一只癞蛤蟆七斤半，鬼子不过七月半。

人们疑惑癞蛤蟆大得怪，民谣说得蹊跷。一个月后的 8 月 15

日，真的传来日寇无条件投降的消息，人们兴奋地跳啊唱啊，敲锣鼓，放鞭炮，庆祝中国人民终于从日寇铁蹄下得到解放。这时人们想起那首民谣，啧啧称奇。

人民大众高兴之时，就是敌人难受之日。时码伪匪听到日寇投降的消息如丧考妣，惶惶不可终日。他们匆匆向县城逃跑，想依靠日军保命，才走到十里外的小李集，遇大批日军挤满了道路，从淮阴和涟水撤下来。他们又随日军回走，到时码时天黑下来了，众多的日伪军挤在时码街，这一夜鸡飞狗跳，乌烟瘴气。

第二天，大队人马一窝蜂地向北，时码伪匪如没头的苍蝇，惶恐无措地跟着鬼子外逃。日军经海州漂洋过海回岛国了，他们如无处可去的丧家犬，蜷缩在新安镇北边的一个村子里，狭窄的地盘上，一下子聚集很多来自不同地方的伪军汉奸，相互间为吃喝拉撒等事经常大打出手，人多队伍杂，生事不断，险象环生，小小的新安镇被糟蹋得一片狼藉。

盛开平同刘二小姐、王寿年等人待在这人生地不熟的地方，过了十多天，生活无着，吃喝不便，感到这样下去不是个办法，不管是死是活还是先回家。

不知道抗日政府对汉奸伪军如何处置？他们回来先躲在盛开平家。两天后，见没什么动静，他们就各自散去，各找门路保平安，但刘二小姐没走。

乡下人家谁家里来了一只狗，多了一只猫都瞒不住，何况住进一个女人，而且是过去大匪王培坤的二姨太。盛家的火药味当不会小吧？明媒正娶的媳妇，还有年岁渐大的父母，对平地里冒出的王培坤二姨太，怎么对待和相处？按说，盛开平第二次娶的媳妇是他自主决定的，应该是有感情的，现在男人整日不归家，两人之间不融洽，难道不是刘二小姐夹在中间？

盛开平是公子哥，在据点里不免染上匪气，在外边拈花惹草，强奸民女是少不了的。经过漫漫长夜，抗战终于取得胜利，天下太平了，男人回家了，竟然还带回一个大匪的女人，盛开平媳妇只能自叹遇人不淑，命运不公，暗自流泪、受气，倍受煎熬！

有一天，刘二小姐的叔公找来了，劝她回家，破镜重圆。夫妻分离，有王匪作为第三者的插足和强迫，也有自己生活不检点吧，更有时代动荡的大环境影响，婆家不计较过去的事，但是不知何故，刘二小姐不愿回到过去了，是自感无脸再见婆家人，或夫妻二人之间原本就缺少感情？如果说她与王培坤感情太深，也不尽然，毕竟王匪用情不专，女人也多，或她另有他人？总之，她不愿回到过去的生活中去了。

她是否与盛开平有关系？不然，就不会顶着盛家父母和媳妇的白眼而蹲下来。几十年后，笔者询问盛开平，他与刘二小姐是否有（暧昧）关系？他说："二太太婆家找来，她不肯走，我也不好赶人走。她是王培坤的二姨太，古话说，朋友妻，不可欺。"

言下之意，他受王培坤之命，只是忠诚地照顾二姨太。他的话也有不妥，王培坤与他不是朋友，是师徒关系，盛开平又解释说："刘二小姐并不怎么漂亮，长脸。"

这当是他避嫌的说法。据时码街老人说，刘二小姐长相漂亮，四方长脸，秀气，待人和善，性格外向。当然，漂亮、好看，这都是因人而异，所谓情人眼里出西施。盛开平对刘二小姐忠于职守，有勤务兵的职能形成的习惯，但是据点已被摧毁，差事已了，何职之有？应该说二人之间是有暧昧关系的。

盛家人的脸色肯定不会好看，现在走投无路的刘二小姐也只能佯装视而不见，忍耐着。她还有资本，即当年王培坤抢劫来的钱财物是交给她掌管的，藏匿在哪里她是清楚的。她叫盛开平将藏在黄湾桥一人家的粮食、衣裳推了过来。

在物资贫乏的日子，财物还是能缓和一下她当前的窘境，但在盛家长时间待着，总不是个事。盛开平的表哥、共产党乡长王寿浩经常光顾他家，名为看望姑父姑母，实为监视盛开平的动向。

担任王集区联防大队长的朱士亮背着驳壳枪，出没在家乡的村庄上。朱士亮一定不会忘记盛开平谋害陆亚东一事，大概盛开平父母向他赔了不是，同时，上级还没有布置锄奸工作，但镇压汉奸伪匪的风声是越来越紧，作为附逆分子，盛开平看到朱士亮肯定是倍感惶恐。

南边柴市村王二爹家建新房了，王家小楼因儿子王观涛在盐河上拦了鬼子的货船，被县城鬼子报复烧了，现在抗战胜利了，抗日英雄重建家园，乡亲们热心帮忙，除了至亲好友，那些送过帖子拜过师的昔日伪军如溺水者指望捞一根救命的稻草，也前来资助。

伪联五乡自卫队长花永田拜王观涛为老师。花永田是河东嵇码人，租种王二庄王姓大地主的地，地主家养有一班练勇队，他在那里吹号，混一口饭，后又投奔时码据点，任乡自卫队队长的伪职。他吝啬，做事不爽，喝酒是喝一半，赌钱是输钱舍不得掏，中途溜人，人送他外号:“半料子”“万人嫌”。他得知王观涛家建房子，送了一车粮食作礼物，指望王观涛在清除汉奸运动中网开一面。

盛开平从花永田处得知这个事，回家与父亲商量后，也推了二十担小麦送去。王观涛此时是浅集区区长兼区大队长，共产党干部清正廉洁，津贴也很少，一年几担粮食抵算，很微薄的。王观涛父亲人称王二爹，过去是地方上有名的土讼师，帮人打官司挣钱，但因鬼子侵略歇业了，没有收入，重建房屋只能靠借贷和亲友的帮助。王观涛对赠送物资一一记在账簿上，留作以后偿还。

王观涛后在省军区和公安部队任职，1970年离职在淮阴军队干所休养。热情好客的王观涛家就成了当年老战友聚集的中心，在乡村务农的老同志老部下有事，或有困难就会找他求助，他都会慷慨相助，尽力而为。

有一次，他回老家探亲，公社人武部盛情邀请他指导民兵训练，面对一群青春朝气的男女青年民兵，他豪情满怀，持枪示范，为民兵讲传统，“记得当年草上飞”，讲述当年如何杀敌锄奸，在残酷的战斗中，练就一身飞廊走壁的硬功夫。

1983年王观涛因病去世。二十年后，他的夫人回乡，邀请家乡亲友和曾与王观涛共事的老人聚会，座谈和追思王观涛的生平业绩。听说盛开平从台湾回乡居住，因礼簿名册上有他的名字，特请他赴宴。席间，王夫人以为他也是拜王观涛“干亲”的人，盛开平摆手解释说，我没有递帖子，我与他是朋友。

当时盛开平找到王观涛聊起自己的事，王观涛说，共产党办事一是一，二是二，该怎么样就怎么样，儿子问不了老子，老子问不了儿子。

王观涛的话说得既分明又隐晦，意思就是共产党跟国民党不同，是讲原则的，按规矩办事，犯了事就是亲娘老子也袒护不了。

从王家回来，盛开平心上的包袱不但没放下，反而更沉重了。正在茫然不知去向的时刻，他接到转来的一封信，原时码据点的相士高写来的。

相士高是王培坤的得力干将、伪中队长，浅集东人，神枪手。他不多说话，很凶。1945 年春，王观涛带人攻打朱码炮台，守炮台的相士高下令王寿年和刘一明两班长守炮台，他自己得空子逃跑了。当年腊月十七，相士高在逃往淮阴的途中，被军分区部队活捉，关押在俘虏营。他装病说胸部疼痛难忍，卫兵押着他出来买药，他趁看守不备，从药店后门溜了，装扮成老百姓拎着药包，混出了淮阴城，一路逃到镇江。他在高邮碰到一跑单帮的姓徐乡人，请他捎信给盛开平和二太太，说苏北被共产党占领了，叫他们出来，逃往苏南。

相士高及时来信，让盛开平看到一条逃亡之路。他找当乡长的表哥王寿浩讨路条，谎称是到淮阴城进货购商品。王寿浩警惕性高，对这个表弟的话是不相信的，没开给他。盛开平气恼地回到家，他急得没法子，找王寿年商量说:“我不怕你报告，相士高来信要我到南边去。”

王寿年同父异母的弟弟是共产党员，任村指导员，对他监视得很紧。他在家如热锅上的蚂蚁，因此听说外逃一拍即合，他巴望脱离弟弟的监控，但他想带上姘头一起走。

盛开平想这一路阻碍重重，能否跑出去还不得而知，多一人不如少一人，何况，他的姘头离家被告发那就坏事了。看到盛开平不点头，王寿年就不好坚持了。

父亲听说儿子要外出，哪里答应？指望儿子一根扁担挑两头，继承两家的家业，现在远走高飞，以后还不知是死是活？父母不免抱怨儿子出路的选择荒唐，实指望他在外混事能壮势撑门面，可倒好，跟着王培坤当伪匪，成天让人提心吊胆的不说，王贼死了，鬼子跑了，你当个汉奸，人不人，鬼不鬼，家里都待不住了，这个儿子算是白养了。

母亲骂他没头脑，没听表哥王寿浩的话，你现在走还能回得来吗？说着父母眼泪就掉下来了，媳妇在旁边没说话的份，只是生闷气。

盛开平心里烦躁地说：“现在说这话也没用了，你们舍不得儿子离家，护着儿子，看似疼儿子，实际上是害儿子了，儿子在家很可能没儿子，儿子走了，还能有儿子。”

听了这啰里啰唆的话，父母也理不清，但意思是懂的，知道自己也难保儿子的生死，又想不出什么好办法，就没话说了，只好任由他去吧。

腊月下旬的一天早晨，盛开平和王寿年各骑一辆自行车，他的车包袱架上绑了木板，放上棉垫子，让刘二小姐坐着舒服、暖和。刘二小姐扎上大红围巾，只露出一双眼睛，他们俨然一副哥嫂和小叔外出串亲戚的样子。

他们出发了，向南几里路到了盐河朱码渡口，有熟人问去哪里？盛开平说去保滩走亲戚。上了渡船，付五元钱过河费。朱码头是盐河西人进城的主要渡口，虽然抗日政府将盐河西划为涟水县，河南的县城属涟东县，但河西人还是习惯到县城赶集、办事或走亲访友。因此，这里过往的人很多，是一个重要的关口。河口执勤的士兵见都是周围的乡里乡亲，也没严格审查，他们得以蒙混过关。

在西南三十里外的保滩卡口，就没那么顺利了。站岗的士兵拦住了他们，要路条！盛开平敷衍执勤士兵说，嫂子生急病到淮阴就医，着急赶路，路条在后边人手里。他向士兵请求先放行，过一会儿后边的人一定会将路条补上。

盛开平的花言巧语，没能混过士兵。他不住地递烟说好话，刘二小姐装成痛苦不堪的样子，忽闪着一双妩媚而又令人怜悯的眼睛。美丽的女人本身就是一张通行证，这个朴实的士兵哪里知道她是时码大匪首的姨太太，动了恻隐之心，同意先放行去看病，但必须留下一人，等路条到了才能放行，这是一个既灵活又有原则的卫兵。

盛开平让王寿年带刘二小姐先走，他作为人质，在此等待后边人的路条。

哪里有后边的人？盛开平故作镇静，一边装着等待的样子，一边抓耳挠腮，焦急地想着办法。公路上没有多少行人，时间长了不免寂寞，他进门喊大嫂——没话找话说，讨好地与士兵拉呱。那士兵问他是哪里人？他说是朱码北盛庄人。卫兵说自己是朱码对岸的陶码人。盛开平一听喜出望外，套近乎说："我们是老乡啊！陶硕夫是我大表哥！"

县城北郊人谁不知道中共王集区区委书记、区队教导员陶硕夫？那士兵是陶书记的本家侄子，一听说是陶书记亲戚，立即亲热起来。保滩乡位于县境西南，盐河右岸，现划为涟东县，算是在外县当兵了，老乡见老乡，两眼泪汪汪，便失去了应有的警惕和原则，聊一会儿说，你不要再等了，先去帮嫂子看病吧，后面人带来路条就行了。就这样，盛开平蒙混过了关，跑到淮阴城。

这时的淮阴城是抗战胜利后，中共华中局和苏皖政府所在地，是黄河以南长江以北的中共抗日根据地，周边三省六十多个县的中心首府，各路人马聚集在此，热闹非凡。城中心的东西大街，也称花街，商家林立，商品琳琅满目，行人是摩肩接踵，川流不息。盛开平三人如进了繁华热闹的大观园，眼睛有点不够用了。

突然，有人在背后拍盛开平的肩膀，他吓得一跳，回头一看，原来是原涟西保安团团长张汉武的秘书徐化成。1944 年初张汉武欲投和平军，被中共淮海军分区主力围歼，徐化成小腿跑得快，得以逃脱，现在花街开一贸易货栈。徐化成很黏糊地拉住刘二小姐柔软的手，拉进门内，大惊小怪地说：“你们胆子够大啊！怎敢跑到这里来？不怕人抓你们？”

涟水到淮阴六十多华里，两地来往频繁，徐化成警告他们不能大意。听说三人想去扬州，徐的儿子在江南的国民党军队当团长，他答应帮忙找关系弄路条子。可他到有关部门跑了两次也没办成。

他们很着急，城里的公安戒备和查处一日甚于一日，万一被告密，或什么时间全城进行搜捕那就糟了。王寿年心思很重，他还想回去，将姘头带来。盛开平说，你回去能开到路条？王寿年想到当干部的弟弟一定还在着急地寻找他的下落，这才打消了念头。

等了几天还没办到路条，盛开平着急了，说不能等了，没路条也要走，天无绝人之路，来时蒙混过关，给盛开平一个信心。他们将两辆自行车交给徐化成，说多少换点钱给他们。

相士高在信上说，向南不能走陆路，邵伯是国共交界处，看管很严，可走高邮湖，要他们装成拉纤的人，女人坐在船里不惹人在意，到扬州的湾头，有共产党收税的哨兵，他们查得不紧，进了城就是国民党的天下了。

他们按相士高的话，运河岸边，两个男人勤快地帮着船家，装成拉纤人，船家乐得不要钱的苦力，刘二小姐坐在船里，走得也顺利，邵伯查得最紧，但也混过来了。到扬州湾头，新四军税警兵的岗哨查得果然不是太严，他们得以进入扬州城，又跑到镇江。

刘二小姐到镇江投一亲戚，她喊二舅爹，姓顾，与顾祝同是兄弟，在上海一家银行当总经理，刘二小姐就随顾家到上海去了。

关于刘二小姐的结局，有人说时码街有一光棍叫刁维成，拉黄包车，专门侍候二小姐的，跟随她到上海，后发现她带着两小口袋金戒指和金条等，刁维成见财眼红，害死了她。

还有一种说法，时码伪中队长周义高与她同到上海，她鞋子底层夹金条，周义高上心了，暗地里在水杯里放药，饮后中毒而死。

以上两个说法都令人生疑，既然历险逃难生活在一起，有了黄金更好过日子，怎么会见财害命？总之，刘二小姐死在上海。据盛开平说，刘二小姐是病死的。按说盛开平不顾一切地带着刘二小姐一同逃亡，感情笃厚。二人应有戏，否则，好像真是盛开平在恪守勤务兵的职责。

奔徙

盛开平在镇江与刘二小姐分手后，到南京找到老乡王永林，他身份是教师，是刚从陪都重庆归来的国民党教育界接收人员。王永林对乡邻来求谋职，很热心地写信给同乡的张某，张某有兄弟在徐州农民银行当行长，推荐盛开平到银行当了经济警察。

王永林父亲王寿昌是王二庄的大地主，他担心父亲因共产党搞土改斗争，受到批斗和镇压，想将其父带到南京躲避。王寿年主动说，他可以回去将其父带出来。王永林说："不能麻烦二叔，你也是共产党抓捕的对象！"

可是王寿年很热心，其实，他的心还在姘头身上，难得一个情种，他还在想把那女人带出来，故如此积极，他说："没关系，我回去不回村，到河东找人将你父亲送过河，带回南京。"

王寿年回家后，直接上姘妇家，路上被王观涛碰到，王观涛为稳住他，说你没有人命案，不要乱走。王寿年说我不走，他解释是在城里亲戚家住些日子。王寿年是相信王观涛的，在攻克朱码据点时，他被俘虏，上级要求将伪军军官一律镇压。王观涛把他当成一般伪军放了。

王寿年回到家里就被控制了，请他到乡公所谈问题。过两天他和另一个凶匪郭秃子一起被公审，判决枪毙。他的头被陆亚东的父亲拿到儿子的坟前，祭奠烈士在天之灵。

1946 年年底，张灵甫率国民党整编王牌军七十四师两次攻打涟水，第一次，新四军将士在粟裕将军指挥下，依据城外的废黄河大堆作堡垒，顽强阻击，将志在必得的张灵甫打得铩羽而归。一个月后，张灵甫第二次攻打涟水城，华野六师因对七十四师的主攻方向判断失误，终使张灵甫得手。

涟水城陷落，恢复了国民党的政权统治。远在徐州的盛开平听说国民党涟水县县长、四八六团少将团长鲁策三在徐州城招兵买马。鲁策三是涟水城东鲁桥人，他闻讯便加入鲁部，得以还乡。

父亲听说儿子回来了，可一月过去也没见儿子回家，跑进城去询问，原来儿子去淮阴城招兵了，父亲赶着牛车跑到淮阴，想拉他回家，唯恐再外跑，有个三长两短的撂了性命。可是，踌躇满志的盛开平哪里有心思回家，听说父亲春上卖了一头牛，手里有钱，硬将父亲的钱套到手，用在招兵上。

盛开平以为抓住升官发财的机会了，他想招一百人，弄一个连长当当，招三百人弄一个营长干干。他忙活了不少天，招了六七十人，上峰来命令，是另一个人当连长，他被任命当特务长。他很扫兴，白忙活了，家里还贴上不少钱。这时，家里来人找他回来当保长。在外浪迹一年多，风餐露宿，也没混出个名堂，不如回家安居乐业，便不嫌官小职低，回到村里。

国民党政府在涟水的第二次统治如昙花一现。1948 年 7 月的一天夜晚，华中野战军苏北兵团十二纵三十五旅悄然包围了涟水城。城里乡下两边跑的盛开平得知解放军要攻城，叫媳妇赶紧进城，协助父亲转移搜刮积聚来的财物，自己在城外的西门等，他怕进城出不来。

经两天激战，县城被攻陷。县长鲁策三在解放军破城之际，带十多名警卫，从西北城墙下一个泄水的涵洞逃出去，跑到了盐河边，被守卫的区队民兵抓获，后经公审枪决。

盛开平一路逃跑到上海。一年后上海解放，他不知何从何去了，就在市场上倒卖蔬菜度日。他一边卖菜，一边眼角瞄着四周，看有无熟悉的面孔，如惊弓之鸟，唯恐碰到家乡抓捕逃亡伪匪和地主还乡团的人。他住的这家房东是母女俩，看好单身的盛开平，想招他为上门女婿，可他哪里敢答应，面对温柔之乡，他怕夜长梦多。他立即和相士高约转往北边的新浦海边，计划潜逃到人生地不熟的山区。他俩在吴淞口上船，船老板要每人三块钢洋，满五十人才走。

几人分别帮忙拉了一些人，等了三天，人也没凑齐，在催促和威胁下，船老板只好启航。在海上漂几天，竟漂到了南边的舟山群岛。

为防止解放军进攻，国民党军队在岛上大搞防御工事，盛开平他们作为流亡人员，为生计，在舟山筑飞机场的建设工地上承包工程，爆破山石，炸成碎片后，铺设飞机跑道。

意想不到的是，昔日时码的伪大队长刘国泰也亡命到舟山。他在抗战后，因汉奸罪被国民党政府抓捕，关押在省府镇江。解放军强渡长江，国民党政府逃亡时，将关押在监狱里的汉奸和其他犯罪分子都放了出去。刘国泰逃到舟山，和他们一起开山，可他“宁倒酱（将）缸，不倒酱（将）架”，依然大队长的架子，不肯干活，还指使他人。开饭时，刘国泰要盛开平装饭给他，盛开平哪里愿意，本来对刘国泰就不待见，不客气地拒绝了他，刘国泰威胁要给盛开平颜色看。

飞机跑道还没弄好，国民党军队就撤离了。蒋介石审时度势，放弃了防守舟山群岛的计划，在建的机场不建了。盛开平他们没领到工钱，白流了血汗。

刘国泰这时还在做升官发财的大梦，他可能与国民党特务组织接上了联系，得到升官晋级的许诺和金钱，成立太湖救国军游击队，拉拢盛开平他们一起到太湖打游击，他还想折腾一下，以期混出名堂，以弥补他白白坐了三年牢房的时光。

盛开平几人憎恶刘国泰，巴不得他挨枪子，哪里愿跟他去卖命。这时，任国军师长的涟水人刘立卓手下有刘茂功、丁治盘两个保安团，即原苏州和无锡的保安团，在舟山逃难的散兵游勇中招兵，盛开平他们别无出路，为混饭吃，都登记上册。不料，二位团长为贪钱，又将招来的这二百多人卖给国民党九十六军。

他们被送到台湾岛外的澎湖列岛，一个叫渔翁岛的地方驻守。岛屿上没有田地，山坡上寸草不长，都是光秃秃的岩石，除了守兵，还有少数渔民。

茫茫的大海，岛屿西边有两座灯塔，每天下午五时开灯，一个向北，一个向南，给渔民引航。他们还要去海上执行任务，查处走私，严防大陆地下人员搭船潜入。

一望无际的大海，波涛翻滚，永无休止地拍打着冰冷、坚硬的礁石。每天与寂寞无边的大海相伴，盛开平万般无奈地北望遥远的家乡，想到家里指望他撑门立户，因自己贪玩，认为依靠黑恶势力可以在社会立脚壮势，没想到，现在自己成了过街的老鼠，被赶到这汪洋大海上的孤岛，成为海外野鬼，这辈子恐回不了家，见不到父母了，心里倍生凄凉、悲伤。

孤独、寂寞，盛开平如一叶无根的浮萍，在岁月的潮水里随波逐流，与家人生死两隔。

第十五章　人鬼之间

小道士媳妇

路西乡杨庄的崔某，家贫，从小拜道士为师，跟在师父后面为人家丧事做道场放焰口。坐在主家堂屋的祖宗亡人牌位前，桌子四周的小道士吹笛、箫，敲锣鼓，跟着坐在大桌子上的大道师念经。有钱人家还会请一帮和尚在另一旁念经超度。道士负责在出殡前，领着一行孝子到墓地焚烧纸人纸马，过后在主家门前放焰火，故将为丧事做道场的活称为放焰口，道士报酬称为焰口钱。

人世间生老病死，周而复始，道士焰口钱是不会间断的，因此崔小道人出师后，或随师父，或自己出场，渐渐有了积蓄。到了结婚成家的年龄，有经济基础的小道士娶了一个如意娘子，媳妇王氏俊俏而肤白，勤快、贤淑，夫妻恩爱，第二年就添了个胖小子。平时，男人外出挣钱，媳妇在家侍候几亩地和家务。媳妇闲时抱着婴儿，坐在屋前的槐树下喂奶，逗弄孩子，纳着鞋底，乱世里难得的一幅安居乐业图。

腊月的一天清晨，穿着绿棉袄、红棉裤的王氏起身张罗早饭。突然有二人闯入院子，径直走到正在拐磨的王氏跟前，她以为是来请男人去做道场的，不料，其中一个长得面目和善的人，竟厚颜无耻地说：“娘子，跟老公回家吧！”

这话吓得王氏花容失色，更让她惊骇的是，来人说着便粗鲁地抓住她的胳膊往外拖，王氏顿时惊叫起来。

听到媳妇的惊叫声，崔小道人跑出屋外，看到两个陌生人在纠缠媳妇，真是胆大包天，大白天上门抢人，哪里来的贼匪？他气愤地骂着冲出来，从门旁边抄起铁叉，不料，一支盒子枪顶到了他的脑门上，扣动勾机的声音，吓得崔小道人只打颤，真是贼匪，他尿了，赶紧低首央求：“二位大爷，你们要什么尽管说，请高抬贵手！”

“什么也不要，就要你家的小娘子！”

“大爷，使不得！我们是本分人家，我家还有吃奶的孩子，请二位大爷行行好！我把钱给你们！”

“谁要你的死人钱？识相点，你想死就早说！”那人一边说一边将枪口在他脑袋上点戳，小道人两腿筛糠，直喊饶命！

拽王氏的人并没因小道士出来而停手，反而更是凶狠地将王氏往外拖，王氏抱住院前的小槐树，如抓住一根救命草，只是说：“我不走！我不走！”

这时，从屋里传出孩子被惊醒的哭声，王氏说：“孩子要吃奶了！”

小道士也可怜地哀求道：“大爷，看在小囡的面上，你就行行好吧！”

举枪的人对崔道士猛地踹一脚：“我行好，就让你和孩子都上西天！”

这话把小道士吓傻了，也吓坏了王氏。女人舍不得孩子，也不舍丈夫，她怕孩子没了妈，更怕男人被打死，孩子就成了孤儿了，这些贼匪杀人不眨眼，什么事做不出来？她瘫倒在地，六神无主地哭着哀求道："大爷饶了我吧！"

面前的人说："你还不明白吗？你丈夫将你卖给我了！"

王氏哪里相信他的鬼话，抱住树干呜嘟嘟地哭着说："我还有小囡啊！小囡要喂奶啊！"

那人从槐树上折一有刺针的枝条，对着不肯走的王氏没头没脸地抽打起来。王氏捂着脸痛苦地叫喊着，躲闪着，树枝的刺划破了棉衣，也划破了王氏白嫩的脸颊。恐惧之极的女人哭泣着，看着呆若木鸡的丈夫，她怕这两匪再做出杀人的事，不得不挪动步子，恋恋不舍地离开自己温馨的小家。

崔小道人傻子一样，呆呆地看着媳妇被人抢走，仿佛在做噩梦。

这两人一个是时码据点特务小队队长章月干，另一个是他铁杆把兄弟、伪小队长傅锦生。不知什么时候，王氏被章月干看上眼了，视为天人，心中念念难忘，便在这个冬天的早晨上门抢人。

伪匪走后，乡邻围过来，咒骂时码恶匪丧尽天良，大白天就上门抢人，但谁也没个办法，只是叹息，感慨，这年头娶漂亮媳妇可不是好事，招惹祸端啊！有好心人建议小道人，快去找东边的观音乡乡长杨福兴，请他出面跟王培坤说情，花些钱财，或许能把媳妇找回来。

束手无策的崔小道人只得死马当活马医，找到杨乡长门上请帮忙。

杨福兴曾两次救过王培坤，王培坤为报恩，拉他出面任伪乡长。这兵荒马乱年头，党派多，得罪谁都没好果子吃，当差人不好干，乡长这官职无人愿当。但王培坤出面邀请，让他左右为难，王培坤很猖狂，如不领情，相互间就不好相处了。同时，杨福兴也爱虚荣，文化人多有一颗骚动的心，想施展自己的抱负和能力，现在学校关门，书也不教了，在家闲着也闲着，当个地方官也可为乡人做点善事。

因这里有一观音庙，王培坤将过去的浅南乡更名为观音乡。杨福兴上任后尽力为乡人做事。有一次，花庄人陈秀清被时码伪匪抓去，据点通知陈家来人收尸。杨福兴受陈家所托，立即跑到时码找王培坤，说陈秀清还是个小孩子，他晓得什么共产党不共产党？硬是将陈秀清从死神手里拉了回来。

王培坤很把面子给杨福兴，但杨福兴也有苦难言，他兄弟二人，弟弟摆布摊生意，时码有两个伪匪买布要赊账，弟弟知道这是敲竹杠，仗依有大哥作后台，就没理睬。不久，他去废黄河南进货被人杀了。家人估计，是被想赊账的伪匪惦记着谋害了，可是也没抓到证据，事情不了了之。

对崔小道人请求的事，杨福兴是当作事情办的，他随即去了据点。晚上，他对前来听信的崔小道人无奈地说："章小队长死活不放人，话不好说，让你开个价，说给多少钱多少粮？"

"我要钱要粮干什么？"崔小道人说，他想，这贼匪的钱粮要得么？他绝望了，心死了也就想开了，古人云，兄弟如手足，女人如衣裳。这世上也不是就一件衣服？手足兄弟找不来，这世上女人多的是。他很聪明，也很世故，不能因女人搭了自己的小命，因此，他不仅认了这个事实，也不理昔日的夫妻之情了，还乖巧地说："杨乡长，请你对章队长说，我什么也不要了，请章队长照顾我家就是了。"

章月干是新渡乡临河村人，1941 年初夏，随把兄弟傅锦生跑到时码当伪军。王培坤一开始并没在意他，因他面相和善，如同书生，不像是砍杀的狠主，先放在刘连生小队当个喽啰。时间不长，章月干显示了他的能耐。有一次，伪小队长朱从善的母亲过六十寿庆，王培坤带一帮人前去朱家喝祝寿酒。不料，酒席正在吃着，突然被涟西保安团张汉武部重兵包围，堵在村里，双方发生激战。王部人少，想撕开一个口子突围出去，可抵不住张部人多势众，几次也没成功。王培坤恐慌了，绝望地想，这次要完蛋了。没想到的是，平时看上去文质彬彬的章月干在关键时却一显身手，他脱光衣裳，生死不惧，硬是从枪林弹雨中冲了出去，飞奔到时码据点，很快调来二三百援兵，他手端机枪冲在前边，肆意横扫，里应外合，对方很快崩溃。王培坤这才躲过一劫，自此，对章月干刮目相看，安排他在自己身边当勤务员。

时码王培坤大队编有一个特务小队，伪军中队都编有一个排或一个班的便衣武装队。1942 年春，章月干被封为特务小队长，人员有盛开平、韩树成、刘小老汉、范小坠等三十余人。秋天，王匪成立机枪小队，有十二挺机枪，他又被任命为队长，可见王对章月干的器重。

特务小队、机枪小队，都是王培坤直接控制，跟随他行动，他到哪里小队跟到哪里。王培坤下乡扫荡，进攻抗日根据地都用机枪开道，时码街人和伪军称他们是“大鼻子兵”，意思就是吃得开，有了好处头里跑。

章月干面善，时码据点和街上人为他起了个绰号:“笑面虎”。他后又被委任伪时码乡乡长，鲁渡、时码、白果三乡的自卫队受他节制。他在时码据点收徒，有属下自卫队和附近人周小才、徐洪来、张汉青、周士方、尤洪生等，每次出去活动，徒弟们把抢劫所得的钱财，按规矩都要拿出一部分进贡他，章月干坐收渔利，他在时码据点混得风生水起。

1944年初，王培坤成立新的中队，任命章月干为中队长。这个中队成立几天就被解散了，原因是该中队的班长陈虎等人跑到县城废黄河南，收缴了当地伪自卫队两支枪。伪乡长上告伪县府。伪涟水县县长阎汇轩认为，时码王培坤是一匹不受管控的野马，手伸得太长，便向日本顾问进言，致日伪县府下令，为限制时码据点的扩张和尾大不掉，将所获得的枪支没收，撤销新成立的中队，并将管制不力的小队长张士农逮去，关了三个多月监狱。

南方来信

1954年春天，中共时码乡的乡公所里，有一封姓曹的人寄给徐家的远方信件，引起人们的好奇和疑惑，从没听说徐家有远在广东的亲戚啊！

对来信的情况，徐家口封得很紧。在这个小集市上谁家有什么事？来什么人？比盐河的水还透明，那时候信件都是乡公所转发，也没有保护个人隐私的说法，虽然寄信人的名字改了，还是容易查明信件的来处。这蹊跷的信很快就摸清了，寄信人就是过去时码据点的章月干。

时码乡民兵中队队长张发科负有镇压和追捕伪匪的职责，同时，他一直关注章月干的下落，除了章月干是一个有罪恶的伪匪，还因为章月干的插足，强行拆散了本街张五的婚姻。

章月干不是强行霸占了崔小道人媳妇吗，怎么又破坏张家的婚姻？

章月干抢占王氏不到一年，又看上了街上姑娘徐凤贞，姑娘此时已有婆家，她与本街杀猪户的儿子张五已定了婚。在贫困落后的社会里，杀猪户因经商，每天见钱，其经济地位决定他们在乡村是属于体面人家。另外，张家老兄弟几个都是壮实的汉子，据点里一般伪匪是不敢惹的，可是，章月干在据点里是个人物，张家是眼睁睁看着即将过门的媳妇被抢走，气愤只能放在心里，在背后说些气话。

张家人在背后说的气话，不料很快传到章月干耳朵里，他立即放话，要将张五除了。他的话可不是随意说的，章是王大队长的红人，时码伪乡长，握着刀把子，杀一人比杀一只鸡还简单。

张家人慌了，这活阎王杀了你，你到哪里去喊冤？忙请本街伪保长唐学举出面说情，称孩子说的气话不当真，还特地赔罪，办一桌酒席，再请徐凤贞帮说话，张家自动解除婚约，这才放过。

章月干住在东炮台里，有时住街上徐家。他有了新欢，抢来的王氏就成了一个多余人了，相对于街上长大的徐凤贞年轻，活泼，王氏不免村妇一般地拘谨、呆板了，打骂王氏也成了常态。按说，原本就是强行抢来的，既然男人嫌弃了自己，现在又有了新欢，王氏可以解脱，回到从前的家，回到盼望她的孩子身旁，“凤还巢”也是幸事。可是，不知是崔小道人已另娶他人，还是王氏与章月干有了感情？总之她没走，备受冷落的王氏任由命运的摆布。不久，章月干将王氏送到自己的老家，服侍父母和耕种田地去了。王氏悲戚忧伤，郁郁寡欢，一年后忧郁而死。

王氏由强制到心甘情愿，表现出女人的软弱。自古以来，受封建社会男尊女卑思想影响，女人缺失地位和人格独立的意识，在生活困顿的年代，满足生存是首要因素，女人还能有什么要求呢？婚姻就是嫁汉嫁汉，穿衣吃饭，至于男人的品行，是贼匪、汉奸，哪里还去计较？现实存在决定人的是非观念。

徐凤贞也没有因为章月干是伪匪、汉奸，杀人做坏事而拒绝。在这个贫穷而生存困难的人世间，或许一个女人对婚姻有两情相悦就够了，另外，男欢女爱之外还要物质，以体现婚姻的质量，至于这物质从何而来？是取之有道，还是来路不正？是非和善恶是不被人待见的。

章月干对喜爱的女人还是很好的，徐凤贞与张家毁了婚约，跟章月干好上了，干柴烈火，如胶似漆，应了一句俗话，男人不坏，女人不爱。徐凤贞有找对人的感觉。

遥远的南方来信，让时码街人恍然大悟，难怪这两年没见到徐家姑娘，原以为是改嫁到外地，原来是跑到南方，投奔章月干去了。谁能想到，章月干逃过了共产党的镇压运动，还钻到共产党政府里当了大干部。短短几年间，这是多么大的人生逆转！

时码街人认定，章月干是混入共产党内，蒙蔽了军队和政府的领导。时码乡干群向区县政府反映，请求发公文至广东，将这个恶匪捉拿归案。

信函发出去了，人们等了好长时间，没见回信，他们又发了一次，还是没有回音，如石沉大海。他们想不通，凡在地方做过坏事的伪匪，除逃到台湾外，都被抓捕归案，按作恶情况该判刑的判刑，该镇压的镇压。如时码据点小队长朱从善，在鬼子投降后投诚到涟水县警卫团，解放战争中上升到主力部队，因作战勇敢，多次立战功，被提升到解放军连长。战争结束后复员回家，镇压反革命时，他自知做伪匪时作恶多，有血债，逃脱不过群众的控诉检举，吓得躲在自家的土窖里吞金而死。

现在章月千钻到共产党内部，家乡政府多次去信举报却不理睬，广东的党组织怎么会袒护坏人？人们想来想去，解释只有一个，章月千做了大干部，他只手遮天，将检举信扣压了。他们想到广东去，到章月千所在的机关去反映，可是在那个年代，交通不便，山高水长，路迢遥远。

1954 年 11 月，上海国棉十九厂保卫科长季如良来到时码乡，调查原在时码当过伪军的吴广才情况，听时码干群反映吴广才的上司章月千，现在钻进党的政府机关，他们多次去信广东检举，至今没有回音。季科长爱憎分明，是一个做事顶真的人，他一听有这等事，义愤填膺，自告奋勇地说，这个事交给我办，一定将这个坏人捉拿归案。

大都市来的干部就是有本领。半年后，县法院副院长杭景萍来了，同时还带来一个说着山东口音的人，经介绍是省检察院的李科长，专门来此调查章月千的事。

蝶变

章月千从伪匪成为一名共产党政府的县级领导，他的人生转变有一个化蛹成蝶的过程。

日本投降了，时码伪匪跟随日军向北，日军从海上滚回老家了，他们滞留在大伊山南边的一个村庄上，投靠涟灌沭边界有名的大汉奸周发乾，周部对时码伪军很不客气，将他们的好枪和看中的装备尽量地收缴，一向猖狂的时码伪军是人在屋檐下，不得不低头。

在这陌生的地方，章月千睡不着了，这几年他跟着王培坤做了很多坏事，吃香喝辣，日子过得很滋润，便有些张狂，许多伪军向中共区委领导拜师，为自己找后路，可他为王培坤卖命是一条路走到黑。现在，王培坤被打死了，日本人如冰山一样地倒塌了，过去自己只图眼前，不计长远，他感觉到自己太短见了。

章月干完小毕业，不能说没文化没头脑，他在碰到南墙走投无路之时，才静下心来思考自己今后的出路。他苦思冥想，国民党军队还在大后方，远水不解近渴，认为现在只有投向共产党才是一条光明的道路，为图生存，也别无选择，但以他的身份经历，八路能接受他吗？能不清算他的罪过吗？还有，又怎么与八路联系上？他想到家乡的大土匪刘大呆与刘小呆兄弟。

刘大呆兄弟经共产党的统战工作，接受中共淮安县政府的领导，刘小呆经淮安县长赵心权介绍，加入中共党组织。大约在1943年初，刘小呆挑选五六十精干人员成立一支队伍，归属中共淮安县政府总队，命名为淮（安）淮（阴）大队，刘小呆为队长，由赵县长亲自掌握。刘小呆这支队伍成了涟淮路上有名的共产党武装，曾两次率队攻打洪荡伪据点，在日军投降时，涟城的伪军保安大队和“和平军”逃向淮阴时，刘小呆率部参加了阻击战斗。

章月干想到共产党能接受刘大呆和刘小呆兄弟，他感到也能接受自己，他有了信心，可是如何联系呢？他想起吴广才，县城南小街人，曾在县保安大队当骑兵，与同在保安队的刘小呆是好友。吴广才舅舅与章月干一个村子，小时候吴广才到外婆家走亲戚时他俩就认识了。鬼子占领县城后，吴广才跑到时码当伪军，在他的特务小队当了二年兵。

章月干打定主意后，当即与傅锦生，带着林树海跑回家去，打听到吴广才现在淮阴城做贩花生的生意，立即前去请他联系刘小呆。吴广才当即骑自行车赶到喻滩，找到刘小呆，说时码有一批人想来投诚，能不能收他们？刘小呆听说几十人来投诚，还带着机枪，喜出望外，虽说抗战胜利，但战争的氛围依然很浓，国共双方都在厉兵秣马。刘小呆立即表示：带人要带枪，来多少要多少。

吴广才提出章月干最关心的事，参加队伍后要共产党答应不追究过去的罪行，保证个人安全。他说："你如不能保证，他家里的母亲和哥哥以后会来找我要人，我就不好做人了。"

刘小呆是一口答应。章月干得话后，心里安定下来，他让傅锦生和林树海先回到新安镇北的王五庄，他与刘小呆作进一步接触，经过协商，将投诚后的安排、出走的线路、地点等事情谈妥，章月干是这天下午四时回到驻地。

第二天一大早，天上下起了雨。章月干与傅锦生领着三十多人出了炮台，冒雨向西跑去。伪军中队长王夕昌得到哨兵报告，立即命令尹维高、吴大痴两小队长带人追赶。

章月干看到后边有人追来，一边下令开枪还击，一边鼓动说，你们打啊！我们投降八路了，前边有老部队等我们！

泥泞的道路上，很不好走。前边人在跑，后边人在追，两处人"噼里啪啦"地相互开火。

在两三里路处有一个村庄，从老百姓屋里出来一伙人，他们对着追击的人开起火来。前来追击的伪军都是泥菩萨过河——自身难保，他们自己还想跑呢，见对方有人接应，立即掉头，偃旗息鼓。

是淮淮大队一姓于的队长带十多人接应他们。他们带着抗日政府的路条，走得很顺利。途中有人溜走了，人可以走，枪留下。中午时到了浅集东，停下吃饭休息。当天下午，章月干和徐凤贞过河回到时码街，将不好带的衣物和多余枪支分别藏匿在鲁渡和时码熟人家。第二天午饭后回到浅东，带人向南开拔，渡过废黄河，在南马厂，正式编入淮淮大队。他们参加队伍的二十来人，步枪二十七支，驳壳枪六支，撸子枪一支，机枪一挺，刘小呆将章月干的人编一小队，任命他为小队长。

因为从前与共产党为敌，对投诚到新四军队伍能否站得住？章月干与傅锦生商量，二人中留下一个，以应付不测，同时照顾两人家庭，傅锦生没有加入淮淮大队。

过去王培坤暗中投靠国民党，但在他势力范围内，国民党势力侵占他的利益也是不能容忍的。故王培坤安排傅锦生杀死了国民党七区区长胡正全。1947 年，胡正全好友、国民党涟水县行政科长王春方在淮阴一饭馆吃面条，偶然看到从门前经过的傅锦生，他当即指认傅为汉奸，将他逮捕押回涟水，判刑后在城西边宝塔根处决。

淮淮大队随淮安县警卫团参加解放淮安城的战斗和淮阴城的外围战斗。10 月下旬，新四军三师奉中共中央命令，挥师东北。淮安县警卫团上升三师，编入师直辖队，刘小呆部二百人上升主力，他任连长，章月干为排长。他们随着浩浩荡荡的大军，踏上奔赴东北的征途。

在时码伪军外逃时，徐凤贞跟着章月干跑到新安镇，后又跟着章月干投向中共淮安县警卫团。遥远的东北，艰苦的远征和寒冷的气候，才让徐凤贞依依不舍地挥泪离别，回到时码。

解放战争中的东北战场，国共两党军队展开了决定中国命运的历史性大决战。战争是残酷的，章月干在战斗中生死难卜，徐凤贞担心，祈祷，四年时间不算长，可对爱人的等待，一分一分地计算，就将时间抻得漫长又漫长。

1949年春暖花开，在等待中煎熬的徐凤贞终于接到来自北国嫩江平原的信，一封报平安的信转到徐家，让她知道章月干还活着。半年后，徐凤贞又接到南方来信。四野大军挥师南下，很快，南方的广东、广西相继解放了，因建立地方政权需要，章月干转到地方任职，要她从速南下广东。

经历了东北四年艰苦卓绝的斗争和战争考验，章月干其个人才干、勇敢和智慧在人民军队的大熔炉里得到正面的发挥。为巩固东北根据地，动员和团结东北人民同国民党统治集团做斗争，1946年冬，中共东北局决定，在广大农村开展土改运动。章月干被抽调到土改工作队，参加吉林省东部的桦甸县土改运动。在这里他加入党组织，不久担任一个区的区委副书记、书记，在这场暴风骤雨的革命运动实践中，他得到了教育和锻炼，工作能力和水平得到极大提高，同时，这次经历对他以后的工作变动产生影响。

大军南下，铁流滚滚，如风卷残云，很快解放南方的大片国土。随部队南征的营教导员章月干到达江西时，被抽调到四野军政工作团。在短暂的学习后，被分配到广东省英德县负责建立新政权工作，先后任区委书记、县组织部长、县委副书记兼组织部长。

章月干成为新中国的主人。在短短几年间，从北疆的冰天雪地，到亚热带雨林的中南地区，章月干因能力和表现，职务很快得到提升，社会也发生巨大变化，让他感到如同在梦中一般。战争结束了，经营温馨的家庭生活摆在许多经过枪林弹雨的功臣面前，这时，进城干部娶城里姑娘和女学生成为时尚，也有不少人抛弃了乡村的糟糠之妻。章月干没有跟这股风，难得的是他依然钟情于家乡的爱人，没有像从前抛弃王氏一样，他懂得了爱和专一，他对遥远家乡的媳妇不离不弃。

章月干肯定是经过深思熟虑，他不会不知道与徐凤贞继续这段婚姻，具有极大的风险，要知道作出这个选择无异是火中取栗！他清楚自己身上的污迹一旦被揭开，用生命和血肉之躯换来的荣誉和地位就会化为乌有！如果他果断地掐断阻碍他飞黄腾达的过去，在这远离家乡的地方，鲜花，美女，显要的职位，或许可以经营一个全新的人生和锦绣前程。

人的性格具有双重性和复杂性，章月干身上集中了男人对女性的残暴和柔情，人性的不确定性有时就是一闪念之间，在一定的环境下，人性与兽性是可以相互转化的。一个过去两性关系混乱而放任的人，能做出这个坚持的决定是值得点赞的，不因为一个人有污点，就忽视这个人身上的闪光点；这个决定体现了章月干思想的进步与变化，在伪匪魔窟里，人变成鬼，而在人民军队这个革命的大熔炉冶炼，鬼转变为人。

环境改变人，这句话是有道理的。章月干是一个面善的人，从前，在伪匪魔窟里诱发他内心的恶不断繁衍、泛滥，成为一个杀人的魔鬼。他加入共产党的队伍，党的纪律和思想政治教育唤醒他心底的是非观，通过学习，他对自己有了向善向好的要求。相由心生，他完成了内外一致的转化。

一个人向好的方面转变，证明了中国共产党和人民军队思想政治工作的伟大，也是一个人的造化，显示了人类社会发展趋向理性的进步。

徐凤贞接信后迅速南去广东，按章月干说的，将藏在时码东南王寿松家的步枪处理变卖，作路上盘缠。这时，藏在王家的几支枪被告发，乡公所上门予以没收，但还有两支长枪藏在草堆里，被她取出，换成南下的路费。

1950年春天，徐凤贞千里迢迢，经多次转车，辗转到广东省英德县。她被安排在县供销总社工作，后担任人事股长，期间生育一子。

取证

乡公所和群众对章月干的举报信为什么石沉大海，一直没有回音？

原来，因章月干曾在东北的黑山白水参加过土改工作，军政两全，1954年被中共中央办公厅和国家外交部选调到中国援越土改工作团，他作为专家，赴越南农村指导土改工作，担任一个分团的顾问助理。

土改工作团在越南北部一个地区指导土改工作，因卓有成效，受到越南党领导的亲切接见，他和工作团的领导成员获得胡志明主席亲自签名赠送的金表、金笔等珍贵礼品。

因特殊的涉外事务，时码乡几次来信来函，英德县政府只能将信函上转。季科长写给省和国家部门的信函，终致章月干中止在国外的工作，提前返回国内。1955年6月，章月干被押送到江苏省公安局审查。组织上对于他的案件处理很慎重，省检察院派来李科长，在县法院副院长杭景萍的陪同下，来到时码等地对上诉的案情取证、调查。

章月干是王培坤的心腹，特务小队队长，伪时码乡长，他手下有许多人，看到他直接杀害抗日干部是很少的，所以难以找到指证他杀谁的证据。至于张家举报破坏婚姻一事，因章徐二人现在是合法婚姻，就不好作违法犯罪事实了。

在时码乡调查一个月，缺乏犯罪的实质性材料，再因徐家人出面游说，一般人只要事不关己，便高高挂起，乡邻间有句古话，宁拆十座桥，不毁一炉香，毕竟徐家的女婿在新政府做了大官，毁了人家前途也挺可惜的。

对于他的参军经过，有无隐瞒历史情况？去函外调时任广州市公安局公安大队长的刘秀文（刘小呆），证明章月干当过伪军，他是主动投诚我军的。

陪同省检察院李科长前来调查的县法院副院长杭景萍，他是与时码一河之隔的张杭庄人，他的父亲就是以正直、倔强出名的杭三爹。杭三爹死得壮烈。1946 年底，第二次涟水保卫战失守，县城被国民党军队整编 74 师占领，涟水恢复了国民党的统治。徐淑阳有一侄子叫徐慎团，充当国民党三区还乡团团长。他对杭氏兄弟因抗日保家上门借枪怀恨在心，旧仇新帐，致徐慎团时常带人进庄突击捉拿杭三爹和他的儿子。白色恐怖下，杭三爹在亲友的掩护下几次逃脱，最后还是被抓获，押送县城。敌人对杭三爹行刑，逼他将儿子找回来，脱离共产党。杭四爹坚强不屈，他说："你们打死我，我不怕，我儿是共产党，我死了有人给我报仇!" 1947 年冬天，杭三爹在县城西门外被活埋。杭景萍早年参加淮河大队，一年后因风餐露宿，环境恶劣，他患上疥疮，队伍里无法治疗，安排他回家治病。早已定下婚约的女方家得知对象回家，立即上门催婚。世道混乱，姑娘大了不宜留，在他病愈后立即举行婚礼。这时淮河大队已上升主力西去，新婚的温馨日子也扯住了他的腿，为谋生，他利用家里的房屋开一个私塾馆。

王培坤曾与他一起在淮河大队当兵，为防止王培坤找麻烦，杭景萍请结拜把兄弟、伪曙东乡伪乡长徐慎重出面，请王培坤吃了一顿酒饭，才得以平安地办学。一个有思想的灵魂是不会安于苟且的现状，他的心总是在远方。生计安定后，他与地下党组织接上了关系，开展地下工作。抗战胜利后，他出任中共曙东乡乡长。

因此，杭景萍对时码据点的情况是清楚的，他向乡干群说清楚，要积极配合人民政府的调查，事情要说得明确、具体，不能模糊两可，不能有怕恼人的想法，当面不说背后说，否则，坏人作恶事就得不到清算。

世界上的事，怕就怕认真二字。通过对在押的伪匪人员和时码河口摆渡的舵工等知情人调查，很快查实章月干诸多的犯罪事实，这里摘录几则。

1942年夏，陶码人因缴不起粮食，被时码据点抓来十多人。第二天，保长为赎人想方设法筹粮送到时码，交涉放人。章月干不但没放人，还将两个保长扣下，当晚，将两人押至吉保奎的渡船上，摆到河心，用石头绑后背，坠入河底淹死。

1943年4月，章月干和韩树成、刘汪成、徐宝成等五人，从河西带一人上船，其人双手和臂膀被五花大绑，到船上后将人捺倒，用绳将腿捆起来，两人将脚按住，头朝水里，呛得那人奄奄一息，才从船上推下去。

1943年7月发大水。一个深夜，伪匪徐宝成、陈松元二匪在河西朱广法家（朱广法在中共涟水县独立团工作，家里跑反无人）猪圈上拆二块石头，抬上船。不一会，章月干，韩树成等四人押二人上船，上船后将二人捺倒在地，时二人跪地求饶，可他们哪里理睬，用铅丝将八九十斤重的石头，绑在二人背后，推下河去。

1943年10月，在炮台南抓回来一个妇女，船到河中心，按在河水里呛水，又提起来，没淹死，章月干残忍地用腿抵住妇女头，在船板上活活撞死。

1943 年 9 月某夜，章月干率队到胡集的包秦村，抢了二十八户，逮来五十六人，牵牛十二头，衣物不计。村民包永坤，儿子包树扬被杀。朱洪标家的门没打开，女儿向外扔手榴弹，被敌乱枪打死，妻子怀孕，打在肚上，肠子流了下来，均死亡。

在押犯、伪匪孙瑞儒是他手下的班长，交代说：章月干任直属小队长，经常带他们出去抢老百姓的东西。1941 年到福庵乡、北边的新安镇南抢耕牛三十多头，衣裳粮食很多；第二次到旋河庄抢牛十一头，驴四头，羊六头，还有十多名群众；第三次到百荫乡河口，抢油四十多斤。那时，没有三天不下去抢老百姓，抓人，然后逼老百姓花钞票和粮食来赎回，如不赎就吊起来打。

1943 年秋，章月干带队临时换防到四区大新集炮台，嫌伪区长招待不周，怠慢了，就为难伪区长，逮捕地方的群众，制造事端。他们将一农户朱洪生的三儿子说成是坏人，当即活埋了。

时码乡治安谢主任反映说，亲眼看章月干杀人是不多的，但他作为王培坤的心腹小队长，每次杀人少不了他。打死王培坤的第二天下午，我在割草时，看到章月干在北边的河岸，将陈朝中打死。

章月干的机枪小队在当时是很有名的，如大朱庄抗日自卫队就是他带队残酷镇压的。

时码东北的大朱庄是一个大庄子，有三四十户富裕人家，这些人家正是伪军和贼匪们惦记的“肉头”户，为反抗日伪扫荡，骚扰地方，邻庄陈庄的青年陈永文上门动员各户联合起来自卫，保家防匪。得到人们的响应，出钱买枪，很快拉起一支有五六十人的大朱庄自卫队，大家一致推选陈永文担任队长。

1942 年 2 月的一天，小土匪头子郎学友带领十多人到陈永文哥哥陈永康家抢劫。朱庄自卫队闻讯后，副队长朱伟成带领二十多个队员赶了过来，打败了匪徒，活捉了郎学友。朱伟成用辣椒水灌郎学友，迫使郎学友写下保证书，永远不到这里抢劫。

活捉和惩罚了郎学友，让大朱庄自卫队的名声响了，一般匪贼对大朱庄是退避三舍。大朱庄抗日自卫队枪好、子弹足，衣饰整齐，训练有素。人们称赞说，大朱庄的自卫队有县太爷保安营的威风。

自卫队保一方平安，还接受其他村请求，帮助维护地方治安，打击恶势力，四周的村庄自此过上夜不闭户、道不拾遗的太平盛世日子。

副队长朱伟成长得一表人才，是自卫队里的一员猛将，神枪手。不知何时，他被鲁渡街一个开饭店的女人迷得神魂颠倒，这个风骚的女人涂脂抹粉，镶了两颗大金牙，如同一枝美丽、妖娆的罂粟花，招蜂惹蝶。朱伟成是一个有家室的人，常夜宿鲁渡街。这女人的相好不只是朱伟成一人，伪匪郎学友也是她的姘头。郎学友曾栽在大朱庄自卫队的手里，为活命表面求饶，心里并不服气。郎学友后投靠王培坤，被派驻在鲁渡街南的据点。郎学友掌握了朱伟成经常到鲁渡街约会的情况。有一天晚上，朱伟成从这个女人处回去的路上，被郎学友事先设伏，一枪打死。

朱伟成的死是自卫队的重大损失。不巧的是，另一个骨干朱刚成也为情事被人杀害，连损两员大将，自卫队一下子削弱了力量，士气大减，但报复心切的朱庄自卫队则扬言：不杀掉郎学友誓不甘心。这话传到郎学友耳里，很害怕，他跑到时码，向王培坤添油加醋地告状。

1943 年 7 月的一个早晨，王培坤下令机枪队长章月千和韩小来成带百十人，几挺机枪封锁了大朱庄的进出村口，没有防备的民兵自卫队员在枪声中惊醒，慌忙从庄东头逃跑。这一天打死了民兵王庆廷、潘二壳子，打伤朱洪畅。时码伪军进庄后，把东朱庄各家各户洗劫一空，韩来成用一把笤帚点火，一把火烧了四十家房子。昔日富裕的东朱庄，许多“肉头”户一下变成穷光蛋，威名远扬的朱庄自卫队就这样垮掉了。

以上材料上报省检察机关审查后认定，决定给予逮捕，押回涟水审判。

1955 年的秋天，章月干被押回时码街，举行群众公审大会。公审中，高天明当场揭发说，他在河湾树林边割草时，看见章月干参与杀害光华乡指导员朱前烈士。

章月干清楚此事如果属实，是要罪加一等的，他出于求生的本能，当即反驳，你当时多大？高天明因那时还是孩子，没有成人，故做证不作算。

站在审判台上的章月干，身穿深色呢绒大衣，给当时吃穿都极为困难的群众留下极深印象，他风度依然，头脑冷静，不愧是经过战火考验过的，惋惜他如果不是在伪匪据点做了许多坏事，他在新政府里会有多么远大的前程。

1960 年，涟水县人民法院以章月干投诚革命队伍后，隐瞒了在伪据点残害革命志士和群众的罪行，判无期徒刑。

命运的天平是公正的。章月干经历一段曲折之后，终于走上了坦荡的人生之路，但因早年的恶迹，终得到应有的惩罚。

徐凤贞受牵连处理，开除公职回乡。她带着儿子回到时码街，购置一架缝纫机，在时码街上靠给人缝制衣服为生，艰难度日，遥遥无期地等待着服刑的男人。

岁月如干涸的河水流淌得缓慢而艰涩，而当你回首往事时会惊奇地发现，水滴石穿的时光，又如日月穿梭，二十余年也就是一眨眼工夫，让你不忍回看镜中容颜，青丝染白，额添皱纹。

在时码街上，一个狭窄而阴暗的裁缝店，谋生的徐凤贞带着儿子，无限期的等待着狱中的男人。

串门的亲友提醒埋头过日子的徐凤贞，你也到政府去跑一跑，说不定你男人的案子也有可能照顾？她听后疑惑，缺乏信心，她对章月干是否符合平反的条件心里没底，章月干毕竟是对人民犯下罪过，但在亲友的劝说下，从身边发生的许多事，她看到社会的宽容、政治的开明，过去历次政治运动中的冤假错案得到平反和改正，多少年的“地富反坏右”帽子被摘掉了，大批“靠边站”的老干部恢复职务，这是一个每天都有变化的年代。

潮湿而温馨的春风吹拂着盐河两岸，长久冷落的时码古渡又热闹起来。让老百姓富起来，鼓励一部分人先富起来！做生意不再作为资本主义尾巴，人们可以公开地交易、经商。农村实行联产计酬责任制。农户人家受发家致富号召鼓舞着，人们感受着与往年不一样的春光，身上好像有使不完的劲。

徐凤贞鼓起希望和勇气，试着向县有关部门提出为章月干要求平反的申诉。她的材料得到政府的受理，让她有了信心。她立即去信联系丈夫过去的部队老同志、老战友，请求援助。在战斗中建立的战友之情是深厚的，他们对章月干的遭遇关心和同情，过去许多国民党起义官兵都得到妥善地照顾和安排，章月干主动投诚参加人民军队，经受了战斗的考验，并多次立功，也理应给予照顾。

徐凤贞的申请材料送上去，中共涟水县委将关于重新审查章月十案情的报告，上报市委，省委。很快，于 1979 年 6 月下发给予章月干平反的批复文件。章月干因过去的罪行，组织上相应地给予处理，干部行政级别原为十五级降为十六级，分配到一个单位任领导，徐凤贞也恢复工作，任公社妇联主任。

章月干得到应有的惩罚，但是，他对爱情的忠诚，也给了他人生丰厚的回报，妻子长久的坚守，为他平反奔波，偿还了他对爱情忠贞不贰的选择。

对于章月干来说，二十余年的监狱生活，是对他昔日罪行的救赎，也让他后半生的人生可以无愧地面对阳光，不再遮遮掩掩。

第十六章　风雨盐碱滩

嗜血少年

身穿鱼白大褂的王培坤，走在时码街上，后边常跟着一个身着黄军服、双挎快慢机的高个子卫兵，他叫韩小来成，大名韩树成，是王培坤的亲信保镖。十七八岁的韩树成身材魁梧，目有异光，他生性残忍，如虎狼嗜血一般，把杀人当成发泄快感的游戏，是据点出名的恶匪。

当伪匪的人一般是因家贫，为糊口的无奈选择，韩树成不然，韩家是当地一个财主，有地二百余亩。不过，韩树成是从小随母亲改嫁到韩家，按说一般娶二婚女人的多是穷人，韩财主因年近四十岁，可老婆的肚子比他家的土地还难侍候，无论如何勤耕细作，也没生出继承家业的子嗣，“不孝有三，无后为大。”韩地主精明、务实，再娶二房就没有找黄花大闺女，为确保万无一失，他找了一个已婚、并育过孩子的。再婚的女人给他带来一个男孩，奠定了有后的基础，天遂人愿，婚后女人为老韩生了一个儿子，可算是功德圆满。

韩地主家没有人囤满小囤流的富庶，平时也就过着有饭吃、饿不着的清贫生活。韩家的地多是盐碱地，盐碱土壤易板结，保水保肥能力差，种植的旱作物收成很低，每年的收成解决了温饱，剩余并不多。韩家平时雇佣两个长工，忙时雇短工。

韩庄流传一个笑话。地方上重阳节风俗是晚上吃麦面饼。韩地主家两个长工在重阳节这天收工时，长工陈怀礼对另一长工宋文龙抱怨说，主家晚上肯定又是稀饭。做了一天活，肚子格外饿，时天寒夜长，半夜肚子会饿醒。宋文龙爱作恶剧，他说，我保证你今晚能吃上热饼！回到韩家，大锅里果然留着平时吃的稀粥，不一会就听过道里传来哭声，韩地主叫女人去看看是不是两人打仗了？地主婆到跟前看到宋文龙伤心地哭泣，询问其故？宋哀泣道，大奶奶啊！我想起夜里冷死人，就忍不住伤心啊！韩嵇氏忙劝说，冻不死的，今晚做饼，把肚子吃饱饱的！当晚终于吃上香喷喷的麦面饼，这事传出来，人称宋文龙为“哭包宋”。

节俭、吝啬是财主的共性，韩地主也不例外。在这个地主家里，韩树成谈不上衣食无忧，更不是受宠的地主少爷，仅比一般人家孩子强些，饿不死，胀不昏，在平时也不得闲，继父安排他放猪、割草，做力所能及的事。因韩树成是改嫁带过来的孩子，地方人称“拖油瓶”，一种带有歧视的称呼，故大人小孩都习惯称韩树成为“小来成”。

韩树成的生父姓詹，原县东境潮河边人，道士，经常吃住在岳父家，他平时坑蒙拐骗，做了许多伤天害理之事，被几个舅姥爷愤而除之，无疑，韩树成遗传了生父为非作歹的基因。他十五六岁时，继父为他今后谋生考虑，送他到邻旁的梁家私塾读书识字。

第一天到私塾，向老师磕头拜师；第二天正式上学，他磨磨叽叽地迟到了，梁先生按惯例要立规矩，让他长记性，拿起戒尺，对准他的手心打去，疼痛让韩树成一下子跳了起来，不要看他寡言少语，三锤子下去砸不出一个屁来，不叫的狗才叫凶。他奋力挣脱先生的手，同时，拿起凳子，不计后果地砸向先生，便撒腿就跑。

继父见他很早就回家，问怎么这么早放学？他不作声，问急了，说老师提前放学的。第三天早上吃过饭了，还待在家里，继父问他怎还不上学？这才知道他逃学了。大怒，拎着他的耳朵上私塾馆，百十米远的路，痛得小来成龇牙咧嘴。问明情况后，继父气得吹胡子瞪眼，还敢打先生！这还了得，深感继子顽劣，呵斥他跪下向先生赔罪，还要揍他。梁先生拦住暴怒的韩父，在这教书育人的斯文之地，家长当面教子，未免为先生不是，忙阻止说:“小孩子不懂事，小树苗要慢慢抻，知错就改就是好孩子。”

又一个早晨，他早饭碗一扔，赶着几头小猪到庄后的荒滩上。放猪时听人说时码街王培坤在收徒弟，他扔下小猪就跑到街上，王培坤望着眼前莽撞的少年，问他干什么？他说：我找王大队拜师！

王培坤当即收为徒弟，好逸恶劳的小来成听到读书就头疼，平时少不了继父的呵斥和打骂，在时码，没有继父的打骂，不需要出力流汗，只要向前冲，去杀人抢劫，便可大块吃肉，大碗喝酒，他感到像说书中的梁山好汉杀人放火，吃喝嫖赌，好过瘾！他沉醉其中；人们恐惧的哀求，不劳而获的钱财，地上流淌的鲜血，极大地刺激他的神经，让他如虎狼嗜血一般上瘾，在这个畸形环境中，他的残暴和邪恶脱颖而出。

韩树成看好时码街孙玉生的媳妇，他借口孙玉生私通八路，将孙玉生打死，媳妇悲痛不已，眼泪还没哭干，小来成就上门，将还在吊丧的孙玉生媳妇拉走了。

他成为王培坤得意的大徒弟，也成为他手中的杀人利器。

在据点里，韩树成除练就了一手好枪法，还学会吹口琴。美妙的音乐净化人的心灵，让人惊心的是，韩树成在杀人前也会优闲地掏出口琴，兴致很高地吹奏着，琴声成为他杀戮的前奏曲。杀人时，他收起口琴，娴熟而轻快地操起利刃，向束手待毙的人猛戳，人倒下去咽气了。他将沾满血渍的刀刺戳进深土里来回抽擦，让冷冷的泥沙揩去刀刃上的热血；或掏出快慢机，对着受难人的脑袋扣动扳机，他的眼睛眨都不眨一下，事后收起冒着热气的枪，又掏出口琴吹起来，琴声与死亡如此不协调、不和谐地集中在这个年轻的魔鬼身上。

抗日民主政府试图策反韩树成，鼓动他反正，刺杀王培坤，为地方的抗日斗争取得一个事半功倍的效果。策反的人是一个女同志，叫辛华，她是外地来的女学生干部，在涟水县抗日政府敌工部任职。

徐慎佳是时码对岸的徐老庄人，民主政权三区成立后，他参加区民运团，加入党组织，担任中共曙东乡首任乡长。不久，王培坤在时码当权，扩大伪化区，卧榻之地的曙东乡首当其冲。徐慎佳率领乡民兵与王培坤作斗争，可惜敌众我寡，敌强我弱，地方很快被伪化。

在与时码争夺地盘斗争中，徐慎佳的父亲与哥哥徐慎福被王培坤残酷杀害。家里请雇工老胡去收尸，王匪不允许，要徐家再交刀工费三十块大洋。夺去了两条人命，还要刀工费？天理何在！面对凶残的王匪，徐家只得求亲拜友。徐父老兄弟五人，无奈筹钱送去据点，才让收尸。

徐慎佳后调县保安科（公安局）工作，有一次，徐慎佳与同事辛华一同被国民党军队抓去，两人紧密配合，想方设法逃脱出来，虎口余生，危难之时结情缘。徐慎佳小时候家里给他定了娃娃亲，他回家退了婚约，与辛华结婚。

辛华以何种身份前来策反韩树成？原来徐慎佳的母亲与韩树成继父是同胞兄妹。因此，辛华秘密来到婆家，约来韩树成。辛华倚在卧室的门帘处，一边拨弄手枪，一边劝说韩树成："小日本快要完蛋了，大汉奸王培坤的兔子尾巴也长不了。他做尽了坏事，是人人喊杀的罪人，共产党新四军为百姓拥护，越来越强大，王培坤被消灭不过是早和迟的事，你还年轻，为他陪葬不值得！你要能把王培坤杀了，为民除害，就是立了大功，共产党对你过去所做的坏事可以宽大，一概不予追究。"

辛华耐心地劝说，韩树成一声不吭，他坐在徐家堂间的长凳上，也摆弄着快慢机。辛华以为他不言语，是在考虑，其实，他在考虑是否对辛华下手，只是他摸不透屋里是否有埋伏。

辛华在等待他的回话，不料，小来成突然站起来，一句话没说，大步跨出门槛，冲出院去。在院外望风的婆婆，一看小来成头也不掉地走了，急忙叫媳妇快走，以防不测。

辛华走到一里外的孔庄时，就听后边响起枪声。韩树成从河西据点带人包围了徐家，他冲进院子，对准姑母就是两枪，一枪在头上，一枪在肋下。

韩树成是一个死心塌地的反动伪匪，不过，说他反动是否抬高了他，他是不会思想当亡国奴，当奴才有什么好和不好？更不会分辨什么是什么非？极端的愚昧，造成极端的野蛮，人的可悲之处，也是可怕之处。

将计就计

韩树成被王培坤封为白果乡伪乡长。白果乡处于时码街东南十来里，这里成了韩树成肆意抢劫的后院，时常光顾，抬脚就来，村里人一听小来成带“二皇”来了，男女老少闻风而跑，一眨眼几乎全跑光了。

白果村的私塾先生孙鹤同，个头高，因平时不劳作，反应迟缓，跑反时因身穿长大褂，裹腿跑不动，被小来成一伙人赶上，开了两枪，胸部中弹，一头栽倒在地，如河滩上还有一口余气的大鲤鱼，嘴里吐着血沫，白大褂上沾满了血迹，为了给孙鹤同治伤，孙家的日子从此一蹶不振。

最不幸的是没跑脱的年轻妇女，有一个新婚的媳妇没跑出去，婆婆急得埋怨她怎么不跑？她说被“二皇”拦截跑不出去了！有人关心地说，赶快用锅底灰把脸抹黑。新媳妇把头发打乱后，再撒上锅芒口的碎草，刚化妆完，韩树成带人气势汹汹地来了，他喝令妇女排队一个个仔细地瞧，他将新娘子一把拽到面前，新娘子吓得拼命哭喊：我妈呀，我妈呀！婆婆急忙上前拉，被韩树成一枪托打倒在地。小孩子们吓得紧紧地抱住大人的腿，明显感觉到大人在打战。小来成将新娘子强行往屋里拖，到了房门口，她左手抓住了墙坯裂缝口，死命挣扎，撑持一会儿，终于被小来成拖进了房里……从此，这个不幸的女人一辈子也无法抬起头来做人。

村民孙鹤鹏家有六个孩子，即将过年了，他设法买几斤猪肉，怕猫叼鼠啃，挂到房屋脊梁处，又用破斗篷盖上，稍不在意，根本发现不了。这猪肉引得几个孩子每天进出，总要多瞧几眼，巴不得立马就过年，美餐一顿。

腊月的一个晚上，韩树成带领伪匪突袭村子，到各家各户翻箱倒柜，寻找值钱的东西。在孙鹤鹏家没翻到东西，刚准备离开时，一个提马灯的伪匪忽然发现了新大陆，手指着屋梁说：快，大菜！春节的欢乐就这样被这伙恶匪抢走了，全家只能过上一个无肉寡味的新年。

孙鹤鹏的大儿子孙智万学了兽医的手艺，因行医走村进户，他有主见，人脉广，讲话人肯听。东面的严大庄组织了联防队，一家遇难百家帮。若日伪匪进村了，就会立即敲锣鸣枪，全村集合，与之战斗，可以吓跑小股敌人，严大庄的做法启发了白果村人。孙智万动员本庄各家各户，将原小刀会用的大刀和打兔子的土枪集中起来，搞起了小股联防会，平时安排人站岗放哨，其他人就可以安心睡觉了，让人们尝到联防的甜头。

孙智万广泛宣传联防的好处，与附近的孙庄、薛三庄、东牌楼等多村庄组建联防队。联防队缺少武器，孙智万带着队员找土炮，制造土火药，土地雷等武器来抵挡敌人。后发动筹集一些粮食或现钱，买回几支老套筒枪，虽说故障多，子弹仅有两三发，但是比起老土炮强多了。他们又筹钱买了三支汉阳造，跟枪来的仅有五颗子弹。因此，发动大家拿出家里用旧的盆壶等锡废品，以锡代铜，土法上马造土地雷、土“七九子弹”。刚开始时，百分之八十是瞎火，经过反复研究、试验，最后成功率达到百分之八十以上。

1942 年秋天的一天深夜，十几个联防队员正在屋里加班制造弹药，忙得不亦乐乎。忽然有人敲门，大家毛骨悚然，以为是日伪进村“扫荡”，接着听出是桥西的二夺叔，大伙这才松了口气，立即开门，进屋的二夺叔浑身衣服湿透了，他气喘吁吁地告诉大家缘由。

当天清晨，他赶驴车去时码街做粮食生意，身上还带支土枪。途中遇上小来成带一帮人，二话没说就上前，将他上下搜个遍，见无钱物可收，不由来火，甩手打了他两个耳光，连人带车全部押到小李集据点，将他关在一间小屋里。深夜，看守他的人打盹了，他想逃走，但门被锁了，他四处打量，发现后檐墙上有个窗户，立即使出浑身力气，扳开窗户档逃了出来。

孙智万找来衣服让薛二夺换上后，突然笑了起来，大伙奇怪地望着他，原来他计上心来："兄弟们，发财机会来了，我们可以借此机会敲诈小来成。"

他要薛二夺躲藏起来，十天内不准露面，交代在场的人必须保密，不得走漏一点风声。随后，十几个人带着枪和大刀、棍棒，连夜偷袭北边的韩树成家，将他的父母、弟妹、堂叔五个人带来，关押起来连夜审讯。

孙智万对韩家人拍板打桌，大声呵斥："你这几口子给我听清楚了，如果这次小来成他胆敢动薛某人一根汗毛，我要杀你们全家！必须立即放人，这是第一条。第二条要返还他的毛驴车子。第三条原来的老毛驴不要了，要倒赔他一头大犍牛。第四条必须赠送我们两支三八式枪，外加五十发子弹，四项条件少一个都不行。"

天亮了，把小来成堂叔放回前，队长斩钉截铁地说："你告诉小来成，就我孙智万说的，他如果达不到我要求的话，剩下的四口子就等着领尸吧！"

当天中年，小来成听完堂叔带话后，急得像热锅上的蚂蚁。正在他举棋不定之时，其弟又放回来，说最迟必须明天午饭前全部兑现，否则父母就等死吧！

第二天大清早，韩树成派手下人，按要求将东西送到孙家，换回其父母和妹妹三个人质。从此联防队鸟枪换炮，声名大振。

孙智万于 1941 年加入中国共产党，先后担任村民兵队长、村支书、乡长等职务。大军南下后，组织安排到苏中地区任区长，时父母生病，因他是长子，其他五个兄弟姐妹都小，指望他撑着家庭，父亲找到县区领导说明情况，扯住了儿子远行的脚步。孙智万留在家乡当村干部，后任公社兽医站站长。

生活在盐碱滩上的子孙没有嫌弃祖先遗留下的沙碱薄田，在贫瘠的土地上永不停歇地耕耘，播种，收获秋实，他们不惜用汗水和鲜血浇灌它，用生命保卫它。

往事并不如烟

1988 年的初夏时节，时码的河两岸人们在茶余饭后热议一个话题，过去十恶不赦的伪匪韩树成、刘永成、盛开平、郭文亮等人逃到台湾，现在回来了，他们受到县政府的热情接待。他们的回乡探亲捅开了结痂四十年的伤口，让人们感受到，过去的历史还在现实中延续。

涟水是台胞大县，县政府成立专门的台胞接待站，欢迎和接待老兵回乡。在这回乡探亲高潮中，昔日时码据点伪军和其他国民党老兵一次集中组团四十余人回乡探亲。

虽说时间过去几十年，但当年时码伪军留给人们身心上的创伤，不是时间能抹平的。过去有血债的伪匪回来，成了政府的客人，长期敌情观念和阶级斗争一直绷紧人们的心弦，现在突然一百八十度的大转弯，在个别当事人心理上还是有时间差的，地方上曾发生几起父子、夫妻不愿相认，不敢相认的尴尬场面。

韩树成在日寇投降后加入国民党部队，在淮海战役中，被解放军堵截在陇海线上，韩树成没有闲着，偷枪偷子弹，出卖军火挣了一笔钱，带一帮人逃出解放军的包围圈，跑到上海，后逃到台湾。在金门战斗中，韩树成指挥炮击大陆，按规定打一炮换一位置，他心存侥幸还想再打一炮，不料片刻间，解放军的大炮砸到他的头上，中弹十多处，因没打到致命的地方，生命得已幸免。他后退役在台北，做了垃圾车司机。

县乡政府对曾在时码当伪军的台湾老兵回乡十分重视，在接待和安全措施上，各级组织都做了细致的工作，县乡两级干部还进村入户做工作，对回乡老兵家周围安排民兵值勤。

韩树成回老街的消息，像石头扔进水里，寂静多年的老街荡起一层层涟漪，引起各种议论。年轻人常听长辈讲过去的事，现在故事中的人物在现实中现身了，许多人尾在韩树成后边，好奇地看热闹。

瘦高个的韩树成这时成为一个体重达二百多斤的大胖子，县乡有关干部陪同他在老街上流连。昔日的渡口依然，两岸民众摆渡往来，逝水流年，遗风尚在。因集市的外迁，这里较多地保存着从前的模样，不过，家家户户的院门多是关着的，房顶上长着枯草，墙基多颓废了，院落杂草丛生，门前冷落车马稀，显得寂寥、落寞。

时码乡在 1958 年成立人民公社时被撤销，设立时码大队，隶属大东人民公社。1980 年经省政府批准，成立时码人民公社。因老街临河狭仄，不宜发展，公社机关建在老街东边临涟新公路的空地上，集市也随之挪到政府门前。

韩树成在街上流连忘返，用相机拍摄了很多街景。那时大陆还不富裕，私人照相机算是奢侈品了，街上人认为韩树成是在显摆？炫富？还是过去那样一副没心没肺的样子？从他过去在时码的所行所为，除了在这里当伪匪做坏事，真看不出他对这个老街有什么感情可言。其实，韩树成与时码还有千丝万缕的联系，他的舅家就是时码街，地方有一句话：外甥是舅家的狗，打也打不走。可是，他在时码当伪匪，好像是外人，做了多少坏事？毫不顾及亲友的感受。

韩树成的记性真好，指着老街的院落，还能说出哪一家哪一户。在一处破旧的老宅前，韩树成说王培坤大姐曾在这里开一个饭馆，时称丁公馆。王的姐姐嫁到县城，鬼子来后跑反乡下，见弟弟得势了，便到时码街谋生。街上人称她为王大姐，王大姐开饭店是不担心吃饭喝酒的伪匪官兵不付账。王大姐为人热心，街上有居户如遇被伪匪敲诈勒索等麻烦事，会请王大姐出面，伪军谁敢不给王大姐面子？

在郭家门前，韩树成认出主人郭吉生媳妇顾文兰。她娘家也在本街，从小就帮着父母做生意。韩树成记性真好，他还记得当年怀孕的邱氏跟王培坤到街上闲逛，在顾家杂货摊上，王培坤逗顾文兰说，我买胰子、毛巾等物品，你算错账我就不付账了。吓得顾文兰紧张而认真地算账，分文不差，王培坤如数付给。邱氏的胎儿后流产了，大概是王培坤作孽太多的缘故！

街上老人惊讶韩树成的记性好，他指着一户老宅，说出这是徐家店铺。人们都知道，徐老板就是因他告发而被王培坤下令杀害的。

此时，一个年近古稀的老人正坐在街南新建的房屋里，一根接一根地吸着香烟，屋内烟雾袅袅。他叫徐亮东，原名徐贞炯，徐老板的独生子，1981 年从县多管局副局长职上离休。韩树成的回乡，捅开了他埋在心底的伤痕，他痛苦，纠结，情绪难抑，往事并不如烟，怎么能忘记这血海深仇？

徐锡珍老板当年在南北街上开一卖布和杂货的店铺，他有强烈的爱国心，痛恨日伪和王培坤为虎作伥，蹂躏百姓。他爱好听唱书，业余也会唱几段，邻居纳凉时，他会说一段《济公传》，讲到最后还会借题发挥，宣传共产党的抗日主张。

1942 年 11 月收山芋时，夜深了，店铺关门打烊，徐老板回里屋脱衣上床，刚躺下就听有人敲门，说要买香烟，他从热被窝里爬起来，扯过棉袍披着去开门，见伪匪小队长杨广站在门正面，另有林树海和章月干站在街上。杨广说买小刀烟。小刀烟是精装，10 支一包。徐锡珍说没有，有价廉的大莆包烟，30 支一包的梯形装，杨广说拿两包。徐老板将烟递过去。杨广接烟的同时抓住他的手说："徐老板，跟我走一趟！"

徐老板一惊，但没有慌，沉着地说："跟你去，我也要穿个衣裳。"

媳妇时氏在屋里听得真切，见男人回屋，说："你赶紧从后门翻墙走，他们拿我一妇道人家没办法。"

街坊之间一家连一家，墙院连院墙，墙高也就两米高，翻过墙院跑了，或许会逃过一劫，但徐老板想，自己也没什么把柄给他们抓着，跑什么？说："我也没做坏事，我跑什么？"

徐老板披上棉衣出去，他很镇定，走到南边不远的十字路口时，几个伪匪突然把他摁倒在地，套上麻袋，捆起来带过河去。

当晚，时氏哪里还睡得着，连夜找王培坤，终于在街南的屠家找到正在那里吃大烟的王培坤，他吃着烟，眼皮也没抬，打着官腔装糊涂，说："有这事吗？我怎不知道？"

她乞求王大队长半晌后，王培坤才说："你回去吧，你今晚注意听，听不到枪声，我给你想办法。"

然后，王培坤再也不吭声。时氏无可奈何回到家，不放心，又去找副大队长、本街人林永珍想办法，可他也是无法可想。她是一夜难眠，心惊肉跳。

几天后，才听到男人被害的消息，时氏忍住悲伤，带着独子徐亮东逃到河西的娘家时老庄，一边避难一边找男人尸首。十多天后，在浅南三里墩的地方发现男人的棉鞋，原来，徐老板当夜活埋了，被埋时，他恐家人找不到自己的尸首，特将脚上的棉鞋脱了，甩在黑夜的泥地上，徐老板是一个心思缜密的人。

王培坤扬言要对徐家斩草除根，母亲带着儿子又逃到北边的五港街亲戚家，靠做点小生意度日。几个月后，时码伪匪向北边"推大摊"，将徐亮东母子抓了回来，徐亮东被关在街北边的炮台里，无人敢去送饭。他有一舅母姓王，是王培坤本家侄女，她前去据点送饭，岗哨不让进，她就大声地吵闹，王培坤听到声音，从炮楼里出来，见是本家姑娘，扬长而去，岗哨这才放她进去。在娘家弟媳的周旋下，王培坤答应不杀，但要徐亮东不许离开时码。

王培坤为什么杀害徐老板？徐老板经常到附近集市去赶集和进货，借机为共产党游击队递送情报。有一次他到大程集赶集，顺道到县独立团驻地通报时码敌情，不料走出院子时，迎头碰到被俘虏的韩树成，韩怕被杀，表示愿意留下当兵。徐老板见他当了八路，顺便说了一句鼓励的话："小来成，好好干！"

谁知道，韩树成是一个死心塌地的伪匪，在部队行军的途中，逃回时码据点，向王培坤举报徐锡珍是八路密探，这才招致杀身之祸。

徐亮东回家后，继续经营父亲留下的店铺，时刻受伪匪的监督，如同在囚笼里，母子俩小心翼翼地度日。

胡集民兵大队长嵇伍伦是徐亮东表姨父，他潜入时码街侦察，落脚到他家。嵇伍伦见他消沉、颓废，动员他振作起来，与王匪做斗争。徐亮东表示，他是独子，母亲怕他有生命危险，不允许他干抗日工作。嵇伍伦问，杀父之仇就不报了吗？一句话点燃徐亮东报仇雪恨的怒火，冒着随时掉脑袋的危险，他答应嵇伍伦，暗地里为游击队递送据点的情报。抗战胜利后，成立中共时码乡时，他被推选为首任乡长。

血债要用血来还。在锄奸运动中，王培坤的心腹干将之一、伪小队长杨广，又称杨广洋，神枪手。为争取杨广为我控制和利用，中共王集区委书记通过敌工人员王寿林、谈子文二位同志他工作，陶硕夫亲赴时码附近的杨广家，说服他为我所用，并收为徒弟。鬼子投降后，杨广从新安镇跑回来，携两挺机枪和十余支步枪投向中共王集区队。

杨广因血债太大，其功劳不足抵减其罪，被政府押到时码街公审，当场枪毙后，愤怒的人群一拥而上，砍的砍，剐的剐。梨园乡的王海山是金城乡长兼农会会长，被杨广等匪抓捕杀害，死无尸首。烈士的家人拖了杨广一条大腿挂在浅集至纪荡的途中树上；还有一条腿被拿到徐锡珍墓前祭奠。杨广的小老婆吓得不敢来收尸，后请人来收，仅收到一条残腿。

为防止韩树成回时码街时发生冲突，县统战部门考虑到韩树成与徐家的血债，特地派人到徐亮东家沟通，打消他思想上的疙瘩。

徐亮东对来人开诚布公地说：“小来成是我的杀父仇人，他冠冕堂皇地回到街上，在共产党当政的天下，自己却不能报仇雪恨，我的心里很憋屈！我是几个晚上没睡好，想了很多……请组织和领导放心，我是老党员，我会遵守党的规定，对小来成回时码，我不说过头话，不做过激事，个人的恩怨家仇再大，也大不过国家的统一大业！”

徐老停顿一会，指一指书桌上的报纸和学习资料，说：“我人离休了，可还在学习中央文件。大道理我都懂，现在祖国要统一，社会要发展，我从心里说是举双手赞成。不能让仇恨的种子一代代地传下去！现在回乡的小来成是放下武器的敌人，是我们党的统战对象，我不能持刀相见，违反党的政策，至于我家的仇和账要算，应该算在黑暗的旧社会头上，是那个时代造成的悲剧。小来成受反动派欺骗和利用，成为杀人的工具，也是一个可恨又可悲的人物。”

两名同志听了徐老的话，连连称赞讲得好！徐老说“我文化不高，说的都是大实话，你们小伙子不要给我老头穿‘高木屐’！我与小来成的仇还是要在历史的账上存着，我今天不去报，不代表我会去和解，更不是一笔勾销，我今生只能做到仇人不相见！”

徐老斩钉截铁地表明态度，无奈地面对现实，他怀着一颗流血的心，同时还怀着另一颗宽容的心。宽容，需要人生的阅历与格局。宽容是需要一颗强大的内心。宽容别人，也是在宽容自己！

徐老凝重地喝一口茶，接着说：“过去老百姓有一句话：宁做太平犬，不做乱世人。人穷不怕苦不怕，就怕战争和动乱，天天跑反，过着一日三惊的日子。鸟有巢，狗有窝，战争让人不得安生，还谈什么过日子？更不谈发展经济！毛主席共产党领导人民打跑了小鬼子，消灭了国民党反动派，结束了战争，让老百姓安居乐业，能够过上和平、安稳的日子，这才是老百姓最放心的地方！”

“台湾水稻”

韩树成回乡受到政府和亲友的热情接待，临离开家乡时，韩树成请表兄弟在时码街做一桌菜，宴请乡负责统战的领导和村干部，以感激探家时对他的接待和照顾！同时，他还请了一个特殊的客人，这人就是韩树成当年的难兄难弟章月干。

一个农户人家做不出什么像样的精致佳肴，但家乡的菜，家乡的味道，足以让远离故乡的人陶醉！席上推杯换盏，觥筹交错，所谓酒不醉人人自醉。壶里乾坤大，杯中日月长。

时码，是章朝干想来又怕来的地方，韩树成回乡探亲，让他得以重返时码。章月干没想到的是，酡颜的韩树成站起来，拉他一起向村支书敬酒。村支书急忙站起来推辞，说从身份上你们是客人，从年龄上你们是前辈，我是晚辈，使不得！

家乡的敬酒礼俗是一对一，何况自己作为年纪大，两老年人敬一中年人，章月干认为似有不妥，韩树成却理由十足:“老章，不谈你我年龄大，我们都是在外的人，是一同敬家乡长官。现在家乡不再饿肚子，不再受冷挨冻，过上温饱的日子，我们在外的人理应敬酒表心意，感谢家乡父母官!”

这里是章月干媳妇家，也算是半个家，他拗不过韩树成的强求，只好站起身举杯。村支书推却不过，恭命不如从命，与他二人同饮。韩树成一饮而尽，章月干留半杯，韩树成哪里肯放过，说:“月干，你心不诚！喝半杯留半杯，还是没改以前的酒品。”

指责章月干喝酒不爽，似有揭短之意，如是他人，章老一定是不爽的，但对韩树成粗鲁之人也无话好讲，只是解释说老了，酒量小，身体又不好，可韩树成哪里饶过他，章月干埋汰他强人所难：“你也是七十的人了，还是匪性不改！”

韩树成哈哈大笑起来，似乎不骂两句他心里就不好受，他硬是逼着章月干喝尽杯中剩酒。

酒桌上无真理，所谓酒品，只是劝多喝点，劝酒无恶意，图个热闹气氛。韩树成敬村领导，是对家乡领导的尊重，也是在外游子对家乡的尊重。韩树成过去如时码街人所说，是一个十足的“火星爷”，火性很大，一身邪气，从不爱与人好好说话，社会的安定与和谐、人的老化，他的“火”降了，降为人间烟火。

住在弟弟家的韩树成享受还乡的喜悦，遗憾的是他的母亲已去世，子欲养而母不在。韩母晚年境地艰难，与他早年做了太多的恶事所殃及，因果报应关系如链条一样，环环相扣，形成命运的趋势。

韩母在嫁给韩地主后，大老婆没多久生病死去，她扶正成了“大奶奶”，享受了十多年安逸而知足的地主婆生活。20 世纪 50 年代，衰老的韩地主长年躺在家里的竹椅上，用玉米须点燃长长的烟袋，在烟雾缭绕中消磨余生，嚼咽着煮烂了的南瓜，韩地主在 1958 年死去。守寡的韩母为摆脱困境又改嫁，可惜因暴露“地主婆”身份被退回。可是，小儿媳妇拒绝她走回头路，民间有“寡妇回头，家破人亡”的说法，因此，媳妇态度坚决地将她拒之门外，表示与地主婆划清界限。

小儿子不忍心母亲流落在外，他请邻居帮忙，在家旁边用木棍和茅草搭一个小窝棚，让母亲有栖身之地，一个人独自生活。“文革”中，大队造反派拉着她在全大队游行、批斗，大热天不停的折腾，致她傍晚回到家门前，一头瘫倒在地，她央求邻居梁俊业为她舀一瓢水，一口气喝光了，这才还过神，挣扎着挪回小屋棚。几年后，孤独、生活无着的韩母终又一次把自己嫁了，嫁给一个颜姓老头子，时间不长死了。

母亲晚年的凄惨情景，无心无肺的韩树成听后很伤感，野狼一般的韩树成也有人的七情六欲。

乡政府在保证安全的情况下，要求家里人尽量不与台胞谈及过去的事情，以免引起无谓的争吵和矛盾，造成不安定因素。但弟弟有一件事埋在心底，一直想不明白，一母同生的哥哥为什么如此六亲不认，毫无人性地杀死老姑母？弟弟忍不住责问他。

老了的韩树成倒不忌讳谈往事，人老了爱扯旧事，但提到这事面有难色。他回答说这事我也惭愧！但他还是推卸了自身的责任，说:“姑母一家是共产党，是王培坤叫杀的，我不杀，王大队长会杀我的。”

徐慎佳的父亲和哥哥被杀，是王培坤下令的，但徐母之死，韩树成难逃其责，就是执行王匪的命令，难道就不是过错？毕竟你是一个活人，更何况是亲戚，执行命令也是可以打折扣的！

当年负责接待台胞的县统战部副部长别纯仁老告诉笔者，韩树成第二次回乡时，曾带回台湾水稻种赠送乡里，品种好，比本地的水稻产量高，经过乡农技人员培植和推广，在全乡种植推广达几千亩。

一个过去好逸恶劳的兵匪，现在竟关心起家乡农穑之事。为此，笔者感到好奇，特地前往韩庄采访调查，巧合的是，在询问梁俊业老人时，他说，你问对人了，这事就是我经手的。

梁俊业与韩家是邻居，时任村民组长。韩树成回乡时，他受乡政府的叮嘱，每天夜里都要出来巡视一圈，以防出事，造成不好的影响。他的父亲就是从前的私塾先生，韩树成曾笑着向梁俊业谈起自己少时的顽劣，仅上三天私塾，还用板凳砸了先生。

梁俊业向韩树成介绍了家乡人民在党和政府领导下，治理几百年黄河泛滥形成的盐碱滩情况。北宋末年黄河改道，占淮河入海道，因经常河决，河道堙没，潮水倒灌，致膏腴之地变为斥卤荒田，土地盐碱化严重。从 20 世纪 50 年代开始，在国家和省委省政府支持下，在盐河上兴修朱码水利枢纽，开挖灌溉支流，实行农田生产自流灌溉。全县还在王集地区大搞河网化运动，数十年组织民工兴修农田水利，为甩掉贫穷落后的帽子，星星没落就出工，月亮出来才收工，家乡人流大汗，吃大苦，谁的身上没掉几斤膘肉？通过二十多年奋斗，县委县政府大面积推行和实行旱改水，种水稻，种绿肥，终于实现农业生产的全面增收，昔日的盐碱地变为今天的米粮仓，成为全国农业生产粮基地试点县。

梁俊业说起农业生产，如打开了话匣子滔滔不绝，如数家珍。年过中年的梁俊业是种庄稼的行家里手，他热心钻研农业科技，多次参加县农广站学习，虚心请教老师，逐渐成为一个有实践有理论的新农民，还被乡农技站特聘为农民技术员。

那时，全乡种植的杂交稻品质不是很好，产量也不太高，梁俊业是一个种田的有心人，他听说台湾农业生产比大陆发达，询问韩树成，台湾有什么好稻种？韩树成说，我不种地也不懂农业，待我回去问一问。

韩树成对记忆中的穷乡变成了鱼米之乡，家乡人过上了温饱生活很高兴，他真心地想为家乡做一点事。

大约一年后，韩树成第二次回乡探亲，他是带着女儿一起回到家乡，他在台湾娶妻生子，妻子是一个做外贸的女商贩，世界各地倒卖商品，聚少离多。他特地将即将成人的女儿带回来，是想让女儿认识并记住自己的故乡。

韩树成惦记着梁俊业说的事，他肯定多次向台湾农民打听水稻种子的情况，这次他带回二十多斤台湾水稻种，让梁俊业如获至宝，他和韩树成的弟弟两家分别进行了试种，梁俊业经过精心的种植和护理，秋天有了好收成，亩产量达 1400 斤左右，比县种子推广站推广的稻种产量要高 500 多斤，其稻粒饱满，色泽晶莹，味清香，口感好。梁俊业将这品种命名为“台湾大稻”。

本村的农户听说“台湾大稻”收成多，品种好，纷纷向梁俊业要稻种。当年全村有二百多亩地种上了“台湾水稻”。声誉传出去后，周边各村闻讯纷纷前来找种，几年后这个地方种植“台湾水稻”达到几千亩。

几年后，县农科所又推广新的高产水稻种，逐渐替代了梁俊业培植的“台湾大稻”。

远在台湾的韩树成也期望家乡好!

第十七章　魂兮归来

重回前老庄

三千平方公里的浩渺太湖，富饶、秀丽。湖岸桃红柳绿，山长水阔，岸线蜿蜒、烟波浩渺，尽显山水之胜。

穷途末路的刘国泰在国民党特务组织允诺的金钱厚禄诱惑下，不惜以卵击石，不自量力地网罗一批游兵散勇，拼凑所谓“反共救国游击支队”，在太湖上与解放军打起游击来。可惜，刘国泰的游击生涯很短，时间不长，就被解放军的剿匪部队一举击崩，潜逃的刘国泰被抓捕，收容在上海市公安局。

新中国成立后的上海市公安局，云集着华东各地公安调来的精兵强将。韩品正于 1952 年春，从苏州地区公安局调到上海市公安局，任“镇反”办公室预审大组长。

领导有一天安排他去甄别一个羁押的嫌疑犯，一个自称是南通地区的流亡地主，但从口音上分辨不像苏中人，像是苏北一带人。韩品正走进审讯室，提审那名嫌疑案犯。犯人进来，坐下，韩品正抬眼望去，太熟悉这张脸了，作为中共岔庙区区委委员、治安股长韩品正，与岔庙街据点和时码据点的大头目，又是同乡的刘国泰斗争了五年，何需审讯？相互都认出来了，韩品正没想到，在远离家乡的上海，与伪匪大队长刘国泰冤家路窄。

刘国泰被押回苏北涟水，在他的家乡金城庵，经公审后枪决。

韩品正在1949年随大军南下，1952年从苏州公安局调至上海市公安局，1958年调上海华德灯泡厂、亚美电器厂任副厂长、厂长，后参加社教，进五七干校，历经各种运动，又调回机关，大半生如走马灯似的变换岗位，1986年，韩品正从上海市仪表电讯工业局离休。

韩品正南下近四十年，一直没有回过家乡，工作繁忙是原因，还有就是他到上海后不久，将父母接到身边一同生活，故直至他离休后，于1988年秋才第一次回到久别的家乡。

喝着家乡清凌凌的河水，见到多年没见的亲友，他兴高采烈，体味着“采菊南山下，把酒话桑麻”的闲情。他拜访老同志、老战友，忆往昔峥嵘岁月，感慨万分，当年热血卫国正是青葱岁月，重逢已是两鬓斑白，真是有说不完的沧桑巨变。

在县城老战友家里，看到地方政协编辑出版的纪念抗战胜利40周年的《涟水抗战史料》，他饶有兴趣地翻阅，浏览上面的文章，书里的许多事情他熟悉，有的还亲身经历过，其中一篇《前老庄惨案追忆》，吸引了他的眼球，这是韩品正长久牵挂而又刻骨铭心的一场战斗啊！

文章不长，很快读完，没有他想看到的前老庄民兵联防队员顽强杀敌的内容，多是前老庄炮楼被伪匪攻陷后，屠杀群众的凄惨史实，这与他记忆中的前老庄阻击战大相径庭，尤其难以认同的是，竟然将民兵联防队说成是庄上地主家自卫武装，文中说：“四家地主皆姓吴，各有自卫枪支。每天晚上，佃户家的青壮年轮流到地主院内巡更守夜。”

壮烈的前老庄战斗仅被当成一起“惨案”，英烈被说成是地主武装？韩品正感到不可思议，这说法太不慎重！他请老战友找来家乡的抗日烈士英名录，寻找当年志士的名字。仔细寻找后，让他失望，前老庄战斗牺牲的英雄竟然无一人被授予烈士的称号。

前老庄阻击战中敌我力量对比悬殊太大，我方二十人，敌方五百余人，伪军是由日寇武装的钢枪、机关枪等精良武器，我方是自制的土枪、棍棒、斧、刀等，他们面对强敌，以自己力量的弱小，完全可以不抵抗，或者随庄民一起撤出。然而，这支由共产党员为主组成的联防队，他们忠于誓言，坚守阵地，用热血身躯捍卫了抗日根据地的东大门。他们在战术上以少敌多，以弱制强，经过阻击、牵制敌人，做好二百多庄民的撤退工作。在弹尽粮绝后，他们无畏地跳出枪楼，抱定牺牲的决心，与敌人作殊死搏斗，就是心脏停止了跳动，还保持战斗的姿势，让由悍匪纠集起来的伪军为之胆寒。这一仗粉碎了敌人奔袭我区级机关的阴谋，保卫了根据地人民的安宁，在战略上打了一个大胜仗，这是一次了不起的战斗，足以惊天地泣鬼神，气壮山河。

当年中共三区区委区署为悼念前老庄战斗中壮烈牺牲的英雄，在前老庄西一华里，原金城乡党支部书记、联防队队长桑长珍的坟墓前，召开有两千余人参加的军民悼念大会，由区长颜景理主祭，区委书记刘镜清，区民兵大队长许醒民等干群参加了悼念会。军民和乡区干部处于极度愤怒的情绪，采取以牙还牙，以血还血的方法，将捉来的伪军嵇孝伦用刀砍头，杀死在桑长珍的坟前。

抗战胜利后的当年 9 月，盐西区委、岔庙区委和灰墩区委，原老三区的军民联合在盐西区公所驻地朱集村，召开抗战牺牲烈士祭悼大会。有数千人参加这次活动，并将老三区六十七名烈士的名字刻碑勒石，建亭，以志永远的纪念，桑长珍的名字被铭刻在烈士的石碑上。

同年，中共涟水县政府决定，将金城乡桑陈村更名为长珍村，1958 年成立人民公社时，长珍村被撤销。立于向庄的烈士石碑后移至红窑镇政府烈士陵园。可是，几十年后县民政局抗日烈士花名册上，却没有桑长珍烈士的名字。

往事如烟消逝，志士为国献躯的事迹也随风而逝？

走在故乡的土地上，韩品正仿佛又听到远方的枪声，发现昨天抗日图存的战斗还没有结束……家乡的夜晚漆黑一片，如同潜入大海的深处，如坠入时光隧洞，很易于潜回逝去的岁月，韩品正在老家的旧屋里辗转反侧，他失眠了，夜空闪烁的星辰，如同当年前老庄联防队员的眼睛，仿佛在望着他，在询问他：老韩，你还记得我们吗？

前老庄阻击战并非是一场惨案！作为那场战斗的亲历者，韩品正想自己不仅有责任纠正文章的不妥之处，还应该捍卫英雄的荣誉，为他们恢复烈士的光荣称号，昭彰前老庄阻击战的英雄事迹。

第二年秋天，韩品正又回到故乡，前往他难忘的前老庄。在他着手做这件事时，发现还需要做很多工作，当年他作为前老庄战斗的增援人员，对参战人的情况和具体的战斗经过并不十分清楚，做好这件事首先要调查、搜集情况，写出这次战斗的翔实资料。

在英雄喋血的旧址，他凭吊先烈，走访幸存者，调查这场阻击战的详细经过。他找到当年的参与者、村民王鹤鸣，他当时被敌人打伤，瘫痪了，是妻子将他抱到菜园中，埋在一堆草丛中才幸免于难。

他访问了已经卧病在床的村民陈晓云等人，向他们询问战斗的经过情况。韩品正在前老庄仔细地调查，除李庆余和吴宝君二人突围外，摸清了二十名民兵联防队员其中十六名队员的姓名，具体是哪一村人，入党时间，参加抗日组织和联防队的时间等，还有两名没有找到姓名。

韩品正在前老庄调查发现，除了当年英勇抗敌的二十名联防队员外，还有许多青救队员、妇救会员等党员群众，他们勇敢无畏地参加了这场残酷的生死搏斗。在这次战斗中牺牲的中共党员和积极分子共三十一人，他们都是1940年左右就参加抗日群团组织的成员。

沧海横流，方显英雄本色。在抗日形势处于劣境时，许多人畏缩不前，在家软蹲情况下，前老庄民兵联防队员迎逆流而上，敢于斗争，怀着随时准备掉脑袋的英雄气概和坚定信念。他们的精神引起韩品正无限的感慨。领导前老庄战斗的李庆余和桑长珍的党支部书记身份是隐蔽的，但乡农救会主任与乡民兵队长的身份是公开的，牺牲队员是两乡三村的民兵，怎好说是地主武装？

韩品正找到《前老庄惨案追忆》一文的讲述者、村民徐真如老人，他说:“我反映的是由桑长珍与李庆余两人领导的联防队阻击伪军的战斗，没说过是地主的护卫队。”

执笔者是一名离休的老校长，邻旁的岔庙街人，是1934年从教的老同志，离休后被县志办聘用。他当年就听说了“惨案”情况。他得知写的材料有差错，当即表示:“我当时不了解历史情况，有错则改过来。”

韩品正把要求前老庄阻击战牺牲同志追认烈士的报告，交给家乡的老同志、刚离休不久的副县长朱铭勋，请他修改后转交给地方党政部门。

回到上海，他的思绪还沉浸在往事里，他铺开稿纸，昔日的联防队员一个个地向他走来，向他打着招呼，向他叙说当年的战况……万籁俱静的深夜，窗灯烛照着他斑白的两鬓，远处黄浦江上货轮的汽笛声，与前老庄炮楼上的枪声，一场现实与历史的穿越，记忆与灵魂的对话，不时地交织在他的耳际。

韩品正考虑到追认烈士称号是一件严肃而慎重的大事，仅靠一个人作证不能为凭，他联系在沪和全国各地知晓这次战斗情况的家乡老同志，动员他们为当年死难同志恢复烈士称号提供相关资料和线索。他为家乡提供了对这段历史了解情况、还健在的人员名单和单位地址，他们是：

北京的王龙波，原为鲍营乡党支部书记；

上海金山县的吴仰高，原为金城乡乡长；

上海松江县的周永贵，原为濒河乡长；

上海的丁成德、李相青，原岔庙乡党员；

南京的高民伍，原区队中队干部；

其中，周永贵、高民伍均于战斗的当天前往增援。

原上海金山县粮食局离休干部、原金城乡首任共产党乡长的吴仰高，听说家乡殉难的英雄没有列入烈士名册，非常关切。1995 年 7 月 31 日他给家乡领导寄一封信函，以证明这次战斗不是地主武装，是党所领导的对日伪的战斗：

> ……据我所知，当时已开展减租减息和土地改革运动，地主武装已没收归公，武装力量完全控制在人民政府手里，

县有淮河大队，地方有民兵模范队、基干队、联防队，哪里还有地主武装存在呢？把共产党领导下的民兵联防武装力量说成为地主自卫组织，这是混淆了两种不同性质的矛盾，这个是非问题应该纠正。至于在这次战斗的场面和悲惨情况，韩品正同志信中已有详述，我这里不再重复。我认为在这次战斗中牺牲的同志，他们都是我们的革命同志，如桑长珍是我金城八路保长，民兵负责人，抗日立场坚定，桑玉珍是我乡乡警，是基本群众，在前老庄战场上献出了一家五口生命；陈兰亭父子也是我乡基本群众，家庭贫困，热爱共产党，还有岔庙乡等二十余位民兵在战斗中都很坚决，是好同志，应该给予一个公道的评价。

吴仰高在信中建议地方政府为这次战斗中牺牲的同志给予一个公道的评价，恢复烈士称号，载入史册，以告慰先烈，教育后人。

从信中看到，吴老到这时还不知道本乡党支部书记是桑长珍，只知道是本乡的保长，民兵负责人，可见当时党组织是严格保密的。

1996 年，韩品正殚精竭虑，精思傅会，关于前老庄阻击战的回忆文章《记前老庄阻击战》，在涟水县党史工委编辑的内刊《涟水党史研究》第二辑刊登。

英雄村

早晨，人们吃过早饭到地里做活，不久下雾了，越下越大。

既然做不了什么事，有人索性回家睡一个回笼觉。

吴秀生时年15岁，她难忘那一场天地相连的大雾，突然响起急促的敲门声，顷刻，就见两三人将三叔吴宝君架进屋来，因长途奔跑，他脸色惨白，额上大滴的汗珠往下流。三叔曾生过肺结核病，哪里吃得住十多里的奔波？只见他上气不接下气地喘着，结结巴巴地说："王……培……坤带人包了前老庄，要……要灭庄了！快！快！快派人去找……找慕萍，赶紧救援！"

三叔冒死突围出来，报信搬救兵！大伯感到事态严重，一边叫侄女吴秀生快烧水，一边将疲惫不堪的三弟架到屋里的床上。吴宝君不住地催促，赶紧派人去找慕萍！可是，到哪里去找？

慕萍即朱慕萍，中共涟水县游击大队大队长，吴宝君的妻弟。在战争形势下，县游击大队驻哪里是军事秘密，即使知道昨晚的驻地，半夜又会转移的，但前老庄危急，不知道地方也要想办法去找呀！大伯当即安排人外出。

雾，慢慢地散去，破茧而出的太阳失去了血色，苍白、迷茫，如分娩阵痛后的孕妇。吴秀生在村头踮脚翘望，她期望慕萍大舅率天兵神将从天而降，扑向东南的前老庄，一举扑灭作恶多端的王培坤匪帮。

前老庄叫吴前老庄，据吴氏家谱记载：吴氏是明初时从苏州迁移苏北，后因黄河决口发大水，又逃荒到这里。吴氏族人经三四百年繁衍，枝叶繁茂，树大分枝，便有子孙出宅，另建新的村落，或外迁，这里除吴前老庄和吴后老庄外，附近还有不少迁移出去的吴姓庄子。

吴秀生祖父在兄弟分家后，为方便耕种和管理，从前老庄搬迁到西边所分得田地的戴庄。吴秀生的父亲兄弟三人，她的父亲因病早逝，三叔吴宝君过继给前老庄的本家。

前老庄的吴亮田有土地几顷，可惜子嗣不旺，三兄弟中只有一个有男丁。自古家产是传男不传女，按传统规矩，一个男丁只能继承自家和另一个叔叔的家业，因继承田产家业，不仅要传承香火，还要赡养老人和为其送终，一丁实难承担三家的责任与义务。第三家的产业和赡养义务只能另找他人继承。按旧俗规矩，过继的人选首先是从本族近房里选择侄子辈。

吴亮田看好戴庄的侄儿吴宝君，遂上门求子。吴宝君的父亲同意本家的要求，种地人是不反对儿子的富贵和田产的增多，因此吴宝君过继到前老庄，成人后结婚生子，他在妻弟、共产党员朱慕萍的影响下，投入抗日救亡活动，参加乡民兵联防队。

联防队据守的炮楼主人，就是一肩双挑大房二房的地主吴宝鉴，他在本家同辈中排老八，家有三四顷地，他跑反在北边的吴二圩。吴宝鉴媳妇的娘家姓郭，县城人，鬼子占领县城后，岳母带孩子跑反到前老庄，指望跑到乡村，能躲开日寇的蹂躏，哪里料到，遇到伪匪王培坤，一家惨遭杀害，绝了门户。

夜深人静，吴秀生被惊醒，在朦胧而暗淡的灯光下，她看到慕萍大舅来了，正同大伯、三叔说话，是现实还是幻梦？她揉着惺忪的睡眼，倾听着大人们说话。大伯听到后边的动静，回过头说:“快去睡觉，小孩不许听大人说话。”

黑夜给大地蒙上一层厚厚的帷幕，前老庄在如水的夜色抚慰下，沉入梦乡。在前老庄东南，通往时码的十多里空旷原野上，县大队布下天罗地网。黑暗中，突然跃起的身影和声音，受惊吓的夜行者急忙对暗号，我是马里人（土匪黑话，意思是同道上的人）。话还没落地，如卷起一股黑旋风，将行人扑倒在地。别误会！是自己人！

哪里有一点误会？撒网捕的就是“马里人”。县大队深夜设伏，捕获了三四十人，经审讯，多是与伪匪有联系的探子和同伙。

这一晚还抓住了前老庄的后庄地主吴良才，他与时码的王培坤伪匪暗地里有联系。吴良才母亲急忙找前庄的吴宝君说情，请县大队朱大队长高抬贵手。因没有发现吴良才做坏事的证据，给放了回去。

经审查和检举，有罪行的立即枪决，在浅集当伪军的王培坤族兄被抓获，枪毙，子弹从脑后穿过。

前老庄战斗的早晨，放哨的联防队员吴培信发现敌人势众，考虑到被敌抓住不易于逃脱，他将长枪丢弃在小河里，却不知被敌人发现。被俘后，被逼迫扛死伤伪军到时码据点。因这次袭击行动受到前老庄联防队的顽强阻击，敌伪伤亡严重，上下士气低落，王培坤十分气恼，兽性大发，下令将吴培信绑在桩橛上鞭打。

吴培信于1939年参加民救会，1940年加入中共党组织。被抓到时码后，他意识到敌人将处死他，胆怯是人的本性，当初为逃生，他丢下手中的武器。现在面对死亡的刀丛，他却临危不惧，高呼:“日本侵略者必败，卖国贼汉奸最可耻!”

他向浑浑噩噩的伪军高喊:“人终有一死，若与日本侵略者拼杀而死是光荣的，莫忘自己是炎黄子孙，回头是岸，留点光彩给儿孙好做人。”

王培坤见状暴怒，急令匪徒割下吴培信的舌头。他两臂奋力挥动，仰首张口怒吼，喷血以示抗敌。残暴的匪首命人砍掉吴培信的两臂，当吴培信两臂被砍后，就用双脚蹬地划圈，以示爱国之心仍活在人间。当吴培信的心被剜出后，其身仍动了几动，表现了宁死不屈的英雄气概。

王培坤下命将吴培信剖腹，掏出心肝，烧炒给匪徒当下酒菜，以壮贼胆，一群茹毛饮血的豺狼，残暴的王匪上演了人类极其罕见的野蛮一幕。

吴培信妻子葛氏也是一个了不起的女性，她作为村妇救会员，参加了阻击敌人的行动。在束手被缚后，当伪军机枪扫射时，她将才9个月的孩子滑到胯下，把奶头塞在孩子嘴里，吸着母亲乳房的孩子没有哭喊，躲过了敌人的屠杀。很快我增援部队赶来，敌人逃跑了，孩子得以幸存。

伟大的母爱给这个孩子新的生命。劫后余生的孤儿后来在乡亲们的照顾下，吃百家饭，穿百家衣，艰难地生长，成家生子，他和子孙默默无闻地生活、劳作在这片父辈用鲜血浇灌的土地上。

还有让韩品正没想到的是，抗战时全县有名的优秀妇救会主任戎二娘，在烈士名册上也没有她的名字，她与桑长珍一样，在抗战胜利后作为烈士，名字铭刻在盐西区石碑上！

戎二娘，原名黄秀英，丈夫姓戎，排行为二，人称戎二娘。1940年初在韩品正的介绍下加入党组织，时年35岁。第二年成立抗日政权岔庙乡政府，戎二娘被推任为岔庙乡妇救会主任、乡农会会长。她的事迹在1942年6月16日中共淮海区党委主办的《淮海报》上，作为妇女先进模范曾被报道：

> 久经饥寒磨炼的戎二娘，身体不很健康，瘦瘦的，每当工作紧张时，她就恨脚小误事，因此，她也就决心为妇女的解放事业更努力了。在岔庙、瓦墟等地方，时常可以看见戎

二娘被围在妇女丛中说话。戎二娘发展的办法：一、个别发展，能用以个别发展的就个别发展。二、开会集体发展，在开会中发现积极分子，再用她们去开会集体发展。三、在发展前经过一番宣传鼓动，发展后要捺手指印赌咒。前天戎二娘来开会，怀里抱着孩子，背上背着背包，腰间挎着书包，书包上还系着一个茶碗。会场上没有不认识戎二娘的。县农会赠她一面锦旗“妇女英雄”，戎二娘笑眯眯地接下，很谦虚地说：不敢当，不敢当。

一个农村基层共产党妇女干部的形象展现在人们的眼前：背着背包，挎着书包，走村串户，宣传共产党的抗日主张，动员群众参加妇救会、农救会。戎二娘通过赌咒发誓，捺手指印发展积极分子，这是中国最古老最特色的契约方式。

前老庄阻击战中牺牲、遇难者共四十八名，但前老庄人没有被吓倒，他们坚定地跟着共产党前赴后继，坚持斗争。戎二娘工作大胆，泼辣，满腔热情。1942 年春抗日根据地开展减租减息运动，对抵制运动的后庄地主吴才良，戎二娘带领群众到他家进行说理斗争。她气势高昂地坐在吴家太师椅上，硬是逼迫吴才良低头，答应减租减息，增加雇工工资。

吴才良任过国民党乡长、伪涟水公安分局局长，1941 年 5 月参加“土顽暴动”，被抗日民主政府逮捕，经教育后释放。他怀疑被抓是戎二娘所告。在减租减息运动中，戎二娘带人到他家说理，更是怀恨在心。他与时码伪匪王培坤暗地里来往，被戎二娘发现，及时向区乡领导反映，吴才良被区政府带去谈话教育。吴才良得知是戎二娘反映的，更对她恨之入骨。

有人劝戎二娘注意，说你出头露面，到处宣讲和地主做斗争，他们怀恨在心，你是头提在手里玩啊！

戎二娘听后没有畏惧，她说：“我们过去受压迫，任人欺负，现在有共产党领导闹翻身，我们不怕死，怕死就不参加革命了。”

戎二娘有一个独生子叫戎永华，乳名小柱子，按抗日政府的规定：独子不参军。可戎二娘以身作则，坚持送子参军，在县独立团任文化教员。

1942年冬，日寇在苏北地区推行梳篦式“大扫荡”，淮海和盐阜区大部地区沦陷，日伪军在岔庙街建立据点，时码据点中队长刘国泰率“二皇”驻在这里。离据点二三里的前老庄在乡支书李庆余、支委兼乡妇救会主任戎二娘等领导下，站在对敌斗争的前沿，坚持反“伪化”，不动摇，不妥协，不向敌伪缴纳粮物。

岔庙街建伪据点后，吴才良立即投敌当了汉奸，任六乡伪“推广归化区”主任。这年农历十一月初三晚十时，他带领伪乡长吴佃标，伪自卫队员周九标等十多人，将戎二娘家包围，闯进屋里。不幸的是，她的儿子戎小柱从县独立团回家探亲，吴才良命人将她母子一同捆绑带走。

走出屋后，丧心病狂的吴才良又下令：看看屋里的小孩子是男是女，如果是男的就叫他一路去。一伪自卫队员又返回屋里，当时戎二娘的孙女才4岁，是女孩，才免遭毒手。

吴才良把戎二娘带到前老庄东南的草荒地里，连夜挖坑活埋了。吴才良残杀了戎二娘，还不解恨，说：“这下叫你还敢在我家椅子上姿态六角的（方言，意思是在他家放肆）。”

戎二娘遇害25天后，庄上人在荒草地里搂草，发现草地露出人脚，就叫戎家人去认，戎小柱妻子到那里一看，鞋子正是自己为丈夫戎小柱做的，当即昏了过去。由此确认戎二娘母子被敌人杀害了。当时白天还不敢去收尸，岔庙炮台上的伪军望见人就开枪射击，只得晚上去刨起来，重新安葬。

杀害戎二娘母子的吴才良和吴佃标，后被人民政府逮捕归案，判处死刑，解赴当地枪决。

让人心痛的是领导前老庄阻击战、侥幸突围出来的乡支书李庆余，不幸在这一时期的对敌斗争中，同副支书戎银柱、戎二娘母子先后被敌人抓住，惨遭杀害。

伟大的抗日运动，让许多普通的民众活出不平凡的人生！韩品正在搜集整理前老庄战斗的材料时，深感前老庄是一个英雄村，他为家乡有这么多的英雄感到骄傲和自豪。国难当头，有不少人苟且偷生，甚至投靠日寇，为虎作伥，虽说死心塌地的人是极个别的，但给人民带来雪上加霜的苦难，他们与戎二娘、桑长珍、李庆余等为国捐躯的英雄相比，立显崇高与卑下，如同泰山与鸿毛！他想起战争年代发展抗日力量时，经常一个人夜行，高远而缥缈的夜空，晶莹、璀璨的星辰，成为他辨别方向的坐标。英雄，也是昭示人前行的星辰，是撑起民族大厦的脊梁，是高耸云端的险峰，历史不能遗忘他们啊！

韩品正在为前老庄英雄申请追认烈士的同时，还特地提出他所知的另四起抗日事迹及牺牲的同志，请求地方政府核查，做好补救工作，应一并追认烈士称号，他们是：

1. 1938 年 5 月 29 日，被地方反动势力头子金宗大杀害的抗日教师嵇孝纯。

2. 1941 年 6 月 13 日，涟水县三区“土顽暴动”，武装叛乱的土顽杀害的我区中队七名班排干部，均为党员。

3. 1942 年冬，日军在涟水地区反复大扫荡，岔庙乡先后有五名党员干部戎二娘、李庆余等人牺牲。

4. 1944年春，金城乡党支部书记冯寿荣和乡长姜守余带领一个班的基干民兵，遭遇时码伪军的突然袭击，姜守余与民兵当场牺牲，冯寿荣被捕后，带到时码被敌人用铡刀铡死。事后，姜守余、冯寿荣被追认为烈士，其余十余名民兵则没有追认。

再回前老庄

上海、涟水，两地之间有五百多公里，说远不远，因前老庄阻击战一事，让家乡与韩品正之间距离拉近了；说近不近，因前老庄殉难英雄追认烈士的事迟迟没有回音，家乡在他的眼前变得遥远又陌生。

白驹过隙，时光荏苒。进入了新的世纪，韩老的双鬓更白了，前老庄战斗牺牲同志追认烈士的事始终没有回音。原以为是一件简单而容易的事情，恢复英雄荣誉，弘扬抗日精神，这不正是我们党应有之义，何难之有？

年过古稀的韩老在与时间进行一场马拉松竞跑。长久没有收到回音，让韩老觉得自己在孤军奋战，找不着北，这是一场没有对手，没有硝烟的战斗，他迷茫不知道问题出在哪里？

他想自己三番五次地催问，是不是像群众上访，给家乡领导添堵了？他理解家乡正忙于发展经济，事情头绪多，如催问多了，影响和干扰地方领导的正常工作。

千禧年后的第一年，迎来中国共产党成立80周年，韩品正老也迎来了自己80岁的生日。一个政党的80周年，风帆正劲，步伐更健，而一个人的80岁，则不免步履蹒跚，风烛残年。

火红的7月，为纪念和庆祝中国共产党成立80周年，上海《新闻晚报》特开设《建党80周年特别报道》栏目，记者前来采访革命老前辈韩老，他不由得讲起自己一直纠结的心事，说:“我没有什么值得报道的，我有许多同志战友在战斗中牺牲了，死了几十年连一个烈士的称号也没有，他们才是真正值得关照和宣传的!”

韩老请求将不为人知的发生在苏北的一场阻击战向社会公开报道，让今天的读者知道如今的胜利来之不易。同时，他想借报纸传媒扩大前老庄战斗的影响，期望能引起家乡领导的重视，促进事情的早日解决。

他的请求得到《新闻晚报》总编办的重视，经晚报编委会研究，同意将韩老的要求纳入当年7月的报道计划。这年的6月27日，记者孟录燕、顾万全两个年轻人，在韩老的带领下，风尘仆仆地奔赴苏北革命老区涟水县，走进了当年浴血的旧战场。

韩老再次来到荣景村的前老庄，来到幸存者王鹤鸣的家。迎接记者的是一位60多岁的老人，他是王鹤鸣的儿子王浩然。当记者提出能否见见王鹤鸣老人时，王浩然沉默了，原来早在1999年王鹤鸣老人就已经辞别人世。

王浩然带着记者走到一个长满芦苇、野草的池塘前，停住了脚步说，当时最激烈的战斗就发生在这里，当时这里有两个枪楼，英雄们在这里凭借仅有的几条枪，阻击数百名日伪，子弹打光后，又用血肉之躯冲向敌人，全部壮烈牺牲于此。

王浩然又向东三十米，在一个池塘前站住，只见几只鸭子在欢快地戏水。他告诉记者，当年真正残酷的战斗就发生在这里，不仅许多自卫队员牺牲于此，而且残忍的伪匪竟然将数十名未来及得转移的群众用一根绳子穿起来，逐个点杀。

记者还到县党史工作委员会，负责同志翻开厚厚的《涟水革命斗争史》第五章，详细地描述了前老庄阻击战的前前后后。当听说到目前为止，这些牺牲的英雄还没有被追认为烈士，负责人明确表示，根据这些材料，这些牺牲的自卫队员都毫无疑问应该被追认为烈士。

记者来到县民政局，该局分工的副局长接待了记者，表示追认烈士的事情，民政部门马上着手准备材料，并上报市和省民政部门批准。另一名副局长介绍，早在去年岔庙镇政府在县委的支持下，已经对这场战斗进行了详细了解，并初步确定了纪念碑的碑址。在前老庄选址时，村民表示，不管政府确定的碑址在什么地方，他们都绝对支持。很多群众甚至表示，如果建纪念碑的资金有困难，村民愿意筹资一部分，让牺牲在这块土地上的英雄安息。

记者还了解到，目前涟水县已经收入《革命烈士名录》的有三千余名，然而，到底牺牲多少有名和无名的烈士，谁也说不清楚。上海记者在走访各有关部门时，各方领导的回答都是中肯而积极的，问题的解决似乎没有阻碍。

2001 年 7 月 3 日 4 日和 5 日《新闻晚报》的第三版上，分别刊登记者撰写的通讯报道：《20 名老党员的心愿——让牺牲的英雄登上涟水烈士名册》《记住涟水前老庄》和《20 名党员牺牲在战场》系列，报道前老庄战斗和要求恢复烈士身份的内容：

> 今年 80 岁的老党员韩品正原来是我们的采访对象，但他却说：去写那些无名的烈士吧。为了寻找这些烈士和能让这些烈士得到追认，他和 20 名老党员花了整整 13 年的时间。
>
> 如今，他们中间已有 9 人作古，一位正躺在医院里已经不能说话。韩老伯也曾住院，每次都在病床前对子女反复念

叨的是——前老庄牺牲的烈士的英名。

不为什么，只是为了让这段历史真实地告诉后人，让后人记得在前老庄——一个不为人知的小村庄，曾经发生过一幕惨烈、悲壮的战斗。

记者在韩老伯简朴的书房里，看到一书桌有关前老庄阻击战的材料，有和当事人联系的书信，有当时前老庄战斗的草图，有各种各样关于这场战斗的书籍资料。他说“这并非一场惨案，而是一场保卫革命的阻击战，参加这次战斗的共产党员组成的民兵联防队共牺牲了20人”。老人说着说着，激动得忘了吃药，忘了穿着拖鞋，赤脚在书房来回地走动。

为了寻找当事人和有关战斗的资料，韩老伯回到了前老庄……

天鹅绝唱

2018年春，笔者拜访了韩老的爱人正君阿姨，年近九十的正阿姨比实际年龄要显得年轻，温文尔雅，精神矍铄，她的生活尚能自理，故没有选择随子女居住，而是平时一个人独居，享受着安宁而知性的晚年生活。她热情地接待来自家乡的来客，为我冲了一杯浓浓的咖啡，话题不由得谈起韩老的未竟之事。

韩老离世一晃已十年。晚年病中的韩老几次住院，必须要带的除了病历，就是有关前老庄阻击战的材料，他挂念和焦急的不是自己的病情，耿耿于怀的是当年牺牲的战友和乡亲，什么时候能上英烈名册？在他的病房的床头柜里，是一份他改了又改的《前老庄战斗牺牲烈士的证明材料》。几次病危，他嘱托的就是家人要把这件事做好。

正君阿姨为减轻韩老的病痛，找来他爱看的文史纪实新书，可韩老心里有事，再精彩的文字，再曲折的情节也没有心情阅读了。正阿姨劝他少安勿躁，韩老说:“其实我清楚，称号和名誉都是过眼云烟，何况对早已牺牲的同志，他们不需要名声，他们牺牲的时候很多人还没有结婚，也无后代，授予再大的荣誉对于他们来说也是‘客里空’。我是在履行我一个幸存者的责职和良心啊，让后代记住我们曾经奋斗和流血的革命!”

躺在病床上的韩老多希望听到家乡为英雄恢复名誉的消息，那将会多么地振奋他的精神!

韩老明白自己在这场马拉松长跑中已力不从心，知道来日不多了，他即将回到他年轻时代的同志、战友中间去了，面对战友的亡魂，该怎么回答？86岁的韩老没有放弃努力，他再次给家乡民政部门写信：

> 我是韩品正，出生在涟水老三区金城乡韩大庄，1937年参加抗日救亡活动，1939年6月入党，抗战期间，我一直在涟水地区工作。对于当时的抗战史实大都亲身经历。1988年、1989年两次回故乡探亲，见到县里有几份党、文两史资料后，促使我为“前老庄阻击战”写了回忆资料，于1995年5月寄出，1996年7月在《涟水党史研究》第二辑上刊出。事后，有许多老战友以及牺牲同志的亲属向我反映，那些为国捐躯的乡干部、教师、区中队战士、联防队员、基干民兵，以及参战阻击伪军的各抗日群众团体的积极分子，其中有相当多的是共产党员，而涟水县三次（1985年、1995年、1997年）的县志与文史上排印的《烈士英名录》上均无

他们的姓名。为此他们感到难以理解，要求从速核查，做好补救工作。

为此，我于1998年3月20日给涟水县政协、县民政局、中共涟水县委组织部、涟水县党史工作委员会、涟水县志办、涟水县档案馆写了一封长信，将抗战期间的五起较大抗日事迹及牺牲同志详加罗列，其中包括（略）……

信后还附录了前老庄阻击战牺牲了的烈士名单。由于原信比较详尽，且已发过，这里不再赘述。此信发出后一直没有信息回复。

2001年建党80周年前夕，我又向新闻媒体发出呼吁，上海《新闻晚报》开辟了《建党80周年特别报道》专栏，并派该报记者孟录燕、顾万全二人采访了包括我在内的一些老同志，还专程到淮安市、涟水县等苏北老区作了采访。回沪后以“20名老党员的心愿——让牺牲的英雄登上涟水烈士名册”的特别报道，分三次刊登在该报2001年7月3、4、5日第三版上。

现在又过去五年多了，我们这些亲历老人均已垂垂老矣，有不少且已故去，如果再不抓时间，将会遭遇更大的困难。

为此，我再次给你们写信，期盼有关方面的领导能早下决断，派人将有关事实核对清楚，还历史的真实，并将烈士们的姓名补录到“抗日英雄名录”上，以告慰于先烈，也使烈士们的亲属后人们得到抚慰，我认为，这也是我们目前构建和谐社会事业中的一件不容小视的实事工程。

切切为盼！

韩品正

2006年12月26日

信的最后，韩老将此事提高到一个政治高度，即构建和谐社会的一件实事工程。此情殷殷，此心切切。

家乡部门收到韩老的信十分重视，仅从回信时间就可以看出，非常迅速，不剔除元旦假期，前后也就 10 天时间，大约在接信的当天就写了回信。回复是诚恳而谦恭，文笔流利而又周详，还特将韩老信件转至县党史工委和县志办。

转送材料是否多余？至于对追认烈士称号的上报和何时批复？没有明确答复，但是，回信毕竟带给苟延残喘的韩老以希望。

病中的韩老伫立在窗口，遥望着北方，他琢磨着回信上的文字。他想不明白，烈士的称号难道有限额指标？会占用别人的名额？韩老想得很苦、很累。“老韩在病重之时，还为前老庄英雄追认烈士一事纠结，是不是上级部门有硬杠子，不允许增添烈士的名额？或者是追认烈士需要地方财政拿出一大笔抚恤金，家乡政府财力拮据，不愿支出这笔费用？老韩说，自己平时积存的工资和护理补助还存有八万多元，他想将这笔积蓄，作为死去战友的烈士抚恤金。”

韩老怕爱人不同意他的意见，做她的思想工作，说：“你有离休工资，足够你晚年的生活，孩子们都有工作，生活上都足够自立。”

相濡以沫几十年的爱人最理解韩老的心愿，这是一对志同道合的革命夫妻，从家乡到上海，一起经历战争烽火，爱人完全理解丈夫的心情，支持他的决定。韩老还做儿女们的工作，儿女们理解父辈那一代人的理想和追求，他们一致同意父亲的决定。

夏天，医院里空调开得呼呼地响，冷气在房间里回旋，然而，韩老依然感到气短胸闷。韩老自患上不治之症后，儿女们为让他有更好的生活质量，利用节假日和双休日，驾车带着他到国内各个风景地和家乡的周边城市游玩，想到一年里的外出游玩，他满意地笑了，但是，想起家乡，他诚实地告诉儿子说:“只是回到老家时，有一件事我不高兴。”

他说，我是经历过战争的人，看透了生死，我死后只有一件遗憾事，就是未能为前老庄的英烈正名，我的心很不安。

儿子安慰他，有些事只能靠当地政府解决，你已经写了那么多的材料，尽了力了。他说:“我不仅是战争的幸存者，我还是一名党员，我在做一个共产党员应做的事。”

儿子劝他说，中国革命牺牲了多少无名烈士，都无法正名了。他摇头，不行，这事还得做下去。

儿子说，那也要把病治好，现在最大的事就是治病。

韩老这才不吱声，好像又沉浸在前老庄的战斗中。

病情稍稳定，他便念叨起这件事。家乡的党史工委新上任一名主任、是一位对家乡革命历史很热心的同志。他明白以一己之力，是无力完成这件事了，他决定给这位主任写下他人生中最后一封信，也是最后的嘱托。

韩老已经拿不动笔了，只能断断续续地说，让妻子记下来，整理好后，读给他听，他认为没说清楚的，再补充、修改，直到他认可为止。韩老听妻子读完按他意思写的给家乡党史办的信，欣慰地紧握住爱人的手，连说了“好，好，好”!

唯恐书写的字迹不清楚，影响意思的表达，韩老吩咐用电脑打印后再寄出，随信附上一沓厚厚的材料。然后，他平静而坦然地躺在病床上，在等待着信的发出……他的心也随信件飞往千里之外的家乡。窗外又下起了雾，他聆听远方的家乡是否有枪声响起？

信，寄走一天后，韩老带着无限的期望，腾云驾雾，飞回故乡，前往与等待他增援的前老庄英雄集结了……

正阿姨领着我走进里屋，指着书桌旁边一个装满了厚厚材料的大纸箱，都是韩老生前写的文字材料，在他的案头，似乎永远有写不完的“前老庄战斗”。

正阿姨告诉我，韩老的八万元存折至今没动一分，还在等着家乡传来追认烈士的消息呢！正阿姨说着，找出韩老临终前写给县党史工委的信的备份。

这封信我过去已经阅读过，但我还是怀着虔诚而又崇敬之心，坐在正阿姨的身边，再一次地阅读：

> 我是韩品正，出生在涟水老三区金城乡韩大庄，1937 年开始参加抗日救亡活动，1939 年入党。抗战期间我一直在涟水地区工作，对于当时的抗战史实大都是亲身经历，我曾先后写了一些回忆材料。尤其是在 1998 年 3 月 20 日给涟水县政协、县民政局、县组织部、县党史工委、县志办……写了一封长信（这里不重复），对那些为国捐躯的乡干部、革命教师、区中队战士、联防队员、基干民兵，以及抗日群众中的积极分子，在涟水县志与文史上排印的《烈士英名录》上均没有他们的英名，要求做好补救工作。此信发出后一直没有信息。我于 2006 年 12 月 26 日又给涟水县写信。期盼有关部门领导能早下决断，派人将事实核对清楚，还历史真实，将烈士姓名补录到抗日英名录上。县民政局于 2007 年 1 月 5 日复信称“按归口管理原则，已将有关材料和信件一起转送

县志办和党史办，请他们搞好补救工作……”我从去年年底开始一直因病住院，未能及时联系，还望有关部门早日落实。现将有关资料及信件的复印件寄去，请查收！

一、给涟水民政局的信。

二、附件：前老庄阻击战牺牲人牺牲名单。

三、2007 年 1 月 5 日，涟水县民政局复信

四、黄树勋同志一封信。

五、王伯谦同志对嵇孝纯的历史回忆。

韩品正
2007 年 7 月 22 日

韩老最后的一封信，是一份为英烈正名的遗嘱，是用心血写成的文字，如泣血杜鹃，望帝归心，天鹅之绝唱！

我特地前来看望正阿姨，就是告诉她老人家一句话，前老庄英雄的事迹已收入由县民政局与县党史工委编著的《永远的丰碑——涟水县革命烈士传》，英雄的名字载入涟水革命斗争的史册，可以告慰韩老和先烈的在天之灵。

壮烈的前老庄阻击战和牺牲的烈士光烈千秋！

韩品正老历经二十年，执着地为牺牲战友追认烈士称号，也是一名英雄。高山仰止，魂兮归来！

后 记

韩品正同志为前老庄阻击战牺牲的联防队员追授烈士的经历，唤起我心底崇敬英雄的情结，激励我寻觅烽火岁月中英雄的传奇。在国家危难之际，涟水人民在中国共产党领导下，担负起民族的兴亡，与日寇和伪匪进行了艰苦卓绝的斗争，涌现了许多可歌可泣的故事和英雄人物，在这片古老的大地上耸立起一座不朽的丰碑。

先辈用生命和鲜血书写的抗战历史依然激荡人心，百姓遭受的苦难和艰难仍然让人心痛，我们有一万个理由颂扬那些风起云涌的英雄，也无须回避那个时代出现的民族败类，他们为虎作伥、残害同胞的卖国行径，给原本陷入深重苦难的人民雪上加霜，揭露贫困落后所导致的愚昧、野蛮的罪恶，鞭挞伪匪汉奸自私、丑陋的灵魂，可以让后人珍惜和平，充分认识赢得抗战胜利的悲壮和艰难，从另一方面证明，中国革命的胜利取得是多么来之不易。

笔者奔波于乡村寻找有故事的人，采访民间散落的佚闻，在历史深处打捞即将消失的传说；在地方文史资料中爬梳剔抉，研读史料，有一个现象引起我的注意，即在讲述的故事里，和回忆抗战史料中，总有一个第三者伴随枪声，就是茫茫的白雾，是偶然的巧合？还是大自然有意缠绵于战火，给这一场伟大的抗战披上一层神秘的面纱，赋予这宏大历史以史诗般的象征。在奋起抗争和做亡国奴？在善恶、是非与生死之间，作一个艰难的摸索、选择。当然，频繁光临的大雾，我更愿意相信它是造物主的慈航，悄悄地蒙上受难者的眼睛，不致让心灵受到血腥和残暴的恐吓；我愿意相信它是上天的悲悯，如铺天盖地的孝服，为血流成河的村庄致哀；我愿意相信它是作茧自缚，是分娩的阵痛，期待着破茧而出的日出，如涅槃的凤凰。

我很庆幸机缘巧合，与那个时代有记忆的幸存者对话，现在，经历过抗战年代的在世老人已经凤毛麟角，这里我要记下他们的名字，他们是涟水县潘老庄村的周步前，时码的郭吉生、梁文胜、徐茂三，朱舍的朱家行，花桥村的花如生，徐老庄的胡凤鸣、时兆轩，朱圩村的孙智洋，涟城镇老教师吴秀生、台湾回乡居住的成开然等。我的采访是以后不易再有的奢侈，它的意义和珍贵不言而喻！有的老人在我采访后不久便离世，在此，我衷心祝愿在世的老人身体健康，延年益寿！

本书参考书目和有关资料有：韩品正同志寄回家乡的前老庄阻击战回忆录和相关资料；《涟水政协文史资料》第三辑、第十辑、第十三辑、第十四辑、第十五辑：涟水县民政局、县党史工委编辑出版《永远的丰碑》（中共党史出版社）；《涟水县志通讯》第四期；涟水党史工委办《红色记忆》第一期、第五期和《涟水党史资料》第一辑、第二辑；《安东文化研究》第十五期；第十六期；张景文回忆录《踪迹》；郑率芬《朱慕萍传》（东南大学出版社）；正君《清且涟漪——我们的人生经历》；王双华主编《盐河两岸战旗扬》（中国文史出版社）等。

本书是根据采访调查和有关资料整理缀成的一篇以涟水盐河为主题的抗战笔记，是笔者敬仰先烈、尊重历史的一种努力和实践，因本人水平有限，不免存在差错和不妥之处，敬请批评指正！

2021 年 10 月 7 日